MOISSONS NOIRES

Créé et dirigé par Romain Naudin

MOISSONS
NOIRES

SUIVEZ-NOUS SUR LES RÉSEAUX SOCIAUX

Nous aurons plaisir à vous donner l'actualité des auteurs :
les festivals, les dédicaces et les projets…

@ MoissonsNoires

www.moissons-noires.com

Alain et Jean-Paul **Bouchon**

LE DÉFI HOLMES CONTRE LUPIN ET LES BRIGADES

MOISSONS
NOIRES

Les personnages, les décors particuliers et les situations de ce roman sont absolument imaginaires. Toute ressemblance ne serait que le produit du hasard.

ROYAN-SUR-L'OCÉAN

I

Samedi 5 août 1911.

La brise de mer gonflait et dégonflait la toile claire de la tente de plage, lui donnant un air de poumon posé sur le sable. À son rythme, elle animait la silhouette que le soleil découpait sur le tissu : la casquette à double visière se gondolait joyeusement, la joue ascétique et le menton anguleux prenaient des rondeurs, le tuyau de la pipe s'étirait avec excès et la fumée montait, secouée comme celle d'un vapeur pris dans une tempête. Malgré les mouvements incontrôlés du vent, le profil de l'illustre occupant de l'abri restait reconnaissable entre mille.

Assis sur un pliant en bois verni, les genoux couverts de journaux, Sherlock Holmes fixait l'horizon.

Le casino municipal dans le dos, les falaises de Vallières à sa gauche et Foncillon à sa droite, il faisait face à la Grande Conche, aussi sombre et immobile que la statue en bronze d'Eugène Pelletan[1], square Botton. Ni les steamers de Bordeaux ou du Verdon qui se croisaient sur la ligne d'horizon, ni les cris et les courses incessantes de la marmaille sur la plage ne semblaient l'atteindre. Pas plus les odeurs d'iode et de goémon ou les projections de sable que les courants d'air portaient. Le détective songeait. Absent. Détaché de son environnement, comme toujours. Étranger aux préoccupations du touriste « normal » de ce Royan de l'été 1911. Pour être plus précis, il venait de s'avouer qu'il s'ennuyait déjà ferme dans cette station balnéaire qui offrait pourtant tous les plaisirs que la bonne société pouvait rechercher : des bains de mer à usages thérapeutiques ou ludiques sur des plages variées, des cafés heureusement fréquentés, des fêtes incessantes dans le plus grand casino d'Europe (à en croire la presse locale), la présence d'un monde cosmopolite et brillant : de jolies femmes, des fortunes venues de l'univers entier, des titres prestigieux, des hommes de lettres, des cantatrices, des acteurs, des députés, des jeunes premiers et des noctambules invétérés. De quoi satisfaire tous les goûts. Sauf le sien. À peine quarante-

1. Écrivain et homme politique (1813-1884), fils d'Achille, maire de Royan (1808-1809 et 1814-1815).

huit heures qu'il avait posé le pied sur le quai de la gare, et il savait déjà qu'il ne pourrait aller au terme du séjour dans les conditions prévues. Les réflexions perdues dans le scintillement des flots et les cris des mouettes, il se demandait comment il avait pu se laisser embarquer dans cette villégiature insupportable. Un second été successif en France ! Pourquoi avait-il accepté ? Il tira une longue bouffée de tabac et reprit le déroulement des événements qui l'avaient conduit sur ce rivage doré.

2

C'est une lettre d'Horace Vernet, son cousin français par sa branche maternelle, qui avait tout déclenché. Holmes n'avait pas grand effort à faire pour s'en remémorer les passages essentiels :

« *Mon cher Sherlock,*

Huit mois déjà que vous avez quitté Poitiers après cette malheureuse « affaire de bonnes » ! Huit mois que Modeste-Radegonde et moi languissons dans notre grande maison ! Ah qu'ils sont passés vite les jours de votre présence et de celle de monsieur Watson ! Comme nous les aurions mieux occupés si nous avions su combien votre éloignement serait pesant ! … ».

« … *Ici, la vie a repris son cours. Modeste-Radegonde se consacre toujours avec autant d'énergie à la quincaillerie. Narcisse la seconde de plus en plus efficacement. Il a mûri sous votre heureuse influence et je ne désespère plus qu'il reprenne le commerce familial un jour. Pour ce qui concerne mon activité, je dois avouer que la soudaine célébrité locale que m'ont apportée ces meurtres de domestiques l'a décuplée. Je croule sous les demandes d'assistance et de conseils. Si j'acceptais de me charger de toute cette misère qui frappe à la porte de mon cabinet, je conclurais et plaiderais jour et nuit ! Moi qui courais le dossier, me voilà en mesure de choisir les causes qu'il me sied de défendre…* »

« … *Nous avons beaucoup regretté que vous n'ayez pu vous libérer pour assister au mariage de Narcisse et de Madeleine. La cathédrale était pleine, le soleil éclatant, et la messe de monsieur le vicaire général de Vareilles-Sommières touchante comme jamais. Mon âme de chrétien frémit chaque fois que le souvenir en remonte…* ».

« … *Si vous vous intéressez encore aux procédures dirigées contre les criminelles de « l'affaire des bonnes », je puis vous faire un point rapide. Madame de Saparat*[2] *est morte avant son exécution capitale. Son cœur n'a pas tenu. Une vie remplie de trop d'excès à l'évidence. Deibler, le bourreau officiel de la République, qui se faisait une joie de venir à Poitiers où il n'avait jamais officié, a été, dit-on, amèrement déçu. On ne rattrape jamais une exécution perdue ! Quant à Céleste*[3]*, la fidèle complice, graciée par le Président de la République, elle est partie pour le bagne des femmes purger sa condamnation à*

---

2. Voir *Sherlock Holmes et le mystère des Bonnes de Poitiers*, La Geste, 2020.

3. Voir *Sherlock Holmes et le mystère des Bonnes de Poitiers*, La Geste, 2020.

perpétuité. Elle y retrouvera des compagnes d'exception, comme Marie Bourette[4] *et tant d'autres…* »

« … *Cet été, nous avons décidé de fuir les chaleurs de Poitiers et de sacrifier à la mode des bains de mer. Modeste-Radegonde en rêvait depuis longtemps, et moi, je ne serai pas fâché de m'éloigner de l'incessant labeur du cabinet. J'ai loué une agréable et vaste villa à Royan, à quelques encablures de l'océan. Un client reconnaissant me l'a laissée à des conditions particulièrement avantageuses pour toutes les vacances judiciaires (le mois d'août, pendant lequel mon stagiaire, Babouin, relèvera le courrier au Palais et fera renvoyer les rares audiences). Nous serions heureux, si vous n'aviez rien de mieux à faire, de vous y accueillir en remerciement de tous les bienfaits dont je ne serai jamais quitte. Modeste-Radegonde vous prie de transmettre également notre invitation à ce délicieux monsieur Watson dont elle avait tant apprécié la compagnie…* ».

Dire que Holmes avait été enthousiasmé par ces lignes serait exagéré. D'abord parce que pas une seconde il n'avait envisagé de quitter le Sussex en août. Le climat tempéré de la région et son calme absolu lui convenaient parfaitement. Il se consacrerait à ses abeilles et à ses méditations personnelles, seules occupations qui le tenaient debout. Ensuite, pour la raison qu'à propos des Vernet, il lui restait une petite aigreur sur le cœur : autant Horace avait été prompt

4. Empoisonneuse maladroite (elle s'était trompée de cible) condamnée aux travaux forcés le 13 juillet 1910.

pour appeler son parent anglais à la rescousse lorsqu'il s'était agi de démêler ses histoires de bonnes, autant lorsque le moment de la gratitude était arrivé, sa petitesse et sa pingrerie avaient repris le dessus. Pour une réputation définitivement restaurée, l'avocat poitevin avait estimé que l'envoi de trois tourteaux fromagers suffisait. En ouvrant le colis et en découvrant les desserts qui avaient séché et durci pendant le transport, Sherlock Holmes s'était dit que son cousin exagérait. Radin pour radin, mieux valait ne faire aucun geste que de se livrer à une telle démonstration d'avarice ! Il avait balancé les tourteaux et avait ajouté l'épisode à la collection de ceux qui nourrissaient sa misanthropie. Famille ou autre, il ne fallait compter sur personne en ce bas monde.

Les jours passant, la petite musique de l'invitation était revenue, meublant les longs moments d'inactivité. Le détective avait d'abord tenté d'éloigner tout questionnement sur le sujet. Non, il était hors de question de refaire sa malle et de se lancer dans une nouvelle campagne de France. Non, ses parents ne lui manquaient pas. Non, il n'avait plus de temps à perdre en frivolités et en badinage. Mais il avait échoué, et des arguments décisifs contraires lui étaient revenus en pleine figure : après tout, les abeilles attendraient sans dommage leur apiculteur quelques semaines, comme l'année précédente ; quant aux méditations personnelles, elles pouvaient aussi bien se mener à Royan qu'à East Dean. Et puis, fait curieux, lorsqu'il se remémorait son voyage de 1910, le détective ne retrouvait que les moments heureux, subissant le phénomène courant de la sélectivité du souvenir. La soirée au *Fleuve Léthé*, les bières dans les cafés de la Place d'Armes, la ballade nocturne en Brasier, lui apparaissaient comme autant de moments où il avait été sinon heureux – ce mot et cet état lui étaient radicalement étrangers –, mais au moins soulagé de ses sombres pensées. De là à envisager d'en retrouver de similaires, il n'y avait qu'un pas. Le désir de savoir ce que Narcisse était devenu le titillait aussi. Holmes qui n'aimait personne s'était attaché à cet enfant à l'abord ingrat et il avait conscience de lui avoir beaucoup apporté en lui témoignant sa confiance. Quel homme était-il devenu maintenant qu'il avait épousé Madeleine Champville ? Avait-il, comme tant et tant, sombré dans l'absurdité conventionnelle du mariage ? Ou, au contraire, avait-il réussi à faire de ce lien aussi mortel que l'étreinte de l'anaconda une chance pour sa personnalité ? Il était curieux de connaître les réponses.

Après avoir laissé la lettre d'Horace mijoter dans un tiroir, le cousin des Vernet avait fini par répondre qu'il n'avait pas encore arrêté de plans précis pour son été, qu'il allait réfléchir, mais que de toute façon le « délicieux monsieur Watson » ne pourrait l'accompagner, parce qu'à sa connaissance, cette année, Harriett Cooper, la femme qui partageait sa vie – dans l'ombre – ne le laisserait pas s'échapper seul.

« *Eh bien alors ce sera un grand plaisir pour nous de faire la connaissance de Miss Harriett…* » avait répondu – par retour du courrier – l'avocat, dont – on le devinait entre les lignes – la main était tenue par sa quincaillière d'épouse. Qu'on avait donc changé à Poitiers, dans la maison Vernet ! Après le mariage du fils unique avec une toute petite employée (catholique et méritante, il est vrai), on admettait désormais les couples problématiques. Jusqu'où irait-on ? À ce stade des échanges, impossible en tout cas de ne pas informer Watson. Holmes s'était donc fendu d'une lettre polie qui n'incitait pas particulièrement à répondre positivement à l'offre d'Horace et de Modeste-Radegonde. Le docteur avait dû batailler quelques temps avec son impétueuse compagne car un long délai s'était écoulé avant qu'il ne se décidât à se prononcer. Mais, mi-juin, un billet bref était arrivé à East Dean :

« *Harriett et moi vous accompagnerons avec plaisir à Royan en août…* ».

S'en suivaient plusieurs propositions de date et de mode de transport. Holmes était piégé. Presque à contrecœur, il avait rempli sa malle et s'était préparé mentalement à subir la compagnie de Watson et de Harriett Cooper pendant le long trajet (563 km en 7 heures et 3 minutes par le train rapide) qui les mènerait de Paris à Royan, en plein milieu de la côte atlantique.

Le rendez-vous avait été fixé à Paris, dans l'*Hôtel du Palais d'Orsay*, celui-là même qui les avait hébergés l'année précédente, en revenant de Poitiers. Ils en avaient apprécié le confort et le côté pratique. Même si le train pour Royan partait de la gare Montparnasse à 11 heures, ce serait un jeu d'enfant de s'y rendre d'un coup d'Autotax. Et puis, avec ses trois cent soixante-dix chambres, point n'était besoin de réserver des années à l'avance. On trouvait toujours un appartement de disponible, quelque fût l'heure du jour ou de la nuit.

Lorsque Holmes avait pénétré dans le bar, d'un classicisme qui eût réjoui les Louis XIV, XV et XVI, Watson était appuyé sur le comptoir, l'œil sombre et dilaté. Il carburait sec. Au Quinquina Bonnet, la boisson à la mode sur le continent. Il semblait un peu perdu dans le luxe des lieux, et sa mine dépressive contrastait avec les marbres clairs qui éclairaient les volumes. Peu à peu, l'amertume du vermouth remplaçait la sienne, vague et qui ne voulait pas dire son nom. Dès qu'il avait été à trois mètres, Holmes avait évalué les dégâts en dévisageant le médecin : légère hypertension artérielle de l'œil due aux 16 degrés du Quinquina ; dilatation des vaisseaux correspondant à trois ou quatre verres ; trois plutôt compte tenu de l'âge de ce cher Watson qui ne rajeunissait pas. Cela faisait donc plus d'une demi-heure qu'il était réfugié près du comptoir. Madame devait être sortie... C'est presque avec le soulagement du noyé apercevant la bouée que Watson avait accueilli son vieux compagnon. Il s'était redressé, avait abandonné son Quinquina et s'était précipité vers la silhouette quasi-mécanique de l'arrivant :

— Holmes ! Toujours le même plaisir de vous retrouver ! Qui aurait dit il y a un an que nous foulerions à nouveau les parquets de ce bel établissement ?

Un rictus courtois avait tordu la bouche du détective :

— L'avenir est imprévisible, mon ami, c'est ce qui fait son charme, le seul…

Watson avait noyé sa langue avec une nouvelle gorgée d'alcool, le temps d'essayer de comprendre ce que voulait dire son mentor. Les arômes d'herbes et d'épices de « l'apéritif de luxe » ne s'étaient pas encore révélés que Holmes enchaînait déjà :

— Votre amie se repose ?

Un visage las de malheureux qui vient d'essuyer une tornade s'était offert à Holmes :

— Vous plaisantez ! Elle court dans Paris depuis que nous sommes arrivés… La tour Eiffel et le Grand Palais ce matin… Déjeuner au Bouillon Vagenende à midi… Au pas de charge… Puis, le café encore dans l'estomac, les jardins du Petit Palais… C'est devant les mosaïques du vestibule que j'ai crié grâce… Je suis rentré à l'hôtel, prétextant un cor au pied… À l'heure qu'il est, Harriett doit faire le plein de chocolats chez Debauve et Gallais, rue des Saints-Pères, elle a promis à ses compagnes de lutte de leur en faire goûter… Vous vous rappelez qu'elle soutient les combats féminins pour l'égalité des sexes, n'est-ce pas ? Si j'ai bien compris, ensuite ce sera la nouvelle basilique du Sacré-Cœur, ce qui au passage me semble plutôt contradictoire avec ses obsessions féministes. L'Église catholique n'admet pas les femmes dans sa hiérarchie et la mère du Christ est à peine citée par l'Apôtre Paul dans ses épîtres. « Né d'une femme », écrit-il sommairement si je me souviens bien. On peut difficilement faire moins… Puis… Puis… Je ne me souviens plus…

Cette femme m'épuise… J'avais cru trouver un havre de paix et me voici le partenaire d'un courant d'air, d'un mouvement perpétuel…

Le mouvement perpétuel n'était réapparu qu'à l'heure du dîner. Des fougères roussies par l'automne sur un champ de neige immaculé ! Ainsi Holmes avait-il défini l'image de Harriett Cooper. Résumé parfaitement adapté : sous une abondante chevelure bouclée qui rassemblait tous les tons allant du feu à un brun orangé, une peau laiteuse courait autour d'une bouche aux lèvres très fines, presque transparentes, d'un petit nez constellé de taches minuscules et de deux yeux verts qui vous regardaient avec la férocité et l'appétit d'une panthère devant un impala. L'anti-portrait exact de ce pauvre Watson, si conventionnel dans sa présentation, avec ses joues affichant son amour de la table, son regard de bon vivant, la retenue de ses manières et son désir de passer inaperçu. Comment ont-ils fait pour se lier l'un à l'autre, avait songé immédiatement le détective ? Décidément, la nature humaine est curieuse. Sous le même joug, elle réunit souvent des spécimens que tout sépare. Mais le gentleman qu'il savait être n'avait rien laissé paraître. Il avait mobilisé la faculté de s'extraire d'une situation qui ne lui convenait pas tout en continuant à deviser avec Harriett Cooper. L'avantage avec les bavards et les bavardes, c'est qu'ils n'entendent pas les autres et considèrent leur propre flot de paroles comme un échange. La soirée s'était écoulée sans incident, et Holmes n'avait même pas eu besoin du traitement personnel – sa seringue salvatrice – qui l'attendait au fond de sa valise, en cas de mal-être persistant.

Le lendemain, au petit-déjeuner, Harriett avait annoncé le programme. Il était conforme aux craintes du pauvre Watson : le Paris des libertés et de l'égalité. Chambre des députés, Sénat, Palais de Justice pour voir de ses yeux madame Chauvin[5] ou une autre de ces avocates de France en robe intervenir à l'audience, et surtout une halte dans les bureaux d'une revue féministe (*Les Nouvelles*) où elle avait prévu de rencontrer son modèle français, Marguerite Durand[6]. Poliment mais fermement, Holmes avait décliné l'invitation à participer au pèlerinage. Il se faisait vieux, le voyage jusqu'à Paris l'avait fatigué et la journée du lendemain serait éprouvante avant d'arriver à Royan. Il avait traîné toute la journée sur la rive gauche de la Seine, s'offrant une longue méditation entre les tombes des grands hommes du cimetière Montparnasse. Là au moins, les bavardages ineptes de la foule ne l'avaient pas désespéré. À l'ombre d'un érable, il avait suivi les jeux des gobe-mouches et des fauvettes. Cela valait bien la compagnie de Watson et de sa dulcinée !

Le trajet en train entre Montparnasse et la côte atlantique avait transformé la fausse excuse de la veille en vérité du jour : éprouvante, la journée l'avait été parce que Lady Harriett, à peine installée dans le compartiment, s'était

5. Avocate et féministe (1862-1926), première femme à plaider en France.

6. Journaliste et féministe (1864-1936).

mise en tête de faire profiter tous ses voisins des richesses infinies de ses visites parisiennes. Gêné, son chevalier servant était vite tombé dans un sommeil feint mais libérateur. Holmes avait hésité avant de recourir à un stratagème aussi grossier, mais il avait finalement cédé, après le déjeuner au wagon-restaurant :

— Chère Madame Cooper, le repas à 3 francs 50 m'a comblé. Je crois que je vais m'absenter un instant.

Et il avait fermé les yeux jusqu'à Thouars. Le reste du voyage avait été rythmé par le roulement monotone du convoi et le babil incessant de la suffragette anglaise. À Royan, Holmes était descendu éreinté et excédé. L'été s'annonçait chaud !

La soirée avait été consacrée à l'installation dans *Carpe Diem*, le cottage louée par les Vernet, à l'extrémité du boulevard de l'Océan, dans la partie sud de Pontaillac. Sur ses quatre niveaux de petits moellons blancs agrémentés de colonnettes aux angles et de mosaïques Art nouveau au-dessus des baies, la bâtisse avait belle allure. Le soubassement accueillait la cuisine, un débarras et la cave, le rez-de-chaussée la salle à manger, un salon de réception et une bibliothèque, le premier étage trois appartements et cabinets de toilette, le quatrième deux chambres et les logements des domestiques. Holmes s'était vu attribuer l'appartement le mieux situé. Agrémenté d'un balcon rectangulaire bordé de bois blanc, il donnait, au premier plan, sur une pinède encore vierge, et à l'horizon, sur l'infini de l'océan. Watson avait hérité du plus vaste. Harriett Cooper, que la morale chrétienne des Vernet interdisait de loger avec Watson, du plus frais, mais aussi du plus coquet. Les Vernet s'étaient exilés au dernier étage, dans la chambre au sud. Il en restait encore une, sommaire mais propre, qu'on utiliserait, en cas de besoin : il était question que Madeleine et Narcisse rejoignent Royan quelques jours si l'état de la jeune épouse – Modeste-Radegonde apprit à la compagnie en battant des mains que Madeleine était enceinte – le permettait, et si le commerce ne reprenait pas encore. Un souper léger avait clos la journée et chacun s'était empressé de regagner son lit.

Le lendemain, on avait arpenté Royan et ses environs. Le Pigeonnier, Le Chay, les chantiers de construction, Foncillon, le port, la Grande Conche et les toitures violettes du casino, le parc, Vallières : toute la côte y était passée. En tête, Modeste-Radegonde, bravant ses chevilles gonflées et son horreur de la marche, avait commenté chaque paysage, comme si elle était une familière des lieux, singeant les rastaquouères désireux de faire oublier la nouveauté de leur fortune. À ses côtés, James et Harriett, élèves attentifs, soucieux de ne rien perdre de la leçon. (C'est à l'occasion de cette promenade que Holmes avait remarqué le peu de progrès linguistiques du docteur et la bonne maîtrise du français de son amie). En queue de peloton, Horace et son cousin anglais, muets et vaguement agacés. Minute après minute, Holmes avait pressenti le désastre à venir : ce séjour allait être une pâle répétition des belles journées du Poitiers de 1910. Et le soir, une question s'était invitée, insistante : ne valait-il mieux pas abréger tout de suite les vacances et rentrer à East Dean ? Il s'était endormi avant de trouver la réponse.

3

Ce 5 août, sur la plage doucement ventilée, la possibilité d'un retour rapide en Angleterre taraudait toujours Holmes. L'opération ne serait pas difficile : avant de partir du Sussex, il avait préparé une fausse lettre requérant son rapatriement dans les plus brefs délais. Un télégramme à madame Gladish et celle-ci se chargerait de lui envoyer la missive. Les Vernet protesteraient, regretteraient, se lamenteraient. Peine perdue : il partirait et retrouverait la paix de ses ruches. Mais, il fallait l'avouer, cette fuite prématurée consacrerait son échec et sonnerait comme un camouflet sur les joues des Vernet. Il hésitait donc.

Les Vernet ! De sa tente de plage, il les apercevait, jouant avec les vagues de la marée montante. Modeste-Radegonde, toujours plus énorme, en maillot moulant d'une seule pièce, blanc rayé de bleu (moins transparent que l'uni, une fois mouillé, Dieu merci !), un bonnet de soie imperméable sur la tête, fonçant vers le large, intrépide, indifférente aux courants et à l'amplitude des rouleaux de la mer, encourageant sans cesse les autres baigneurs à aller de l'avant. Une nature, cette femme ! Et qui n'avait rien à craindre des copurchics voyeurs… Horace, maigrichon dans sa tenue rouge et grise, l'air inquiet, moustache au vent, coincé sur un banc de sable avec l'eau en dessous de la taille, incapable de se décider à livrer son abdomen aux flots. James et Harriett, eux, n'avaient fait ni une ni deux : après s'être aspergés d'océan, ils avaient plongé face au large et, désormais, on ne distinguait d'eux qu'une tête grise et un bonnet fleuri qui montaient et descendaient à l'horizon, tels deux ludions malmenés par les courants. Devant ce spectacle, Holmes eut un haut-le-cœur : moi me mêler à ce troupeau d'otaries déguisées, jamais ! De rage, il se jeta sur les journaux du jour. Il feuilleta *L'Écho de Royan*, *Le Réveil de Royan*, mais c'est dans *La Gazette des Bains de Mer de Royan-sur-l'Océan* de la semaine, qu'en page 4, une annonce l'arrêta :

GRAND-HÔTEL recherche DÉTECTIVE,
Homme mûr, avec références, disponible immédiatement.

Rémunération à négocier.
Les candidats se présenteront à la réception,
Boulevard Frédéric-Garnier.

Il lut et relut le texte. Et si la solution à son spleen se trouvait là ?

4

Le mort n'avait pas vingt ans.

Son identification n'avait pris que quelques secondes. Et pour cause : il appartenait à la « maison ». Il avait été recruté comme garçon d'étage pour la saison. Originaire de Breuillet, un village à l'entrée de la presqu'île d'Arvert, il avait été présenté au *Grand-Hôtel* par ses parents, maraîchers qui fournissaient les cuisines depuis de nombreuses années. De bons produits, des gens sérieux. Monsieur Martin, le chef de réception d'alors (qui gérait le personnel en plus des clients), n'avait pas hésité. Il avait négocié les gages avec le père, trouvé un habit à l'apprenti, expliqué les tâches à effectuer, et il l'avait installé dans les combles, au milieu du dortoir qui, à droite de l'escalier, hébergeait tous les saisonniers de sexe masculin. L'adolescent s'était coulé dans le moule et avait donné satisfaction jusqu'à ce jour.

Il s'appelait Basile Sourisseau. Grand. Brun. Une ombre de moustache au-dessus de fortes lèvres. Sa mâchoire proéminente lui donnait un air idiot et il promenait un visage têtu, rarement souriant, dans les couloirs de l'hôtel. Des pognes impressionnantes terminaient ses bras, plus faites pour manier la bêche ou la pelle que pour porter des plateaux.

Élodie Pinsonneau, une des huit lingères/femmes de chambre de l'hôtel, l'avait trouvé à la mi-journée, dans le réduit du quatrième étage où on entassait les draps, les couvertures, les serviettes et les produits ménagers. Il avait été tiré là et caché sous un amoncellement de linge sale. Elle avait d'abord cru qu'elle avait affaire à un ivrogne – client ou domestique – qui cuvait son alcool, et vu l'odeur, s'y était oublié. Elle avait secoué le gars, reconnu avec effroi le jeune Sourisseau, pensé qu'il se mettait bien tôt à la bibine et à la forte, mais il n'avait pas bronché. Le buste une fois découvert, elle avait compris : une marque rouge, fine mais profonde entourait son cou. Il avait été garrotté. Une langue mauve, gonflée, sortait hideusement de sa bouche convulsée dans une dernière grimace. Les yeux avaient chaviré depuis longtemps. Assassiné, le pauvre drôle !

Retenant ses larmes, elle avait dévalé les escaliers jusqu'à la réception en hurlant. Par chance, il n'y avait aucun client à proximité, et monsieur Gustave, le nouveau chef de réception, après l'avoir interrogée, avait immédiatement pris les choses en main. Silence absolu. Interdiction de toucher le corps. Appel de la police. Silence. Surtout silence. Pas un mot aux clients. Pas une confidence aux familles, aux amis. On ne meurt pas à l'hôtel. Et surtout pas en saison. Ce serait indécent. La fête devait continuer, joyeuse et endiablée. Le luxe et le confort se répandre sur les clients du *Grand-Hôtel.* Royan ne pouvait se permettre d'exhiber un crime en plein mois d'août ! Pensez donc ! La station aux deux cent milles baigneurs ! Un meurtre ! De quoi flanquer tous les efforts à terre ! Non, se taire quelques semaines. Il serait toujours temps de cancaner en septembre sur cette triste disparition.

Élodie Pinsonneau avait attendu le soir pour pleurer sous ses draps, en retenant ses hoquets pour ne pas être entendue.

5

Février 1911.

« *Les personnes naturellement faibles, celles dont la constitution aura été affaiblie par un motif quelconque, toutes celles enfin qui auront besoin de respirer l'air chaud et réparateur du bord de la mer pourront se rendre sur cette plage, assurées qu'elles seront d'en éprouver un bien-être certain. Dans cette classe de malades si nombreuse, si intéressante, se trouvent beaucoup d'enfants fatigués par la croissance…* »

— Tu vois, Eugène, c'est exactement ce qu'il faut à notre petit Léon, avait souligné Jeanne Mainsenet, en lisant à haute voix l'avant-propos du livre qu'elle avait ouvert sur la table de la cuisine : « *Des bains de mer de*

La Tremblade (Charente-Inférieure), par le docteur Brochard[7]*, membre de plusieurs sociétés savantes françaises et étrangères*». Un enfant fatigué par la croissance, tel est bien notre garçon. Tout l'hiver il a toussé et sifflé des poumons. Si nous ne faisons rien, il deviendra un poitrinaire chronique et je ne me le pardonnerai jamais…

Fines lunettes cerclées d'acier sur le nez, front précocement dégarni, Eugène Mainsenet avait levé les yeux du *Mellois*, son hebdomadaire habituel de la fin de semaine, et tenté de résister:

— Royan n'est pas mal aussi. La pratique des bains de mer y est plus ancienne et mieux encadrée. Et puis il y a les soirées. Brillantes, musicales, culturelles. Il paraît même que le casino organise des bals pour enfants. Aucun risque de s'ennuyer. Alors qu'à La Tremblade, et surtout à Ronce-les-Bains, sa plage, après la mer on doit se morfondre…

Mais, en plus d'une détermination sans faille, Jeanne disposait d'un atout maître: la page 16 du même ouvrage. Sans forcer sa voix, elle avait lu en fixant les yeux de son mari: «… *ses bains* (ceux de Royan) *qui se trouvent à l'embouchure de la Gironde et non sur l'océan contiennent autant d'eau douce que d'eau salée. Le port dans lequel on se baigne offre d'ailleurs un inconvénient immense: il reçoit les égouts de la ville…*». Après avoir laissé s'écouler quelques secondes pour que son chimiste de mari prenne bien la mesure du texte, elle avait abattu sa carte décisive en l'enveloppant d'un sourire habile:

---

7. Médecin parisien, promoteur des bains de mer à Ronce-les-Bains dès le Second empire.

— Tu ne voudrais quand même pas que Léon passe l'été à barboter dans les égouts ! Dans les miasmes et les pourritures de la station ? Les déchets ? Les souillures ? Nous sommes des parents responsables. Nous lui devons le meilleur pour sa santé. Il a besoin de soleil, de sable, d'air salé, d'iode et de contact avec les principes résineux si salutaires des pins. Il nous faut en tenir compte. Ronce-les-Bains est vraiment le lieu idéal pour lui. Il n'y a pas à tergiverser !

Eugène Mainsenet avait définitivement replié son journal et rejoint la fenêtre du séjour à pas lents, pour réfléchir. Dehors, la neige recouvrait encore les allées du jardin. Il avait cédé. Tant pis pour Royan ! Un de ses collègues ingénieur de l'usine lui en avait pourtant dressé un tableau enviable : la plage de la Grande Conche peuplée de jolies femmes en tenue de bain, les promenades le long de l'océan dans la nuit d'été exhalant les senteurs de fleurs et les parfums des élégantes de la côte, les soirées lyriques du casino, les courses de chevaux à l'hippodrome, le Garden-Tennis-Club, les gymkhanas sur le sable. Philosophe, il s'était dit que tous ces plaisirs seraient pour une autre année.

En fin de printemps, mettant en œuvre la décision de l'hiver, par l'intermédiaire de leur médecin il avait trouvé une location à Ronce-les-Bains. Cinquante mètres de la plage, au milieu d'une grappe de pins. Au moins là-bas, pendant que Léon profiterait des bienfaits de la mer, il se reposerait. L'année avait été rude pour lui. Les projets qu'il avait menés l'avaient épuisé. Des jours et des nuits entières de labeur. Enfin il pourrait se décharger de cette fatigue qui l'avait vieilli prématurément. Vivement août, s'était-il persuadé, en confirmant la réservation du chalet *Colibri* !

6

À trente-sept ans, le comte Raoul d'Aspinac impressionnait autant par sa prestance et la virilité de ses traits que par le goût avec lequel il se vêtait ou qu'il mettait dans sa conversation. Nul ne pouvait le surpasser dans les sports de plage, rivaliser avec lui sur les pistes de danse, ni l'égaler lorsqu'il s'agissait de séduire ou de convaincre, un verre de champagne à la main. Il tournait la tête des femmes, se jouait des hommes et s'éclipsait lorsqu'il se lassait de briller.

Autant dire que son arrivée à Royan, dans les derniers jours de juillet, n'était pas passée inaperçue.

Dès le lendemain matin, il avait envahi à lui seul tout l'espace de la Grande Conche. Mis en valeur par un costume de bain noir qui moulait heureusement sa musculature du bas des cuisses aux épaules, il avait préparé sa séance aquatique avec une série de mouvements de gymnastique hygiénique. Des flexions, des extensions des membres et du tronc, des torsions, exécutées avec lenteur et application. Tête droite, moustache ferme, regard pénétré, il avait échauffé soigneusement ses articulations et ses fibres musculaires, tout en prenant soin de vérifier l'effet qu'il produisait sur les belles. Ensuite, il s'était aventuré dans les premières vagues et sans même prendre le temps de s'assurer de la température de l'eau, s'était coulé dans les flots et avait nagé à larges brasses vers les bouées qui balisaient le paysage. Les mains faisant visière sur leurs fronts, les spectatrices avaient suivi avec émotion son profil ruisselant et ses épaules lustrées qui montaient et descendaient au gré des mouvements. Enfin, après le bain, il avait longuement marché dans la première écume de l'océan avant de revenir vers sa tente de plage. Là, il avait pris son temps pour enfiler son habit de ville, clair et coupé à la meilleure mode de Paris, puis, tout en se sachant observé et envié, il avait négligemment quitté le front de mer, en chantonnant la scie du moment :

Toc ! toc ! toc ! toc ! Toc ! c'est l'amour
Qui leur a dit bonjour
Nul ne peut rester sourd
À ses jolis discours…[8]

8. Succès musical de l'année 1910, œuvre de Spencer et Dérouville, créée par Henry Dickson.

Le soir, la société royannaise, estivants et résidents à l'année confondus, ne parlait déjà que de ce comte d'Aspinac qui avait abandonné son hôtel particulier de la capitale pour se délasser sur la côte. Une chance pour la ville et les cœurs à conquérir !

Dès le lendemain de leur emménagement, un heureux hasard avait fait se rencontrer les Vernet et Raoul d'Aspinac. Horace et Modeste-Radegonde, qui n'avaient pas osé pénétrer dans le théâtre du casino municipal où l'on donnait une comédie, *Les trois filles de Monsieur Dupont*, rêvaient, accoudés à l'une des balustres de pierre de la terrasse, les yeux perdus sur l'océan qu'une douce lune éclairait. Horace tentait d'encaisser le choc du dépaysement – passer brutalement du centre moyenâgeux et étouffant d'un Poitiers qu'il connaissait par cœur à ce jardin fleuri à ciel et mer ouverts le perturbait–, tandis que sa « quincaillière » d'épouse se demandait comment s'introduire dans ces fêtes mondaines qu'elle s'imaginait déjà décrire à ses amies de la Vienne. Soudain, entre les bouffées de musique et de rires que les portes de la salle des fêtes laissaient s'échapper, des pas décidés avaient fait crisser le gravier. Au moment précis où ils allaient quitter les plate-bandes alignées à la française pour s'engager dans une allée d'arbres touffus, les pas s'étaient immobilisés et une voix mâle avait interpellé Horace :

— Cher monsieur ! Je crois que madame votre épouse a perdu son mouchoir…

Les poitevins s'étaient retournés.

En frac noir trois pièces, chapeau et monocle, après s'être brièvement incliné vers Horace, un gentleman à l'œil charmeur tendait aimablement un carré de tissu blanc à Modeste. Le gros visage de celle-ci avait rosi, s'était troublé et avait fini par articuler :

— Vous êtes trop aimable, monsieur… Il ne fallait pas vous donner cette peine…

Plié en deux dans un excès de politesse ridicule, Horace avait renchéri :

— Nous sommes confus… Mon épouse a dû faire un geste un peu trop vif… Le mouchoir se sera échappé de sa manche… Comment vous remercier, monsieur… Monsieur ?

— Comte Raoul d'Aspinac, de Paris…

Des comtes, des barons, vrais ou de courtoisie, Horace en avait rencontré à Poitiers. Certains confrères en portaient le titre. Mais des aristocrates parisiens, et de la meilleure société, jamais. Et d'une telle sobriété dans élégance ! Il lui avait fallu de longues secondes avant de murmurer, sonné :

— Enchanté… Horace Vernet, avocat à la cour d'appel de Poitiers…

Encore surpris d'être là, à échanger des politesses avec un Parisien distingué, Vernet s'était tourné vers la porteuse de mouchoir :

— Et mon épouse, Modeste-Radegonde…

Le comte s'était incliné respectueusement :

— Mes hommages, madame… À partir de cette minute, le comte d'Aspinac est votre serviteur…

Et il avait glissé sa carte dans la main moite d'Horace.

— Au plaisir de vous retrouver… La ville est petite… Il serait étonnant que nos chemins ne se croisent pas rapidement…

Son ombre s'était fondue dans la nuit et les deux roturiers de la quincaillerie et de la plaidoirie réunies étaient restés interdits sur leur accoudoir de pierre. Interdits et flattés. Voilà qu'un comte, et un comte de la meilleure société parisienne, les avait abordés et obligés, comme s'ils faisaient désormais partie de cette élite à laquelle il appartenait lui, par sa naissance. À Poitiers, les nobles qu'Horace avait rencontrés lui avaient toujours fait sentir qu'il n'était qu'une utilité pour eux. Un vase de nuit avec lequel il était malséant de s'afficher. Et que l'on se gardait bien d'inviter dans les cercles privilégiés. Tandis que là… Un vertige de fierté avait ébranlé l'avocat : quarante ans d'efforts pour en arriver à cette récompense ! À cette reconnaissance et même consécration ! Quel beau moment il venait de vivre ! Si ses confrères l'avait vu ! Combien ils eussent été jaloux ! Il en jubilait intérieurement. Modeste, elle, retenait surtout que le plus bel homme de la côte avait interrompu sa course pour ramasser son mouchoir et lui remettre en main galamment. Ah on était loin des rustauds de Poitiers, gens de robe sans véritable éducation ou boutiquiers et voyageurs de commerce qui vous dévisageaient d'un air supérieur et dégoûté ! Décidément, que la réussite avait du bon ! Elle vous mettait en relation avec des hommes aux manières raffinées, des hommes qui savaient parler aux femmes et les entourer d'attentions charmantes.

Le retour vers *Carpe Diem* avait compté au nombre de ces instants qui marquent une vie. Précédés par une kyrielle d'angelots chanteurs, l'avocat et la quincaillère, avaient marché, non, volé sur la route, indifférents aux moqueries des passagers éméchés du tram aux stores rayés de rouge qui acheminait les fêtards vers tous les lieux de plaisir de la ville. Leurs narines se gonflaient des effluves sucrés de la nuit. Plus aucune trace de fatigue dans leurs genoux et dans leurs âmes ! Des orgues dans la tête, ils avançaient vers un monde de gloire et de distinction. Dans sa grande bonté, Dieu les avait mis à la seule place à laquelle leurs mérites les destinaient : parmi les premiers de ce monde.

7
Extrait numéro 1 du journal de Watson

Royan le 5 août. 23h30.

Quel début de séjour ! Je suis épuisé… Voilà plus de 48 heures que nous sommes arrivés et je n'ai pas encore eu le temps de coucher la moindre ligne dans mon journal. C'est la première fois que je vis une telle situation. Si je ne voulais pas regarder les choses en face, j'attribuerais ma négligence à l'âge, à l'envie qui passe, aux forces qui déclinent. Fausses excuses ! Non, je le sais bien, la seule responsable de mon retard s'appelle Harriett Cooper.

Je nourrissais quelques craintes avant de nous embarquer dans notre périple. Depuis que nous partageons nos destins, jamais Harriett et moi ne nous sommes beaucoup éloignés de nos appartements londoniens. Quelques jours à Bournemouth, une courte villégiature dans le Lake District, et c'est tout. Le challenge de cet été 1911 s'annonce tout différent : il s'agit de passer tout le mois d'août ensemble, avec, à chaque extrémité de l'aventure, du train, du bateau et encore du train.

Le voyage a été tel que je l'attendais : fatigant parce que ponctué de courses, de hâte, de cris et de craintes, et puis subitement enlisé dans de longues phases d'ennui. Harriett n'a pas contribué à simplifier les choses : il lui faut tout voir, tout comprendre, tout goûter, tout expérimenter. Je ne peux la blâmer d'un tel appétit de connaissances, c'est celui de la jeunesse. Dans ces moments, je dois me résoudre à accepter une vérité désagréable : nous n'appartenons pas à la même génération. Elle si fringante et moi déjà parvenu aux portes de l'âge mûr (plus que mûr me chuchote une impitoyable voix intérieure!). Avec vingt ans de moins, je partagerais son envie de ne rien manquer. Dès lors que l'on sort de chez soi, autant profiter de chaque minute pour enrichir sa culture. Le voyage sert à cela. Mais quel rythme ce feu follet nous a-t-il imposé ! Levé aux aurores et couché après tout le monde. Des cavalcades sans fin dans Paris. Des trottoirs interminables sur les boulevards, des escaliers pentus dans les vieilles ruelles, des allées pleines de graviers dans les parcs et les cimetières ! Mes mollets en tremblent encore et je viens à peine de reprendre mon souffle. Les voyages avec Holmes ne m'avaient pas habitué à une telle cadence. Cet homme ne lâche pas trois phrases dans une demi-journée, lève à peine les yeux sur les monuments que le hasard pose devant nos regards, et ne s'inquiète jamais de savoir par quel roi ils ont été commandés. J'avoue que finalement cela me convient assez.

Mon épuisement provient aussi d'une autre cause que je subodorais. Harriett insupporte Holmes au plus haut point. Tout le laissait prévoir : les idées que Harriett professe à longueur de journée, l'agitation qui l'anime de la première minute du matin jusqu'au moment où elle s'endort, et, il faut bien le dire, le sans-gêne qu'elle manifeste parfois. Un gentleman aussi respectueux des conventions sociales qu'est Sherlock Holmes ne peut que s'en effrayer. En fait, l'un et l'autre appartiennent à deux mondes difficilement compatibles. Celui de Holmes, traditionnel, codé, feutré, qui est, j'en ai la conviction désormais, destiné à s'effacer, et celui de Harriett, qui va le remplacer, où la libération personnelle va devenir la valeur suprême. Dans un tel combat, quelle est la position du pauvre Watson ? Celle de tampon. Pour éviter un affrontement qui conduirait le voyage au désastre, il n'a pas d'autre solution que de s'employer à calmer les discussions qui tourneraient vite à l'orage et à freiner les ardeurs guerrières de la nouvelle amazone. Une galère de tous les instants !

Et puis, pour être complet dans ce premier point, je me dois de noter, qu'au-delà de son antagonisme évident avec ma chère compagne, j'ai trouvé que Holmes était bien sombre, préoccupé par des idées et des événements qui ne le tourmentaient pas jadis. À plusieurs reprises, à l'hôtel, dans les gares, et jusqu'ici à Royan, je l'ai surpris parcourant les manchettes des journaux nationaux et de L'Écho de Jarnac.

— Que cherchez-vous donc de manière si insistante ? lui ai-je demandé, intrigué. Vous intéressez-vous désormais à autre chose qu'aux assassinats de rentiers, aux tours de passe-passe financiers ou aux ouvertures de coffres-forts en plein milieu de la nuit ?

— Oui, mon cher ami, m'a-t-il répondu, en empruntant un ton d'une gravité inhabituelle.

— Et à quoi donc, Holmes ?

— À la guerre, Watson. À la guerre qui monte sournoisement, tel le lait dans la casserole…

J'ai haussé les épaules.

— Je veux bien vous suivre si vous me parlez des autres continents que l'Europe, et encore… Mais ici, votre crainte n'a pas de sens. Elle est absurde. Regardez et parcourez cette charmante ville de Royan. Tous les peuples s'y côtoient paisiblement et communient dans le bonheur de la mer et du soleil…

— Grand bien vous fasse, Watson, et que le ciel vous entende ! Un jour, en vous appliquant, vous ferez concurrence à Pétrone et au divin Horace ! Mon analyse est quelque peu différente. Dans mes moments d'attente ou de liberté à l'hôtel, j'ai feuilleté toute la collection du Petit Journal *de cette année. Grossier, mais instructif en vérité !*

— Ah bon ! Et en quoi ? Je n' ai vu que des faits divers dans ceux affichés sur les kiosques de la ville. Les méfaits de la chaleur, le manque d'eau, des bohémiens voleurs d'enfants, des anarchistes surveillés de près. Je ne vois là aucune prémisse à un conflit armé. Non, rien d'inquiétant ! La vie quotidienne qui coule au long des jours…

— Et moi, j'ai noté la mise en route par la Chambre des députés d'une médaille pour les combattants de 1870-1871, le serment de jeunes conscrits de défendre leur merveilleuse patrie et de se montrer dignes de ses morts, la création de nouveaux uniformes, moins visibles sur le champ de bataille, le souvenir de Napoléon aux Invalides, les affaires marocaines qui se gâtent chaque jour davantage. Les Français n'ont toujours pas digéré leur défaite, pas plus que les initiatives du Kaiser aux abords de leurs territoires coloniaux. Et que dire de la présentation tendancieuse faite de tout ce qui peut se passer outre-Rhin ! Pour les journalistes, rien n'y est bon. De la malheureuse exécutée à la hache par un bourreau habillé comme au Moyen-Âge au fraudeur allemand du champagne national, roux, barbu, obèse, ignoble pour tout dire… Les deux peuples se détestent et se surveillent. Il leur faudra bien vider l'abcès. Pas tout de suite, la situation est effectivement calme pour l'heure. Mais avec cette obsession de la Revanche chez les Français et de la constitution d'un grand empire colonial pour les Allemands, en sus de l'Alsace et de la Lorraine récupérées, cela fait tout de même bien des motifs d'inquiétude.

Je n'ai rien répondu. Il a sûrement pensé que j'approuvais son analyse. Faux. Ce n'est pas l'Empire allemand qui m'inquiète. C'est Harriet.

8

Dimanche 6 août.

Après le déjeuner, pendant que Watson, rouge du soleil de la veille et des verres du vin de pays servi à table, faisait s'esclaffer les dames avec des histoires de carabin, Sherlock Holmes prit Horace par le coude et l'entraîna vers le fond du petit parc qui ceignait *Carpe Diem* de ses yeuses et de ses pins. Lorsque les deux hommes furent hors de portée des oreilles gênantes, le détective accula son hôte contre un bosquet de genêts grillés et lui dit d'un ton grave :

— Il faut que je vous parle, Horace…

Le visage de son cousin se figea, soucieux :

— Quelque chose ne va pas, Sherlock ? Votre installation ne vous convient pas ? Si vous voulez échanger votre chambre avec une autre, n'hésitez pas. J'en touche deux mots à Modeste-Radegonde…

— Non, Horace, côté logement tout est parfait. J'ai même le sentiment d'avoir été particulièrement gâté…

— Alors c'est la nourriture ?

— Du tout ! Le bar de midi avait la chair la plus fine que l'on puisse espérer et la sauce de votre cuisinière dépassait tout ce que j'ai pu goûter à Londres…

Les sourcils de Horace remontèrent d'un cran et ses yeux se vidèrent de leur intelligence. Que se passait-il ? Quoi d'autre que le confort du lit ou la saveur des repas tourmentait le parent ? Sherlock lui prit le bras :

— Cessez de vous inquiéter, Horace, vous n'y êtes pour rien. Ni vous, ni Modeste-Radegonde, ni toute votre maisonnée qui se met en quatre pour m'être agréable. Il y a simplement que je suis Sherlock Holmes…

Un regard interrogateur révéla l'état de l'avocat : il ne voyait pas où Holmes voulait en venir. De peur de passer pour un imbécile, il resta silencieux. Son invité s'expliqua :

— … Sherlock Holmes n'est pas et ne sera jamais un homme de plaisir, mon bon Horace. Vous aurez beau le placer dans un lieu édénique – comme c'est le cas ici –, l'entourer de la meilleure société, lui offrir les divertissements à la mode, les spectacles les plus variés, les repas les mieux composés, vous ne le délivrerez pas de son ennui profond. Vous n'y pouvez rien… Et lui non plus…

Horace tritura nerveusement son filet de moustache et regarda son cousin avec curiosité :

— Vous avez mauvaise mine, Sherlock. Je vous trouve terne et amaigri. Vous flottez dans vos habits et vous semblez d'une tristesse infinie. Où est passée votre belle santé de l'an dernier ? Quel mal vous ronge ? À votre place, j'essaierais les bains de mer... Pourquoi ne vous êtes-vous pas joint à nous hier et ce matin ? L'activité physique vous détendrait. Les principes salins dont l'eau est chargée stimuleraient votre peau, les mouvements de la nage exciteraient vos fonctions digestives, vous entraînant en fin de journée vers un sommeil bienfaisant et salutaire...

Holmes arrêta l'élan oratoire du plaideur professionnel :

— Ne vous donnez pas cette peine, cher Horace, et laissez-moi à mon sort. Je suis réfractaire à toutes ces modes et à ces plaisirs collectifs, c'est aussi simple que cela. Et il en a toujours été ainsi. Enfant, déjà, j'ai eu les plus grandes peines du monde à partager les jeux de mes camarades. Il n'y avait aucun mépris ou autre sentiment de supériorité chez moi. Seulement une différence que je ne parvenais pas à combler. L'adolescence a aggravé ma situation. Les tentations de cet âge ne m'ont pas atteint. Jouer les hommes, boire et courir les filles, j'ai trouvé ces buts d'une banalité affligeante. Et puis je suis devenu adulte et j'ai été obligé de me livrer à un constat : aimer ? Briller en société ? Fréquenter un club ? Chasser ? Hanter les champs de courses ? J'en étais incapable. J'ai préféré m'écarter de la multitude et me consacrer à mes pensées. Je crois que je n'ai jamais changé depuis...

Le souvenir de Gilberte de Saint-Noblat[9] empêcha Horace d'être tout à fait convaincu par la démonstration de son cousin. Quoi qu'en dise Sherlock, il était arrivé que son cœur s'émeuve comme ceux des jeunes hommes de son âge. Mais l'avocat évita de le contrarier. Il revint à son obsession, l'occuper agréablement :

— Voulez-vous que je réserve des places au casino pour ce soir ? J'ai vu qu'on y jouait *Quo Vadis*, le fameux drame lyrique de monsieur Nouguès. Un peu d'antiquité vous ferait du bien, non ? Et le chœur des chrétiens vous élèverait l'âme, cher cousin…

— Merci Horace, mais opéras, théâtres, bals, rien ne retient durablement mon attention. Rien ne touche vraiment mes sentiments profonds. Ma nature ne s'y retrouve pas…

— Je suis désespéré, Sherlock ! Moi qui croyais vous faire plaisir en vous proposant ce séjour à Royan ! Je ne vois plus comment vous être agréable…

— Oh c'est élémentaire !

— Alors dites-moi, je vous prie !

Une étincelle raviva les yeux gris du détective :

— Il me faudrait quelques énigmes à résoudre… À force de la former à déjouer des crimes, des escroqueries ou des vols, ma vieille tête n'est plus bonne qu'à cela… Et à ce propos, hier matin, (Holmes sourit ironiquement), pendant que vous excitiez vos intestins dans les vagues, j'ai trouvé une petite annonce à laquelle je vais donner suite : le *ŢhGrand-Hôtel* recherche un détective pour les semaines qui viennent. Si l'on

9. Voir *Sherlock Holmes et le mystère des Bonnes de Poitiers*, La Geste, 2020.

veut bien de moi et si j'ai votre bénédiction, j'agrémenterai mes journées en démêlant quelques petits larcins et autres infractions de pacotille…

Horace Vernet, qui avait déjà jeté l'éponge, leva les bras au ciel :

— S'il n'y a pas d'autre moyen de vous garder avec nous…

Puis il gratta son menton fébrilement, ramené à la réalité par les démarches à risques qui l'attendaient :

— … Maintenant il va falloir que j'explique à Modeste-Radegonde que notre accueil n'est pas en cause…

— Je compte sur vous pour obtenir mon acquittement… Je file au *Grand-Hôtel*…

Face à l'océan, le *Grand-Hôtel* étalait fièrement ses quatre niveaux sur le boulevard Frédéric-Garnier. La clientèle fortunée qui n'avait pas investi dans les belles villas et autres folies de Pontaillac ou de Faucillon s'y retrouvait, certaine d'y jouir du confort et de la sécurité d'un établissement de haut de gamme.

Lorsque Holmes eut expliqué au réceptionniste l'objet de sa visite, il fut conduit par un groom nain sur l'arrière du bâtiment, jusqu'au bureau de Gustave Périer, le tout nouveau chef de réception. À peine son accompagnateur eut-il frappé sur le bois de la porte qu'une voix puissante et impérieuse s'éleva :

— Entrez !

Chapeau dans sa main gauche, Holmes fut propulsé vers un homme d'une cinquantaine d'années, solidement bâti et l'air volontaire. Il enregistra mécaniquement les caractéristiques du personnage : une figure osseuse dotée d'un long nez, des cheveux grisonnants bouclés aux extrémités et partagés en deux par une raie incertaine, des sourcils fournis, des yeux bleu indigo sans flamme qui délivraient un regard pesant, suspicieux même, et une barbe poivre et sel savamment taillée. Penché sur un registre, le responsable du *Grand-Hôtel* griffonnait à coups de bruyants crissements de plume. Quand la porte se referma, il leva la tête :

— C'est à quel sujet ?

— Je viens pour l'annonce concernant un détective…

Gustave Périer sembla faire un effort de mémoire comme s'il avait déjà oublié le recrutement en cours, tint sa plume en l'air tout un moment, puis finit par la poser. Il croisa alors les bras, se redressa et dévisagea l'Anglais :

— Oui, nous avons un besoin urgent… Le détective que nous avions engagé pour la saison nous a fait faux bond. Nous l'avions chargé de veiller particulièrement sur l'une de nos riches clientes. Il a tellement pris son rôle à cœur qu'il s'est sauvé avec elle, sous le nez du vieux mari. Regrettable ! Très regrettable pour la réputation de notre maison ! Enfin, le mal est fait, il faut le réparer… Autant vous dire que le profil que nous recherchons aujourd'hui est à l'opposé du jeune bellâtre qui nous met dans la difficulté. Nous voulons un homme mûr, intègre, maître de ses passions et aux références solides…

Périer reprit sa respiration et son torse puissant se gonfla :

— … Mais je bavarde inutilement… Présentez-vous donc, cher monsieur, et tâchez de me convaincre que vous êtes l'homme de la situation…

Holmes lorgna sur la chaise qui faisait face au bureau, mais le chef de réception ne l'invitant pas à s'asseoir, il se contenta de faire un pas en avant :

— Je me nomme Houlme, Charles-Hugues Houlme. Originaire de Saint-Pierre-et-Miquelon. Je passe l'été à Royan, chez un de mes parents, et, malgré tous les charmes que votre station déploie, je m'ennuie. Mon activité – celle de détective professionnel, qu'il m'arrive d'exercer dans les pays anglo-saxons (je suis bilingue) – me manque. À mon âge, on ne se refait pas. Alors, quand j'ai lu votre annonce, j'ai pensé que ma candidature pourrait vous intéresser…

Le dirigeant du palace le toisa d'un air sceptique :

— Il y a une madame Houlme dans votre vie ?

— Non, mes occupations ne m'ont jamais laissé le temps de m'occuper d'une femme. Je suis resté seul…

— Dommage ! J'aurais aimé pouvoir compter sur un homme rangé, à l'abri des élans, de l'émotion…

Holmes saisit la balle au vol :

— Franchement, monsieur, qui est le plus sujet à la tentation : un homme qui parcourt les sombres couloirs du mariage depuis plusieurs décennies ou un célibataire à qui tout est permis ?

Périer sourit et s'intéressa vivement à ce monsieur Houlme qui ne manquait pas d'humour. Drôle de bonhomme, songea-t-il ! Plutôt laid avec ses traits secs et taillés au couteau, ses yeux enflammés, sa carcasse longiligne et nerveuse, mais un sacré sens de la répartie ! Au moins, avec lui, nous serions tranquilles : les femmes ne l'assiégeraient pas !

— Je vois que vous connaissez les choses de l'existence…

— Dans notre profession, on est vite obligé de considérer les hommes et la société tels qu'ils sont…

— Vous m'avez indiqué maîtriser l'anglais. Ici cela peut être un atout. Vous parlez une autre langue ?

— Parler, non, pas vraiment. Disons que je comprends l'allemand : j'ai mené plusieurs enquêtes dans les empires allemand et austro-hongrois. J'ai également des notions d'italien…

Périer opina du chef : un bon point, ces talents linguistiques. En cet été 1911, le *Grand-Hôtel* bruissait de mots et de phrases de tous les continents.

— Autre chose à signaler ?

Monsieur Houlme se fit modeste, baissa les yeux vers les pointes de ses chaussures et murmura :

— Mes amis ont la bonté de me reconnaître un sens de l'observation assez affûté et une intéressante capacité de déduction…

Périer, qui venait de se mettre debout, se moqua du pauvre Houlme, essayant de lui faire comprendre que ce n'était pas sur des avis forcément partiaux qu'il fonderait sa décision d'embauche :

— Quels personnages exceptionnels nous serions tous si nous étions à l'image des compliments de nos amis !

— Certains d'entre nous le sont parfois, et même au-delà de ce que leurs amis pensent…

Un nuage de curiosité plissa les sourcils du chef de réception. Houlme poursuivit :

— Vous par exemple, qui avez passé une bonne partie de votre vie à naviguer avant de vous résigner à courir les étages d'un hôtel…

Le visage de Périer devint aussi expressif qu'une crêpe.

— … N'avez vous pas eu une destinée plus riche que celle que vous affichez ?

Le bonhomme suffoqua et son autorité commença à s'effilocher :

— Mais comment savez-vous ? Vous avez diligenté une enquête sur mon passé, ma parole !

Houlme, doucement :

— Non, j'ai regardé vos pieds…

— Mes pieds !

Périer les leva l'un après l'autre, abasourdi :

— Je ne vois pas ce qu'ils ont pu vous dire. Mis à part qu'ils se trouvent bien à l'étroit dans ces chaussures vernies et qu'ils préféreraient s'étirer au soleil…

Houlme ne se démonta pas :

— Les pointes de vos souliers sont enduits d'une matière un peu grasse à laquelle se sont mêlés des grains de sable. Cette matière grasse a la consistance et l'odeur caractéristique de l'huile d'olive qu'un bateau en provenance du Maroc – *L'Aunis* – a débarqué hier après-midi, sur le port. N'ayant rien de mieux à faire, j'ai assisté aux opérations de déchargement. Malheureusement, au cours du transport, un portefaix maladroit a laissé échapper un tonneau d'huile qui sous le choc s'est percé. Le liquide s'est répandu sur le quai. Impossible de l'éponger en totalité. Le vent qui s'est levé en soirée a ajouté du sable à l'huile, de sorte que ce matin, le ciment du quai est recouvert d'un mélange comparable à celui que vos chaussures portent. De l'observation de vos chaussures, j'ai donc tiré la conclusion que vous vous étiez promené sur le port aujourd'hui…

— Peut-être tout bonnement parce que c'est mon chemin pour me rendre au travail…

— C'est possible, mais la texture de l'huile et son odeur surtout m'affirment que c'est après le déjeuner – il y a quelques dizaines minutes – que vos pas vous ont mené au port…

— Votre regard est plus efficace qu'un laboratoire !

— J'imagine pourtant que votre activité ne vous laisse que peu de moments de liberté dans la journée. Il fallait donc que le spectacle de ce bateau qui allait reprendre la mer vous soit très cher. Quelle corporation ce départ, ce concert de cornes, ce grondement des moteurs, ce lâcher de vapeur, sont-ils susceptibles d'émouvoir ? Une seule : celle des marins, surtout ceux qui ont cessé de naviguer. Le regret de la mer et des équipages. L'appel du large. La liberté. Dès lors, la conclusion s'imposait d'elle-même : si vous aviez quitté précipitamment votre poste quelques instants pour courir au port, ce ne pouvait être que parce que votre passé de marin vous le commandait…

— Ingénieux ! Mais s'appuyer sur les seules traces de mes chaussures est un peu léger, ne pensez-vous pas ?

— De vos pieds, mon regard est remonté à votre visage, et là, confirmation éblouissante…

— Je ne comprends pas…

— J'ai immédiatement retrouvé dans votre barbe la taille si particulière des marins français de la marine marchande : en ancre, et avec cette pointe curieuse sous le menton. Dans toutes les tavernes du monde, on les reconnaît à dix pas ! Je suppose que ce sont dans vos écoles maritimes que l'on vous enseigne cet art…

— Exact…

Holmes aurait pu également faire remarquer à Périer qu'il avait rafraîchi son poil avec une hâte et une agitation surprenantes, puisque six coupures ornaient son cou et ses joues – quatre sur la gorge et deux sur la joue gauche –, mais il ne le fit pas : la nouveauté de leur relation n'autorisait pas des observations aussi personnelles. Pour conclure son argumentation, il s'en tint à une réflexion générale :

— Vous voyez, cher Monsieur Périer, point n'est besoin de lancer des enquêtes approfondies ou de déplacer des officines pour identifier un homme, il suffit de le regarder avec attention…

Le chef de réception, pour ne pas acquiescer, c'est à dire admettre sa défaite, sauta les étapes habituelles d'un entretien de ce type. Il fila directement au but :

— Bien, pouvez-vous commencer dès mardi matin, neuf heures ?

— Volontiers…

— Je vous avoue ne pas avoir eu le temps de réfléchir précisément à la façon dont nous allons organiser vos activités. Je le ferai d'ici après-demain en tirant les leçons de l'expérience précédente. Nous mettrons à votre disposition un local, simple, qui vous servira à la fois de bureau et de chambre. Les clefs vous seront données mardi. Bien évidemment, une fois que vous aurez pris vos fonctions, vous organiserez votre travail ainsi que vous l'entendrez et vous irez et viendrez au gré des nécessités que vous seul déterminerez. Mais vous me rendrez compte journellement de vos observations et m'avertirez personnellement au moindre soupçon…

Holmes acquiesça silencieusement et fit un pas vers la porte. Périer l'arrêta :

— Nous n'avons pas encore parlé de vos honoraires…

— Je ne suis pas un homme d'argent. Vous me réglerez ce que vous aviez l'intention de me proposer. Je vous souhaite une excellente fin d'après-midi…

9

7 août.

Les hommes dormaient dans leurs chaises-longues.

Horace Vernet, nerveusement. Des soubresauts agitaient des muscles qui ne parvenaient pas à s'apaiser. La conversation qu'il venait d'avoir avec Modeste-Radegonde à propos de Holmes l'avait agacé. Qu'est-ce qu'il y pouvait, lui, si son cousin préférait reprendre du service plutôt que de profiter de la compagnie de sa famille française !

Watson, avec délice. Bien calé dans la toile, il en écrasait. Il ronflait avec une volupté non dissimulée, gratifiant ses voisins d'un déchirement nasal aussi sonore que régulier. En voilà du bon temps ! semblaient dire ses entrailles avec leur musique grasse. Modeste-Radegonde ne s'y trompait pas : elle recevait ces grognements comme un hommage au repas qu'elle venait de servir : langoustines à la fleur d'ail et à la crème, carrés d'agneau garnis de pommes de terre, fromages de Saintonge, gâteau d'Aunis façon basque, le tout arrosé de « Château Conseillante », ce vin de Libourne qui réjouissait jusqu'aux papilles royales de Buckingham. Oui, décidément, ce monsieur Watson savait vivre. Dommage qu'il fût dans les mains de cette Harriett Cooper qui commençait à se mêler de tout !

Lorsque Holmes fit craquer les aiguilles de pin qui jonchaient le sol, Modeste se retourna vivement. Elle n'avait pas entendu le détective arriver. Se cramponnant à l'accoudoir en bois verni de son siège de toile, elle le fusilla d'une œillade acide :

— Alors, Sherlock, les salons et les dorures du *Grand-Hôtel* vous conviendront-ils mieux que les plâtres de notre pauvre bicoque ?

Tout en encaissant la remarque, Holmes se réjouit intérieurement. La « quincaillière » était au courant. Il ne restait plus qu'à éteindre l'incendie. Il s'expliqua sans perdre son flegme :

— Vous savez bien qu'il ne s'agit pas cela, chère cousine. Votre villa n'est rien de moins qu'un petit paradis, et tout homme normal se réjouirait d'y passer les beaux jours de l'été. Mais, comme je l'ai dit à Horace, Sherlock Holmes n'est pas un homme normal...

Une voix aiguë et vindicative monta alors du fauteuil de Harriett Cooper :

— À supposer qu'il existe des hommes normaux! Des égoïstes, des individualistes, des paresseux (elle jeta un regard vers le bienheureux Watson), oui j'en ai rencontré, mais des normaux, il faudra m'en présenter…

La petite peste, songea Holmes! Ce pauvre James a raison: elle est invivable, la suffragette! Mais il ne répondit pas et poursuivit calmement son propos:

— On ne me refera pas. Il faut que j'observe, que j'analyse, que je démonte les affaires les plus embrouillées, que je démasque les voleurs, les criminels. Je ne sais faire que cela…

— Vous ne pouvez donc vous laisser aller! Ouvrir vos sens à la vie? Vous chauffer à ce soleil bienfaisant? Baigner votre corps dans le sein reconstituant de l'océan? Satisfaire votre estomac? Bavarder de tout et de rien? Vous gagneriez, Sherlock, à mettre votre tête au repos! N'a-t-elle pas trop donné, toutes ces années?

— Certainement, Modeste, mais le mal est fait. Il est trop tard. Sherlock Holmes doit enquêter encore et toujours. Il a dressé toutes ses fibres dans ce seul but et maintenant elles ne savent plus s'écarter de cette route…

— Je le regrette, cousin, nous nous faisions un tel plaisir de partager ces semaines avec vous…

— Rassurez-vous, mon activité au *Grand-Hôtel* me prendra peu de temps. Royan semble une station bien tranquille. Je serai avec vous plus que vous ne l'imaginez…

Un visage tavelé de taches rousses jaillit et un son de crécelle grinça:

— Et quand bien même vous seriez indisponible jour et nuit, monsieur Holmes, que nous nous en accommoderions, n'est-ce pas Modeste-Radegonde ! Nous, les femmes, avons l'habitude de nous suffire.

Devant cette saillie, l'épouse Vernet resta interdite. Elle y allait quand même fort, l'Anglaise ! Saint Paul ne disait-il pas qu'il vaut mieux se marier – même avec une aventurière ! – plutôt que de brûler. Mais Harriett estimait que la coupe n'était pas pleine. Elle n'avait pas terminé :

— D'ailleurs, j'ai quelques idées d'occupation pour les heures et jours à venir. Ce soir, je suggère que nous allions au casino. On y donne un bal costumé. Nous pourrions y faire des rencontres amusantes. Qu'en pensez-vous, Modeste-Radegonde ?

Modeste hésita : elle n'avait pas de déguisement sous la main, mais d'un autre côté, la perspective de se mêler à la joyeuse foule la tentait. Après tout, le petit démon avait peut-être des idées positives par moments. Elle résuma ses interrogations dans un :

— Pourquoi pas ?

— Et demain, je serais partante pour une excursion dans la forêt de la Coubre. J'ai vu qu'un tramway à traction chevaline la parcourt en tous sens. 2 francs 50 par voyageur. Il paraît que cela vaut le déplacement. Des tunnels de verdure au milieu des pins, une nature sauvage et surchauffée. Et puis on peut même déjeuner en route…

La chaise-longue de Watson s'anima tout d'un coup :

— Déjeuner ? Qui parle de déjeuner ?

— Rendormez-vous, mon ami, nous conversons entre femmes !

Un instant en éveil, les lourdes paupières du docteur retombèrent. Après tout, si ces dames voulaient prolonger les échanges, il allait ajouter un petit somme à sa sieste déjà longue.

Holmes lui, avait déjà tiré les conclusions de l'intervention de Miss Cooper : il couperait au tramway forestier grâce à son nouvel emploi, mais pas au bal masqué de la soirée : impossible d'infliger aux Vernet le camouflet d'une seconde désertion !

10

Sous la voûte azurée de sa salle d'honneur, le casino municipal avait fait le plein.

Tout ce que Royan comptait comme personnalités, beau linge et fortunes, s'était donné rendez-vous. Les estivants à particule ou à compte en banque fourni avaient aussi accouru.

Sur la scène, l'orchestre de la ville, en habits noirs, chemises blanches et nœuds papillons, avait ouvert le bal avec le fameux *Mao y maya* de Jules Massip. Puis cela avait été des suites de valses, de joyeuses polkas, de mazurkas rythmées qui chaviraient les têtes des femmes.

Modeste-Radegonde, qui n'avait pas trente-six toilettes à disposition, avait enfilé sa seule tenue de sortie – une jupe en soie vert bouteille et un corsage blanc à fanfreluches qui moussaient sur la poitrine –, mais elle avait passé un loup noir confectionné à la hâte. Ainsi cachée, elle pouvait s'adonner à la danse, activité qui lui était interdite dans le Poitiers catholique et bien-pensant. Bien que son corps n'eut rien de celui d'une étoile, il faut avouer qu'elle virevoltait avec une certaine aisance, voire à quelques moments avec une grâce inattendue. Watson et Holmes la suivaient des yeux, étonnés. La cousine les surprenait. Qui eût pensé qu'elle saurait se tenir, une fois éloignée de ses boulons, brouettes, lessiveuses et autres marchandises ! Et, chose curieuse, les cavaliers se pressaient pour l'inviter sur la piste.

Harriett, elle, évoluait dans un style très différent. Vestimentairement d'abord. Elle avait insisté pour qu'Horace lui prête un de ses habits. En pantalon et veste sombre, souliers vernis, loup et chapeau de soie strict, elle jouait les garçonnes. Droite comme un I, elle valsait aussi bien qu'un officier prussien et conduisait les polkas avec l'autorité d'un professeur de danse de salon. Même sur le parquet, il n'était pas question qu'elle se laisse mener par la gent masculine. Intrigués, prétendants et prétendantes se disputaient cette flamme rousse qui promettait de brûler tous ceux qui s'en approchaient.

Horace, Holmes et Watson ne dansaient pas. Ils ne s'étaient pas déguisés. Repliés autour d'une table ronde au plateau de marbre clair, ils fumaient en sirotant des liqueurs qui leur écorchaient le tube digestif. Holmes portait tout l'ennui du monde sur son visage.

Il était clair que ces mondanités lui déplaisaient au plus haut point. Watson souriait béatement. Au contraire de son ami, cette fête le réjouissait et il n'était pas loin de se mêler aux couples qui tournoyaient. Encore un ou deux verres et sa retenue s'effondrerait. Quant à Horace, il faisait mine d'observer le tableau mouvant avec détachement : un avocat à la cour d'appel, chrétien de surcroît, ne se donnait pas en public, ne gesticulait pas au son de musiques dépravées. Belle excuse ! En fait, le juriste était incapable de se mouvoir en rythme sans ridicule. Afin de rompre la morosité qui descendait insidieusement sur le trio, il décida de présenter à ses invités quelques unes des figures remarquables de la soirée :

— Vous voyez la grande blonde, là-bas, en robe longue bleu clair à volants, ornée de motifs argentés, avec des manches qui descendent jusqu'aux poignets ?

Holmes se tourna à peine, tandis que Watson scruta les silhouettes :

— Celle qui porte un loup vénitien à cornes noires ?

— Oui, docteur. Si la *Gazette des Bains de Mer* ne se trompe pas, il s'agit d'une américaine du nom de Bradpick, Jenny Bradpick. Vous la rencontrerez certainement, Sherlock, elle loge au *Grand-Hôtel.* Son père, le colosse aux tempes argentées qui ne la quitte pas des yeux, a réservé la suite impériale jusqu'à la fin de la saison. Très riche, le bonhomme ! Milliardaire même, dit-on ! Industriel dans l'automobile et le matériel agricole. Phileas Bradpick Company, basée à Détroit. Plusieurs usines dans le Michigan et les

États avoisinants. La rumeur publique affirme que la demoiselle a déposé quelques belles pierreries dans le coffre de l'hôtel… Mais…

Il barra ses lèvres d'un index vertical :

— … Motus… Je n'ai rien dit…. Je suis étonné qu'elle soit là. Habituellement, elle se montre peu en public. À son bras, déguisé en ouvrier – ce doit être la première fois qu'il porte la chemise gris anthracite et le pantalon à bretelles! – un autrichien, Wedelganz, petite aristocratie du Tyrol, mais du bien. Suffisamment en tout cas pour flamber sur la côte. Il tourbillonne auprès de l'américaine. D'ici à ce qu'Apollon ait fait des siennes ! Mais pas sûr que ce soit au goût du vieux Phileas.

Tout à coup, le regard vague de Holmes s'arrêta sur un drôle de personnage. Malgré la chaleur de la nuit, il s'était travesti en bourgeois londonien : manteau, gants, chapeau, lavallière, bretelles, montre à gousset. Il déambulait fièrement entre les groupes.

— Nous singerait-on ? s'exclama le détective en interrogeant Vernet et Watson du regard.

Horace rassura son parent :

— Je ne crois pas, mais le commissaire Chavençon a la réputation de jouer les originaux chaque fois qu'il en a l'occasion.

— Le commissaire Chavençon ? Comme à Poitiers ?

— Oui. Le frère, mais bien plus fin. Michel de son prénom. Il dirige le commissariat de Royan. Avec un certain talent, reconnaît-on. Ce soir, il se concentre sur la sécurité du casino municipal. Alors comme vous le voyez, il tourne… Il fait sa ronde…

Deux personnages sortis des Mille et Une Nuits masquèrent bientôt Michel Chavençon. Visage voilé, haut court violet et pantalon de soie fendu sur les côtés, une femme, originaire d'Afrique, suivait docilement un grand pète-sec, enturbanné, faux-gilet satiné sur chemise blanche, sarouel jaune, traînant ses babouches sur la piste. Horace éclata :

— Quel grossier individu ! Aucun respect des convenances. Épouser une quasi-négresse ! Personne n'osera lui dire en face tout le mépris que provoque cette union invraisemblable. Sherlock, vous avez devant vous le colonel Victor-Olivier Urbain de Lettigné, accompagné de son épouse. Lui, un ancien officier, sorti des cadres et qui vit de rentes familiales. Elle, une noire. Il faut le faire ! Mais il a tant d'argent. Domestiques et chauffeur. La bonne société ne les fréquente pas. Certainement une histoire de religion. On les soupçonne de nourrir des sympathies pour les musulmans. Voire d'en être en secret. Oh Seigneur, comment pouvez-vous supporter cette dérision !

Un arlequin passa, enlaçant une bergère. Puis ce fut un pirate et sa captive qui s'immobilisèrent un instant dans le champ de vision de Vernet, Watson et Holmes :

— Le bandit des mers, avec le bandeau noir, le sabre et les bottes, s'appelle Luigi Frascoli. Italien et comte. Marié à la plus belle brune du Piémont. Julietta pour les intimes. Ne l'approchez pas, elle ! Votre vie serait en danger. Frascoli ne plaisante pas avec la vertu de sa compagne !

Un groupe de femmes sautilla en riant à proximité de la table des trois observateurs. Watson ne put tenir. À petits pas gourmands et prometteurs, il trottina jusqu'au ballet des danseurs, dans lequel, ayant été happé par une veuve affamée, il se fondit heureusement.

Holmes s'impatienta :

— Je crois que je ne vais pas tarder à rentrer, cher Horace, une journée bien remplie m'attend. Je voudrais me montrer à la hauteur.

— Vous n'êtes pas bien avec nous ? Si divinement entouré ? Bercé par les plus belles mélodies ? Et sentez-moi ces parfums : des femmes, des fleurs, et les délicieuses odeurs de l'océan… Que demander de plus ?

— Un petit bureau avec un vilain crime à élucider !

La réponse sèche de Holmes avait coupé court à l'effusion lyrique de l'avocat. Celui-ci lâcha prise :

— Eh bien je vous laisse. Vous retrouverez le chemin de la villa dans la nuit ?

— Oui, Horace, ne vous inquiétez pas, et merci pour cette soirée ! Je suis certain qu'elle m'aura beaucoup appris…

Holmes se leva et commença à se détacher de la table. Tout à coup, Vernet lui agrippa la manche :

— Attendez ! Attendez ! Il vient d'arriver…

Alors que l'orchestre entamait une valse de Vienne, la foule s'écarta de la piste et un couple se lança élégamment au son des violons. Grand et viril, vêtu d'une veste queue-de-pie noire fermée à l'avant par un bouton, d'une chemise blanche et d'un nœud papillon, d'un pantalon et de chaussures noires, d'un chapeau haut de forme, l'homme donnait le sentiment d'une grande force mêlée à une souplesse sans pareille. Un regard envoûtant, des favoris soignés qui descendaient bas sur les joues, une petite moustache, des lèvres fermement dessinées : il avait tout du séducteur professionnel. Le visage penché vers celui de sa cavalière, il l'étourdissait lentement dans les tourbillons parfaits qu'il dessinait. Sous le coup de l'admiration, Horace mit longtemps avant de pouvoir murmurer :

— Le comte Raoul d'Aspinac. Nous en avons parlé hier. C'est lui qui a ramassé le mouchoir de Modeste-Radegonde…

Holmes toussota nerveusement :

— Il ne manquait plus que lui…

Vernet s'accrocha à la manche de son cousin :

— Vous le connaissez ?

— Disons qu'il me rappelle quelqu'un…

Perplexe, le ténor tardif du barreau de Poitiers vida le fond de son verre. Qu'avait voulu dire Holmes ? Il ne sut. Son parent avait déjà quitté les lieux.

II

8 août.

C'est le groom nain en livrée rouge vif à boutons dorés, épaulettes noires et calot rond, qui était de service devant la porte tournante du *Grand-Hôtel*. Holmes reconnut tout de suite son gros front bombé, son nez écrasé, ses sourcils en accents circonflexes et son regard faux. Dès que le nouveau détective approcha, le nain fit tourner la porte, et, lorsqu'il fut certain que monsieur Houlme en était sorti, s'y engouffra et trottina sur ses petites jambes tordues. Puis, sans laisser le temps de réagir au visiteur, il se campa devant lui et, d'un geste autoritaire de la main, lui fit signe de le suivre.

— Où me conduisez-vous, tenta de s'informer poliment Holmes ?

Le groom ne répondit pas. Il semblait ne pas avoir entendu. Lorsqu'ils furent arrivés devant la cage d'ascenseur, le détective baissa les yeux vers le petit personnage et reposa sa question sous une autre forme :

— Nous ne passons pas saluer monsieur Périer ?

— Non, pas ce matin… Il a dû s'absenter…

Lorsque la grille de la cabine d'ascenseur se referma, le groom enfonça le bouton numéro deux. Un ébranlement sec et les poulies firent leur travail. Grincement de la porte. Couloir du deuxième. Le nain fila immédiatement vers sa gauche et s'immobilisa devant une porte sans numéro. Le bureau du détective. Sortant une clef de son habit, il ouvrit la porte, s'effaça et invita monsieur Houlme à prendre possession de ses appartements. Appartements était bien un grand mot. Réduit eut été plus approprié. Une pièce sombre, sans fenêtre, s'offrait à Holmes. Au fond, un petit lit encastré dans une sorte d'alcôve. Manifestement un lit d'enfant plus assez bon pour le service d'une « vraie » chambre. Tout de suite à droite, un bureau en bois sombre et un fauteuil sans style. Sur le bureau, une bouteille d'encre, une plume et du papier. Au-dessus, un plan de Royan-sur-L'Océan occupait une bonne partie de la cloison. Le souvenir de *Carpe Diem* traversa l'esprit de Holmes, avec sa lumière et les parfums du jardin. Suis-je bête de négliger ce lieu délicieux, se reprocha-t-il ! Mais déjà le nain s'apprêtait à quitter la chambre. Il ne le fit qu'après avoir montré à monsieur Houlme qu'il laissait la clef dans la serrure de la porte, à l'intérieur.

Lorsqu'il se retrouva seul, Holmes tâta le lit de la main. Un ressort grinça. L'Anglais arpenta son nouveau territoire. Deux enjambées suffirent. Enfin, il s'installa au bureau. Sur la pile de papier, une feuille avait été noircie. Il lut :

« Cher monsieur Houlme, n'ayant pu me libérer ce matin comme je le souhaitais, j'ai chargé Nob (c'est le surnom de notre petit groom) de vous accueillir. Ce n'est pas parce qu'il est nain qu'il est incapable, bien au contraire. Lorsque vous aurez appris à le connaître, vous verrez qu'il est plein de ressources. Quels que soient vos besoins, n'hésitez pas à le solliciter, il connaît parfaitement le fonctionnement de l'hôtel et entretient les meilleures relations avec tous nos clients. Après avoir réfléchi à vos horaires, je pense qu'il serait judicieux que vous concentriez votre présence sur la fin de l'après-midi et le début de la nuit. Les escrocs ne sont guère actifs en matinée ! Si vous en êtes d'accord, je vous suggérerai donc de nous rejoindre chaque soir vers 18 heures et de nous garantir vos services jusque vers 2 heures du jour suivant. Pour vous aider dans vos débuts, je vous ai dressé la liste à jour de nos clients. Faites-en bon usage ! Dans l'attente de vous croiser ce soir, je vous souhaite de profiter de notre station tout au long de la belle journée qui s'annonce… ».

La liste figurait en dessous de la lettre, parfaitement calligraphiée. Tous les renseignements utiles s'y trouvaient : les noms, prénoms, étages et numéros de chambres. Monsieur Gustave l'avait aussi largement annotée d'une écriture aux déliés élégants. Holmes la parcourut : nombre des danseurs du bal masqué y étaient répertoriés : Jenny Bradpick – et son père –, au quatrième étage, dans la suite numéro 40 ; Wedelganz, le faux ouvrier tyrolien, au deuxième – un voisin ! –, chambre 26 ; Luigi et Julietta Frascoli, eux, occupaient un appartement au premier, certainement meilleur marché : toujours prêts à paraître les italiens, mais lorsqu'il s'agissait de payer, il fallait bien se résoudre aux réalités ! Surprise, Raoul d'Aspinac ne comptait pas parmi les résidents. Holmes s'en étonna. Où logeait le chéri de ces dames ? Dans une villa de Pontaillac ou de Foncillon ? Dans un autre établissement ? Il lui faudrait consulter la « Liste des Étrangers » qui figurait sur *La Gazette des Bains de Mer de Royan-sur-l'Océan* pour en avoir une idée.

Tout à coup, il tira sa montre de sa poche : 9h23. N'ayant plus aucune raison de rester au *Grand-Hôtel* (réapparaître vers 18 heures suffirait), il décida de rejoindre la troupe des Vernet et de s'adonner aux joies du tramway forestier en famille. Il abandonna sa chambre, en ferma soigneusement la porte, dévala les escaliers – l'ascenseur était vraiment trop lent ! – et fendit le hall.

— À ce soir, Nob ! cria-t-il à son nouvel ami en s'extirpant de la porte tournante.

Ce dernier s'inclina cérémonieusement. Son regard où flottaient un peu de méfiance et de mépris accompagna monsieur Houlme aussi longtemps que possible.

12

Lorsque Holmes arriva à La Combe à Massé, lieu de départ du tramway forestier, les Vernet et les Watson avaient déjà pris place dans un wagonnet auquel était attelé un cheval blanc. Modeste-Radegonde et Harriett juste derrière le conducteur. Watson et Horace sur le banc du milieu. Le convoi allait s'ébranler lorsque le bon James se mit à crier :

— Look ! Look there ! Holmes… Arriver…

Modeste et Harriett abandonnèrent le début de conversation qu'elles avaient déjà entamé et levèrent la tête : Sherlock Holmes courait à grandes enjambées de l'autre côté du hangar au toit de bruyère qui faisait fonction de gare.

Rênes en mains, le conducteur, lui, n'avait rien remarqué. D'un claquement du cuir, il ordonnait déjà au cheval de prendre le départ. Le voyant indifférent aux ordres de Watson, Modeste-Radegonde lui broya l'épaule de la pince de sa main droite :

— Attendez ! Il y a un retardataire... Un de nos amis...

Le bonhomme immobilisa la bête et se retourna. C'était bien vrai. Un voyageur en habit de ville approchait. Après s'être acquitté du prix de l'excursion, Holmes veilla à ne pas se prendre les pieds dans l'embranchement de rails qui occupait le sol, se jucha prestement sur le wagonnet, remercia poliment Horace et James Watson qui lui libéraient un espace sur leur banc, mais s'installa sur le dernier siège, tout seul à l'arrière du véhicule. Une fois le calme revenu à bord, le conducteur vérifia dans les yeux de Modeste que l'équipage était au complet, puis il sollicita le cheval. La promenade démarrait.

Après une route coupant des vallonnements sablonneux, ce furent très vite des bois épais, sauvages : des aulnes, des peupliers, des chênes moyens, des trembles et surtout des pins, plantés très serrés. Les senteurs qui montaient du sable, des arbres et des variétés inconnues de la flore, ravirent les passagers du tramway. Harriett en premier lieu : la bouche grande ouverte, elle respirait profondément en tirant Modeste par la manche :

— Quelles merveilles de parfums, Modeste ! On se croirait revenus aux temps de la création ! Les premiers hommes posant les pieds dans une nature vierge ! Adam et Ève foulant les allées du paradis terrestre !

Respirez ! Respirez ! Ces odeurs de résine, d'essence de pin, hum, je me régale ! Ah si vous saviez comme je suis contente de vivre cette expérience ! Quelle bonne idée nous avons eue !

La quincaillière approuva à grand renfort de hochements de tête. Pour ne pas être en reste sur le plan de la culture, elle interrogea le conducteur :

— La forêt est ancienne ? Naturelle ? Ou ce sont les hommes qui l'ont plantée ?

Sans quitter les rails du regard et d'une voix monotone, le cocher débita la tirade qu'il aurait placée d'une façon ou d'une autre au cours de la journée (il était payé aussi pour cela) :

— Jusqu'au début du dix-neuvième siècle, les étendues que nous allons parcourir n'étaient constituées que de dunes de sable. Comme vous le savez peut-être, celles-ci subissent l'effet de la mer et du vent. Les marées les attaquent et les font reculer. Le vent les arase. C'est une catastrophe pour une région que de posséder des terres aussi volatiles. Les autorités d'alors ont donc décidé d'essayer de les stabiliser en les plantant. Les Ponts et Chaussées ont entrepris des semis en 1824…

Sur ces derniers mots, un cahot inattendu secoua le chariot. Holmes revint brusquement à la conscience. Il s'était assoupi. Il se redressa et balaya sa veste : une poussière rousse qui tombait des pins s'était déposée sur le tissu sombre. Presque aussitôt, le cheval ralentit : au loin sur la droite, entre les rangées d'arbres, on aperçut une modeste cabane. En s'approchant, Harriett put lire un mot sur une pancarte clouée sur le fronton de l'abri : La Palmyre. Le cheval ne s'arrêta pas. Le wagon fila vers la plage des Mathes, puis vers la Coubre et son phare cylindrique.

Toute la fin de la matinée se passa dans le même ravissement. Silencieux, les voyageurs se laissaient envoûter par ce tunnel d'ombre et de lumière, cette grotte végétale parsemée de chants d'oiseaux, de craquements de branches, de souple balancement des cimes des pins. Parfois, au loin, un scintillement bleu et argenté rappelait la présence proche de la mer. Pour un peu, au milieu du désert des troncs, on eût pu distinguer le fracas des rouleaux d'écume qui venaient mourir sur les plages blondes. Paupières à moitié closes, Modeste et Harriett emplissaient leurs sens des délices du moment. Horace ne cessait de tourner la tête, observait successivement l'horizon et les côtés du rail, comme s'il avait peur de perdre une miette du spectacle. Watson, d'ordinaire si enclin à l'assoupissement, dévorait gloutonnement les paysages : il savait que ce n'était pas du côté de Trafalgar Square ou de St James's Park qu'il en retrouverait de semblables. À l'arrière de l'embarcation, Sherlock Holmes ne pipait mot, mais son visage impassible ne permettait pas de tirer de conclusions : était-il lui aussi sensible au dépaysement, ou se projetait-il déjà dans les couloirs et intrigues du *Grand-Hôtel* ?

Il n'était pas encore 13 heures lorsque le Galon-d'Or avança ses toits de chaume et ses terrasses.

— Halte ! Le déjeuner vous attend…

Le conducteur stoppa son wagonnet, aida les dames à descendre, dételа le cheval et disparut avec lui vers un semblant d'écurie. La bête avait faim et soif elle aussi.

Tout de suite, un ménage de paysans sortit d'une des baraques, et l'homme vint à la rencontre du groupe :

— C'est vous qui avez commandé la « chaudrée » ?

Modeste confirma. Après un comptage rapide, la femme, en tablier de cuisinière et sabots, déclara :

— Ils sont cinq. Je vais les installer sur la table à côté de la petite famille. Ce sera plus commode…

Dans cette trouée en lisière de forêt, seuls deux groupes avaient entamé leur repas : la « petite famille » et un couple taciturne, au regard fuyant et aux lèvres avares.

Deux minutes plus tard, Modeste et Horace d'un côté, Harriett, James et Sherlock de l'autre, entouraient une nappe blanche, rudement assis sur des bancs de bois mal dégrossis.

— Les charmes de la nature ! se contenta de commenter Holmes, dont le postérieur se plaignait déjà.

L'attente ne dura pas. La « chaudrée », bouillabaisse de sèche, barbue, plie, congre, anguille et grondin, vint remplir les assiettes. Un pichet de vin blanc et un gros pain l'accompagna. Le festin commença.

C'est la bouche encore luisante que Modeste-Radegonde entama les manœuvres de séduction avec la table d'à côté :

— Oh qu'il est mignon !

En commerçante aguerrie, elle n'avait pas oublié que le chemin du cœur d'une mère passait par l'enfant :

— … Quel âge a-t-il ?

Le jeune couple qui terminait son repas leva les yeux vers la voix enjôleuse. Le mari, les baissa aussitôt et plongeant vers sa part de tarte aux fraises, se mit à gratter frénétiquement la table avec l'index de sa main libre. Rougissante d'émotion, la mère soutint un moment le regard de Modeste, puis, sollicita son fils, les lèvres barbouillées de fruits :

— Léon, tu as entendu la dame ? Quel âge as-tu ?

— Huit ans, claironna fièrement l'enfant ! Depuis le mois de février…

L'hameçon avait fonctionné. Modeste ne relâcha pas la prise :

— Alors tu es un grand garçon maintenant ! Et qu'est-ce que tu fais ici ? Tu te promènes avec papa et maman ?

— Oui. Comme la mer était trop loin ce matin, on n'a pas pu se baigner. Papa et maman ont décidé qu'on sortirait en forêt…

Il n'y avait plus qu'à tirer le fil de la ligne. La famille était accrochée. Dix minutes plus tard, Modeste savait tout des voisins de tablée : ils passaient l'été à Ronce-les-Bains, à peu de distance de là, afin que le petit Léon profite au maximum des bienfaits des bains de mer. Le père travaillait comme chimiste à la nouvelle usine de Melle, dans les Deux-Sèvres ; la mère, elle, était institutrice. Si madame s'était liée facilement, le chimiste, lui, avait d'abord observé une réserve prudente, surtout à partir du moment où Watson avait tenté de se joindre à la conversation. Peut-être nourrissait-il une aversion, à tout le moins de la méfiance, pour les étrangers à fort accent ! Mais de façon inattendue, en fin de déjeuner, il sortit de son mutisme lorsque Harriett, avançant avec précaution mais jouant de ses prunelles dévastatrices, l'entreprit sur sa formation scientifique, son activité au sein de l'usine et ses travaux personnels. Intriguée, son épouse le regarda longuement : que trouvait-il à cette Anglaise délurée ?

En définitive, la sympathie était née entre les deux groupes, malgré les différences sociales. Tout est possible en vacances et si Modeste avait présenté son mari comme l'un des avocats les plus réputés du barreau de Poitiers, à l'aide de mots bien choisis, elle avait néanmoins fait comprendre à ses nouveaux amis que leur location d'une vaste villa à Pontaillac s'expliquait avant tout par des circonstances exceptionnelles. Elle n'avait pas été plus précise mais cette imprécision de bon aloi avait touché l'institutrice droit au cœur. Même chez les nantis de ce monde, on trouvait finalement des braves gens, pas fiers et vrais ! Dans l'euphorie, on avait échangé les adresses de vacances et on s'était promis de se faire signe avant la fin du mois.

— Venez visiter Royan, avait conclu Modeste ! Nous vous accueillerons à *Carpe Diem* et nous vous servirons de guides. Il y a tant à découvrir dans la ville et les environs !

— Oh, ce sera avec plaisir, avait répondu madame Mainsenet. Ronce-les-Bains est une petite station idéale pour les bains de mer des enfants, mais il faut avouer, que nous, les parents, nous y trouvons le temps un peu long.

Holmes avait suivi les échanges, sceptique. Des politesses inutiles, tout cela ! Heureusement que l'on ne revoyait jamais ceux à qui on laissait ses coordonnées dans un moment d'égarement social !

Après le déjeuner, les Vernet, les Watson et Holmes poursuivirent en carriole la découverte de la Grande Côte. Du sable, du sable, et toujours la forêt dense et ses essences surchauffées. Mais, de temps en temps, une éclaircie entre les plantations offrait, en même temps que la vision rafraîchissante des flots majestueux et la rumeur sauvage de l'océan, une bouffée fraîche d'iode et de sel.

Le retour sur Royan se fit en silence. Les mystères de la forêt imprégnèrent à nouveau sens et consciences. Confondus par tant de beauté, les cinq voyageurs eurent du mal à quitter leurs bancs et à reprendre le chemin d'une vie plus ordinaire.

LE COUP DU GARDUCHE

13

Ce n'est que le surlendemain de sa prise de fonction, le jeudi 10 août, alors que la nuit s'annonçait longue et vide, que Holmes vit arriver son premier client.

Renversé en arrière dans son fauteuil et les pieds sur son bureau – relâchement étonnant pour un dandy de son espèce –, il feuilletait distraitement le dernier numéro de *La Gazette des Bains de Mer de Royan-sur-l'Océan* en essayant de s'intéresser au programme de l'exposition canine qui avait ouvert le matin-même, lorsque des petits pas mélangés à d'autres, plus amples, trottinèrent sur la moquette du couloir du deuxième étage du *Grand-Hôtel*. Puis, dès que le bruit cessa, un index vigoureux tapa à la porte du réduit. Sans se presser, Holmes quitta sa position négligée, posa le journal, et alla ouvrir : Nob, dont la livrée rouge vif flambait dans la pénombre comme une braise au milieu des cendres. Derrière lui, l'air à la fois penaud et outré, un homme d'un certain âge piétinait.

— Monsieur Houlme, monsieur Gustave vous envoie un ami. Il vous serait reconnaissant si vous pouviez lui venir en aide…

Holmes s'effaça pour laisser entrer ses visiteurs, mais Nob déclina l'invitation :

— Je vous laisse, j'ai à faire dans le hall…

Entra alors celui que le cousin Vernet avait présenté comme étant le colonel Victor-Olivier Urbain de Lettigné, lors de la soirée au casino. Chapeauté, costumé, rasé de près, bacchantes à aiguilles soigneusement brossées, un petit reste de supériorité dans le regard qui s'effondra dès que le détective le fixa.

— Asseyez-vous, je vous en prie, proposa Holmes en montrant son fauteuil et en se laissant lui-même tomber sur son lit grinçant.

Le visiteur hésita, mais finit par s'installer avec précaution sur le siège vermoulu. Il posa son chapeau sur le bureau, déserra son col de chemise et souffla :

— Voilà… Il m'arrive une histoire bien regrettable…

Civilisé et méthodique, Sherlock Holmes jugea qu'on ne pouvait entamer une confession sans se présenter. Il coupa poliment son interlocuteur :

— À qui ai-je l'honneur ? Je n'ai pas le souvenir que nous ayons été présentés…

Lettigné sursauta presque :

— Oh, je suis confus... Veuillez m'excuser... Colonel de Lettigné, ancien officier de la Coloniale[10]... Et très heureux de vous rencontrer, monsieur Houlme...

— De même pour moi. Avant toute chose, puis-je me permettre de vous demander vos états de service, colonel ?

— Nombreux. Étendus. Partout où la France a amené ses lumières et libéré les peuples de leur servitude. L'Annam, l'Algérie, la Tunisie, Madagascar, l'Afrique. Le Progrès pour tous et sous toutes les latitudes. Mais je suis désormais retiré des cadres actifs. Je partage mon temps entre mon domaine algérien – je me suis installé dans l'Oranais – et la France. Notez que je n'ai plus d'intérêt en France, plus de famille, mais que j'apprécie d'y retourner le plus régulièrement possible. Vichy : le foie des coloniaux, naturellement. Cette année, j'ai fait le choix de Royan, ou du moins d'une villa à proximité. À y réfléchir, cela a peut-être été une erreur...

— Votre situation familiale ?

— Marié, sans enfants. Vous avez nécessairement aperçu mon épouse. On ne peut pas ne pas la remarquer. Jeune et si belle. C'est d'ailleurs un peu elle qui m'amène, monsieur Houlme...

— Parfait ! Je crois que je peux maintenant écouter votre histoire avec profit...

D'une poche de son habit, l'ancien soldat sortit alors une enveloppe dont il tira trois photographies :

10. Nom collectif attribué aux troupes d'infanterie stationnées dans les Colonies, et chargées de leur sécurité.

— Tout mon problème est là… Voilà trois matins que le facteur m'amène le même courrier : une photo compromettante…

Sherlock Holmes montra les tirages :

— Je peux ?

— Bien évidemment, cher monsieur…

Le détective privé saisit le premier cliché et le porta devant ses yeux : sous les ombrages d'un bosquet d'yeuses, un homme, déculotté et sexe dressé comme le phare de Cordouan, troussait une bourgeoise soudain effarouchée.

Le second cliché reproduisait la même scène, mais le photographe avait centré son objectif sur le visage de la femme. À ses traits, à la couleur de sa peau, on découvrait qu'il s'agissait d'une native des îles lointaines ou des colonies.

La dernière image présentait une séquence différente : d'abord elle se déroulait en intérieur, dans une sorte d'atelier d'artiste, puis, les protagonistes – les mêmes que sur les deux premières photos – se livraient à des jeux différents : entièrement nu, l'homme, excité au dernier point, poussait une balançoire sur laquelle trônait, largement déshabillée, la dame de ses pensées, nullement effarouchée cette fois, mais au contraire, semblant apprécier la situation et l'appelant à s'emballer. Sur les deux photos où il apparaissait, l'homme avait pris la précaution de dissimuler son visage derrière un loup noir.

Après avoir longuement examiné les pièces, Holmes se fendit d'une brève question en montrant la femme surprise :

— Je suppose qu'il s'agit de madame de Lettigné ?

Le colonel d'un reste de voix :

— Évidemment, et il ne faut pas être grand clerc pour deviner l'intention de celui qui m'a adressé ces prises de vue…

— Il va vous faire chanter…

— Forcément ! Mais pour le moment, aucun texte n'a accompagné les photos. Je dispose d'un peu de temps pour mettre un terme à cette odieuse machination…

— Vous êtes certain qu'il y a lieu de parler de machination ? Madame de Lettigné, dans un moment d'abandon, n'aurait pas pu…

Lettigné interrompit brutalement Holmes :

— Sachez, cher monsieur Houlme, que j'ai eu toutes les peines du monde à arracher madame de Lettigné à sa famille et à ses mœurs. Il a fallu que je me batte pour qu'elle quitte la contrée africaine où je l'ai rencontrée et devienne mon épouse légitime. Alors pensez bien que depuis que nous sommes liés, je ne lui laisse pas la moindre occasion de m'oublier. À la maison, une servante que je contrôle ne la quitte pas ; pour ce qui est de l'extérieur, madame de Lettigné ne sort jamais seule. Absolument jamais. Si je ne peux l'accompagner, Hortense, ma fidèle servante, me remplace et ne lâche pas sa maîtresse une seconde. Comment voulez-vous alors que celle-ci se laisse conter fleurette dans un sous-bois ou une chambre de séducteur professionnel ? Impossible !

Pendant la fin de la tirade enflammée de l'ancien militaire, Holmes avait repris les photos. Lorsqu'il les eut revisitées, il posa deux questions à Lettigné :

— Reconnaissez-vous les habits de votre épouse ?

Le colonel colla son gros nez furieux sur les clichés :

— Non, pas vraiment ! Mais cela me serait difficile. Elle a tellement de tenues ! C'est une des contreparties de la discrétion de son existence : je ne compte pas les dépenses d'habillement. Il faut bien qu'elle ait quelques plaisirs, sinon elle serait capable de se laisser mourir…

Holmes ne commenta pas mais n'en pensa pas moins. Décidément, le mariage était rarement cet océan de félicité partagée que les mères vantaient à leurs petites filles en rubans roses ! Il poursuivit :

— Madame de Lettigné s'est fait tirer le portrait récemment ? Ici à Royan ? Par un de ces photographes ambulants qui sillonnent le front de mer ?

— Je n'en n'ai pas la moindre idée. En ma présence, non, cela est certain. Mais avec Hortense, pourquoi pas… L'une et l'autre n'y auront pas vu de mal…

— Eh bien je vous suggère de vous renseigner et de me dire très vite…

En prononçant ces dernières paroles, Holmes s'était levé :

— … Nous n'irons pas plus loin aujourd'hui. Vous allez me laisser les photos et je vais me mettre à la recherche de leur auteur…

Lettigné sortit un portefeuille de sa veste :

— Quelle avance sur honoraires désirez-vous ?

La main de Holmes repoussa le maroquin :

— Aucune, cela est contraire à mes principes. Nous parlerons argent lorsque le coupable sera hors d'état de nuire. Et n'oubliez pas : où et par qui votre épouse a-t-elle été photographiée la dernière fois ? Je vous salue…

Trois quarts d'heure plus tard, monsieur Gustave frappa à la porte de Holmes. Rigolard. Enjoué. L'antithèse du personnage qui avait accueilli l'Anglais en grattant sur ses registres :

— Alors Houlme, c'est votre premier coup du garduche ? J'imagine que vous ne connaissez pas, à Saint-Pierre-et-Miquelon ! Les fesses à l'air dans ce climat océanique et froid, on attraperait vite un rhume mal placé !

Bien qu'excellente, la maîtrise de la langue française de Holmes ne lui permit pas de comprendre le terme « garduche ». Il resta donc prudent et évasif :

— On apprend à tout âge. C'est l'une des raisons pour lesquelles j'ai tant de plaisir à continuer à enquêter, même pendant mes vacances…

Profitant de sa réponse, il tenta de reprendre la main sur la conversation :

— … Mais au fait, dites-moi donc d'où vous connaissez le colonel de Lettigné ? Si je l'ai bien compris, il ne fait pas partie des clients du *Grand-Hôtel*…

— Exact, Houlme, il a loué une superbe résidence à Saint-Palais, en haut des rochers surplombant la plage. La vue sur l'océan et le phare de Cordouan y est sans égale. J'ai eu le plaisir de le rencontrer fin juillet, lorsque mon emploi du temps me laissait encore un peu de loisir. Au *Café des Bains*. Là où toute la bonne société se retrouve, après la trempette. Je dégustais un Lillet aux oranges vertes du Maroc sur la terrasse quand lui et son épouse buvaient des limonades. La proximité et nos bonnes manières réciproques ont fait le reste. Nous nous sommes rapidement découvert des points communs : nos voyages à travers le monde. Lui avec la Coloniale, moi sur mes bateaux. Si ça se trouve, nous nous sommes croisés aux escales. Ah, il en existait de fameuses. Suez et ses mouches. Ses moukères, naturellement… Les petites mains jaune citron d'Haïphong… Djibouti et ses somaliennes aux cheveux luisants de graisse, par 50 degrés centigrades… L'émotion m'égare… Je reviens à notre belle ville de Royan. Lettigné et moi nous sommes revus à plusieurs reprises, début août, et c'est tout naturellement qu'il est venu me trouver lorsque les premières photos sont arrivées. Il hésitait à en parler à la police. Vous savez, sa position n'est pas facile. Ici, nos sociétés n'intègrent pas spontanément des femmes comme madame de Lettigné. Et quand je dis « spontanément » je suis gentil. Même conjointe d'un colonel, elle ne sera reçue nulle part. Quelle conversation pourrait-elle du reste avoir ? Tout la sépare de nos épouses ou de nos mères. Ses mœurs, ses croyances, ses façons d'être et de penser. Inévitablement, des murmures s'élèvent après ses apparitions. Des ragots. Vérifiés ou non. Les Lettigné ont donc choisi de se tenir à distance de notre monde. La seule sortie publique que je leur connais a été le bal masqué, précisément parce masqué : il leur évitait de paraître sous leur véritable visage ! Alors, pour ce qui concernait son affaire, courir chez le commissaire Chavençon ne me semblait pas être la bonne solution. Surtout dans une embrouille qui mêle – je suis confus d'être vulgaire et égrillard : cela doit être mes souvenirs d'escale – fesse et chantage. J'ai préféré vous l'adresser. Votre expérience et votre flair le délivreront rapidement de ses détracteurs, n'est-ce pas ?

— Je vais m'y efforcer. Il ne doit pas être trop ardu de remonter au créateur de ces images. À Londres, à Paris, les photographes abondent. Mais à Royan l'offre doit être encore limitée.

La conversation prenant un tour presque amical, Holmes se résolut à percer le mystère du mot qu'il n'avait pas compris lorsque monsieur Gustave l'avait rejoint :

— … Puisque vous avez un peu de temps à me consacrer, auriez-vous la bonté de m'éclairer sur un sujet qui m'échappe ? Qu'est-ce donc que ce coup du barduche ou bardouche que vous avez évoqué tout à l'heure ?

Le directeur du personnel se fendit d'un rire joyeux :

— Il me semblait bien que cette expression manquait à votre culture ! Mais quoi de plus normal pour un habitant des îles lointaines !

Il marqua un temps d'arrêt pour rassembler ses explications puis reprit :

— … Le coup du garduche : G.A.R.D.U.C.H.E. vient de garde, garde-champêtre pour être précis. Je vous explique… Lorsque des individus en mal d'argent repèrent une femme riche isolée, ils montent toute une mise en scène pour lui soutirer son argent. Le premier, appelé le leveur, aborde la femme, lui raconte sa vie, ses déboires conjugaux, se répand en secrètes confidences pour gagner sa confiance, l'apitoyer, se renseigne discrètement sur ses biens, leur réelle appartenance, leur libre disposition. Lorsqu'il a obtenu toutes les informations nécessaires, profitant d'une belle journée d'été, le leveur entraîne la dame vers un lieu discret, sous de grands arbres dont l'ombre incite à la sieste et aux sentiments. On s'allonge sur la mousse, et soudain, le leveur, incapable de retenir un désir impérieux, entreprend dans un même mouvement de trousser sa compagne et de se déculotter lui-même. C'est alors que d'un bosquet surgit le garde-champêtre, le garduche, en veste de velours côtelé, képi réglementaire et cor de chasse. Le tableau qui s'offre alors à lui est assez stupéfiant : fesses à l'air, sexe dressé vers les yeux éberlués de la victime, le leveur s'apprête à passer à l'acte. Le garduche ne peut que s'en offusquer : « Si je m'attendais à ça ! Ici, dans un lieu public ! Aux yeux de tous ! Femmes et enfants compris ! Il y a des établissements spécialisés pour faire vos cochonneries ! Et vous le saligaud, qu'est-ce que vous attendez pour remballer votre matériel ! Ah je vais vous faire passer vos envies de gaudriole ! Allez, vos papiers, et que ça saute ! ». Le garduche fait semblant de prendre connaissance des papiers d'identité puis conclut : « Article 330 du Code pénal, outrage public à la pudeur caractérisé, votre compte est bon, je dresse un procès-verbal. ».

Zélé, le garde-champêtre passe les menottes au leveur, son complice, dès fois qu'il lui prendrait l'envie de s'enfuir ou de résister. La femme s'effondre en pleurant. Sa réputation ! Ses amies ! Les cancans qui vont salir son nom ! Elle est mûre pour payer… Voilà monsieur Houlme ce qu'on entend par coup du garduche. Précision : c'est essentiellement un sport de villes d'eaux et de stations balnéaires, car c'est là que l'on rencontre deux des conditions nécessaires à sa pratique : des femmes seules, argentées, désœuvrées et des journées suffisamment chaudes pour s'oublier dans la nature. Enfin, dans la mesure où nous voilà entre hommes, je terminerai en indiquant que le leveur doit être bien monté, côté flûte à moustache, afin que le délit n'en soit que plus évident…

Holmes avait écouté monsieur Gustave avec attention, sans s'offusquer et sans l'interrompre. Dès que ce dernier se tut, il le remercia pour son enseignement :

— Je ne serai pas venu à Royan pour rien. J'en rapporterai un nouvel exemple du génie et de la cupidité des hommes. Mais si je compare les faits dont est victime le colonel de Lettigné et le coup du garduche, je dois conclure qu'il existe de fortes différences…

— Vous avez raison : Lettigné est victime d'une variante du coup du garduche. Pas de garde-champêtre mais une simple photographie. Il n'empêche que la mécanique est la même…

— Et surtout la finalité : faire cracher l'argent de la victime ou de son entourage !

— Je ne vous le fais pas dire…

Monsieur Gustave regarda soudain sa montre à gousset :

— … Mon Dieu ! J'avais promis à monsieur Bradpick de lui faire monter un scotch… Excusez-moi, Houlme, je file…

14

Vers 21 heures, l'estomac de Holmes se manifesta. Gargouillant avec toute la distinction d'un viscère de gentleman londonien, il rappela au détective qu'il n'avait pas été alimenté depuis le déjeuner chez les Vernet, déjeuner certes excellent, mais désormais lointain.

Holmes quitta donc son fauteuil, rectifia sa tenue, coiffa son chapeau et se prépara à quitter son deuxième étage pour plonger vers les cuisines. Le chef lui trouverait bien quelque plat à se mettre sous la dent. Lorsqu'il ferma sa porte derrière lui, un étrange sentiment l'envahit : il lui sembla n'être pas seul dans le couloir. Pourtant, tout affirmait le contraire : personne sur les tapis recouvrant le parquet ; portes des chambres tirées ; pas un bruit. Il s'immobilisa et patienta quelques secondes. Rien. Il avait dû rêver. Il prit donc la direction des escaliers. À peine le premier pas achevé, il crut deviner derrière lui comme un glissement. Il se retourna vivement. Une ombre blanche s'évanouit aussitôt. Les vertiges de la faim, songea-t-il ! A-t-on idée de prendre si peu soin de soi ! J'ai vraiment besoin de me reconstituer, la tête me tourne. Il allongea le pas et allait parvenir au bout du couloir, quand il entendit une petite voix :

— M'sieur Houlme… M'sieur Houlme…

Suspectant un nouveau trouble de ses sens, il hésita à stopper sa marche.

— J' vous en prie, m'sieur Houlme…

Une femme l'appelait. Cette fois il ne délirait pas. De tout son corps, il fit demi-tour. Une femme de chambre en charlotte et tablier blancs sortait le buste d'une porte entrouverte. Jeune. Rougeaude. L'air apeurée. D'une main boursouflée par les travaux ménagers, elle l'invita à la rejoindre. Surpris, Holmes se demanda quelle conduite adopter. Que lui voulait cette inconnue ? L'entraîner dans une étreinte ancillaire ? Peut-être en faisait-elle de même avec les nouveaux employés du *Grand-Hôtel* ! Quelle horreur ! Il saurait résister victorieusement. Lui tendre un piège ? Mais pourquoi et pour le compte de qui ? Il n'avait traité aucune enquête à cette heure et n'avait donc marché sur les brisées de quiconque. Lui confier une information qui l'aiderait dans sa vie dans l'établissement ? Dénigrer l'un des personnages de la maison qu'il avait déjà rencontrés ? Monsieur Gustave ? Nob ?

Ne sachant que faire, il se raidit, et, prudent, n'avança que de deux pas, offrant un visage suffisamment inexpressif pour qu'il puisse se charger aussi facilement de colère que de gratitude.

— Oui, que se passe-t-il ?

— Oh, m'sieur Houlme, j'vous guette depuis hier, mais vous semblez si occupé...

Voilà qu'on le surveillait maintenant ! Pas gênée, la fille ! De quel droit se préoccupait-elle de ses horaires et de ses fréquentations ! Holmes la regarda froidement :

— Si vous souhaitez prendre rendez-vous pour une consultation, adressez-vous à monsieur Gustave, il vous fixera un jour et une heure. Pour le moment, je descends dîner...

— Vous méprenez pas et vous froissez pas d'ma façon d'intervenir. J'ai pas l'habitude de parler aux gens du monde, moi, sauf pour vider les vases de nuit ou r'taper des oreillers. Et encore ! Juste pour dire « Oui, madame », « Tout de suite, madame », « Mais certainement madame ». Mais il faut absolument que j'vous parle. Des choses très importantes. Horribles. Dans cet hôtel même. Avant que vous arriviez. J' vous supplie... Accordez-moi un instant... S'il vous plaît...

Elle jeta des coups d'œil effrayés autour d'elle.

— ... Mais pas ici. La gouvernante nous entendrait...

Elle montra la porte entrebâillée :

— ... À la lingerie on s'ra tranquilles...

Holmes se demanda si l'apparition avait bien toute sa raison. Il ne broncha pas. La domestique joua alors le tout pour le tout :

— C'est à propos d'Basile, mon fiancé. Il a été assassiné deux étages plus haut, le 2 août, et depuis, on nous bâillonne sous peine d'perdre nos emplois, moi, Élodie Pinsonneau et tous les autres…

Un meurtre! Inexpliqué! Quelle aubaine! Holmes faillit se précipiter vers Élodie Pinsonneau pour la remercier. Il se retint et grommela d'un air faussement agacé :

— Bon, rapidement alors, je meurs de faim, moi !

La lingerie tenait plus du placard que de la pièce. S'y entassaient des draps, des couvertures, des oreillers, des parures de lit, des corbeilles de linge sale en attente de lessive, des balais, des chiffons, des fioles et des bouteilles de produits ménagers, des seaux, des torchons, des savons…

Holmes réussit à s'insérer entre deux étagères. Dès qu'elle eut refermé la porte en douceur, Élodie Pinsonneau s'effondra en pleurs :

— Finie… Ma vie est finie avant d'avoir commencé…

Holmes, que les larmes féminines indisposaient au plus haut point, tenta d'assécher le torrent :

— Mais non, reprenez-vous ! Il ne faut pas dire cela. Vous êtes jeune et je ne doute pas que vous rencontrerez bientôt un compagnon à votre goût…

L'orage redoubla :

— Mais c'est Basile que j'voulais ! Il avait p'être pas l'air bien malin, mais c'tait un bon garçon. Gentil, travailleur, serviable, et pas hâbleur com'les autres. Il aurait fait un mari comme j'en rêvais. On avait décidé de s'mettre ensemble, à la fin d'la saison, dès qu'nos gages auraient été payés. Pour l'moment, on n'avait rien dit. À personne. Et surtout pas ici. Parce qu'les histoires entres domestiques, ils aiment pas beaucoup. Ils ont peur qu'ça nous enlève la tête d'notre travail…

Dans son for intérieur, Holmes s'agaça. Décidément, sous toutes les latitudes, et à Royan comme à Poitiers ou à Londres, on se perdait dans des considérations inutiles au lieu d'aborder concrètement les choses. Avec autorité, le détective revint donc aux faits :

— Vous m'avez bien dit que les événements se sont déroulés le 2 août ?

— Vous pouvez être sûr qu'j'oublierai jamais cet'date !

— Vous souvenez-vous de l'heure ?

— Oh, c'est pas difficile à r'trouver. J'étais en plein service de lit chez miss Bradpick. Je v'nais d' vider et d'laver son pot d'nuit et j'avais encore ma bouteille d'térébenthine à la main…

— De térébenthine ? C'est de la chimie ou du ménage que l'on vous charge ?

— Vous avez parfaitement entendu. Quand l'pot de nuit est vidé et lavé, on verse une ou deux gouttes d'térébenthine au fond. Ça donne une odeur d'violette au reste d'urine. Les riches ont les narines trop sensibles pour supporter les mauvaises odeurs ! Pas comme nous, les p'tites gens, on peut étouffer au milieu des pourritures, ça gêne personne !

Holmes pinça le nez. Quelle conversation avant un dîner! Il recentra les débats sur un élément de base essentiel :

— Tout cela ne me renseigne pas sur l'heure qu'il était…

Élodie Pinsonneau, yeux encore rouges, mais triomphante :

— Moi si. On avait just'passé la d'mie de neuf heures…

— Donc vous voilà votre bouteille de térébenthine à la main. Qu'advient-il ensuite ?

— J'm'suis mise à la r'cherche d'Justine, l'autre femme d'chambre d'l'étage, pour faire l'lit de miss Bradpick…

Une lueur d'étonnement dut s'attarder dans le regard de m'sieur Houlme. Son interlocutrice s'expliqua après avoir reniflé ses dernières larmes :

— Oui, on s'occupe toujours des lits à deux. C'est l'seul moyen d'les rendre bien élastique, d'obtenir un léger gonflement au milieu et un abaissement vers les pieds, comme les dames d'la bonne société les aiment…

— Décidément, j'en aurai appris des choses aujourd'hui! Reprenons… Vous cherchez Justine…

— Et j'la trouve ni dans la suite des Bradpick, ni dans les chambres d'la dame d'compagnie ou du secrétaire qui les accompagnent et qui logent en face. Alors j'me dis qu'elle peut s'trouver qu'à la lingerie. J'y file et là, patatras! Sous un tas de linge sale en vrac sur le sol, j'tombe sur mon pauvre Basile. Comme j'l'ai dit à m'sieur Gustave, j'ai d'abord cru qu'il avait bu. C'était pas son habitude, mais on sait jamais, on peut s'laisser entraîner. Surtout un garçon influençable comme lui. Mais non, il avait pas bu. On l'avait étranglé avec un cordon…

— Vous en êtes certaine ?

— Oh y avait pas grand doute à avoir. Son cou était entouré d'une trace rouge, régulière. La peau était aussi marquée qu'l'écorce d'un arbre qu'on aurait trop serrée avec un fil d'fer. Pauvr'petit ! Et ses yeux, mon Dieu ! Pleins d'terreur, comme si son dernier regard avait croisé c'lui du diable ! J'avais jamais vu une expression comme ça. Et pourtant j'en ai accompagné des morts chez moi ! La grand-mère, l'grand-père, et puis l'père l'hiver dernier. Ils sont pas partis contents, mais rien d'comparable à c't état-là ! Qu'est-ce qu'a pu se passer ? J'arrive pas à imaginer…

— Basile ne respirait plus du tout lorsque vous l'avez trouvé ?

— Pas un souffle, ça j'en suis sûre. Il aurait été bien en peine, avec c'te langue gonflée qui lui mangeait toute la bouche !

Élodie Pinsonneau soupira gravement en levant ses yeux noirs vers Holmes :

— … C'est pas juste, m'sieur Houlme. Pourquoi on s'en prend à des gens comme nous ? On a rien sur la terre. Pas d'maison, pas d'argent. On essaie juste d'survivre. Voilà qu'on trouve quelqu'un avec qui on a du sentiment et qui pourrait nous rendre la vie moins dure et bfff… Il est déjà mort. C'est vraiment pas juste…

Holmes acquiesça silencieusement et demanda :

— Qui était présent à l'étage dans les minutes qui ont précédé votre découverte ?

— J'en ai aucune idée. Vous savez, on s'mêle pas d'ce que font les messieurs et les dames des appartements. On nous r'commande même d'pas les voir et d'nous faire les plus transparents possible…

— Jenny Bradpick se trouvait dans la suite ?

— Ah non, mad'moiselle prenait son p'tit-déjeuner au rez-d'chaussée. Elle pourrait être servie dans sa chambre, mais elle préfère descendre. « J'aime bien regarder et écouter le monde », elle a dit à m'sieur Gustave. Y semblerait que son père l'ait bouclée dans une institution pendant sa jeunesse. Alors, depuis, elle en profite. C'est en tout cas c'que m'sieur Gustave a compris. C'est justement pour ça que j'avais pu démarrer le ménage d'sa chambre…

— Vous voyez que vous savez certaines choses ! Et son père ?

— Possible qu'il soit déjà r'monté. Lui, aussi il descend. Étonnant pour un millionnaire, pas vrai ? Mais y dit qu'y vient du peuple et qu'y veut garder le contact. Chapeau, les Américains ! Quand j'pense qu'on a eu des Russes l'année dernière. Des princes, selon eux et monsieur Martin, l'chef de réception d'avant, celui qu'a été r'mercié en début d'été – il s'était servi dans la caisse ! Entre parenthèses, jamais on aurait crû ça d'lui ! Pas polis, les Russes, toujours saouls, y fallait les servir chez eux et c'était l'foutoir quotidien. Qu'est ce qu'on a pu trimer, et sans un remerciement quand y sont partis. Côté café, l'père Bradpick en prend qu'une tasse, l'matin. Y parle pas beaucoup, mais il est poli et l'temps qu'il est là, y s'intéresse à c'qui s'passe. Et pas chéti. On a une pièce de temps à autre. Souvent y file chez son secrétaire pour faire l'tour du courrier. Avec ses usines, ça arrête pas...

— Mais si je ne me trompe, vous m'avez précisé que vous aviez cherché Justine chez le secrétaire. Y avez-vous aperçu Phileas Bradpick ?

— Non, mais j'suis pas rentrée dans la chambre. J'ai juste frappé et appelé. Et Justine a pas répondu... C'est donc qu'elle était ailleurs...

Maigres renseignements. Holmes semblait perplexe :

— Et dans les autres chambres de l'étage ?

— Pas la moindre idée. J'm'en occupe pas. J'suis entièrement affectée aux Bradpick l'temps qu'y sont là...

— Bon, eh bien nous ferons avec ces informations. Je vous remercie pour votre confiance...

Holmes se dégagea des étagères :

— Dès que j'aurai du nouveau, je vous dirai. De votre côté, ouvrez l'œil. Et s'il vous revient quelque élément en mémoire, contactez-moi...

La femme de chambre prit les mains de Holmes en les serrant très fort :

— Y faut attraper ce criminel, m'sieur Houlme et venger Basile ! J'ai plus qu'cet espoir. Lui faire payer son crime. L'pousser jusqu'à l'échafaud. Tant qu'y circul'ra en liberté, j'penserai que j'ai pas fait ce que j'devais. Faut que vous réussissiez. J'vous paierai. J'possède pas grand-chose, mais j'vous donnerai tout. Par pitié, m'sieur Houlme, démasquez c'monstre qui tue les p'tites gens méritants, comme mon pauvre Basile...

15

Vendredi 11 août.

— What a gorgeous morning !

Watson avait raison. Lorsque Sherlock Holmes rejoignit les occupants de *Carpe Diem* pour le petit-déjeuner, une superbe journée s'annonçait. Sous un ciel azur sans tache, les cimes des pins louvoyaient à peine tellement la brise était faible. Des roucoulements de tourterelles mêlés à de joyeux cris de mouettes semblaient exhorter les vacanciers qui dormaient encore à se lever au plus vite pour profiter des largesses de la nature. Du sol montaient des senteurs divines : celle du sable que les premiers rayons du soleil commençaient à chauffer, des rosiers plantés autour de la villa, et surtout les essences des pins maritimes, qui embaumaient déjà lorsque l'on s'approchait des écorces rouges et craquelées de leurs fûts et de leurs branches gluantes de résine.

La température était si agréable que Modeste-Radegonde avait fait dresser la table en extérieur, sur la terrasse qui jouxtait la salle à manger. Lorsqu'elle aperçut la silhouette sombre et sévère de Holmes hésiter sur le perron, la maîtresse de maison l'interpella :

— Alors cousin Sherlock, d'où sortez-vous ? De votre suite au *Grand-Hôtel* ou de notre chambrette du premier étage ?

— De mes appartements dans votre charmante résidence, chère cousine, et j'y ai fort bien dormi. Il faut dire que j'en avais besoin. Les affaires commencent à arriver sur mon bureau. Royan se dévoile petit à petit. Et nous le savons tous, quand une ville se montre telle qu'elle est, on y trouve le pire comme le meilleur…

Horace Vernet, en bras de chemise – quelle maigreur, seigneur ! – lâcha un petit jet acide :

— Alors vous voilà comblé, cher parent ! Des escroqueries, des filouteries, des meurtres, c'est bien ce que vous réclamiez, vous qui n'appréciez rien de ce que les honnêtes gens recherchent !

— Tout à fait Horace, je ne me distingue guère des avocats sur ce point, et ces délits et crimes ajoutés à l'excellence de votre compagnie vont rendre mon séjour passionnant, je le sens…

Confiture de groseilles collée sur ses moustaches, Watson enfilait un troisième croissant pendant qu'Harriett Cooper, entortillée dans un étonnant peignoir de soie couvert de ramures et d'oiseaux exotiques, essayait de freiner son appétit. Bouche à moitié pleine, le docteur entreprit alors de raconter à Sherlock Holmes la sortie de la veille (et si possible de le rendre jaloux de n'y avoir pas participé) :

— Cher ami, je veux quand même vous dire que notre soirée d'hier a été fort agréablement occupée et que vous avez manqué des spectacles de belle facture. Pendant que vous remettiez de l'ordre dans les turpitudes de ce monde, nous avons flâné le long de la promenade du front de mer. Une foule ! À croire que toute l'Europe s'est donnée rendez-vous aux bains de mer de Royan. On entendait parler anglais, allemand, italien, russe. Des roitelets, des marquis, des lords, des ladies, des petites comtesses, des ducs, des princes, vrais ou faux… Que du beau monde ! Des femmes d'une élégance !

Les yeux courroucés d'Harriett et de Modeste-Radegonde infléchirent le discours prévu.

— … Mais rien de comparable avec vos délicieux effets, mesdames…

Watson n'avait pas perdu sa capacité d'esquive. Il reprit naturellement la description de la promenade :

— … Lorsque nous sommes arrivés à hauteur du Guignol, Modeste a voulu s'asseoir un instant…

— Les femmes gardent toujours une âme d'enfant, James, vous le savez bien, vous qui aimez leur commerce, minauda la quincaillière. Et Madelon me fait tellement rire ! En voilà une qui ne s'en laisse pas conter par son mari !

— … Puis nous avons mangé des sorbets au chariot d'un glacier. Fameux ! Je vous conseillerai les framboises. Une saveur inoubliable ! Mes papilles en tremblent encore. Ensuite, nous avons repris notre déambulation jusqu'au kiosque à musique, tout à côté du casino. Des militaires préparaient leurs instruments, des cuivres surtout. Je me suis renseigné. La musique de la Garde Républicaine de Paris ! Elle partait donner un concert en Espagne et faisait escale à Royan. Quelle aubaine ! Modeste applaudissait à tout rompre, la larme à l'œil. Harriett et moi sommes restés discrets devant les élans patriotiques des spectateurs. Pour tout vous avouer, votre serviteur se revoyait aux Indes, dans le sillage du 5e régiment des Royal Northumberland Fusiliers… Quelle émotion ! Même si nous nous accoutumons aux mœurs françaises, nous restons anglais avant tout… Of course ! For ever and a day ! Ah, oui, une belle journée, vraiment…

Holmes, que l'exaltation n'avait pas gagné :

— J'en suis heureux pour vous, Watson. Pour ce qui concerne celle qui démarre sous d'aussi heureux auspices – d'un geste large, il prit à témoin tout le paysage – j'ai quelques idées pour vous occuper…

Une légère crispation contracta les traits de Watson :

— Vous m'inquiétez, Holmes…

— Vous avez bien tort, mon ami, vous ne quitterez pas vos mondanités. Terminez votre petit-déjeuner en paix, je vous en dirai plus tout à l'heure, lorsque mon café m'aura éclairci l'esprit.

Vingt minutes plus tard, les dames s'échappèrent en gloussant : il était temps de s'enfermer dans les cabinets de toilette pour réajuster les beautés que la nuit avait endommagées. Horace, lui, s'éclipsa en douce. Prétextant l'achat de journaux qu'il ouvrait à peine, il partit pour une promenade solitaire. Son seul moment de tranquillité dans la journée. Holmes put donc exposer son projet à Watson :

— Voilà, Watson, je vais être très occupé aujourd'hui et il me faut avancer sur une affaire que l'on vient de me demander de débrouiller. La mission que je souhaite vous confier est à la fois simple et compliquée. Simple en ce qu'elle consiste essentiellement à dénombrer les photographes ambulants qui rançonnent les nigauds tout le long de la Grande Conche…

— Les photographes ambulants ! Que leur voulez-vous à ces pauvres bougres ?

Une inspiration subite traversa Watson, qui lui laissa espérer qu'il pourrait se dégager de la corvée :

— … C'est à Narcisse Vernet qu'il faudrait demander ce comptage ! Le photographe de la famille ! Cela lui revient de droit ! Avez-vous déjà oublié le talent avec lequel il croquait les belles Poitevines ?

— Je n'ai rien oublié, mais pour l'heure Narcisse vend des clous et des boulons dans la Grande Quincaillerie Parisienne, et mon besoin est des plus urgents. Et puis Watson, vous vous intéressez aussi aux choses de la photographie. J'ai encore en mémoire une soirée au *Fleuve Léthé* pendant laquelle vous aviez déclaré votre nouvelle passion… Click… Click… Souvenez-vous! Vous aviez fait rire toute la tablée. Modeste-Radegonde n'avait pas résisté à votre numéro de charme…

Watson bougonna:

— Well… Well… Mais comment serai-je sûr de les reconnaître ces artistes ambulants?

— Oh, vous ne pouvez pas les manquer! En premier lieu, grâce à la taille de leur matériel. Avec sa chambre en bois verni et son soufflet volumineux, l'appareil se voit à cinquante mètres. Idem pour le trépied. Et puis, la plupart du temps, il traînent derrière eux un chariot ou un porte-bagage dans lequel ils entassent leur barda: les objectifs, les loupes de réglage, les châssis à glissières, la lampe à éclair de magnésium et les produits de développement. Enfin et surtout, vous n'échapperez pas à leur raffut sur la voie publique: ils sollicitent et harcèlent le client au-delà de ce qui est imaginable, à la fois en déployant de grands calicots vantant leur professionnalisme et leurs tarifs et en servant des boniments plus extravagants les uns que les autres. Parfois ils tirent leur victime presque de force jusque devant le vilain drap qu'ils ont accroché sur un coin de mur ou un cadre en bois. Aucune chance que vous passiez à côté!

— Vous avez aussi laissé entendre que la mission serait compliquée…

— Parce qu'il vous faudra faire un tri parmi tous ces énergumènes. Ceux qui m'intéressent doivent être capables non seulement d'effectuer des prises de vue, mais aussi de les développer et de les modifier postérieurement…

— Je ne vous suis pas…

— Facile pourtant. Aujourd'hui, un habile manipulateur peut modifier le fond d'une photographie, y insérer un paysage ou un décor qui ne figurait pas au moment de la pose. Il sait aussi ajouter un personnage, substituer un visage à un autre, introduire un geste, une posture qui n'ont rien à voir avec ceux d'origine, et ceci à l'aide de jeux de caches, de découpages, de montages…

Le front de Watson tripla d'étendue et ses yeux se remplirent d'incrédulité :

— Et comment voulez-vous que je devine qui est capable ou non de produire ce type d'images !

— En réfléchissant une minute, Watson. Je vais vous donner quelques pistes. La première concerne l'équipement : si le bonhomme ne possède que le minimum, c'est à dire l'appareil photo et le trépied, passez votre chemin. Il n'est pas capable de produire ce que nous cherchons. Attardez-vous sur ceux qui disposeront d'une carriole bien remplie et qui y veilleront de près. Le nécessaire à transformation coûte cher. Des règles, des scalpels très fins, des poudres, des cartons spéciaux : les économies s'y épuisent. La deuxième, le photographe lui-même : s'il vous apparaît bon ouvrier mais sans imagination, voyez plus loin. Notre lascar sera forcément un malin, un créateur sans scrupules, prêt à tordre toutes les règles pour obtenir une commande. Parlez avec lui, sondez le, demandez lui l'impossible pour voir comment il va réagir. La troisième, peut-être l'essentielle : le nu ne doit pas l'effrayer…

— Comme Narcisse ?

— Exactement. Et la dernière : en principe, les plus véreux sévissent en bande. Ils peuvent compter sur des complices, qui jouent les rabatteurs ou les hommes de main. Oui, j'en ai la conviction, le brigand auquel je pense n'agit pas seul.

Le docteur commençait à trouver la tache ardue. Il essaya de monnayer son futur effort :

— Ne sachant rien vous refuser, Holmes, je vais accepter une nouvelle fois de vous aider. Mais j'y mets une condition...

Sherlock Holmes sourit par avance. Il avait encore gagné. Une condition ! Enfantin de s'en dégager prestement. Il laissa son compère se justifier :

— ... Vous m'expliquez le pourquoi de cette chasse au photographe génial et malsain et je pars sur le champ...

— Condition pour condition, je vais vous en imposer une également : je veux bien vous raconter, mais contrairement à ce qui s'est passé à Poitiers avec monsieur Plumet, le journaliste, vous tenez votre langue. Il y va de l'honneur de cette institution militaire que les Français nomment La Coloniale !

Watson protesta en s'étranglant à moitié :

— Holmes, c'était la première fois, la seule, j'étais tombé dans un guet-apens...

— Très bien, je vais vous dire, mais je ne tolérerai aucune fuite. Ni Harriett, ni personne d'autre ne sera jamais au courant...

— Je vous le jure, Holmes...

— Bien...

Holmes restitua alors l'entrevue avec le colonel de Lettigné, sans omettre le plus petit détail. Lorsqu'il termina, Watson était écarlate et se tapait sur le ventre :

— Ces Français sont impayables ! Le coup du garduche ! Ah, je m'en souviendrai ! Les fesses à l'air derrière un bosquet, où vont-ils chercher tout cela !

16

Aussi rouge et immobile qu'une bouche à incendie sur son trottoir, Nob filtrait les entrées du *Grand-Hôtel.* Ses sourcils broussailleux ne tressaillirent pas lorsque la silhouette de Sherlock Holmes s'annonça. Seuls ses deux gros yeux roulèrent dans leurs orbites.

— Bien matinal, monsieur Houlme ! s'étonna le groom.

De quoi se mêle le personnel, maintenant, songea le détective privé maison ! Mais il ne laissa transparaître aucun agacement, sachant bien que Nob irait colporter ses réactions auprès de ses employeurs dès qu'il aurait le dos tourné.

— Je ne fais qu'un saut au bureau, mon cher Nob, j'ai oublié un document…

Nob esquissa un sourire amusé qui voulait dire « On ne me le fait pas, à moi, le coup de l'oubli… » et se contenta d'un :

— Bonne journée, monsieur Houlme !

— Bonne journée à vous également, mon ami ! répondit poliment l'Anglais, en s'enfilant dans la porte.

Une fois dans son réduit, Holmes reprit la liste des occupants de l'établissement, et notamment les notes manuscrites de monsieur Gustave, en s'attardant uniquement sur le quatrième étage. En partant du fond du couloir (où se trouvent toujours les appartements les plus chers : la tranquillité se paie), la distribution était la suivante :

— Suite impériale : Jenny Bradpick et son père, Phileas.

— En face : le secrétaire, John Smith, et la dame de compagnie, son épouse déclarée, Eleonor Smith née Waterful.

— À côté de la suite impériale : madame veuve Alcide Boutonnet et son fils Marie-Antoine, des sucres Boutonnet, les troisièmes sucriers de France. À traiter avec distinction, précisait la plume de monsieur Gustave. Du même : ignorer les gestes et les regards déplacés du jeune Boutonnet. Conseiller néanmoins aux femmes de chambre de ne pas s'attarder en sa présence et d'éviter les couloirs trop étroits quand il est seul.

— Puis : le comte et la comtesse de Carondolo. Fausse noblesse. Avant une importante donation à la sainte église apostolique et romaine, lui s'appelait démocratiquement Louis Lamure. Elle, est une femme de chambre venue de Carondolo, village d'Italie.

— De l'autre côté : deux petits appartements. Le premier est occupé par une dame seule, mais mariée, de noblesse provinciale, portant le titre de baronne de la Tour-Huchet. 45 ans environ. Le mari (un château du côté de Grenoble) paie rubis sur l'ongle. Seul travers, elle boit discrètement. Le second logement, mal organisé et dépourvu de beaucoup de lumière, est celui d'un ingénieur parisien et poète post-symboliste à ses heures perdues, monsieur Jules Frémyet. Célibataire et méprisant. Boit et mange peu. Problème de foie ou gêne financière ? Présent depuis l'ouverture de la saison, il a eu du mal à régler ses premières notes. Bouge beaucoup dans Royan, et tout particulièrement sur le front de mer, aux heures d'affluence, mais on ne le voit guère dans les lieux de plaisir de la ville.

Une fois qu'il eut la liste en tête, Holmes prit le grand escalier et grimpa jusqu'au quatrième. Lorsqu'il arriva, le couloir était désert. Il avança silencieusement, l'air dégagé. Aucun bruit ne venait troubler la paix des lieux. Rien ne filtrait des appartements – on savait se tenir dans la bonne société – et ses pas à lui s'étouffaient dans la profondeur des tapis. Aux murs, des tableaux des lieux remarquables de la région – le port de Royan, les grottes de Meschers, l'église de Talmont – enrichissaient les tapisseries. Il fit un aller et retour, puis un second. Toujours aucun mouvement.

Ni résident ni femme ou valet de chambre ne se montrèrent. Avisant la porte de la lingerie, en milieu de couloir comme au second étage, il l'ouvrit. Même disposition et même contenu que celle qu'il avait découverte en compagnie d'Élodie Pinsonneau. Sans prendre de précautions particulières, il abandonna les lieux. Son idée était faite : le calme que les fortunes exigent se révèle un merveilleux environnement pour qui veut garrotter son prochain et le camoufler dans une lingerie !

Holmes dévala les marches jusqu'au deuxième étage. Il était temps de faire un point de situation. Il poussa la porte avec l'idée de s'installer confortablement sur son fauteuil après avoir allumé une cigarette, mais se figea sur le seuil : un carton blanc brillait sur son bureau. Il se précipita et lut :

Arsène Lupin vous salue bien, Holmes !
Deux ans bientôt !

Arsène Lupin ! Holmes ne s'étonna pas de la présence du gentleman-cambrioleur à Royan. Il l'avait reconnu immédiatement sous les traits de Raoul d'Aspinac. Non, ce qui le faisait s'interroger, c'étaient la signification de son salut et le chemin qui avait mené le carton sur sa table. Était-ce une simple provocation ? Une façon de lui dire qu'il l'avait retrouvé et que désormais il allait falloir compter avec lui ? Lupin se préparait-il à lui lancer un nouveau défi ? Ou à se venger du coup de feu tiré sur sa maîtresse, Raymonde de Saint-Véran, lors de leur dernière rencontre ? Impossible de savoir en l'état. Mais avant tout, il se demandait qui avait violé le secret de son bureau pour déposer la carte : Lupin lui-même ? Monsieur Gustave ? Nob ? Un employé de l'hôtel qu'il ne connaissait pas ? Ce qui apparaissait certain, c'est que son ennemi intime avait assez d'entregent pour s'introduire là où il voulait dans le palace. S'en souvenir ! Et ouvrir l'œil ! Ne faire confiance à personne.

Holmes glissa le carton dans une poche intérieure de son veston et s'allongea sur son lit, les mains sous la nuque. Il tenta de récapituler les événements qui venaient de se succéder :

1. Un colonel que l'on tente de faire chanter à l'aide de photographies (vraies ou fausses?) de sa femme en fâcheuse compagnie…

2. Un jeune valet de chambre garrotté à mort dans une lingerie d'hôtel.

3. La résurrection d'un Arsène Lupin plus introduit que jamais.

Existait-t-il un lien entre ces trois faits ? Entre le colonel et le valet de chambre, il ne voyait pas. Rien ne disait qu'ils se connaissaient. Le premier vivait quasiment enfermé avec son épouse, et le second ne quittait pas les murs du *Grand-Hôtel*. Par ailleurs, leurs rangs respectifs dans la société dressaient un mur infranchissable entre eux. Lettigné et Lupin ? Faire du chantage avec des clichés compromettants ne ressemblait en rien aux pratiques du roi des aventuriers. Pas son style. Quels que soient ses identités et les personnages qu'il incarnait, jamais Lupin ne se livrait à de pareilles bassesses. Son domaine, sa marque, sa griffe, c'était l'escroquerie superbe, la soustraction de bijoux fameux, l'ouverture de coffres-forts bourrés de billets et de titres, la substitution de tableaux de maîtres. Enfin, s'imaginer Lupin impliqué dans le meurtre du valet de chambre n'avait aucun sens : escroc certes, mais escroc de haut vol, de très haut vol même, et absolument pas tueur. Lupin détestait la violence.

Le second questionnement de Holmes s'avérait beaucoup plus complexe : pourquoi assassinerait-on un jeune valet de chambre dans l'hôtel le plus réputé de la côte ? Par esprit de lucre ? Absurde. Ces pauvres domestiques vivent aux portes de la misère. Une vengeance sentimentale ? Peu probable. Basile Sourisseau n'était ni beau ni d'un commerce agréable. Manifestement, Élodie Pinsonneau était la première femme – et la seule – à lui avoir trouvé quelque intérêt. Et celle-ci n'avait pas évoqué une liaison antérieure avec un jaloux potentiel. À moins que… Holmes reprit sa liste et relut les mentions que monsieur Gustave avait cru bon de porter concernant le jeune Boutonnet. Elles ouvraient la porte à diverses hypothèses. Un comportement déplacé ou répété sur la demoiselle Pinsonneau, qui aurait provoqué des remarques du jeune Sourisseau, menaçant de révéler les faits à sa pudibonde et dictatoriale mère, d'où son exécution? Mais Élodie ne s'était plainte de quoi que ce soit et il n'était guère habituel de voir un domestique d'hôtel chic se rebeller contre un client, sauf à risquer de se voir congédié sur le champ. Et si – perspective bien délicate – le jeune mâle en défaut de femmes s'était retourné vers le garçon d'étage ? L'avait harcelé de ses assiduités et contraint ? Puis supprimé ? Pure invention de l'esprit pour le moment, se reprocha Holmes. Rien ne vient étayer cette version. De surcroît, le pauvre Basile n'avait objectivement rien d'un Antinöus susceptible de déclencher la folie d'un érotomane serré de près par sa mère. Alors, pourquoi avait-on tué Basile Sourisseau ? Avait-il par mégarde mis le nez dans des affaires peu orthodoxes ? Possible, mais lesquelles ? Celles du magnat américain de l'automobile ? On ne voit pas comment un valet de chambre aurait pu interférer dans des montages financiers et juridiques se situant aux États-Unis. D'autant qu'il ne parlait pas l'anglais. Celles des empires du sucre ? Même observation. Si le jeune homme parlait la même langue que la veuve Boutonnet, il convenait de noter que celle-ci n'était accompagnée d'aucun secrétaire. Son séjour était donc uniquement consacré au repos et à la distraction de son fils. Conclusion désagréable pour Holmes : il séchait lamentablement.

Fatigué de réfléchir, il finit par se lever. Peut-être que les investigations de Watson lui apporteraient une piste. Et dès ce soir. Ragaillardi par cette pensée, il quitta son réduit et descendit l'escalier jusqu'au grand hall de l'hôtel. Il était encore sur la dernière marche, lorsque des paroles d'Horace Vernet lui revinrent en mémoire : « La rumeur publique affirme que la demoiselle a déposé quelques belles pierreries dans le coffre de l'hôtel… ». Le cousin parlait alors de Jenny Bradpick. Une sorte de mèche s'enflamma dans le cerveau de Holmes et l'éclaira violemment : bijoux-meurtre-Lupin. Une première liaison apparut : oui, aussi bien la mort de Sourisseau que l'apparition de Lupin pouvaient être reliés à la détention de pierres précieuses par la famille Bradpick. Le coup du garduche, lui, était vraisemblablement un avatar isolé. Trouver tout de suite monsieur Gustave. Se renseigner sur ces bijoux, avant qu'il ne soit trop tard. Et en profiter pour obtenir une information essentielle : qui dans l'hôtel avait accès aux clefs des chambres et de son bureau ?

Holmes obliqua vers le cabinet du chef de réception. Il frappa vigoureusement. En vain. Monsieur Gustave ne répondit pas. Soit il était absent ou très occupé. Le détective n'osa pas forcer la porte. Il quitta le *Grand-Hôtel*.

— Vous en avez mis du temps à retrouver votre document ! rigola Nob en aidant la porte à tourner.

Holmes se cogna le front de l'index droit :

— Ça mouline de plus en plus lentement, là-dedans ! mentit-il, en singeant le désespoir de l'homme qui avance en âge. La vieillesse est un naufrage. Vous le constaterez malheureusement vous aussi un jour.

Nob ne parut pas convaincu. Holmes s'éloigna.

Des odeurs de goémon et de sel montaient de l'océan, couvrant les parfums de la ville. Au loin, entre les fumées du vapeur Royan-Le Verdon, des éclairs de lumière couraient sur l'horizon, joyeusement renvoyés du soleil aux crêtes des vagues. Derrière le casino, la promenade était déjà noire d'un monde élégant et babillant. L'heure du déjeuner approchait. Holmes allongea le pas, curieux de goûter les mets que Modeste-Radegonde avait mis au menu.

17

— Trente centimes la photo ! Quarante les deux ! Cinquante les trois ! À qualité égale vous ne trouverez pas moins cher sur toute la côte !

Un bonimenteur en canotier et chemise blanche arpentait les allées du square Botton.

— Baptêmes, fiançailles, mariages, naissances, soldats en permission, artisans au travail… La maison Louis sait tout faire… Prise de vue aujourd'hui, photos demain… Approchez, approchez, maître Louis vous attend…

Un attroupement s'était formé quelques mètres plus loin. Watson le rejoignit, l'air de rien. Il se faufila entre les badauds et découvrit le spectacle : un homme court sur pattes, ventru, coiffé d'une casquette ridicule qui le faisait ressembler à un chef de gare, vêtu d'un gilet sans manches, donnait ses instructions pour la pose. Plaquée devant un calicot blanc, assise sur une chaise style Empire, le coude droit appuyé sur un guéridon, une femme qui voulait se donner des allures de bourgeoise fixait l'objectif de la caisse en bois, droit devant elle :

— Le menton, plus haut… C'est mieux… Le bras, souple…

La cliente tenta de rectifier.

— … Parfait…

Le photographe considéra le tableau :

— … Ça manque de bijoux…

Il fit trois pas en arrière et fouilla dans la petite charrette qui lui servait à transporter son matériel. Il en revint vite et passa un collier de pacotille au cou de celle qui allait se faire croquer. Il recula d'un pas :

— … Ah, ça change tout, décréta-t-il d'un ton satisfait, avant de modérer son enthousiasme… Mais pas encore suffisamment…

De la poignée de verroterie qu'il avait fourrée dans sa poche, il sélectionna une broche sertie d'une grosse pierre brillante et la tendit à sa cliente :

— … Accrochez-la donc à votre chemisier ! Certes il est déjà superbe, mais elle le mettra encore plus en valeur !

La femme obéit scrupuleusement. Effectivement, cela faisait plus cossu.

— … Voilà, cette fois on y est ! Ne bougez plus !

La foule retint son souffle. Maître Louis disparut sous le rideau noir qui tombait derrière l'appareil et on l'entendit répéter :

— … Souriez…Mieux que ça ! Si vous n'y arrivez pas, dites pomme… Pomme…

Les lèvres du modèle s'exécutèrent. Pomme… Pomme… Les badauds riaient en répétant pomme, pomme, eux aussi.

Le photographe pressa la poire du déclencheur et réapparut quelques secondes plus tard, le visage heureux de son exploit :

— … Voilà ma petite dame, c'est terminé. Une vraie réussite ! Vous serez étonnée !

Il lui remit un carton :

— … Demain, ici même, à partir de 11 heures. Vos photos seront prêtes…

Une nouvelle séance pouvait démarrer. Maître Louis posa son regard sur la foule qui s'éparpilla comme un vol de moineaux. On voulait bien voir, mais payer, hors de question. Watson se retrouva seul face au photographe. Désireux d'en savoir plus, il s'avança et montra un panneau sur lequel l'artiste avait rassemblé quelques échantillons de sa production :

— Possible jeter l'œil ?

— Mais bien sûr, cher monsieur, les photos sont là pour ça !

Le complice de Holmes fit rapidement le tour du panneau. Que du classique ! Des mariées noyées dans les voiles, des marins en béret à pompon, des enfants timides endimanchés derrière leur cerceau, des communiantes en robes blanches impeccables, des grand-mères ridées entourées de leur descendance. Rien qui pouvait annoncer un coup du garduche.

Watson lissa ses moustaches et s'enquit :

— Autres… Maybe… More…

Il chercha un mot susceptible à la fois de traduire sa pensée mais aussi de ne pas choquer :

— … More original ?

Le bonhomme sembla surpris par le mélange des langues et le fond de la demande :

— Original ? En portrait de rue, on a vite fait le tour.

Il montra ses réalisations :

— Je vois pas ce qu'on peut ajouter à la collection. Les portraits sur les lits de mort, peut-être, mais autant vous le dire tout de suite, je ne fais pas, ça porte malheur…

Watson s'entêta :

— Original… And if possible léger… Ladies… Some photographes do that… In studio… Cut… Add… Mieux images… Bodies… Femmes…

S'il lui était resté des cheveux sur le crâne, maître Louis se les serait arrachés. Il ne suivait plus et commençait à trouver son interlocuteur un peu louche :

— Que voulez-vous dire exactement ?

— Moi no specialist la photo… But… Entendu nouvelles techniques… Surprising effects… Mettre autre soleil… Paysage… Changer le body… Arranger le tête la dame… Couper… Clac clac… Le vêtement disparaître… Nude…

Avec cette dernière proposition, Watson espérait déclencher une réaction, un coup d'œil complice, puis une offre très personnelle. Peine perdue. Maître Louis secoua la tête négativement. Il avait compris :

— Désolé, pas mon genre, cher Monsieur. Pas de tripatouillages avec maître Louis. Et puis de toute façon, j'ai pas le matériel pour. Je gagne suffisamment ma vie comme ça. Qu'est-ce que vous voulez que j'aille m'embêter avec vos histoires ! C'est un coup à monter au tribunal entre deux gendarmes ! Pas de ça, Lisette !

— I'am sorry… Only renseignements… That's all…

Le docteur cessa son interrogatoire. Il était inutile de persister. Les photos de Lettigné ne venaient pas du studio de maître Louis. Il prit congé de l'artiste ambulant :

— Merci my friend… Have a nice day ! See you soon !

Il pointa un doigt vers le ciel :

— Le température s'annonce magnificent !

Maître Louis ronchonna tout seul. Drôle d'ostrogoth ! Un angliche visiblement. Et pas net, le pépère. Décidément, on trouvait de tout maintenant sur les trottoirs de Royan-sur-l'Océan ! Des causeurs surtout. Mais dès qu'il s'agissait de mettre la main à la poche, plus personne !

Watson méditait encore sur la capacité de maître Louis à produire des images osées, lorsqu'un énergumène longiligne, drapé dans un habit noir que n'eurent pas désavoué des veuves de la tragédie grecque, attira son attention. Installé au milieu du passage par lequel s'écoulait le flux des promeneurs, il tournait auprès du pied de son appareil photographique comme un rapace autour de sa proie, jetant sans arrêt des coups d'œil inquiets. Toi, mon bonhomme, songea le médecin militaire, quelque chose me dit que tu n'es pas en règle avec la police de ce pays ! Il avança. Deux détails vestimentaires firent réfléchir Watson : d'abord le chapeau de feutre noir qui couvrait le chef de l'artisan, étonnant en cette saison d'été où la coutume était de porter des canotiers ou autres chapeaux de paille clairs ; et puis un carré de soie blanche qui débordait élégamment de la pochette avant du veston. Pour tout dire, le type avait l'air de sortir d'une soirée habillée. Étrange de le retrouver sur un trottoir à tenter de harponner le client ! En s'approchant, Watson nota encore que le personnage présentait des traits remarquables : un visage émacié, taillé à la serpe, un nez pointu, des pupilles d'un noir perçant, une petite moustache soignée. Un prince roumain déchu, décida-t-il, se remémorant les profils de ces musiciens de taverne qui se produisaient parfois dans les banlieues de Londres. Curieux. Après les revers de fortune qu'ils ont essuyés, ces types de saltimbanques sont souvent prêts à tout pour soutirer quelques billets. Aussi bien dans le domaine de l'art que de l'escroquerie.

Sous son apparence de bon gros bourgeois naïf, Watson engagea la conversation. Bien lui en prit. Le prince roumain parlait correctement l'anglais et se montra affable. Quelques minutes plus tard, l'ami de Holmes en savait beaucoup plus.

Son jugement ne l'avait pas trompé. Petru Bobesco venait bien de Roumanie. Né à Craiova, dans l'ancienne principauté de Valachie, il appartenait à la noblesse locale. Son père, alcoolique et joueur, avait réussi le tour de force de dilapider en quelques années la fortune que ses ancêtres avait accumulée au fil des siècles, avant de se brûler la cervelle avec une balle de revolver. À seize ans, Petru s'était retrouvé à la rue. Avait alors commencé une longue errance sur les rives de la Méditerranée. Pour survivre, l'adolescent avait fait tous les métiers : apprenti chez un sabotier en Turquie, garçon pâtissier au Liban, soutier dans un navire égyptien, conducteur de fiacre pour le compte d'un hôtel niçois, et enfin, c'était son dernier état, photographe et peintre ambulant. En avouant ces deux talents, Petru montra à Watson ses dernières réalisations, simplement posées sur une toile à même le sol. Côte à côte, on trouvait : des portraits, des paysages, des scènes de la vie courante, des dessins au fusain et au crayon, des peintures sur le motif. L'ensemble était impressionnant. Petru savait tout faire, et au premier regard, on devinait en lui l'artiste-né, sensible et soigneux dans le moindre détail.

En résumant les informations obtenues depuis le début de leur contact, Watson était bien conscient que Bobesco ne correspondait pas aux critères que Holmes lui avait indiqués : il ne possédait pas de matériel extraordinaire, semblait mener son négoce seul, et, à l'évidence, ne disposait pas d'un studio. Il décida toutefois de persister dans son enquête. Quelquefois, la vérité surgit là où on ne l'attend pas.

À la question : « Travailleriez-vous sur commande ? », le bourlingueur en habit sombre répondit sobrement :

— Ça dépend du prix que vous voulez mettre…

Watson saisit l'opportunité :

— Voilà, c'est un peu particulier, j'ai une amie, beaucoup plus jeune que moi et très jolie, qui souhaiterait immortaliser sa beauté, surtout la plus intime. Et elle m'a confié le soin de trouver un homme de l'art capable de prendre ce travail en charge…

Petru ne se montra ni surpris ni intéressé. Son attention était ailleurs. Loin en amont du boulevard. De sa haute taille, il donnait l'impression d'observer la foule qui baguenaudait. Watson revint à la charge :

— Oui, je disais que mon amie aimerait bien garder le témoignage de sa jeunesse triomphante, de la perfection de ses courbes, du satin de sa peau, de la délicatesse de sa complexion…

Le discours de Watson aurait pu – dû – enflammer Bobesco. Le Roumain ne bronchait pas, le sourcil préoccupé, tendu vers l'horizon. Tout à coup, alors que Watson s'impatientait, un juron tomba de la bouche de l'aristocrate vagabond :

— Fiu de curvă[11] !

Le docteur sursauta, et, furieux – pourquoi Bobesco le traitait-il ainsi ? – s'apprêtait à répliquer, lorsque le photographe se baissa subitement vers le sol, rassembla les quatre coins du tissu qui recueillait ses productions, en fit un baluchon qu'il épaula prestement, saisit son appareil photo de l'autre main, et s'éclipsa sans demander son reste. Watson suivit autant qu'il put sa silhouette de croque-mort épouvanté. Quelques

11. Fils de p…

secondes plus tard, deux sergents de ville déboulèrent sur le trottoir et entreprirent de contrôler les patentes des colporteurs qui y vantaient leur camelote. Watson eut la confirmation de sa première impression : Petru Bobesco vivait et travaillait en marge des lois. Pas impossible donc qu'il ait pu, à un titre ou à un autre, être mêlé à un coup du garduche. L'ennui était qu'on ne le reverrait probablement pas de sitôt dans la ville !

Avant de faire demi-tour et de rentrer à *Carpe Diem*, Watson décida de s'arrêter un instant devant la plage de la Grande Conche. Elle était noire de monde. La marée haute n'avait laissé qu'une bande de sable étroite sur laquelle s'agglutinaient familles et tentes rayées. Pendant que les mères essuyaient, rhabillaient, nourrissaient leur heureuse progéniture, les pères, à l'écart, tiraient sur un cigare en clignant des yeux et en essuyant les projections dont les courses des bambins les aspergeaient. Ce spectacle d'un bonheur estival aurait pu retenir le regard de Watson, mais très vite, un détail monopolisa son attention. Il était situé en lisière de l'eau. À une vingtaine de mètres du bord de la plage, les pieds dans l'écume des premières vagues, un photographe travaillait. Jambes de pantalons retroussées jusqu'au-dessus des genoux, en gilet sans manches et canotier bien enfoncé sur le crâne. Il n'avait pas peur pour son matériel, l'intrépide : le trépied baignait au moins dans trente centimètres d'eau. Un rouleau un peu plus fort qu'un autre et ses objectifs prendraient le sel de l'océan ! Mais son audace payait : une cohorte de femmes en bonnets de bain et d'enfants excités s'agitait à proximité de son installation, impatients de se faire encadrer dans un paysage aussi inattendu. Génial, le type avait trouvé le filon : des clichés d'un naturel nouveau. Plus de pause, plus de minauderies ! De la vraie vie. De l'action. Madame et les enfants aux bains ! Des images qui étonneraient les amis, au retour des vacances, et qui restitueraient fidèlement les bons moments vécus au plein air, les cheveux dans le vent et les joues brunies par le soleil.

Côté organisation, le photographe apparaissait solide. Rangée devant la plage, Watson remarqua vite une remorque attelée à une automobile toute neuve. « Studio Moderne » clamait la bande annonce collée sur le flanc de la remorque. En plus petits caractères, figurait l'adresse de la boutique : 12, rue du château d'eau, Royan. Facile de conclure que les locaux pouvaient accueillir des mises en scène élaborées, du style parties d'escarpolettes en tous genres. Il ne restait plus qu'une rubrique à remplir pour cocher tous les critères fixés par Holmes : les complices. Balayant le sable de la Grande Conche, Watson les identifia rapidement : passant de tente en tente, ils faisaient l'article aux belles dames qui attendaient l'heure du bain. On les reconnaissait à leurs grands gestes empressés, et, lorsque le vent gagnait en intensité, aux éclats de voix qui traversaient la plage : « inoubliable », « qualité supérieure », « les trois pour quarante centimes »…

Toi, mon ami, tu m'intéresses, s'avoua Watson à lui-même ! Tu dois être le seul sur toute la côte à faire preuve d'autant d'imagination et à prendre des risques pour arrondir ta bourse. À côté, maître Louis et Bobesco sont de gentils amateurs. Te sachant capable d'affronter l'océan, je t'imagine bien surgir des fourrés pour surprendre la femme et le maître-chanteur en pleins ébats ! Courons vite alerter Holmes ! Sûr que la solution à son problème se trouve derrière ton activité originale !

18

— Je ne vous attendais pas si tôt, Houlme ! N'étions-nous pas convenus que votre journée démarrait à 18 heures ?

Monsieur Gustave se montra surpris lorsque Holmes demanda audience. Il était à peine 16 heures.

— Je suis passé ce matin à l'hôtel, j'avais oublié un document. J'ai tenté de vous voir, mais vous n'étiez pas disponible. Il faut que je vous parle, c'est urgent, très urgent…

Le visage du chef de réception s'éclaira à moitié :

— Dois-je comprendre que vous avez déjà identifié le misérable auteur du coup du garduche ? Si c'est le cas, racontez-moi vite que j'informe Lettigné !

Holmes tempéra l'ardeur de son interlocuteur :

— L'enquête avance bien, mais nous n'en sommes pas encore à sa conclusion…

Gustave Périer laissa poindre alors un début d'agacement, celui qui permet de faire comprendre au petit personnel que le mieux serait de se retirer :

— Si ce n'est du coup du garduche, de quoi voulez-vous donc m'entretenir ? Que je sache, nous n'avons pas d'autre affaire en cours.

Sherlock Holmes prit un air inspiré :

— Les affaires, comme vous dites, ont ceci de merveilleux qu'elles courent plus vite que nous, qu'elles nous rattrapent et nous dépassent alors même que nous en ignorions l'existence…

Le front de monsieur Gustave s'était subitement transformé en vaste tableau vierge : que signifiaient les paroles de ce curieux Houlme ?

— Précisez, Houlme, précisez ! ordonna un Périer qui tentait de faire œuvre d'autorité.

— Eh bien, j'ai deux sujets à traiter : le premier me met en fureur rien qu'à y penser ; le second m'inquiète fortement…

— Diantre ! Vous voilà bien mystérieux, Houlme…

Il regarda sa montre :

— … Je vais vous écouter, mais faites vite, j'ai du travail, moi…

Holmes se gonfla de colère froide :

— Le premier point ne demande pas de longs développements…

Sa voix montra encore d'un cran dans l'indignation :

— … Je n'accepte pas que l'on viole le secret de mon bureau pendant mon absence, que l'on y entre comme dans un moulin, que l'on fouille mes papiers aussi facilement que si je les avait laissés à disposition dans le grand hall de l'hôtel !

Alors qu'il s'attendait à déclencher une réaction de surprise et certainement à recevoir une admonestation du genre « Vous aviez forcément laissé votre porte ouverte ! Qu'y puis-je moi, si vous ne prenez pas toutes les précautions ! », le détective maison vit un désenchantement cynique durcir les traits de Périer. Des paroles qui hésitaient entre la moquerie et la froideur du constat suivirent :

— Vous seriez bien le seul employé du *Grand-Hôtel* à disposer d'un territoire sûr !

Holmes fut désarçonné un instant par cette réponse. Il n'imaginait pas qu'à certains niveaux de responsabilité de la maison, on ne fut entièrement maître des lieux que l'on occupait. Il voulut en faire la remarque au chef de réception :

— Ne me dites pas…

Mais l'ancien marin le coupa sans ménagement :

— Allons, Houlme, ne faites pas l'enfant ! Vous savez parfaitement qu'un hôtel, comme un morceau de gruyère, est ouvert à tous les vents. Pour des raisons évidentes de service, chacun entre et sort à sa guise…

Holmes, faussement étonné :

— Comment ! Les doubles des clefs ouvrant les chambres ne sont pas surveillés ? Enfermés dans des armoires verrouillées ?

— Mais si, bien sûr ! Et leur utilisation se fait sous le contrôle strict des gouvernantes…

Périer sourit :

— … Mais ça, c'est la théorie. Dans la réalité, il en va tout autrement. Si le matin les clefs ne quittent leur tableau que dans des doigts autorisés, nous savons tous qu'elles passent de main en main pendant le reste de la journée. Et il ne peut en être différemment. Comment voudriez-vous satisfaire des clients qui vous sonnent à longueur de journée et qui ne se donnent même pas la peine d'ouvrir leur porte, bien qu'ils en soient à deux mètres. Les femmes de chambre n'ont qu'une solution : vaquer à leurs travaux avec la clef dans la poche et la passer à la collègue qui en formule le besoin. Voilà la vérité, Houlme…

— Donc, si je comprends bien, n'importe quelle femme ou valet de chambre des étages a pu s'introduire dans mon bureau ?

— Je vous le confirme…

Une inflexion presque satanique étira les commissures des lèvres de Périer :

— Et je ne vous pas encore parlé de Nob…

— Le groom ?

— Lui-même…

— Aurait-il un passe-partout ?

— Bien plus que cela, Houlme !

— Je ne vous suis plus…

Le chef de réception consulta sa montre :

— Il me reste cinq minutes. Je vais vous affranchir sur le personnage. Nob n'est qu'un surnom. Le véritable état civil de notre ami est le suivant : Norbert

Lenoble de Courciroux. Troisième enfant d'une richissime famille bordelaise : un pied dans la vigne – plusieurs crus classés –, un autre dans le commerce maritime. Un fauteuil au Conseil général. Un cousin sénateur, un beau-frère député. Des relations jusque dans les ministères parisiens. Une belle réussite et tout pour être heureux, si ce n'était l'infortune liée à ce fils que la nature a enfermé dans un corps disgracieux. Et aussi doté d'un caractère difficile : le Nob est sanguin, coléreux, curieux, vaniteux, égoïste, imbu de lui-même. Là où il passe, les embrouilles fleurissent. Les conflits éclatent. Ses parents l'ont pourtant éduqué comme les autres enfants. Ils ont essayé de le raisonner, tenté de guérir son égoïsme forcené. Rien n'y a fait. Lorsqu'ils ont fini par admettre que vivre à ses côtés devenait un enfer et un danger pour la réputation du nom, ils se sont résolus à l'écarter de la demeure familiale. Je ne vous détaillerai pas tous les subterfuges qu'ils ont utilisés pour l'expédier au fond des campagnes d'Aquitaine ou des montagnes des Pyrénées ! Je vous dirai simplement pourquoi, depuis plusieurs années, il passe l'été dans nos murs, déguisé en groom. L'explication est toute simple : la famille Talon-Meyzieux, qui possède le *Grand-Hôtel*, s'était lancée dans de grands investissements immobiliers sur l'un des cours de la capitale girondine. Tout allait pour le mieux, jusqu'au moment ou les Talon-Meyzieux ont découvert qu'ils avaient été possédés par des aigrefins : plusieurs de leurs nouveaux titres de propriété étaient, je ne dirais pas des faux, mais douteux ou contestables. Comment se tirer de là ? Une seule solution : demander l'aide d'un notable capable de peser sur les propriétaires putatifs et réels, les notaires et les édiles de la ville, et d'étouffer à prix d'or le scandale en gestation. Vous l'avez deviné, ce notable a été Antoine Lenoble de Courciroux, le père de notre Nob. Mais autant les Courciroux savent se montrer serviables, autant leurs services s'avèrent hors de prix. Lorsque la situation des immeubles fut régularisée, il fallut passer à la caisse. En plus de fantastiques honoraires d'intervention réglés naturellement hors la vue des notaires et de notre cher fisc national, la famille Lenoble imposa une clause inattendue : à partir du mois de juin suivant, Nob passerait tous ses étés au *Grand-Hôtel*, dans un emploi nécessitant peu de connaissances : celui de groom. Et voilà, cher monsieur Houlme, pourquoi ce personnage – souvent sympathique au demeurant – court nos couloirs, ouvre et ferme nos portes à sa convenance, accueille et accompagne nos clients lorsqu'il en a envie. Chacun ici sait qui il est et d'où il vient, et personne n'ose lui refuser quoi que ce soit. Si l'idée lui vient de demander une clef, on s'empresse de lui la donner ! Je vous rassure : il demande peu, car il se sert lui-même. Combien de fois l'ai-je trouvé, juché sur une chaise, en train de décrocher celle qu'il désirait. Au début j'ai tenté de l'en dissuader, mais quand j'ai compris que ma place serait en jeu si j'insistais, j'ai laissé tomber…

Holmes, qui avait écouté patiemment Périer, récapitula les informations reçues lorsque celui-ci se tut :

— La conclusion que je tire de vos propos est donc claire : chaque employé du *Grand-Hôtel* a pu s'introduire dans mon bureau…

— Oui. À une exception près…

— Et laquelle je vous prie ?

— Moi-même, Houlme…

Holmes afficha une moue dubitative.

— … Vous avez ma parole… De marin…

— Alors je vous crois ! Et maintenant le second sujet dont je voulais vous entretenir, les bijoux de miss Bradpick…

Le mot bijoux déclencha une onde de choc chez le chef de réception. Il sembla appeler sa montre au secours :

— Désolé, Houlme, le temps que je pouvais vous consacrer est terminé. Mais nous reparlerons très prochainement de miss Bradpick et de sa joaillerie. J'en prendrai l'initiative. Vous pouvez compter sur moi…

19
Extrait numéro 2 du journal de Watson

Royan le 11 août 1911.

Ah elle est excellente, celle-là ! Je perds mon après-midi à courir les photographes ambulants sur l'injonction sans appel de Sherlock Holmes – me privant au passage des plaisirs des bains de mer et de la compagnie de nos hôtes –, j'occupe les heures qui suivent à mettre mes idées en ordre pour les présenter efficacement au détective suprême, et lorsque celui-ci me fait enfin l'honneur de m'écouter, son seul commentaire à mon compte rendu est : « Vous êtes certain, Watson, que c'est moi qui vous ai demandé d'aller pêcher ces renseigne-

ments ? ». Comme s'il avait totalement oublié sa mission, ou comme si celle-ci ne présentait plus aucun intérêt à ses yeux.

J'enrage ! Traiter ainsi un vieil ami comme moi ! Le seul être sur cette terre qui lui ait manifesté une fidélité sans accroc depuis plus de trente ans. Qui a contribué plus qu'un autre à établir puis diffuser sa renommée. Qui n'a jamais hésité à laisser tomber ses occupations et ses intérêts personnels pour l'accompagner dans des aventures plus improbables les unes que les autres. Non, vraiment, personne n'a le droit de traiter un compagnon avec cette désinvolture. Malheureusement, ce n'est pas la première fois que je le vois se comporter ainsi. Périodiquement, il lui arrive de jouer ainsi avec mes nerfs. À croire que cela le soulage, lui. Il prend un air théâtral (entre nous, il y excelle), vous regarde droit dans les yeux, et réfute sans trembler les paroles qu'il a prononcées et les engagements qu'il a pris quelques heures plus tôt. Pas une ligne ne frémit dans un regard, pas un tremblement n'agite sa joue ou sa lèvre. Et il se remplit d'une surprise et d'une indignation qui vous font vite vous interroger vous-même : avais-je bien compris ses propos ? N'ai-je pas interprété ses désirs ? La réponse est négative. Holmes avait été clair et votre jugement n'est pas en cause. Il y a simplement que Holmes s'amuse de vous, vous tourne et vous retourne dans sa main comme une marionnette de guignol et essaie de prendre le pas sur votre volonté.

Je ne parlerai pas à Harriett de cet incident. Je l'entends déjà, elle qui ne manque pas une occasion de me reprocher mes liens avec ce personnage sombre : « Mais comment acceptez-vous de vous faire humilier ainsi! Défendez-vous, mon ami! Dites vos vérités à ce grand manipulateur! Ce n'est pas parce qu'il a débrouillé quelques affaires confuses qu'il doit tout se permettre avec votre personne! Qu'il essaie de s'en prendre à moi de la même façon et il trouvera du répondant! Non, vraiment, il ne me fait pas peur!»

Je me calme… Je me calme…

J'ai déjà observé antérieurement que ces épisodes de déni de la réalité surviennent lorsque les enquêtes de Holmes piétinent. Il lui faut quitter les domaines de la raison, de la logique, de la déduction, qui lui sont si chers, pour relancer sa formidable machine intellectuelle. Faire le vide pour mieux repartir.

Si sa réaction du jour est de la même nature que les précédentes, cela signifie qu'il est arrivé au bout d'un cul-de-sac dont il ne sait plus comment se sortir. Au moins momentanément. Depuis le service qu'il m'avait demandé il a certainement obtenu des informations qui ont jeté une toute autre lumière sur l'affaire qu'il traite. Il ne m'étonnerait pas que le coup du garduche ait pris une autre dimension, et qu'il ne se réduise pas à l'intervention de quelque photographe de trottoir. Mais peut-être que je me trompe…

En fin de journée, un bonne nouvelle est tombée: Modeste-Radegonde nous a annoncé l'arrivée, demain après-midi, de Narcisse et de Madeleine. Comme attendu, le commerce poitevin s'est mis en sommeil jusqu'à la fin du mois d'août. Le jeune couple va donc pouvoir passer une quinzaine de jours à la villa. Je m'en réjouis fort. Je suis curieux de voir comment Narcisse a évolué depuis l'an dernier, et je l'avoue dans le secret de mon journal, j'ai gardé un sentiment délicieux pour Madeleine. Si j'avais eu quelques années de moins et si je ne m'étais fourvoyé dans un engagement sans avenir avec Harriett, je me serais laissé aller à quelques tentatives de séduction…

LES BIJOUX DE LA DU BARRY

20

Samedi 12 août 1911.

Accoudé sur la rambarde de son balcon, Sherlock Holmes rêvassait. Au premier plan, derrière les pins qui craquaient déjà sous la chaleur, il devinait les rochers, à gauche de la conche de Foncillon, à droite de celle du Chay. L'océan, lui, emplissait tout le reste du paysage, se confondant avec le ciel sur la ligne d'horizon. Devant l'infini déroulement de ses lames, le détective ne pouvait s'empêcher de songer aux plages normandes qu'il avait parcourues à la recherche de Lupin : Saint-Pierre, les Petites-Dalles, Veulettes, Saint-Valéry, Quiberville. Deux ans déjà ! Et voilà que le roi de *L'Aiguille creuse*[12] réapparaissait comme par enchantement. Décidément, jamais il n'en aurait fini de cette rivalité qui lui empoisonnait ses jours.

Tout à coup, le portail en bois de *Carpe Diem* grinça dans ses gonds. Puis des pas dynamiques martelèrent la terrasse avant de se précipiter dans les escaliers qui menaient aux appartements. Watson et sa furie rentraient de la ville où ils étaient allés prendre un peu de bon temps. Un grattement discret tourmenta la porte de Holmes. Certainement le bon ami Watson qui avait quelque anecdote savoureuse à lui raconter après son escapade urbaine. Holmes quitta à regret son observatoire et vint ouvrir à son complice. Surprise ! C'était Harriett Cooper qui se tenait devant lui. Avant que Sherlock ne dise un mot, elle se glissa dans la pièce en refermant discrètement la porte derrière elle et, barrant sa bouche de son index droit, elle l'invita au silence. Enfin, elle sortit une enveloppe de son sac à main, et murmura en exagérant les mouvements de sa bouche :

— Des nouvelles d'Arsène Lupin, cela vous intéresse ?

Le cousin des Vernet faillit tomber à la renverse. Harriett Cooper connaissait Lupin ? Depuis quand ? Qui lui en avait parlé ? Et cette lettre, comment était-elle arrivée en sa possession ? Que contenait-elle ? Il décida de jouer les imbéciles :

— Je ne comprends pas un mot de ce que vous dites…

12. Élément de la falaise d'Étretat, contenant le fabuleux trésor des Rois de France, selon le roman homonyme de Maurice Leblanc.

Un sourire forcé et provocant contracta les joues de Harriett :

— Oh, c'est pourtant simple... Pendant que James sirotait une boisson au son des mélodies langoureuses de l'apéritif concert du casino, je suis allée faire quelques emplettes sous les arcades des Nouvelles Galeries. En revenant, j'ai aperçu Raoul d'Aspinac qui sortait de la Grande Poste. Il avait l'air très pressé de prendre connaissance d'un courrier. Il s'est installé sur un banc du square Botton, et là, il s'est précipité sur l'enveloppe, l'a déchirée et en a extrait les feuillets que voici. Quand il a eu terminé sa lecture, il s'est levé précipitamment. Tellement que l'enveloppe est tombée de sa poche. S'il ne s'est aperçu de rien, moi j'ai profité de l'occasion. J'ai ramassé le pli et je l'ai fourré dans mon sac... Et me voilà...

— J'ignorais que vous étiez capable d'identifier Arsène Lupin...

— Comme quoi vous ne savez pas tout ! Cela remonte au bal masqué du casino, l'autre soir. Après que vous avez quitté la fête – bien tôt, mon cher ami ÒToujours sceptique, le détective prit la lettre tendue par Harriett, pendant qu'un grondement puissant ébranlait le bas de l'escalier. Harriett posa la main sur la poignée de porte :

— Je file, voilà James...

Holmes montra la lettre :

— Il n'est pas au courant ?

— Non, je n'ai pas jugé utile de l'alarmer. Et puis les petits secrets sont nécessaires dans un couple. Toujours garder un peu de mystère pour rester attirante.

Harriett fouilla son sac :

— Ah, j'ai aussi ceci pour vous… Totalement public cette fois !

Elle colla un prospectus dans les mains osseuses de Holmes et s'éclipsa dans le couloir. Le souffle de Watson se rapprochait, mais son intrépide compagne s'était déjà envolée. Le détective posa la réclame sur le guéridon de sa chambre et déplia la lettre que Lupin avait reçue :

Henri Vever *Paris, le 6 août 1911*

Joaillier exerçant à l'enseigne des Armes de la Femme

Expert près le Tribunal de la Seine

14, place Saint Sulpice

Paris

à

Monsieur le Comte Raoul d'Aspinac,

Poste restante

Royan

Monsieur et Cher Comte,

Je réponds à votre honorée lettre du 2 courant par laquelle vous m'interrogez sur une pièce fameuse des bijoux de la Du Barry.

Comme vous pouvez vous en douter, le devenir des pierres de la collection de la dernière maîtresse de Louis XV agite encore le monde des amateurs de diamants, émeraudes et autres merveilles.

Si je vous lis bien, vous en savez autant que moi sur les circonstances du vol qui eut lieu dans la nuit du 10 au 11 janvier 1791, au pavillon de Louveciennes, lorsque la commode en porcelaine de Sèvres qui cachait les bijoux de la comtesse fut fracturée. Vous ne semblez pas ignorer non plus les suites anglaises de l'affaire, puisque vous mentionnez la tentative de négociation que firent, un mois plus tard, trois individus auprès du joailler Simon de Londres. Vous n'indiquez pas en revanche que celui-ci, comprenant qu'il avait en face de lui des bandits pressés de convertir leur butin en argent, prévint le lord-maire qui les arrêta. Pour être complet, je vous rappelle ce que l'on sait de la suite de l'affaire : une grande partie des pièces de la Du Barry – mais une grande partie seulement – fut retrouvée et déposée chez les banquiers Hamersley, Morsland et Cie. Il y en avait pour environ 300 000 livres ! Lorsque la Du Barry mourut sur l'échafaud, le 8 décembre 1793, elle n'avait toujours pas repris possession de son trésor. La chancellerie française, qui avait fait confisquer toute la fortune de la comtesse, décida de mettre en vente les pièces anglaises en 1795, chez Christie' s. C'est ainsi que cet ensemble unique fut dispersé. Les acheteurs provenaient d'origine diverses : le coutelier et orfèvre de la reine d'Angleterre rafla les plus belles pièces, les bijoutiers londoniens se partagèrent l'essentiel du reste, mais quelques particuliers fortunés purent aussi s'offrir des colliers, broches et bagues.

Si je me suis un peu perdu dans les détails, c'est pour mieux vous faire comprendre que, malgré toutes les informations que l'histoire a recueillies, il reste de nombreuses zones d'ombre sur une partie des richesses de la favorite de Louis XV. Et notamment sur le sort de plusieurs parures fameuses. Que sont-elles devenues ? Se trouvaient-elles dans la commode de Louveciennes, ou la Du Barry les avait-elle dissimulées en un autre lieu ? Ont-elles été volées comme le reste de la collection, ou sont-elles passées dans des mains habiles qui les ont négociées par d'autres intermédiaires ? Les banquiers Hamersley, Morsland et Cie ont-ils restitué, comme promis, l'intégralité des pièces en leur possession ou en ont-ils conservées ? Des éléments auraient-ils été vendus sous le manteau, pour les faire échapper à l'emprise de la chancellerie française ? Éthiquement, je vois mal la maison Christie's se livrer à de tels tripatouillages : elle aurait eu trop à y perdre, son honorabilité n'étant pas un vain mot. Qui alors ? Des courtiers secrets et discrets ? Je crois que nous ne saurons jamais. Trop de décennies se sont écoulées maintenant pour que des recherches sérieuses soient entreprises.

Pour en venir maintenant à la pièce que vous décrivez sommairement dans votre lettre, il ne peut s'agir que de la fameuse parure des « cœurs entrelacés ». C'est ainsi que la nommait son créateur, le grand Ange-Joseph Aubert, joaillier aux Galeries du Louvre et garde des pierreries du Roi. Louis XV l'offrit à la Du Barry en 1770, dans les premiers temps de leurs amours. Certainement pour rendre hommage à son fameux « saut de l'anguille » (la décence m'interdit de m'étendre sur le sujet). Le symbole des cœurs entrelacés parle de lui-même : le cœur du Roi et de Jeanne Bécu sont unis à jamais dans cette composition de diamants qui a une particularité : toutes les pierres accusent exactement le même poids sur la balance.

Les « cœurs entrelacés » ne sont mentionnés sur aucune des pièces de procédure connues à ce jour. À l'évidence, ils ne sont pas passés par les canaux officiels. Pour quelle raison ? Personne ne le sait. Qui les a détenus depuis la nuit du 10 au 11 janvier 1791 ? Un des auteurs du vol ? Un des valets de la maison ? Zamor[13] *? L'abominable Greive*[14] *? Une famille richissime qui se les serait appropriés ? Peut-être. On a cru un moment – dans les années 1850 – les avoir retrouvés dans le patrimoine d'un orfèvre anversois. Rien n'est jamais venu confirmer cette rumeur. Qu'ils réapparaissent aujourd'hui en France, et j'imagine, à proximité de votre résidence de vacances, tiendrait du miracle, mais en matière de bijoux le miracle existe, nous le savons tous.*

Espérant avoir répondu à vos demandes, je vous prierai simplement de me tenir au courant des résultats de vos investigations. Avant de mourir, un expert comme moi se réjouirait de voir ces fameux cœurs de ses propres yeux. À en croire les témoignages de

---

13. Page de Madame du Barry et son dénonciateur pendant la Terreur.

14. George Grieve dit Georges Greive (1748-1809.) Persécuteur et dénonciateur de Madame du Barry.

l'époque, ils sont simplement la quintessence de ce que peut notre art.

Je vous prie de croire, Monsieur et Cher Comte, en l'assurance de ma considération.

Holmes soupira d'aise en parcourant les dernières lignes. Son hypothèse se confirmait : Arsène Lupin projetait bien de s'approprier les bijoux des Bradpick. La parure de la Du Barry renaissant opportunément à Royan, il n'avait qu'à allonger la main pour cueillir ce présent du destin. Vraiment, l'aigrefin était trop verni. Une fois de plus le proverbe populaire se vérifiait : il n'y a de veine que pour la canaille !

Machinalement, il porta le regard sur le second document remis par Harriett : une jeune femme en habit bourgeois et au visage resplendissant de générosité enlaçait tendrement un petit garçon à l'œil triste, pauvrement et sévèrement vêtu, en tendant un bouquet de fleurs vers des lignes en gros caractères :

VENTE DE CHARITÉ AU PROFIT DE L'ORPHELINAT DE MUREIL SOUS NANCRAS

LE SAMEDI 19 AOÛT AU CASINO MUNICIPAL

Comptoirs /Buffets

TOMBOLA 500 lots 500 billets à 10 fcs
GROS LOTS
Une statue de Carrier-Belleuse
Tableaux de Théophile Poilpot, Victor Gilbert,
Galien-Laloue
Entrée Libre

Holmes comprit : tout était désormais en place. Arsène Lupin allait toucher le gros lot le 19 août, puisque toute la ville clamait que c'est à l'occasion de cette vente de charité que miss Bradpick exhiberait enfin sa parure de diamants.

21

Un homme en tenue militaire arpentait le couloir du second étage lorsque Holmes regagna son bureau du *Grand-Hôtel*. Dès que la silhouette anguleuse du détective se détacha dans le contre-jour, l'officier se mit à vociférer :

— Ah les salauds ! Les salauds !

Lettigné ! Aussi rouge qu'une pivoine. Sanglé dans sa tenue d'apparat comme s'il se préparait à défiler sur la place d'une ville coloniale pour en mettre plein la vue aux indigènes. Holmes comprit qu'il se passait quelque chose d'important et d'inattendu. Il ouvrit la porte de son réduit et tenta d'y introduire Lettigné avant que celui-ci n'expose clairement le but de sa visite. Au *Grand-Hôtel*, chaque mot lâché dans un couloir pouvait finir dans des oreilles indélicates. L'explosion ne tarda pas :

— Vous vous rendez compte ! Ils exigent mon départ ! Immédiatement ! Comme un malpropre ! Je m'attendais à une demande d'argent. Mais non, les billets ne leur suffisent pas : c'est à ma personne même qu'ils s'en prennent. Mais ils ne me connaissent pas. Lettigné ne décampe pas comme ça. Est-ce que j'ai fui une seule fois devant le danger pendant ma carrière ? Non. Tout le contraire. Au Tonkin, au Ouassoulou contre Samory, au Yatenga, au Gourounsi, partout où il y avait la Coloniale et qu'il fallait des volontaires, Lettigné était là. Médaille du Tonkin à 21 ans, légion d'honneur à 27. Pas pétochard, Bibi !!! Autant vous le dire : quoi qu'il m'en coûte, Houlme, je resterai à Royan si je le décide. Personne ne me fera changer d'avis, et surtout pas un petit maître-chanteur de mes deux! Bordel de merde !

Holmes avait laissé Lettigné vider sa colère. Lorsque le flot de paroles se calma, il lui dit posément :

— Bien, maintenant montrez-moi le message que vous venez de recevoir !

L'ouragan passa de la fureur à la stupéfaction :

— Comment savez-vous que la poste m'a fait délivrer un courrier urgent aux premières heures ?

— Vous me l'avez avoué à votre façon…

Le colonel fouilla sa poche droite de pantalon et brandit un carré de papier. En caractères d'imprimerie majuscules découpés dans des journaux, un ordre s'affichait, péremptoire :

SI TU N'AS PAS QUITTÉ ROYAN DANS 48 HEURES
BADERNE
LES PHOTOS DE TA FEMME FERONT RIRE TOUTE LA VILLE
ET ON S'INTÉRESSERA A TOI
ASSASSIN
À BON ENTENDEUR, SALUT !

Holmes lut attentivement avant de déclarer :

— Plutôt une bonne nouvelle, non ?

Lettigné s'étrangla :

— Vous plaisantez, j'espère ! On me traite de baderne, d'assassin, on me menace de m'expulser de Royan comme si j'étais le dernier des criminels, et vous trouvez cela réjouissant ! Je crois que je vais aller trouver le commissaire Chavençon. La police de mon pays ne rira peut-être pas, elle !

Sans se départir de son calme, le détective s'expliqua :

— C'est une bonne nouvelle dans la mesure ou vos maîtres-chanteurs se découvrent. Moi, je retiens deux informations essentielles de ce message : la première, qui est que ce n'est pas à votre argent que l'on en veut, mais à votre présence à Royan. À l'évidence, elle dérange…

Lettigné recommença à s'emporter :

— Je ne vois pas qui je peux gêner ! C'est la première fois que je mets les pieds sur cette côte. Même quand j'étais à l'École militaire d'infanterie de Saint-

Maixent, dans ces foutues Deux-Sèvres, j'avais d'autres idées en tête que de faire le guignol sur une plage. Et puis je n'y connais absolument personne…

— C'est votre sentiment, colonel, mais les faits disent le contraire : dans la foule anonyme qui musarde le long des avenues de la ville, quelqu'un vous a retrouvé et ne souhaite pas que vous veniez perturber son activité ou ses projets…

Lettigné fit un gros effort de mémoire pour essayer de mettre une identité, un visage, sur le « quelqu'un » que Houlme venait de suggérer. En vain.

— … La seconde chose que vous reproche votre correspondant, c'est d'être un assassin…

L'ancien de la Coloniale eut un geste d'énervement :

— Vous avez déjà vu des guerres sans morts ? Moi pas !

— Bien sûr que non, convint Houlme, mais s'agit-il de guerre ? N'avez-vous jamais eu un différend privé qui aurait pu s'achever par le trépas de votre adversaire ? Un duel avec un mari jaloux par exemple ?

— Jamais. Puis-je me permettre de vous rappeler qu'en France Richelieu a fait interdire les duels le 6 février 1626…

— Mais il en existe encore dans le beau monde, je lis tout de même les journaux…

— C'est vrai. De la broutille généralement et on s'arrête à la première éraflure. Au premier sang, comme ils disent. Mais Bibi, jamais. Mon cher monsieur, quand on a l'épaulette et le souci de la plus grande France, on a autre chose à faire que de se battre en duel.

— Alors c'est bien de votre uniforme et de vos campagnes de soldat dont il est question. Et cela est très intéressant…

— Je ne vois pas en quoi…

— Oh eh bien tout simplement parce que de petit délit de station balnéaire votre affaire vient de passer au rang d'affaire politique.

— Vous ne me rassurez pas !

— Je ne suis pas là pour vous rassurer, mais pour trouver vos persécuteurs.

Monsieur Houlme se tut un long moment. Son cerveau semblait disséquer à toute vitesse les informations qui venaient de lui arriver et les projeter dans toute une série d'hypothèses. Lorsque la machine eut fini de tourner, il reprit l'échange :

— Revenons-en aux faits. Je suppose que vous avez eu le temps d'interroger madame de Lettigné : a-t-elle utilisé les services d'un photographe depuis son arrivée à Royan ? Si oui, quand ? Où ? Comment était-il fait ?

Lettigné sortit un petit étui en carton sur lequel ne figurait aucune indication. Cinq photos de son épouse, réparties en deux séries, y étaient logées. Holmes les disséqua. Aucun doute. C'était bien ce visage qui avait servi à composer le montage du coup du garduche. Les mêmes traits alanguis, cette peau brune, ces yeux pétillants. Le colonel commenta :

— Vous aviez vu juste, Houlme, la séance a eu lieu lors d'une sortie avec Hortense, notre servante. Début août, quelques jours après notre arrivée. Rien de méchant. Un instant de pose devant un drap tendu sur la promenade de la Grande Conche. Madame de Lettigné assure qu'elle serait incapable de retrouver le photographe. Selon ses propres paroles, elle « ne lève jamais les yeux sur un homme, si ce n'est son époux… »…

Le détective ricana discrètement :

— Admirable épouse…

— Être élevée en terre d'Islam a du bon, cher monsieur. Surtout pour les maris vieillissants qui ont jeté leur dévolu sur de jeunes beautés. Cela dit, Hortense, elle, affirme qu'il s'agissait d'un homme assez grand, bien bâti, qui portait un pantalon noir et un gilet sans manches…

— Tous les hommes de la ville sont habillés ainsi !

— Aussi un canotier sur la tête…

— Que c'est original !

— Mais que le lendemain, lorsque Hortense est venue récupérer les clichés, c'était un autre sbire, qu'elle n'avait pas remarqué le jour de la prise de vue, qui délivrait les photos…

— Nous voilà bien avancés !

— Je ne peux vous donner plus de détails que je n'en ai moi-même…

Holmes en savait assez. Il abrégea la discussion :

— Je n'en doute pas. Tranquillisez-vous, votre affaire vient de s'éclaircir considérablement. Laissez-moi encore un peu de temps et surtout ne quittez pas Royan, j'aurai rapidement besoin de vos services.

Le colonel se raidit dans un simulacre de garde-à-vous, vieux réflexe de ses heures de gloire :

— À vos ordres ! L'armée française ne faillira pas. Son honneur est en jeu.

22

Lettigné n'avait pas disparu depuis cinq minutes qu'un visiteur s'annonça. Périer. Canotier à la main. Lorsque Sherlock Holmes l'invita à pénétrer dans son antre, le chef de réception resta dans le couloir. « Nous sortons », dit-il simplement au détective maison. Houlme ramassa sa casquette à double visière, l'ajusta sur son crâne, arrangea sa tenue et emboîta le pas de monsieur Gustave. Dès qu'ils furent sur le trottoir et qu'ils eurent laissé Nob devant sa porte tournante, Périer se fendit d'un commentaire qui en disait long sur sa méfiance à l'égard de son entourage au *Grand-Hôtel*: « Au Jardin du Parc, les murs n'ont pas d'oreilles ! ». Profitant de la course en plein air, le détective londonien exhuma sa pipe d'une de ses poches, la bourra de tabac, l'alluma et se mit à tirer de grandes bouffées avec une satisfaction non dissimulée. Toutes les conditions étaient réunies pour que sa sagacité tourne à plein régime. Au bout de quelques dizaines de mètres, le chef de réception se décolla légèrement de Houlme et le regarda, avec, dans les yeux et au coin des lèvres, quelque chose qui ressemblait à de la moquerie. Alors que son compagnon de marche s'interrogeait sur cette attitude étrange, Périer lâcha, visiblement amusé :

— Encore un effort et vous lui ressemblerez un peu !

Il faisait clairement allusion à Sherlock Holmes, le patron de tous les enquêteurs du globe. Houlme sourit mystérieusement mais ne répondit pas. Les deux hommes reprirent leur progression, le détective de son pas électrique, Périer de celui caractéristique du vieux loup de mer sur le plancher des vaches, étonné que le trottoir ne tangue pas.

Des allées sinueuses les attendaient, tracées entre les pins de l'ancienne forêt de Royan. De-ci de-là, subsistaient encore les restes des aménagements d'origine : les huit colonnes de fer qui soutenaient le toit du kiosque à musique, le fronton du *Théâtre Pupazza* où les enfants allaient rire aux pitreries de guignol, les fondations de la *Pâtisserie parisienne*. L'ancien jardin anglais était désormais propriété de la ville. Un programme immobilier allait le transformer et de somptueuses villas s'y disséminer. Le monde de rêves qu'il avait porté s'effacerait devant les réalités d'un nouveau quartier, bourgeois et urbanisé à la moderne.

C'est Périer qui mit les pieds dans le plat le premier :

— Alors, Houlme, vous vouliez que nous parlions des bijoux des Bradpick, n'est-ce pas ?

— Oui, Périer, j'ai les plus grandes craintes à leur sujet. Si j'ai bien écouté la rumeur publique, ils sont d'une grande valeur, et miss Bradpick a décidé de les porter au grand jour, samedi prochain, lors d'une vente de charité. En femme sotte et vaniteuse, elle s'en est vantée sans retenue.

— Nous avons entendu la même chose. Pour ce qui est de leur valeur, je confirme. Mon prédécesseur m'a fait savoir que lorsqu'ils ont réservé leur suite, les Bradpick ont mentionné ces diamants, mais ont refusé de donner une estimation, même approximative. Toutefois, à considérer les garanties qu'ils ont exigées de l'hôtel, on imagine qu'il y en a pour quelques millions de francs...

— Des garanties ? De quel ordre ?

— De celles qui ont cours dans tous les palaces de la planète : il a été convenu que les bijoux seraient enfermés dans le coffre de l'hôtel, dont moi seul posséderais la clef, coffre situé dans un local sans fenêtres à l'arrière du bâtiment, et qu'ils seraient gardés jour et nuit par des vigiles en armes recrutés auprès d'une agence de police privée parisienne, payée et choisie par les Bradpick. Difficile de résister à de telles conditions. Dans les faits, répartis en trois équipes, les gardes, que nous ne logeons pas et ne nourrissons pas, se relaient toutes les huit heures. À part la fourniture de la clef et du coffre, nous ne sommes donc de rien dans l'organisation du gardiennage des bijoux. Autant vous dire que désormais nous dormons sur nos deux oreilles, même si nous avons bien conscience qu'un incident s'avérerait catastrophique pour la réputation du *Grand-Hôtel*. Pour en revenir aux mesures, votre étonnement me prouve leur discrétion. Si vous n'avez rien vu, rien subodoré, c'est que le système mis en place est efficient !

Une grimace pleine de doute ondula à la surface des lèvres de Holmes. À voix basse, presque inaudible, il laissa échapper son avis :

— Pourtant ces bijoux seront volés le 19 août, en pleine soirée mondaine, sous les yeux de toute la bonne société royannaise et les lustres scintillants du casino…

Périer éclata de rire tellement fort qu'il en fut lui-même gêné au point de se retourner pour vérifier qu'il n'avait pas été entendu :

— Volés ! Vous êtes un pince-sans-rire, Houlme ! Je ne sais pas comment vous vous amusez à Saint-Pierre-et-Miquelon, mais elle est fameuse celle-là ! Et par qui donc la parure serait-elle subtilisée ? Par un esprit capable de traverser les murs ! Les bataillons d'une armée au grand complet ? Des martiens échappés du roman d'Henri de Parville[15] ?

— Mais par votre voleur national, tout simplement !

Le visage de Périer se décomposa. Son souffle tomba comme une brise de mer qui s'évapore sans

15. Journaliste et écrivain (1838-1909). Auteur du roman de science-fiction *Un habitant de la planète Mars*.

préavis. Rassemblant ses dernières forces, sa bouche réussit à articuler :

— Non ! Pas lui !

Un Houlme content de son effet lui renvoya, jovial :

— Voulez-vous prendre le pari ?

La surprise était passée. L'ancien marin reprenait pied.

— Insinuez-vous qu'Arsène Lupin va débarquer à Royan avant la fin de la semaine pour préparer son forfait ?

— Je n'ai aucun besoin d'insinuer quoi que ce soit. Lupin est déjà à Royan depuis quelques jours et il a dû boucler soigneusement son plan. Je lui fais confiance…

— Qui vous a renseigné ?

— Personne, je l'ai vu comme je vous vois. Sur la côte il se présente sous les traits d'un gentleman parisien, le comte Raoul d'Aspinac.

— Cet homme aux si bonnes manières ! Je l'ai rencontré lors du bal masqué. Non, ce n'est pas possible, votre imagination vous joue des tours, Houlme !

— J'aimerais qu'il en soit ainsi. Malheureusement, je n'ai aucun doute sur la véritable identité du comte d'Aspinac. Nos routes, à Lupin et à moi, se sont déjà croisées.

— Le gentleman-cambrioleur sévit jusqu'à Saint-Pierre-et-Miquelon ? Je croyais qu'il n'y avait que de la morue salée comme richesse là-bas !

— Vous vous égarez, Périer. Jadis j'ai affronté Lupin à Paris, sur la piste d'un diamant bleu. Je l'ai même arrêté. Mais votre police l'a laissé filer. Plus récemment, nous nous sommes retrouvés du côté d'Étretat…

Houlme s'immobilisa subitement et posa une main sur le bras de Périer en lui faisant signe de se taire :

— … N'avez-vous rien entendu ?

Il montra l'armature du kiosque :

— Là-bas, derrière la butte…

Le chef de réception tendit l'oreille :

— Non. Ou alors le vent qui agite les branches. La marée doit monter.

Houlme, sûr de lui :

— C'étaient des craquements légers. Comme des pas sur les tapis d'aiguilles des pins. Feutrés. Contrôlés.

— Vous déraisonnez, Houlme. Un animal de la forêt se sera tout bonnement aventuré jusque dans le Jardin. Certains promeneurs y rencontrent parfois des marcassins égarés.

Conscient qu'il n'obtiendrait pas de réponse à ses interrogations, Houlme revint aux bijoux et à la soirée au casino :

— Des dispositions ont été prises pour surveiller la vente de charité ?

— Bien sûr ! Il y a tout de même des lots de valeur. Et les enchérisseurs appartiendront au grand monde. Le commissaire Chavençon postera ses policiers à l'entrée de la salle et à chaque issue du casino. Par ailleurs, il fera escorter miss Bradpick par des hommes en civil sur tout le trajet du *Grand-Hôtel*, à l'aller comme au retour. Je ne sais pas comment elle et son père se sont débrouillés pour obtenir cette faveur, mais le fait est : notre estimable cliente n'a rien à craindre.

— Cela ne suffira pas. Lupin trouvera une faille.

— Il n'y a pas de raisons de ne pas faire confiance au commissaire. Il connaît les lieux comme sa poche.

— Moi je ferais plutôt confiance à Lupin : il n' y a pas d'organisation et de précautions qu'il n'ait déjouées ! Il nous faut trouver autre chose pour garantir la sécurité des bijoux. J'ai une petite idée que je vous confierai sur le chemin du retour.

Le détective avait à peine terminé sa phrase qu'il se figea en fixant un groupe de pins plantés serrés. Avec un temps de retard, Périer en fit de même :

— Que se passe-t-il ?

Le regard de Houlme resta fixé sur les arbres :

— Une ombre là-bas. On nous suit. Un homme à grosses moustaches. Agile. Il tient quelque chose dans ses mains. Je n'ai pas eu le temps de voir quoi…

Il reprit sa marche et entraîna Périer :

— Faites comme si de rien n'était. Vous aviez averti quelqu'un de notre sortie ?

— Non, elle ne regardait que vous et moi…

— Nob ?

— Surtout pas ! Mais il nous a vus quitter l'hôtel.

Au moment où les deux hommes atteignaient un bosquet touffu composé d'anciennes yeuses, un sifflement se fit entendre. Ténu d'abord puis s'amplifiant très vite. Un objet invisible fendait l'air et se rapprochait à grande vitesse. Houlme s'était arrêté, les yeux exorbités, tournés vers le chuintement qui volait vers Périer et lui. Une sorte de déflagration sèche éclata aux oreilles des deux promeneurs, puis la vibration d'une lame brutalement stoppée. Le couteau s'était fiché dans le tronc du chêne le plus proche de l'Anglais, à hauteur de son cou.

— Ne bougez surtout pas!

Un second sifflement venait de démarrer. Il s'acheva sur l'yeuse d'à côté. À la gauche du thorax de Périer. Exactement au niveau du cœur. Le chef de réception avait pâli:

— Nous l'avons échappé belle! Dix centimètres plus à droite et c'était fini!

Houlme avait déjà entrepris des investigations. Mouchoir en main, il avait retiré l'un des couteaux de l'écorce de l'yeuse et le soupesait en divers endroits:

— Couteau bien équilibré au centre. Peut se lancer indifféremment par la lame ou le manche. Typique de ceux utilisés dans les exhibitions de cirque…

Il releva la tête vers Périer:

— Il y a un cirque à Royan en ce moment?

Périer sonda sa mémoire:

— Non, pas que je sache. Vous pensez qu'on a voulu nous tuer?

— Non, Périer, ce n'était qu'un avertissement. Le type qui nous a visés savait ce qu'il faisait. Il n'avait pas ordre de nous supprimer. Simplement de nous effrayer et de nous faire comprendre qu'il y a des sujets dont nous devons nous détourner:

— Les bijoux de miss Bradpick?

— Vraisemblablement. Mais aussi le coup du garduche de Lettigné…

— Je croyais que c'était un acte isolé.

— Je pense le contraire désormais…

Houlme s'arrêta brutalement et barra le chemin de son corps :

— … Et puis il faudra que vous me disiez tout ce que vous savez du meurtre de Basile Sourisseau. Il y a de bonnes chances que lui aussi soit lié à l'affaire qui nous occupe.

— Basile Sourisseau ? Mais qui vous a renseigné ? J'avais donné des consignes de silence.

— Écoutez, Périer, vous avez engagé un détective, pas un enfant de chœur ! Mon métier est de recueillir des informations et de les analyser. Je n'ai fait que mon travail.

— Parce que vous m'êtes sympathique, je vais vous donner un conseil, Houlme : ne vous mêlez pas des affaires internes de l'hôtel ! Et la mort du jeune Sourisseau en est une. Un règlement de compte probable entre domestiques. Quelque chose à voir avec le laideron Pinsonneau, j'en mettrais ma main au feu. J'avais surpris des conciliabules énamourés. Elle devait avoir un admirateur et peut-être même un propriétaire secret. Curieux, n'est-ce pas, mais crédible. À moins, à y réfléchir, que ce ne soit l'œuvre d'un pédéraste déçu. Nous en détenons, mon cher Houlme. Et même si le pauvre Basile n'avait rien d'un berger d'Arcadie, il a pu susciter des convoitises contre nature.

— Je ne vous promets rien, Périer. Mais changeons de sujet et venons-en à mon idée pour protéger la parure de diamants de miss Bradpick. Je vous en expose les grandes lignes…

23
Extrait numéro 3 du journal de Watson

Royan le 12 août 1911.

Quel plaisir de retrouver Narcisse ! Méconnaissable. Transformé. Épanoui. En voilà un au moins que le mariage aura bonifié. J'ai failli ne pas le reconnaître. En costume d'été parfaitement coupé, l'air décidé, la mine avenante, il n'avait plus rien à voir avec le benêt qui, l'an passé, lorsque Holmes et moi sommes arrivés à Poitiers, errait tristement dans les couloirs de la maison familiale.

Et Madeleine ! Si féminine dans sa maternité triomphante. Si délicate. Quel bonheur de la savoir définiti-

vement tirée des griffes de la misère! Quelques minutes après sa descente du train, ma conviction était faite: elle sera une épouse et une mère parfaite.

Pour l'occasion, Sherlock Holmes avait dérogé à ses obligations au Grand-Hôtel. Abandonnant un temps cet esclavage volontaire qui m'insupporte mais le rassérène, il nous avait rejoints à la petite gare de Royan. Emporté par un élan de générosité inhabituel, Horace avait loué deux cabriolets, afin que Narcisse et Madeleine puissent rejoindre la villa (on dit ici chalet pour les gens de peu et villa pour les gens de bien) – avec leurs bagages – sans être gênés. Et contre toute attente, Modeste-Radegonde n'avait pas ronchonné sur cette dépense quasi-somptuaire. Vraiment, je sens que l'arrivée d'un héritier chez les Vernet va changer bien des choses.

Après les embrassades d'usage et les questions idiotes sur le voyage – « Vous avez dû crever de chaud dans les wagons ? »; « Le petit n'a pas été trop secoué ? » –, nous avons pris le chemin de la villa. Là, avant de penser à l'installation des futurs jeunes parents dans la seconde chambre du deuxième étage, nous nous sommes tous assis un moment dans le jardin, autour de rafraîchissements et de petits gâteaux. Quelques anecdotes concernant cette collationŢh et le traitement particulier réservé à Madeleine, à cause de son état de future maman. D'abord, au lieu de lui proposer un siège pliant, la maîtresse de maison l'a contrainte à s'étendre dans une chaise-longue pour se remettre des cahots du train. Ensuite, la même Modeste n'a cessé de lui demander à tout propos « Vous le sentez bouger, au moins ? », pour mieux rappeler aux invités que « Narcisse ne cessait de bourrer son pauvre ventre de coups de pied et de coups de poing ». Enfin, alors que Madeleine ne rêvait que d'eau glacée pour étancher sa soif (nous avons encore eu une journée torride), sa belle-mère lui a imposé d'avaler un verre de Réveil aux truffes, un cordial fortifiant dont une bourgeoise, rencontrée la veille sur le front de mer, lui avait vanté les mérites pour redonner de la vigueur aux femmes en espoir d'enfant, elle-même l'ayant fait expérimenter à une petite-cousine… Pauvre Madeleine ! Il lui faudra beaucoup de détermination et de patience pour échapper à l'influence de la marâtre envahissante dont Modeste prend peu à peu les traits. Il n'y a pas à dire, chez certaines femmes, la trajectoire est sans surprise : pimbêches arrogantes avant le mariage, épouses tyranniques et mères abusives après, et enfin belles-mères harpies. Je comprends, si je ne les partage pas toujours, les réticences de Holmes envers le mariage et ses suites, et plus généralement à l'égard de celles qu'une convention parfois abusive rassemble sous le vocable trompeur de beau sexe. Les échanges autour du Réveil aux truffes ont même failli tourner à l'incident, lorsque Harriett, prenant la défense de la femme de Narcisse, a déclaré haut et fort qu'elle était assez grande pour choisir sa boisson, et que même si elle décidait de s'enfiler – elle a bien dit s'enfiler – trois whiskies, personne n'aurait rien à y redire. Les cris horrifiés de Modeste-Radegonde et les sourcils courroucés d'Horace ont décidé Madeleine à ingurgiter le breuvage.

Fermant les yeux et tordant les lèvres, elle s'est fait violence pour ne pas gâcher nos retrouvailles. Chère enfant! J'ai malheureusement peur qu'elle n'avale d'autres couleuvres avant de mettre au jour son petit.

Holmes, que ces papotages insupportaient au plus haut point, et qui ne le cachait pas, a profité de la première occasion pour s'éloigner de la table. D'un signe discret, il nous a suggéré, à Narcisse et moi, de le retrouver dans des lieux plus calmes. Nous nous sommes levés, et, bavardant comme si de rien n'était, nous sommes écartés à notre tour. L'air songeur entre les troncs écorchés des pins, Holmes tirait sur sa pipe de bruyère à virole d'argent. Il nous a confié le soin de lancer la conversation, puis, sans se presser et comme il sait si bien le faire, il a commencé à mettre Narcisse dans sa poche. Oh il l'a d'abord laissé raconter comment il avait passé ces mois de séparation après notre départ de Poitiers, semblant même l'écouter avec intérêt. Puis, petit à petit, il a amené le futur père là où il le souhaitait: à une question sur ses dernières enquêtes et à une proposition de disponibilité quasi-totale à son profit. Lorsque le poisson a été ferré, il a entamé le récit de ses aventures depuis qu'il avait pris ses fonctions au Grand-Hôtel, tout cela pour conclure que la vacance de Narcisse tombait bien, parce qu'il aurait besoin de ses services, une fois de plus. Narcisse n'avait pas eu le temps de confirmer sa joie d'aider Holmes que celui-ci m'a demandé de montrer les trois photographies du coup du garduche. Le jeune époux a eu un mouvement de recul, comprenant à tort qu'on voulait lui rappeler ses turpitudes passées. Holmes a coupé court en souriant. Il n'était point question de revenir en arrière mais de faire appel aux connaissances du photographe averti de la famille. En l'occurrence, il s'agissait de donner un avis technique : les montages adressés au colonel de Lettigné résultaient-ils de photographies découpées et rephotographiées après assemblage, ou plutôt de savants jeux de caches utilisés en laboratoire au moment de la composition des images ? Questions cruciales pour Holmes. Si un amateur débrouillard pouvait couper et découper du papier, seul un professionnel suréquipé et formé aux dernières évolutions de la technique photographique était capable de jouer avec les objectifs, les lumières et pour terminer le travail, avec les produits chimiques et les cuves. L'œil de Narcisse n'a pas hésité longtemps avant de donner son verdict.

— « Cousin Holmes, s'il s'était agi d'un découpage, vous trouveriez des ruptures nettes, des traits marqués entre les zones ajoutées et le fond de la photo originale. Or, regardez, tout est parfaitement fondu, absorbé, lissé. C'est donc que le photographe, au moment de l'exposition, a pris soin d'insérer ses éléments en les faisant légèrement empiéter afin de ne pas créer de frontière entre les différentes parties. Restait au moment du tirage à suffisamment « faire monter les noirs » pour éliminer toute trace de raccordement. Vous me suivez ? ».

Je ne suis pas certain que Holmes suivait, mais cela n'avait pas d'importance. Il avait compris l'essentiel : seul un virtuose de la chambre noire et du laboratoire avait pu réaliser les clichés nécessaires à cette version nouvelle du coup du garduche.

Mais ceci n'était que le hors d'œuvre. Après des remerciements appuyés, Holmes a expliqué qu'il se trouvait face à un dilemme ennuyeux : une de ses enquêtes requérait un aller-retour immédiat à Bordeaux, mais lui ne pouvait s'en charger. Ses détracteurs l'avaient identifié. Il avait bien songé à moi, mais la présence de Harriett changeait la donne : autant on pouvait abuser du temps libre d'un célibataire, autant risquer de rompre l'équilibre d'un couple était problématique. Je lui ai su gré de ne pas avoir souligné par un mot ou une intonation que le couple en question, celui que je formais avec Harriett, se caractérisait déjà par un équilibre très instable et qu'il valait mieux ne pas tenter le Diable. Alors, une escapade à Bordeaux en solitaire.... J'ai immédiatement songé qu'il existait une autre raison : Holmes avait peur que miss Cooper ne lui fasse une de ces scènes dont elle avait le secret. Et chacun sait combien notre détective, courageux et intrépide face aux pires crapules de la terre, apparaît démuni face aux cris et larmes d'une femme. N'écoutant que son cœur, Narcisse a vite balayé les hésitations de son parent : « Cousin Sherlock, ne cherchez plus ! C'est moi qui irai à Bordeaux demain matin. Depuis un an, chaque jour je rêve de me mettre à nouveau à votre service. Je suis pressé de recommencer... ». Holmes a fait mine d'hésiter : « Oui, mais cette année il y a Madeleine... En attente d'enfant... Peut-être votre devoir est-il de rester à ses côtés ? ». Arguments condamnés d'un trait : « Je partirais quinze jours, je pourrais avoir des remords, mais en l'espèce, il ne s'agit que d'une absence de quelques heures. J'en fais mon affaire... ». « Je ne veux pas t'imposer quoi que ce soit… ». Quel acteur extraordinaire, ce Holmes ! Enfin, la décision a été vite entérinée : Narcisse reprendrait son habit d'irregular.

Il lui suffisait désormais d'informer Madeleine et Modeste-Radegonde.

Pour ce qui est de Madeleine, les choses se sont passées simplement : fille intelligente, elle sait à qui elle doit sa situation : à Holmes et à moi. Si elle ne nous avait pas rencontrés dans le Paris-Poitiers du 26 juin 1910 et si Holmes n'avait pas mis tout son talent pour démasquer le tueur des bonnes de la ville, son existence n'aurait pas pris cette heureuse tournure.

Modeste-Radegonde, elle, a eu du mal à digérer la pilule. Comment ! À peine sauté du train, voilà qu'on lui enlevait déjà son fils ! Qu'on l'expédiait dans une galère incertaine ! Au milieu de quels dangers ! Holmes n'a pas eu l'air trop inquiet de ses jérémiades. Peut-être parce qu'il se souvenait qu'il y a encore peu, Narcisse était considéré comme le dernier des incapables par sa mère, et que c'était largement lui, le cousin lointain, qui l'avait aidé à se débarrasser de sa chrysalide de simplet.

24

Dimanche 13 août 1911. 6h30.

Premier levé dans la maison, Narcisse avala un café et engouffra deux tranches de brioches. Il ne s'agissait pas de lanterner, le bateau ne l'attendrait pas. Lorsqu'il se jugea suffisamment alimenté, il remonta les escaliers à pas de loup, fit une toilette sommaire et s'habilla. Madeleine sommeillait encore, chaude et frissonnante dans les draps qui sentaient bon la lavande. Il regretta un instant de ne pouvoir la prendre dans ses bras et d'attendre, blotti contre elle, le réveil des hôtes de *Carpe Diem*. Son trouble ne dura pas : la fierté de seconder Sherlock Holmes le submergea. Il descendit les étages, ouvrit puis referma soigneusement la porte derrière lui, traversa le jardin qui menait jusqu'à la route, et prit un pas rapide. Il regarda sa montre : pas encore 7h. Il était dans les temps. Les senteurs des fleurs se mélangeaient déjà aux odeurs de sable et d'écorce, et là-haut, le soleil clignait de l'œil entre les branches hautes des pins. Un délicieux parfum d'aventure flottait autour du marcheur. Il en fut presque étourdi de bonheur.

Sagement amarré le long du quai qui fermait le port telle la branche droite d'un U, le *Satellite* commençait à se remplir de messieurs en chapeaux et de dames en robes légères. C'était l'un des deux vapeurs qui effectuaient, six fois par jour, la traversée entre Royan et Le Verdon. Premier départ 7h35. Dernier retour 6h45. Trajet de 20 à 25 minutes, selon la force de l'océan. Narcisse acheta son billet – un aller-retour – et monta directement à bord. Il s'accouda sur le bord droit de la proue et attendit. À 7h35 précises, un coup de sifflet retentit et un nuage de vapeur s'éleva droit vers l'azur. On partait. Le bateau manœuvra pour prendre sa route puis augmenta progressivement sa vitesse. Derrière lui, il laissa la Grande Conche et le casino municipal, ce temple du plaisir qui semblait couché sur le sable comme un sphinx endormi. L'air était d'une netteté parfaite. Sur la gauche, on distinguait aisément la pinède du Parc, les falaises blanches de Vallières et leur garniture de dentelle, et, tout au fond, la Pointe de Suzac, aux colonies d'yeuses arc-boutées sur le roc. Un vrai cours de géographie. En quittant les eaux du port, la houle se fit plus forte, l'air plus vif et plus salé. Émerveillement du voyage ! Quelle heureuse idée a eu le cousin Sherlock de m'envoyer en mission, se dit Narcisse ! Et l'enchantement se poursuivit. À droite du vapeur, la côte nord déroula à son tour ses trésors : la conche du Chay, blottie comme un nid de mouettes dans une anfractuosité, si petite qu'il avait fallu suspendre ses cabines de bain au flanc du rocher, celle du Pigeonnier avec ses carrelets, Pontaillac et ses somptueuses villa perchées au-dessus des flots, Nauzan, Saint-Palais à la plage enserrée entre deux pointes minérales refermées comme des bras protecteurs, puis, en arrière-plan, la forêt et les sables de Bonne-Anse. Enfin, et à condition de concentrer son regard, le I rouge et blanc du phare de La Coubre, silencieuse sentinelle veillant sur les rouleaux de la Côte Sauvage. Narcisse, qui n'était presque jamais sorti du département de la Vienne, jubilait. Tant de beauté à portée de main ! Tant de sensations inconnues ! Pour un peu, il en eût oublié l'objet de son voyage. L'émotion atteignit son comble lorsque *Le Satellite* approcha du phare de Cordouan. Planté à sept kilomètres de la terre, l'édifice resplendissait de sa pierre blanche de Saintonge dans la lumière du matin.

— Le Versailles de la mer, soupira, admiratif à ses côtés, un touriste à lorgnons et canotier.

Narcisse hocha la tête. Il ne comprenait pas très bien ce que le château de Versailles venait faire ici, mais effectivement ce qu'on voyait méritait le coup d'œil…

— … Le pied d'une forteresse, le corps d'une chapelle, la tête et l'œil d'un phare, poursuivit son voisin, visiblement enthousiasmé par la construction.

Narcisse hocha une nouvelle fois la tête. Il ne saisissait pas toutes les paroles enamourées du binoclard mais convint que la silhouette intrépide du phare, étincelante comme la lame d'un glaive fichée dans la roche de l'estuaire de la Gironde, était réellement admirable.

Quelques minutes plus tard, le jeune Vernet emprunta le ponton métallique du débarcadère de la Pointe de Grave. Un bref coup de tramway et il se retrouva dans le train vers Bordeaux, non sans anxiété. La moitié d'un billet de VIJF GULDEN délivré par DE JAVASCHE BANK en 1866, constituait sa seule lettre d'introduction chez Erasmus Van Hooydonckx.

25

Dimanche 13 août 1911. 10h15.

Mais pourquoi Périer avait-il insisté pour que monsieur Houlme le rejoigne au *Grand-Hôtel* dès 10h30 ? Que se passait-il en ce jour qui s'annonçait consacré aux bains et aux frivolités ? Le chef de réception avait-il de nouvelles révélations à faire au sujet des bijoux de la Du Barry ? Ou du meurtre du jeune Sourisseau dont jusqu'à maintenant il se refusait obstinément à parler ? Sherlock Holmes tournait toutes ces questions en filant d'un bon pas vers le palace. Il fut vite renseigné. Périer l'attendait dans le hall, sapé de sombre :

— Houlme, je vous emmène passer en revue la deuxième division de la troisième escadre de la Marine nationale. J'ai réussi à nous faire inviter…

Et il se rengorgea comme une perruche vaniteuse :

… J'ai encore des relations sur les bateaux. Précisément, le capitaine de frégate Mercier, chef d'état major de la deuxième division. Nous avons éclusé quelques tonneaux de bière ensemble, jadis, dans les tavernes irlandaises…

Holmes faillit faire remarquer à son interlocuteur que lui, le détective maison, avait d'autres priorités que la flotte française, mais, comprenant que l'invitation de Périer constituait l'aveu d'une rare confiance, il emboîta le pas de l'ancien loup de mer sans broncher. Après tout, si la sortie virait à l'ennui, il s'isolerait dans ses pensées comme il savait si bien le faire.

À 10h30, une baleinière, mise gracieusement à leur disposition, vint les prendre à la nouvelle jetée où patientaient quelques notables, visiblement flattés d'avoir été sélectionnés pour visiter les navires qui défendaient la patrie et portaient ses valeurs sur toutes les mers du globe. Elle les ballotta vers le *Charles-Martel*, qui portait le pavillon du commandant de la division. Vingt minutes plus tard, les visiteurs étaient reçus à la coupée par le capitaine Mercier lui-même, capitaine que Périer accabla de ses assiduités et politesses, afin de bien montrer à Houlme combien ils étaient restés proches. Mais ce moment ne dura pas : la délégation fut immédiatement conduite dans le salon où les attendait le contre-Amiral Adam, commandant de la division. Après que les élus du pays royannais se furent présentés les uns après les autres, que Périer en eut fait autant « Gustave Périer, du *Grand-Hôtel* de Royan et ancien de la Flotte » et eut la bonté de désigner Holmes comme « Monsieur Houlme, mon adjoint et un adjoint essentiel », le contre-Amiral invita la petite assemblée à s'asseoir et prit la parole. Il rappela d'abord la mission de la marine française « Faire respecter nos droits et garder intact notre patrimoine colonial », puis vanta la qualité de nos marins « Des équipages d'une instruction solide et d'un dévouement à toute épreuve », avant de regretter que la France « ne possède pas de bâtiments en nombre suffisant ». Il se lança alors dans un long commentaire sur les programmes de construction de nouveaux cuirassés qui allaient être proposés au vote de nos députés. C'est le moment que choisit Holmes pour décrocher. Tout en affichant une attention extrême aux propos du contre-Amiral, il entreprit de faire le tour des visages de la société rassemblée dans le salon. Depuis que lui et Périer s'étaient installés, deux autres baleinières avaient accosté et permis à des personnalités de monter à bord. Se tournant légèrement sur sa droite, il ne vit que des joues rougeaudes, des favoris retaillés pour l'occasion, des cols de chemises amidonnés que l'on ne portait que dans les grandes manifestations, des chapeaux sur les genoux. En revanche, lorsqu'il entreprit la même opération vers son arrière gauche, il faillit tomber de sa chaise. Sagement assis sur leurs sièges, mais regards tendus dans une attention appliquée, miss Bradpick et son père dévoraient le contre-Amiral de leurs yeux fiévreux. Mais que font-ils ici, se demanda immédiatement Holmes ? Leur place est au casino municipal ou sur la plage, pas sur des bateaux de guerre ! Et qui les a invités ? Périer ? Une huile de la municipalité ? D'un signe de tête discret, il montra les Bradpick à Périer et l'interrogea sans dire un mot mais avec une expression qui ne laissait aucun doute quant à la question : c'est vous qui leur avez ouvert les portes ? La réaction du chef de réception fut sans équivoque. Il haussa les épaules et eut une mimique d'ignorance : non ! Et il ne savait pas par où ils s'étaient infiltrés.

Les considérations de haute tenue sur le rôle de la Marine dans la défense nationale étaient maintenant achevées. Le contre-Amiral louait « la jolie station de Royan » et « la ceinture verdoyante qui dessine si pittoresquement le littoral ». Il termina cette figure obligée de tout discours à Royan en annonçant que la matinée se poursuivrait par une visite du *Charles Martel*, et qu'à cette occasion, il fournirait un certain nombre de détails techniques sur les navires, leurs équipements et armements, la télégraphie sans fil et l'utilisation des aéroplanes en mer. Sous les applaudissements, il convia les visiteurs à le rejoindre autour d'une flûte de champagne.

Trois coupes plus tard, barbichette au vent, le contre-amiral Achille Victor Adam ne plaisantait plus. Finies les amabilités. Finies les mondanités. Appuyé sur le métal gris d'une tourelle, il se mit à égrener les caractéristiques techniques de son vaisseau : « 11 900 tonneaux, 120 mètres de long et 22 de large, un tirant d'eau de 8 mètres 45 ; des machines d'une force de 15 000 chevaux qui lui permettaient une vitesse de 10 nœuds, des chaudières de type D'Allest ; avec ses 600 tonnes de charbon, une autonomie de 2300 milles. ». Des oh et des ah d'étonnement et d'admiration fleurissaient sur les lèvres des connaisseurs, ou de ceux qui voulaient apparaître comme tels. Périer, lui, réservait ses commentaires pour monsieur Houlme. Avec discrétion compte tenu de l'affluence et de l'exiguïté des lieux (il chuchotait presque), mais non sans fermeté :

— C'est bien, mais complètement insuffisant par rapport aux navires allemands ! Pour preuve, le *Panther*, qui n'est qu'une petite canonnière, file déjà à 13,5 nœuds. On peut toujours courir après dans la baie d'Agadir, on n'est pas près de la rattraper. Et je parle pas du *Berlin* et de l'*Eber*...

À ces derniers mots, que Périer, énervé, avait prononcés un peu plus fort qu'il en avait l'intention, miss Bradpick et son père semblèrent tendre l'oreille. Depuis plusieurs minutes, Sherlock Holmes ne quittait pas des yeux les deux Américains. Leur comportement l'étonnait. Autant ils étaient restés à l'écart de la troupe au moment du champagne, autant ils s'étaient mêlés aux invités lorsque le contre-Amiral avait démarré ses explications techniques. Ils s'étaient même faufilés au premier rang afin de ne perdre aucune information. Une hypothèse vraisemblable titilla son imagination : des Mormons ou des Quakers[16], buveurs d'eau miné-

16. Mouvement religieux dissident de l'Église anglicane, né en Angleterre au XVIIe siècle.

rale, mais grands industriels et amis de la France, et sûrement en cheville avec les pontes de la République. Puis il la rejeta, pour ce qui était de la religion des Bradpick. On ne collectionne pas les bijoux et les toilettes exubérantes du côté de l'Utah ou des sectateurs de William Penn[17].

Le commandant lissa ses moustaches et reprit sa respiration : « L'armement maintenant… ». Un silence martial tomba sur le pont. Jenny Bradpick joua encore un peu des coudes pour améliorer sa position vis à vis de l'orateur. Décidément, pas une Mormonne, ni une Quaker, se dit Holmes. Peut-être en définitive une Irlandaise culottée et catholique. « Le défensif d'abord , poursuivit Adam : une ceinture cuirassée de 450 millimètres, un pont de 70 et des tourelles de 370… ». Des visages impressionnés mais qui ne se rendaient pas forcément compte de l'importance des chiffres buvaient les paroles du spécialiste avec reconnaissance : les rives du pays étaient solidement protégées ! « L'offensif maintenant… ». Les Bradpick avancèrent ostensiblement leurs pavillons. « Deux pièces de 305 mm en tourelles axiales ; deux de 274 mm en tourelles latérales ; huit pièces de 138 mm, 4 de 65 et quatorze de 47 ; quatre tubes lance-torpilles… ». Les pensionnaires de la suite impériale du *Grand-Hôtel* enregistraient goulûment les performances des canons. Adam s'en aperçut : « Merci madame de votre attention, il est rare que les femmes soient capables d'apprécier les

17. Promoteur en Amérique du mouvement religieux des Quakers.

éléments que je fournis, j'en suis touché au-delà de ce que vous pouvez imaginer… ». La jeune femme ne pipa mot, se contentant de baisser les yeux pudiquement. Un flatteur et un séducteur, ce commandant, pensa l'auditoire. Une Américaine catholique sans éducation et prête à tout, subodora en définitive Holmes. Et fonctionnant en duo avec son père. Pour autant, le détective restait intrigué par le jeu des Bradpick : quel intérêt des millionnaires américains pouvaient-ils porter à l'état de la marine française ? Le père encore, on pouvait imaginer que tout ce qui concernait les moteurs (il devait comparer avec ceux des automobiles !) le passionnait, mais la fille ! Qu'est-ce qu'une jolie héritière fortunée faisait sur un monstre d'acier hérissé de tourelles et chargé de munitions ? Sa place ne se trouvait-elle pas plutôt chez une couturière, au *Café des Bains* ou devant les tables de jeu du casino ?

Le contre-Amiral enchaîna vite avec la dernière partie de son discours. Puis arriva au bout. Trop vite, ce fut le moment de se quitter. Quelques dernières phrases pour préciser que le *Charles Martel*, le *Carnot* et le *Jauréguiberry* reprendraient la mer en milieu d'après-midi pour rejoindre, à cent-vingt kilomètres de là, la première division et les croiseurs, afin de voguer ensemble vers Oran. Enfin, il raccompagna lui-même la compagnie jusqu'aux baleinières, et, lorsque les embarcations se détachèrent du navire amiral, se découvrit dans un large salut.

Pendant que la baleinière du retour ondulait sur les flots qui avaient forci, monsieur Houlme se répétait qu'il était temps de s'intéresser sérieusement aux Bradpick et à ce quatrième étage du *Grand-Hôtel* qui, jour après jour, concentrait les énigmes. Et il lui sembla percevoir un intérêt identique pour sa personne du côté de la baleinière qui les précédait. Ombrelle à la main et chapeau fleuri bien droit, Jenny Bradpick venait de se retourner pour, lui sembla-t-il, mieux le considérer.

26

Erasmus Van Hooydonckx habitait une échoppe simple, quai des Chartrons, en plein Bordeaux.

Narcisse n'identifia sa maison qu'en début d'après-midi, après avoir demandé des indications à plusieurs passants. Lorsqu'il se trouva devant la façade en pierres de taille calcaires, il prit une profonde inspiration, sortit sa moitié de billet déchiré de sa poche, et frappa vigoureusement à la porte. Un courant d'air parfumé de goudron lui rafraîchissait le dos, tandis que des mouettes piaillaient au-dessus des mâts des bateaux. En ce dimanche de la mi-août, les abords de la Garonne étaient déserts. Personne ne broncha dans la maison. Peut-être n'ai-je pas tapé assez fort, se demanda Narcisse, ou le bonhomme se tient-il sur l'arrière de la construction ? De son index droit, il martela méthodiquement le bois. Pas plus de réaction. Il en fut à la fois étonné et pas absolument surpris. Pas surpris car le cousin Holmes l'avait clairement averti. L'homme qu'il avait pour mission de contacter était un ancien faussaire. En règle avec la police et la justice républicaines, mais susceptible de conserver des habitudes de prudence. Étonné car Périer avait affirmé à Sherlock Holmes que le vieux faussaire ne quittait jamais son domicile où il vivait en quasi-reclus. Au moment où Narcisse allait abandonner, un coin de rideau de la pièce qui donnait sur la rue, à droite de la porte d'entrée, trembla. La fenêtre étant fermée, ce ne pouvait être un courant d'air qui agitait le tissu. Non, c'était forcément Erasmus Van Hooydonckx, qui, caché dans l'embrasure, épiait les faits et gestes de Narcisse. Ce dernier tapa une troisième fois et cria :

— Je sais que vous êtes là ! Ouvrez, je vous prie, je viens de la part d'Auguste Périer. Il a un grand besoin de vous, en ce moment. J'ai fait le voyage de Royan uniquement pour vous le dire…

Aucun signe ne confirma la présence du Hollandais. Narcisse réfléchit. Devait-il renoncer et reprendre le bateau pour Royan ? Non. Jamais il n'oserait se présenter devant Holmes sans avoir accompli sa mission. Défoncer la porte et forcer Van Hooydonckx à le suivre ? Pas le meilleur moyen de s'attirer les bonnes grâces du Bordelais, à l'évidence. Heureusement, une dernière solution germa dans son esprit : le billet. Il fallait tenter le tout pour le tout.

Narcisse s'accroupit et explora le bas de la porte. Il fut soulagé de constater qu'un interstice de quelques millimètres existait entre le bois et le sol. Largement suffisant pour ce qu'il avait à faire ! Il glissa alors sa moitié de son billet de VIJF GULDEN, la poussa vers l'intérieur de la maison, et, se relevant, força sa voix :

— Van Hooydonckx, vous trouverez la preuve de mes affirmations sous la porte. Vous verrez que je ne suis pas un menteur. Périer vous réclame d'urgence…

Comme il n'obtenait pas de réponse, il rajouta :

— Prenez votre temps, j'attends sur le trottoir, mon bateau ne repart qu'en fin de journée…

Joignant le geste à la parole, il s'installa du mieux qu'il put sur une pierre qui saillait sur le pavement et se mit à chantonner : « *Toc ! Toc ! Toc ! Toc ! Toc ! C'est l'amour…* ».

Au moins cinq minutes s'écoulèrent avant qu'un bruit ne parvienne de la serrure. Narcisse se releva prestement. Une main manœuvrait une clef. Aussitôt, trois mots traversèrent le bois :

— C'est bon, entrez…

Méfiant, Narcisse regarda autour de lui. Personne. Il tourna la poignée et poussa le battant. Il n'avait pas encore posé le pied dans le couloir qu'il se sentit violemment tiré par un bras, plaqué au sol, et immobilisé par un genou qui appuyait sur sa glotte. Il étouffait. Suffoquait. Ses omoplates le brûlaient. Sa colonne vertébrale allait craquer. Il tenta de se dégager. En vain. Deux bras d'acier lui maintenaient les épaules au sol. Sa tête lui faisait mal. Elle s'était à moitié fracassée sur le dallage en tombant. Il tenta d'articuler une protestation mais ne put. La rotule qui lui bloquait la respiration ne relâchait pas sa pression. Malgré l'obscurité relative des lieux, il finit par entrapercevoir l'homme qui l'asphyxiait : c'était une sorte de géant à tête blanche. Longs cheveux tombant en mèches raides jusque dans le cou. Barbe et moustache exubérantes. Mal taillées. Sales. De gros sourcils indisciplinés. Sur un nez trop long, de petites lunettes rondes. Un regard clair et froid comme une lame de patin sur un canal gelé. Le type devait avoir au moins soixante ans, peut-être plus, ce qui ne l'empêchait pas de déployer une vigueur peu commune. Et des pognes d'une taille ! Narcisse n'avait jamais vu de battoirs comme ceux-là ! Des mains de paysan plus que d'artisan joaillier.

Lorsque Narcisse cessa de gigoter, Van Hooydonckx desserra progressivement son étreinte, mais remplaça immédiatement son genou par les deux pointes d'un compas à pointe sèche qu'il promena sur la peau juvénile du cou de Narcisse :

— À la première incartade, je pique…

Ce dernier protesta énergiquement :

— Vous vous méprenez… Je suis votre ami. Je dois simplement vous ramener auprès de Périer. C'est urgent. Peut-être une question de vie ou de mort…

— Périer ? Mais vous n'avez que ce nom à la bouche. Je ne connais pas de Périer, moi…

Subitement le colosse hollandais se figea et une inspiration le traversa :

— … Encore que… Le code…

Et sans que Narcisse ne comprenne ce qui se passait, il laissa celui-ci se relever, tout en le gardant sous son contrôle, lui enlaçant le cou par derrière, dans son avant-bras. Il le traîna dans la salle principale de la maison, jusqu'à un buffet noir et, sans le lâcher, ouvrit une porte du meuble, sortit un coffret qu'il posa sur la table. À l'aide d'une petite clef qu'il tira de sa veste, il l'ouvrit. Une seconde moitié de billet s'y trouvait. Il la coucha sur le bois et y colla celle que Narcisse lui avait remise : le 5 qui se trouvait en bas du billet, en plein centre, se recomposa ; le lion du blason, sous la couronne, retrouva sa superbe intégrité. Les deux morceaux coïncidaient parfaitement. Et le miracle advint. Van Hooydonckx libéra Narcisse et lui offrit même une chaise. Après avoir remis de l'ordre dans sa tenue et s'être ébroué tel un jeune chiot, le miraculé s'y laissa choir :

— Ah on peut dire que vous savez recevoir !

Le vieillard ne baissa pas les yeux :

— La vie m'a appris à être prudent. Sinon il y a longtemps que j'aurais quitté le plancher des vaches…

Narcisse se tâta le cou :

— Je crois que j'aurais refusé la mission de Périer si j'avais su comment vous me traiteriez…

Je vais avoir un bleu pendant plusieurs jours. Pas terrible à exhiber sur la plage ! Et ma jeune femme, que va-t-elle dire ? Voilà que son beau jouet est abîmé !

L'humour de Narcisse ne fit pas sourire l'ancien joaillier :

— Si vous étiez dans ma peau, vous prendriez les mêmes précautions que moi. J'ai un certain nombre d'ennemis sur terre qui n'attendent qu'un faux-pas pour me liquider. Mais ceci est une autre histoire. Maintenant vous allez m'expliquer exactement ce qui vous amène. Comment connaissez-vous – Van Hooydonckx hésita un instant – Périer ? Pourquoi vous a-t-il envoyé ? Qu'attend-il précisément de moi ?

Narcisse s'exécuta et livra les informations qu'on lui avait données. Il évoqua les bijoux de la Du Barry, la prochaine vente de charité et la présence avérée d'Arsène Lupin dans les rues de Royan. Tout cela ne sentait pas bon. Un gros coup se préparait. Il fallait l'empêcher. Van Hooydonckx seul était en mesure de désamorcer la crise en intervenant sur la parure de diamants…

L'ancien joaillier-diamantaire leva les bras au ciel d'un air désespéré :

— Intervenir sur la parure ? Que Périer a-t-il voulu dire ? Je ne sais pas intervenir sur des bijoux, moi. Je sais concevoir, fabriquer, réparer, restaurer, transformer. Fondre, graver, sertir, tailler. Mais intervenir, non…

— Je n'ai pas d'autres informations. Périer vous dira lui-même. Encore une fois, il compte absolument sur vous. D'après ce que j'ai compris, vous êtes en dette envers lui et il pense que vous l'acquitterez, cette dette. Ah, j'allais oublier… Munissez-vous d'outils et de matériaux permettant de parer à toute éventualité. Oui, ce sont les mots exacts qui ont été prononcés : à toute éventualité…

Van Hooydonckx explosa :

— Il est marrant Périer ! À toute éventualité… Je ne suis pas devin, moi !

Une heure plus tard, Narcisse, Van Hooydonckx et sa mallette attachée au poignet par une chaînette de sécurité quittaient le quai des Chartrons pour rejoindre la gare de Bordeaux.

Ce n'est que bien plus tard, après avoir dépassé Pauillac, que le Hollandais confia à Narcisse quelle dette il avait contractée à l'égard du chef de réception du *Grand-Hôtel*.

« Périer ! Je lui dois tout simplement la vie. Ça remonte à bien des années… En 1866, si ma mémoire ne me trompe pas. À Batavia, dans l'île de Java. Mais commençons par le commencement. De par ma naissance, je suis Hollandais et un peu Français. Ma mère, cuisinière et parisienne, avait suivi à Amsterdam la famille qui l'employait et dont le chef de famille était un gros négociant français. Un intermédiaire dans le commerce du diamant. Mon père, veuf, appartenait à la corporation des diamantaires et joailliers de la ville. Je n'ai jamais su comment ils s'étaient rencontrés, mais toujours est-il qu'ils ont fini à l'église et que je suis né. Pauvre père ! Lorsque j'étais enfant, il avait déjà l'obsession de me voir prendre sa succession. Alors il m'a formé. Surtout au facetage, l'art le plus difficile. Très vite, je suis devenu l'un des meilleurs ouvriers d'Amsterdam. L'avenir me souriait. Mais moi, je rêvais à tout autre chose. Je ne me voyais pas passer mes jours dans une boutique, même avec la fortune au bout. Je voulais découvrir le monde ! Du coup, un jour, quand j'ai appris que le pays recrutait des volontaires pour les troupes des Indes néerlandaises, je me suis engagé. Deux mois plus tard, mon navire accostait à Batavia et j'entamais mon instruction comme soldat de la 19e division d'infanterie, dans une des casernes du quartier militaire, qu'on appelle là-bas Weltvreden. La particularité du quartier était que si les simples soldats vivaient en caserne, les officiers, eux, avaient droit à des pavillons où ils logeaient avec leur famille. La vie était facile pour tous, nous compris, les hommes du rang. Tant qu'il n'y avait pas d'opération militaire en cours et qu'on se tenait tranquille, on pouvait faire à peu près ce qu'on voulait en dehors des heures de service. C'est comme çà qu'un jour – j'étais plutôt bel homme à l'époque – j'ai tapé dans l'œil de la concubine javanaise d'un lieutenant du régiment. Elle s'ennuyait avec lui, la pauvre (il n'aimait que la boisson et les jeux de cartes), et pour tout dire, dépérissait. Je l'ai rétablie dans sa santé. Un soir, le lieutenant est rentré à la maison plus tôt que prévu et il nous a surpris dans une situation qui ne laissait pas de place à l'équivoque. Fou furieux et complètement ivre, il a voulu m'empoigner et me donner une leçon. J'ai mon honneur : j'ai répliqué. Bêtement et fort. À telle enseigne que l'officier ne s'est pas relevé et que je me suis retrouvé avec un supérieur égorgé par mon couteau et une concubine qui ne savait que hurler. J'ai giflée violemment cette dernière pour qu'elle se taise et je me suis enfui. Un officier tué, une concubine à moitié démente, les perspectives étaient sombres… Ma décision a été vite prise. J'ai enfilé ma tenue civile et j'ai pris illico la direction de la rade. Quand je suis arrivé à l'embarcadère, je suis tombé sur un groupe de marins français qui préparaient leur chaloupe. Je leur ai demandé s'ils accepteraient de me prendre avec eux.

— Si le capitaine veut bien, pourquoi pas, a répondu l'un d'entre eux, qui était en fait le bosco. Le voilà qui arrive. Vois avec lui.

Le capitaine était un gars malin dont j'ai compris tout de suite qu'il valait mieux ne pas essayer de l'entourlouper.

— Je suis Hollandais mais de mère française, je lui ai dit. Et j'ai vraiment besoin de quitter le pays. J'ai jamais fait le marin mais je suis robuste et je peux me rendre utile. Par pitié, emmenez-moi, je vous revaudrai ça, je vous le jure.

Il m'a pesé, les yeux dans les yeux. Puis, après un long silence, a décidé :

— Toi mon gars, tu es dans la merde. Je préfère ne pas savoir pourquoi. Je vais te prendre. Pas pour ta bonne tête ni par charité chrétienne. Mais parce que j'ai deux gus qui sont morts des fièvres en arrivant ici. Tu les remplaceras.

Dans les heures qui suivaient, nous avons pris la direction du grand large et, je l'ai appris alors, de la Californie via les Moluques, puis du Pérou, et enfin de Nantes, où se trouvait l'armement dont dépendait mon sauveur, le capitaine Périer. Quand des mois et des mois plus tard, nous avons débarqué, j'étais toujours en dette. Que faire sur le pavé de Nantes, avant de le quitter ? Je lui ai remis la moitié d'un billet de cinq florins en lui disant que je ne pouvais pas lui donner plus, mais que si un jour, il avait besoin de moi, il lui suffirait de se rappeler à mon bon souvenir. Sur la simple présentation de ce billet déchiré, j'accourrais, où que je sois et quel que soit le motif de sa demande.

Voilà pourquoi je vous suis, mon garçon. Ce qui m'interpelle, en revanche, c'est que Périer ait trouvé mon adresse. À l'exception des tribunaux de la République française, mais ça c'est du passé, je la croyais inconnue de tous et je pensais m'être fait tout petit, tout petit…

27

Dimanche 13 août. 19h50.

Installé au bar du *Grand-Hôtel*, Sherlock Holmes tuait le temps en attendant le retour de Narcisse. Un whisky à la main, il feuilletait une revue de la région, *L'Écho de Jarnac*, numéro du 6 août. Il parcourut rapidement un bref éditorial consacré à l'Allemagne et la crise provoquée par elle au Maroc, encore plus vite une série d'articles chantant les beautés de tous ordres de Royan. Il leva notamment les yeux au ciel en découvrant les dernières invocations d'un certain Gustave Fautras : « *Poursuis ta destinée, resplendis et rayonne, ouvre ton cœur à ceux qui souffrent, Ô Reine de l'Atlantique* », s'arracha dès sa première phrase du bloc-note d'une dénommée Snobine: « *On ne reconnaît plus grand monde sur la plage* ». Il retrouva en revanche un zeste d'intérêt à l'annonce consacrée à la tisane de l'abbé Denys contre le retour d'âge (eh oui, l'âge et ses désastres). Et il lut avec attention un article publicitaire intitulé: *Attention à vos urines!*

L'urine est le baromètre de la santé…

Analyser fréquemment son urine, même lorsque l'on est en bonne santé, devrait être une habitude aussi répandue que celle de prendre des bains, de se faire visiter la bouche par le dentiste…

Ah! Si l'on pouvait examiner son urine chez soi, discrètement…

Cette opération, jugée délicate autrefois, se fait aujourd'hui pratiquement et économiquement à l'aide de la TROUSSE DOSURINE…

Il n'est désormais pas plus difficile d'analyser son urine que de préparer une tasse de thé!

Cette conclusion l'accabla sans retour. Quels prétentieux, ces français, songea le détective! Comme s'il était facile de préparer un bon thé! Évidemment, s'il s'agit du breuvage insipide qui est servi ici, chacun peut se vanter d'y parvenir!

Il plia le journal, le posa sur le comptoir et se reprocha sa lecture: et moi, qui perd mon temps à parcourir ces réclames de charlatan et à abaisser mes préoccupations au niveau de celles du commun des mortels! Comme si je n'avais pas d'autres chats à fouetter!

Entre les bouteilles d'apéritif, une pendule ronde avançait ses aiguilles fourchues en faisant le bruit d'un gros moustique marchant sur du papier. Bientôt 20h. Pourvu que Narcisse ne traîne pas trop ! Et surtout qu'il ne lui soit rien arrivé. Les Vernet ne pardonneraient jamais.

Monsieur Houlme n'eut pas à se perdre longtemps dans ses pensées. Car l'imposante porte tournante de l'entrée se mit en branle. Son contenu devait poser problème : Nob apparut, tentant de barrer le passage à un étrange personnage, qui ne comptait visiblement pas au nombre des distingués clients de l'hôtel. Un spécimen lointain d'une sous-espèce du genre humain, qui aurait été oublié dans une réserve par un zoologue et qu'un collaborateur de musée aurait exhumé un demi-siècle plus tard. Un grand type, hagard, aux cheveux longs plus blancs qu'un glacier suisse, au regard égaré et méfiant, avec pour seule preuve de son appartenance au siècle en cours une mallette noire dans la main droite, et qui hurlait :

— Puisque je vous dis que j'ai rendez-vous avec monsieur Péch… Périer…

Dans la foulée, un Narcisse victorieux suivait, amusé par la scène.

Dès qu'il aperçut les arrivants, Holmes se leva. À grandes enjambées, il alla tempérer les ardeurs de Norbert Lenoble de Courciroux :

— Monsieur a raison, Nob, c'est bien le chef de réception qui l'a mandé. Il m'en avait touché un mot et je l'attendais au bar…

Puis il montra Narcisse :

— Quant à ce jeune homme, il a l'honneur de compter au nombre de mes parents.

L'agressivité du groom tomba d'un coup et un air de regret et de dégoût envasa ses joues :

— On ne me tient au courant de rien dans cette maison !

En se dandinant sur ses pattes d'une façon exagérée pour marquer sa réprobation, il regagna son poste sur le trottoir. L'Anglais prit le relais auprès de la curiosité darwinienne :

— Houlme, détective maison, je vais vous conduire auprès de Périer. Il vous attend…

Van Hooydonckx promenait son regard étonné sur les moulures des plafonds, les tapisseries et les rideaux, fixait les élégantes qui traversaient le hall. Manifestement, le monde avait changé depuis sa dernière sortie. Il se laissa traîner à travers les couloirs et dès que Holmes eut signalé sa présence, s'engouffra dans le bureau de son vieil ami sans prononcer un seul mot, se contentant de serrer la poignée de sa mallette. Sherlock Holmes, qui avait de l'éducation et le sens des convenances, se retira immédiatement. Les retrouvailles n'ont jamais besoin de témoins.

Il revint au bar où Narcisse s'était déjà confortablement installé dans un fauteuil crapaud. Tout de suite, il vit les ecchymoses qui griffaient son cou :

— Tu es blessé ?

— Seulement égratigné, cousin !

— Une mauvaise rencontre ?

— Du tout ! Des présentations un peu appuyées, dirais-je… Ou des effusions mal contrôlées, si vous préférez. Mais cela n'est rien. Dans trois jours il n'y paraîtra plus.

— À la bonne heure ! Mais parle moi donc de ta journée. Les traversées n'étaient pas trop agitées ? Et le train ? Tu as trouvé facilement la gare ?

Narcisse se plia de bonne grâce à la requête de Holmes. Il raconta en long en large et en travers les douze heures qui venaient de s'écouler. Heureusement qu'il se perdait même dans les détails, car l'entrevue de Périer et de Van Hoyydonckx durait. Durait. Au-delà du compréhensible. Puis au-delà du convenable. À 20h45, Sherlock Holmes se fendit même d'une réflexion triviale :

— Mais qu'est-ce qu'ils foutent !

Narcisse releva. Le cousin Holmes était très énervé. Jamais il n'avait entendu pareil mot dans ses lèvres policées. Et de fait, plus les minutes passaient, plus le détective avait l'impression qu'on ne lui avait pas tout dit et qu'on le tenait à l'écart de quelque chose d'important. Périer n'était-il pas en train de le doubler ? De travailler à une autre solution que celle que Houlme lui avait soufflée ? Il soupira avec lassitude. Malgré son âge, malgré son expérience, il faisait face une nouvelle fois à l'incontournable réalité sociale. Dupeurs et dupés. Spoliateurs et spoliés. Tout était possible dans cette société fausse et cupide.

Les aiguilles de la pendule se préparaient à gratter le quart de vingt et une heures, lorsque des éclats de voix emplirent le couloir qui menait au bureau de Périer. Holmes se dressa d'un bond : on se battait ? Il tendit l'oreille. Non. On plaisantait bruyamment. Bras dessus bras dessous, l'ancien marin et le faussaire de génie s'encadrèrent dans l'entrée du bar. Perdant tout sens de la tenue, Périer bramait à qui voulait l'entendre :

— Sacré Erasmus ! Pas son pareil sur cette vieille terre, cette crapule ! Quelle idée de génie j'ai eu de le sortir de son trou ! Il faut qu'on arrose ça tout de suite ! Oh oui, tout de suite !

Il se tourna vers le barman :

— Tournée générale ! C'est le capitaine Périer qui régale ! Comme au bon vieux temps ! Hein, tu te souviens, Erasmus ! On en a descendu des pintes ensemble !

Le Hollandais restait muet, étranger à l'excitation de son complice d'antan. Sherlock Holmes était abasourdi. Narcisse ne comprenait plus pourquoi on l'avait expédié si vite à Bordeaux. Où étaient les dangers pressants qu'on lui avait décrits ?

Voyant bien que monsieur Houlme était largué, le chef de réception le prit par la manche et lui souffla à l'oreille :

— Tout est réglé, Houlme ! Absolument tout ! Les bijoux de la Du Barry ne craignent plus rien. Je ne peux pas vous en dire davantage pour le moment... Que prenez-vous ? Un autre whisky ? Un clairet ? Les deux ? Allez, Houlme, laissez-vous aller, la vente de charité ne représente plus aucun danger. Nous avons gagné !

Holmes opta pour un second whisky. Narcisse se laissa tenter par un verre de clairet. Le chef de réception causait, causait et buvait. À la troisième tournée, Van Hooydonckx commença à sortir de sa léthargie. Les souvenirs remontèrent en désordre : sa vieille maman française, sûrement disparue depuis longtemps et qu'il n'avait jamais revue ;

la Nouvelle-Calédonie, où il avait fait un séjour involontaire mais finalement pas désagréable après la Commune de Paris ; son retour en France par l'Australie ; les ports visités du temps du capitaine Périer ; les accueillantes péruviennes de Callao, les joyeuses tireuses de bière de San Francisco ; les villes de France où il avait exercé son art, pas toujours reconnu à sa juste valeur ; Batavia, ses parcs et ses allées. Et ses Javanaises. Le grand drame et la grande chance de mes débuts, sanglota-t-il… Périer, mon ami, mon grand ami !

C'est le moment que choisit Holmes pour entraîner Narcisse vers la sortie. Il n'y avait plus rien à tirer de la journée. Les deux compères allaient trinquer toute la nuit en regrettant leur jeunesse. Exactement le type de comportement et de faiblesse que Holmes détestait. Lorsque Périer comprit que le détective et son cousin désertaient les lieux, dans un éclair de lucidité et de ce qu'il pensait être de la générosité, il lança à monsieur Houlme :

— Je vous donne la journée de demain en congé, mon ami ! Profitez un peu des fêtes de Royan et de votre famille ! Erasmus et moi allons arroser nos retrouvailles et notre succès jusqu'au moment de son départ.

Lorsque Holmes et Narcisse poussèrent la porte de la salle à manger de *Carpe Diem*, il y régnait une excitation inattendue. Télégramme à la main, Modeste-Radegonde vendit vite la mèche :

— Oh Sherlock, je suis si contente ! Les Mainsenet viennent passer la journée à Royan, avec nous… Ils arriveront vers 11h. Oui, demain lundi. Quel plaisir de recevoir un peu. Dommage que vous ne puissiez vous accompagner…

Grand seigneur, Holmes joua les cabotins :

— Modeste, je vais vous surprendre…

Tous les yeux se tournèrent vers l'imprévisible cousin.

— … J'ai eu comme un pressentiment toute la journée. La quasi-certitude que vous souhaiteriez ma présence auprès de vous demain. Alors je me suis libéré…

Modeste-Radegonde battit des mains comme une folle en gloussant :

— Il est extraordinaire ! Extraordinaire ! Ah oui, Sherlock, on peut dire que vous êtes un homme hors du commun. Maintenant je comprends mieux pourquoi vous seul démêlez des histoires auxquelles personne ne comprend rien…

Holmes s'inclina en guise de remerciement. Flatté par le compliment de la femme de son cousin, il n'en pensait pas moins : « Si elle savait où j'en suis dans mon enquête en cours, elle retirerait ses paroles sur le champ ! ». Mais il ne laissa rien paraître de son trouble et se joignit – au moins superficiellement – à la joie de la famille au grand complet.

28

Mardi 15 août.

Le taxi déposa les Mainsenet devant *Carpe Diem* à 12h30 précises. Modeste-Radegonde, qui guettait leur arrivée derrière un rideau de la salle à manger, leur fondit dessus dès qu'ils eurent posé le pied sur le boulevard de l'Océan. Puis, après avoir présenté toute la maisonnée, elle leur fit subir la visite de la villa, pièce par pièce, en s'esclaffant de la chance que son mari avait eue de se voir proposer un tel palais. Il fallut compter trois bons quarts d'heure avant que l'on ne parle de déjeuner.

Le gymkhana du Chay (c'était lui qui avait décidé les Mainsenet à répondre à l'invitation des Vernet et non le seul plaisir de retrouver la quincaillière et l'avocat) ne commençant qu'à 16 h, la maîtresse de cérémonie avait décidé de faire servir un lunch (elle ne prononçait jamais ce mot d'outre-Manche sans lancer un coup d'œil complice à Sherlock Holmes) « tout simple » dans le jardin. Plats froids, salés puis sucrés, se succédèrent donc pendant que les convives tentaient de refaire connaissance. Jeanne Mainsenet y mettait beaucoup de bonne volonté. Son mari, Eugène, beaucoup moins. Sa timidité naturelle et sûrement un goût prononcé pour le travail solitaire en laboratoire dressaient une sorte de mur invisible entre lui et la plupart de ses interlocuteurs. Pourtant, certainement à cause de la promesse que sa femme lui avait arrachée, il répondait aux questions qu'Horace, Watson ou Narcisse, lui posaient. Brièvement mais poliment. Il s'épanchait plus facilement avec Harriett, mais sans excès. Heureusement, le petit Léon constituait un trait d'union sautillant entre des groupes qu'il arrosait de son ingénuité et de ses rires. Il faut dire que Modeste-Radegonde l'avait mis dans sa poche dès son arrivée, d'abord en le félicitant pour les joues qu'il avait prises « La mer te réussit, mon garçon ! » et le seyant de son costume marin « Oh le joli matelot ! », puis en lui offrant, malgré les protestations parentales, une énorme sucette rose et jaune. Sa mère avait tenté de remettre l'absorption de « tout ce sucre ! » à plus tard, mais Modeste avait forcé le barrage en déclarant qu'aujourd'hui était fête et que de petits écarts étaient permis. Elle avait d'ailleurs montré l'exemple en enfournant avec un bel appétit une brochette de crevettes aux saveurs d'orient et une tartinette à la tapenade d'olives qui n'arrangeraient pas ses formes.

Lorsqu'ils descendirent sur la plage du Chay, les Vernet et leurs invités constatèrent qu'on ne les avait pas attendus. Il y avait foule. Et que ce soit sur le sable lui-même ou sur les reliefs qui surplombaient la mer, les bonnes places étaient déjà occupées. Heureusement, une fois de plus, le sens pratique de Modeste fit merveille : utilisant le petit Léon comme prétexte « Le pauvre chou ne voit rien ! », elle réussit à pousser toute la compagnie jusqu'aux premiers rangs. Il y eut bien des mouvements d'humeur et des commentaires à peine masqués derrière le dos de la troupe, mais Harriett Cooper fusilla les récalcitrants de son regard intrépide, et le silence se fit. Juste à temps. Les festivités démarraient.

Une course de poulets ouvrit le bal. Dressé sur ses ergots, Un vieux coq tenta de perturber le départ en bloquant la piste. Il protestait certainement contre le traitement humiliant qui lui était réservé. Lui, le seigneur de la basse-cour, le contraindre à se départir de sa superbe pour se déhancher dans une confrontation stupide ! Les spectateurs se mirent à crier « Poussez le coq ! Poussez le coq ! ». Léon riait, hurlait lui aussi. Sa mère jubilait. Enfin, son fils s'amusait. Il fallut que l'un des organisateurs pénètre sur la piste pour libérer la voie. Enfin les volatiles s'élancèrent. Holmes, qui ne prêtait aucune attention aux caquètements et au ballet de plumes, mais regardait d'un œil inhabituellement bonasse les spectateurs, se raidit subitement : en face, quatre paires d'yeux fixaient le groupe des Vernet : Jenny et Phileas Bradpick, Wedelganz et Frascoli. Négligeant eux aussi les évolutions des volailles, ils semblaient surveiller les mouvements de l'honorable famille poitevine et de ses invités. Inondée de lumière douce – son ombrelle la protégeait des rayons perçants du soleil – Jenny Bradpick resplendissait de beauté naturelle. Sa blondeur faisait ressortir son teint hâlé et la clarté verte de ses prunelles. Tout autre homme que Holmes en aurait été bouleversé. Mais l'Anglais avait d'autres préoccupations en tête. Eu égard au niveau social des Bradpick, il était invraisemblable qu'ils aient fait le choix de perdre l'après-midi aux courses infantiles du gymkhana. Il y avait autre chose. Une hypothèse insistante prenait le pas sur toutes les autres. C'est moi qu'ils traquent ainsi, pensa-t-il, en passant de la belle Américaine à ses chevaliers servants. Savent-ils déjà que je cherche à démasquer le meurtrier de Basile Sourisseau et que j'ai de bonnes raisons de penser qu'il se cache au quatrième étage du palace ? Ou que je suis impliqué dans la protection des diamants de la Du Barry ? Il allait imaginer d'autres motifs d'intérêt lorsque sa réflexion fut interrompue par une voix de stentor qui annonçait des résultats de la course de poulets :

— Premier prix : mademoiselle Marie-Berthe Lanseau, pour le poulet Gédéon… Deuxième prix : monsieur Yves Saget, pour la poule Kot-kot…

Les courses de lapins et de canards firent monter l'euphorie collective d'un ton. Dépaysées, ne comprenant pas ce qu'on attendait d'elles, les pauvres bêtes erraient en désordre sur la piste. Il fallut les exciter et les remettre dans le droit chemin à plusieurs reprises pour que la compétition se déroule. Watson lui-même se prit au jeu sous les yeux effarés de sa compagne. Un lapin en particulier avait retenu son attention. Agenouillé sur le sable, en bras de chemise et canotier de travers, il encourageait sa bestiole favorite à grand renfort d'injonctions :

— Come on ! Faster ! Damned bunny !

Et il singeait les mouvements que son protégé aurait dû adopter. Au début, Harriette Cooper s'était contentée de désapprouver l'attitude de son compagnon, mais plus le temps passait, plus son nez se tordait. Soudain, excédée, elle cramponna le docteur écarlate et suant et le releva sans ménagement :

— Enfin, James, tenez-vous, mon ami ! On nous regarde…

Au milieu de cette agitation bon enfant, Modeste s'étouffait de plaisir et d'auto satisfaction. Ah, ce n'était pas à Poitiers que l'on s'amusait ainsi ! Les gymkhanas, ces festivités de plein air venues d'Angleterre y étaient encore inconnues. Alors qu'ici, le peuple en raffolait et s'y adonnait sans retenue, applaudissant aux jeux les plus fous : concours de forts disputant les ouvrages de sable à la vague, courses à la cravate, lutte à la corde féminine, concours de cerfs-volants. Madeleine, elle, souffrait de la chaleur et de la promiscuité, malgré toutes les précautions que prenait Narcisse à ses côtés, écartant les importuns et jouant de l'ombrelle au-dessus de la tête de sa jeune épouse.

Depuis le départ des canards, Holmes s'était légèrement écarté du groupe familial et amical. Emporté par un mouvement de foule quelques pas en arrière, il s'était laissé faire. Une position en recul lui convenait parfaitement. Les Bradpick, Weldeganz et Frascoli n'avaient pas bougé. Curieusement, ils semblaient maintenant se désintéresser de lui. Mais leur attention restait pointée vers le groupe Vernet. Étonnant, songea-t-il ! Que cherchent-ils ? Qui les intrigue ? Les parents Vernet ? Non, aucune raison. Ni Modeste ni Horace ne méritent la moindre attention. Watson ? Que faire d'un ancien médecin des Indes dont la vigueur s'éteint au contact d'une enragée de trente ans sa cadette ? À moins qu'ils ne l'aient remarqué chassant les photographes sur le front de mer ? Possible... Narcisse ? Seraient-ils déjà au courant de sa virée à Bordeaux ? Sait-on jamais...

Soudain la foule s'ouvrit pour laisser passer un curieux cortège : de très jeunes enfants cornaqués par leurs mères. En robes de bain pour les filles, maillots à bretelles pour les garçons. L'un des clous de la manifestation, la course des bébés, se mettait en place. Désireuse d'associer Léon au maximum à cette épreuve qui réunissait des concurrents juste un peu plus jeunes que lui (on pouvait s'inscrire jusqu'à sept ans), Jeanne Mainsenet tira son fils et son mari vers la ligne d'arrivée, à une vingtaine de mètres de l'endroit où Modeste avait réussi à caser sa petite société. Ni Horace ni son épouse ne les suivirent. Fatiguée, Madeleine pria Narcisse de l'aider à trouver un coin à l'ombre où s'asseoir. Watson, lui, céda aux supplications d'Harriett qui souhaitait se rafraîchir les pieds dans les vagues. Holmes s'apprêtait à s'absenter intérieurement, lorsqu'il constata que les Bradpick et leurs accompagnants emboîtaient discrètement le pas des Mainsenet. L'air de rien, ils gagnèrent eux aussi la ligne d'arrivée et se positionnèrent face à l'institutrice et à son époux. Perplexe, Holmes s'interrogea : coïncidence ou manœuvre délibérée ? Sur le moment, il pencha pour la première hypothèse. Il ne voyait aucun lien entre la paisible famille et le quatuor du *Grand-Hôtel*.

Alors que l'après-midi se déroulait sans encombres, Harriett Cooper glaça la compagnie en déclarant qu'elle participerait à la course au sac. Les Vernet s'indignèrent silencieusement : elle est folle ! Une femme de sa condition ne se produit pas en public en se contorsionnant ridiculement, les pieds pris dans une toile de jute ! Watson tenta de la dissuader :

— Mais enfin, Harriett, ces courses ne sont ouvertes qu'aux messieurs!

— Raison de plus! décréta la jeune femme que rien n'effrayait.

Et elle s'en fut entreprendre le jury. Cinq minutes plus tard, elle revint, triomphante:

— Ils n'ont pas pesé lourd, les vieux barbons!

Ils étaient une douzaine au départ. Des hommes, des adolescents et Harriett. Trois tours d'un circuit tracé sur le sable. À la fin du premier tour, Harriett pointait en troisième position, derrière un blanc-bec qui roulait des mécaniques mais soufflait déjà fort et un sportif accompli, très à l'aise dans ses sauts. Un tour plus loin, le blanc-bec avait calé. Restait à éliminer le sportif. Harriett attendit la dernière ligne droite pour marcher sur son sac. Subitement coupé dans son effort, il s'étala piteusement sur le sol en criant à la tricherie. Ce ne fut pas l'avis du jury, peu envieux d'avoir à nouveau à discuter avec Harriett. Elle fut donc déclarée victorieuse. Une gerbe de fleurs vint la récompenser. Magnanime, elle l'offrit à Modeste-Radegonde:

— Pour tout ce que vous faites pour nous!

La matrone faillit pleurer:

— Oh, miss Harriett, vous me touchez au cœur…

Le gymkhana se termina par un moment de grâce absolue: le concours d'ombrelles fleuries. Une douzaine d'élégantes en robes claires y prenaient part, assises sur des fauteuils d'osier disposés à même le sable. Manœuvrant subtilement la toile de leur en-cas ornée de fleurs naturelles, elles mettaient en valeur la richesse et l'originalité des compositions de roses, d'œillets, de lys ou de marguerites. Pour ne rien gâcher, en les rafraîchissant, la brise de mer se chargeait d'un parfum suave et mouillé. Un ravissement. Holmes ne se serait pas attardé sur ce charmant spectacle, si, à contre-jour, son œil infaillible n'avait repéré une silhouette bien connue : celle d'Arsène Lupin. Il osa in petto une hypothèse qui ne devait guère être éloignée de la réalité : travesti en D'Aspignac, l'amateur de belles femmes appréciait le tableau en connaisseur, se demandant certainement à laquelle irait le mieux la parure de diamants dont il allait s'emparer cinq jours plus tard.

Parfait ! Tous les acteurs sont sur scène, désormais, se dit le détective ! Le canevas de la pièce était jusqu'à présent flou. Il vient de s'éclairer singulièrement. Il est grand temps maintenant de passer à la vitesse supérieure, mon bon monsieur Houlme !

Lorsque les Mainsenet prirent congé, Modeste-Radegonde, jamais rassasiée de compagnie, s'enquit de leurs projets pour la fin de la semaine :

— Oh Jeanne, nous accompagnerez-vous à la vente de charité, samedi prochain ? On dit que le tout Royan y défilera, et que les plus belles toilettes et les bijoux les plus rares seront de sortie…

Trop tard ! L'institutrice et son chimiste de mari avaient déjà pris d'autres dispositions :

— Malheureusement non, chère amie, nous avons déjà réservé un taxi automobile : nous allons visiter les grottes de Meschers. Une curiosité, cette falaise trouée, parait-il…

Figée par cette contrariété inattendue – comment osait-on préférer des éboulis de pierre à son commerce ! – la diva de la quincaillerie poitevine lâcha une flèche acérée entre ses dents encore souriantes :

— Je n'en doute pas, madame l'institutrice et chère amie, mais faire le bien des pauvres gens ne doit-il pas passer avant nos propres agréments ? Horace et moi le croyons et nous le témoignerons samedi.

C'est sur cette leçon de morale chrétienne envoyée prestement à l'école publique que se terminèrent les échanges du jour. Jeanne Mainsenet ne releva pas. Elle prit congé comme si de rien n'était, entraînant son époux mutique et le petit Léon qui commençait à fatiguer.

LA VENTE DE CHARITÉ

29
Extrait numéro 4 du journal de Watson

Carpe Diem le vendredi 18 août.

Ce matin, j'ai eu une très longue conversation avec Holmes. C'est lui qui en a eu l'initiative, ce qui est très rare. Nous étions encore attablés devant le petit-déjeuner lorsqu'il m'a confié son désir de marcher un moment en ma compagnie. « Le petit moment d'appréhension avant la bataille », m'a-t-il simplement indiqué, pour se justifier. Nous avons donc quitté les Vernet et sommes partis, au hasard des rues. Franchement, je serais incapable de restituer notre itinéraire, tant mon attention était monopolisée par les paroles de mon vieil ami.

Ses premiers mots m'ont étonné : « Vous savez Watson, c'est la première fois que j'ai pensé que je ne viendrais pas à bout d'une enquête. ». Contrairement à ce qui arrive parfois, Holmes ne plaisantait pas. Son visage affichait ces traits obstinés que je connais si bien : ils ont été mon paysage constant tout au long des années de notre cohabitation de Baker Street. Non, il avouait simplement les difficultés qu'il avait rencontrées. Il a alors levé ses yeux gris vers moi, sans précipitation, et avec une simplicité inhabituelle, m'a demandé : « Vous pensez que je vieillis, que mon jugement faiblit, n'est-ce pas, Watson ? ». J'ai fait mine de m'offusquer : « Si je dois entendre de telles bêtises dans votre bouche, je rentre immédiatement à la villa ! J'ai mieux à faire que de supporter ce genre de jérémiades ! La vérité est tout autre et vous la connaissez aussi bien que quiconque : jamais votre intelligence n'a fonctionné de manière plus précise, avec autant de clairvoyance ; et pour parler de votre âge, il n'a fait qu'amener de l'expérience et de la profondeur dans vos analyses ». Comme les vieilles coquettes, mon compagnon a apprécié ma flatterie. Peut-être en avait-il besoin pour se lancer dans ses confidences. Celles-ci n'ont pas tardé. « Je vous remercie de confirmer mon sentiment personnel, mon cher ami. Pour ce qui concerne mon enquête en cours, je crois avoir finalement compris ce qui m'a posé problème. Ma réputation, je l'ai bâtie sur une méthode simple : intervenir au plus vite sur la scène du crime, la passer au crible, en analyser tous les éléments objectifs, et, lorsque la moisson est terminée, en déduire les circonstances exactes du forfait. La difficulté, ici à Royan, est que je n'ai assisté à rien et que je n'ai eu aucune information de première main». Il me mit alors au courant du meurtre du valet de chambre, me donna des détails supplémentaires sur le coup du garduche auquel il m'avait partiellement associé, puis me confia ce qu'il savait des bijoux de miss Bradpick (jusqu'alors, il ne m'en avait dit que ce qui pouvait justifier le voyage de Narcisse à Bordeaux). Après cette courte mise au point, il détailla sa pensée: «L'assassinat du jeune Sourisseau, par exemple: je n'ai pu travailler qu'à partir du récit de sa fiancée. Récit rempli d'émotion, de larmes, mais pas de faits suffisamment précis. Si j'avais été sur les lieux à la place d'Élodie Pinsonneau, j'aurais certainement relevé des éléments essentiels: des traces sur les vêtements indiquant la position du corps au moment du garrottage, puis la façon dont on l'avait transporté jusqu'au placard (l'avait-on cramponné par les épaules ou par les pieds?), peut-être des résidus de tissu dans ses ongles s'il avait lutté avec son ou ses agresseurs, ou des empreintes sur son cou; et puis le couloir: il aurait fallu examiner la laine des tapis. Probablement on aurait trouvé des écrasements, des aplatissements, des torsions de fil qui auraient indiqué le trajet du cadavre après l'étouffement. Un travail préliminaire bien exécuté m'aurait peut-être amené à la porte de la chambre où le crime avait été perpétré. Rien de tout cela n'a été fait. La police française, comme chaque fois, a négligé les constatations sur place. Et, sur l'insistance de la direction de l'hôtel, elle n' a pas mieux trouvé que de geler le dossier jusqu'à la fin de la saison touristique. Autant dire qu'elle a déjà renoncé à identifier le ou les coupables. Pour ce qui est du coup du garduche et les bijoux de la Du Barry, je me suis heurté à des obstacles différents. Dans le premier cas, pour avancer, il m'aurait fallu de solides connaissances en photographie. Je ne les possède pas. Cet art est trop récent pour que je m'y investisse, que je me familiarise avec ses arcanes. Côté bijoux, j'ai davantage d'atouts. Ma carrière m'a mis en présence de belles pièces et d'experts qui m'ont transmis quelques secrets. Mais la parure de la Du Barry, on m'en a écarté. Périer m'a interdit le coffre. Il l'a réservé à ce faussaire de Van Hooydonckx que Narcisse est allé tirer de sa cachette. Je travaille donc à partir de descriptions floues, de doléances, de on-dit, de sentiments, d'impressions, d'approximations. Rien de solide. Rien de vérifié. Aucune intervention de la science et de ses vérités incontestables. Ah oui, Watson, j'ai bien erré au début! J'ai même failli remettre mon tablier. Heureusement, au moment où je vous parle, les choses ont évolué. ».

Je me suis bien gardé de questionner trop directement Holmes. Avec lui, mieux vaut passer par les côtés. Je lui ai juste concédé un « À la bonne heure ! » et ai installé un long silence derrière mes paroles. Il a fait quelques pas puis s'est arrêté en posant la main sur mon épaule : « Vous savez que je n'aime pas dévoiler mes hypothèses avant de les vérifier, Watson, mais pour une fois je vais m'avancer. J'ai désormais deux certitudes : la première est que le meurtre de Sourisseau, le coup du garduche et les diamants de la Du Barry ne sont que les éléments préparatoires d'une opération plus complexe ; la seconde que le personnage clef de cette histoire a déjeuné à vos côtés dimanche dernier ». Sur ce, mon ami a repris sa marche et ne m'a plus parlé que des télégrammes qu'il venait d'envoyer aux États-Unis d'Amérique et de l'inspection méticuleuse qu'il avait réalisée des salles du casino municipal où se tiendrait la vente de charité. Dans ma tête, flottaient les souvenirs de la visite des Mainsenet. De quelles assiettes étais-je donc le voisin ? À ma droite, pour sûr, c'était celle d'Eugène Mainsenet. Et à ma gauche ? Léon… Oui, le souvenir m'en revenait. Léon, qui menaçait à chaque instant de poser ses doigts pleins de graisse sur mon pantalon neuf. Comment était-il envisageable que l'un ou l'autre soient mêlés à une « opération plus complexe » ! Et une opération de quoi, d'abord ?

Une dernière note pour mémoire : Modeste-Radegonde a son moment de mauvaise humeur chaque soir lorsque le jour tombe. Motif : la villa la plus proche de Carpe Diem est désormais habitée et nous inonde de musiques toutes plus inconvenantes les unes que les autres. « Des parvenus qui louent à la quinzaine parce qu'ils n'ont pas les moyens de passer le mois entier à Royan ! », fulmine-t-elle. Et effectivement, dès que le soleil disparaît derrière les rochers du Pigeonnier, un pathéphone se met à brailler : « Toc ! Toc ! Toc ! Toc ! Toc ! C'est l'amour », ou « Ça sent toujours l'amour… ». C'est vrai qu'il est difficile d'échapper à ces refrains populaires lorsque le concert démarre, tellement le volume de l'appareil est élevé, mais bon, faisons preuve de tolérance, nous sommes en vacances. Un brin de folie ne nuit pas, de temps en temps !

30

Samedi 19 août. 10h20.

Bien que le clou de la vente de charité ne fut annoncé que pour la soirée, Sherlock Holmes courut au casino municipal dès qu'il en eut terminé avec le petit-déjeuner et les ablutions matinales. Tel un général qui inspecte soigneusement le théâtre des opérations avant d'engager ses troupes, le détective voulait vérifier encore une fois l'état et la disposition des lieux qui se préparaient à accueillir le vol du siècle, celui de la parure de diamants de la Du Barry.

À la fois extraordinairement concentré et enclin à la plaisanterie, il gagna la Grande Conche en sifflotant et en jouant avec sa canne, lui faisant exécuter des figures qu'un tambour-major n'aurait pas désapprouvées. Le souffle tiède de l'océan enivrait déjà la ville et de petits groupes d'enfants en costumes de bain piaillaient sur le sable sous l'œil attentif de leurs nurses.

En abordant le casino, il fut surpris de trouver un encombrement de chevaux, de charrettes, d'échelles, de citernes, de cuves et de tuyaux à proximité de l'entrée et autour du bâtiment : les sapeurs-pompiers de la commune. Puis il comprit aisément : depuis l'incendie du Bazar de la Charité, à Paris en 1897, qui avait effrayé l'ensemble des capitales européennes, toutes les précautions étaient désormais prises pour qu'un drame aussi abominable que celui de la rue Jean-Goujon ne se reproduise pas. Ce fut aussi l'occasion de se rappeler que Madeleine Vernet y avait perdu sa mère.

Ce moment d'émotion dépassé, Holmes pénétra dans le hall du casino municipal, puis gagna la salle d'honneur qui avait été allouée aux œuvres de l'orphelinat de Mureil-sous-Nancras. Elle était presque vide. Il la parcourut. De chaque côté d'une grande allée, une vingtaine de tables avaient été disposées. Recouvertes de tissu blanc, elles portaient tout ce que les dames des sociétés d'entraide avaient récupéré chez les commerçants de la commune ou qui provenait de dons de belles âmes : des vases aux curieux motifs, des couverts dont l'originalité avait rebuté les bourgeois royannais, des lots d'assiettes (dépareillées pour l'essentiel), des coffrets, des statues, des paniers, des bougeoirs, des napperons et autres broderies réalisées par de vieilles bigotes tremblantes, des amphores, des cendriers, des casseroles, des tabliers, des verres, des bouteilles colorées, des miroirs aux cadres surchargés, des sabliers sans sable, des jouets d'enfant, des coffrets à cigares, des canards en étain… La plupart des arrière-boutiques avaient été vidées au profit de la misère. Holmes s'en réjouit. On ne manquerait pas de matériel.

Au fond de la salle, en vis à vis, deux comptoirs ne proposaient ni bibelots ni vaisselle. Celui de gauche était voué à la restauration. Les dames patronnesses avaient fabriqué moult tartes et gâteaux, que l'on pouvait arroser de café, de thé et de jus de fruits. À droite, c'étaient les lots de la tombola qui recouvraient la dernière nappe. Comme l'indiquaient les affiches qui avaient été placardées sur les murs de la ville, des œuvres de célébrités étaient promises aux chanceux : une fresque militaire de Théophile Poilpot, une scène de rue de Victor Gilbert, un dessin de la Porte Saint-Denis par Galien-Laloue, et, en plein centre de la table, une statue de bacchante de Carrier-Belleuse, qui trônait, élégamment appuyée sur une colonnade mangée de lierre.

Monsieur Houlme fit mine de s'intéresser aux différents comptoirs, identifia les policiers en civil qui, l'air de rien, patrouillaient dans la salle – la sauvegarde des œuvres de Poilpot, Gilbert, Galien-Laloue et Carrier-Belleuse expliquait officiellement leur présence –, salua les gardiens en uniforme postés aux entrées, puis quitta le casino, rassuré. Le dispositif était en place. Miss Bradpick pouvait apparaître en toute sécurité. Même un Lupin des grands jours éprouverait des difficultés à forcer le verrou des mesures mises en places.

D'après les indiscrétions de Périer, il n'était pas prévu que miss Bradpick se mette en route avant 21h. À *Carpe Diem*, on attendit donc 20h pour prendre la direction du casino. Madeleine avait tout de suite fait savoir qu'elle ne se rendrait pas à la vente de charité : les souvenirs de la disparition de sa chère maman dans des circonstances comparables étaient encore trop douloureux. Mais, généreuse, elle avait chargé Modeste-Radegonde de dépenser un peu d'argent pour son compte. Désireux de se faire pardonner son absence du dimanche précédent, Narcisse avait insisté pour rester auprès de son épouse. « Le devoir du futur père est de protéger les siens jour et nuit », avait-il décrété, oubliant que la maxime aurait dû lui interdire son escapade à Bordeaux. Ses parents avaient applaudi. Quant à Harriett, elle avait violemment refusé de participer à cette « mascarade de la charité », répétant à qui voulait l'écouter (peu de monde en vérité) que « Ce n'est pas d'aumônes dont le peuple a besoin, mais de travail normalement payé et d'égalité dans les droits ». « Les femmes surtout ! », avait-elle ajouté, péremptoire. Horace avait levé les yeux au ciel discrètement et sa maîtresse femme s'était mis un pavé sur la langue en songeant la même chose : mais quelle dard avait piqué miss Cooper pour qu'elle monte ainsi sur ses grands chevaux !

C'est donc un groupe limité aux seuls parents Vernet, à Watson et à Sherlock Holmes, qui se présenta aux lumières du casino.

Tout de suite, le détective planta là ses parents et ami et se fraya un chemin dans l'allée centrale. Elle était bondée. Il fallait presque jouer des coudes pour avancer. Il n'avait pas fait trois pas qu'il l'aperçut, devisant au milieu d'une petite société de femmes : Arsène Lupin. Le comte Raoul d'Aspinac pour ces dames. Le sportsman le plus accompli de la station, l'arbitre des élégances royannaises selon les échotiers de *La Gazette des Bains de Mer*. En réalité, un homme dangereux en tous domaines. D'une rare prestance dans son frac noir, il ressemblait à un papillon de nuit butinant les plus belles fleurs du jardin. De l'endroit où il se trouvait, Holmes ne pouvait saisir ses propos. Mais c'était sans importance. Ses attitudes, ses mimiques suffisaient à caractériser une offensive de charme des plus efficaces. Avec le raffinement que désormais toute la côte lui prêtait, il se courbait vers l'une, soulignait auprès d'une autre un heureux propos, complimentait, souriait, envoûtait, utilisant avec génie les différentes complexions que son visage était capable d'enchaîner. Et doté d'un sang-froid d'airain, avec ça. Lorsque son œil – aussi mobile que ses traits – croisa le regard de Holmes, il ne s'effondra pas, vacilla encore moins. Bien au contraire. Et un mince sourire dans la direction de son rival en dit plus qu'une déclaration. Lupin savait que son adversaire serait présent. Il était prêt au combat. Une imperceptible inclinaison du détective lui apprit en retour qu'il en était de même pour lui. Les futurs duellistes s'étant dès lors reconnus, chacun continua sur sa lancée. Désinvolte, le faux comte d'Aspinac persista dans son numéro de dandy aristocratique, ne se souciant plus de l'Anglais, du moins en apparence. Quant à Holmes il poursuivit son tour de salle. Bientôt, il buta sur Nob, que l'on ne voyait pas dans la cohue. Le fils de grande famille avait quitté sa tenue de groom et portait un costume sombre qui lui donnait un air de notaire miniature. Holmes eut l'intention de le saluer, mais le nain détala comme si le diable lui était apparu. Ne pas s'en offusquer ! se persuada-t-il, ce n'est pas le moment. Sorti du *Grand-Hôtel*, Nob redevenait Norbert Lenoble de Courciroux, et un Lenoble de Courciroux n'avait rien de commun avec un vieux détective inconnu venu d'outre-mer.

Vers 20h50, un mouvement de foule anima l'entrée de la salle d'honneur. Était-ce déjà la belle Américaine qui s'annonçait ? Holmes se précipita. Non. Pas encore. Seulement des notables. Le maire de la ville, Auguste Rateau ; la directrice de l'orphelinat de Mureil-sous-Nancras ; le curé de Royan ; les responsables du casino ; puis Pierre Billaud, président du Sporting club ; et enfin Madame Frédéric Garnier, présidente de la section royannaise de l'Union des Femmes de

France. Sans oublier le commissaire Chavençon, qui garantissait la sécurité de chacun.

Malgré le brouhaha, Holmes attrapa quelques paroles du maire au vol: «une courte allocution», «je suis obligé», «remercier les généreux donateurs», «et les pauvres, ne pas oublier les pauvres». La même hypocrisie des deux côtés de la Manche, conclut-il en s'éloignant. Les pauvres. Oui les pauvres, y penser une ou deux fois par an et à condition qu'ils restent à leur place et ne relèvent pas la tête dans les intervalles. Revenant sur ses pas, il aperçut la silhouette lourde de Watson, penchée sur le décolleté pigeonnant d'une veuve trop joyeuse. Parvenu à quelques encablures, il tendit l'oreille: l'ami James tentait d'expliquer l'importance des charities dans la culture britannique, tout en lorgnant sur la gorge palpitante qui se gonflait voluptueusement sous ses yeux. Incorrigible Watson! Harriett ne lui avait pas lâché la bride depuis une heure qu'il batifolait déjà autour des robes parfumées. Horace et son épouse, eux, s'étaient immobilisés devant les lots de la tombola. L'œil mauvais, Modeste-Radegonde regarda longuement la bacchante de Carrier-Belleuse avant de commenter de sa voix grasse:

— Ces artistes! Un goût! Quelle idée de ne sculpter que des maigrichonnes! Il y a tant de belles femmes sur terre! Mais pourquoi détestent ils les formes?

L'avocat n'eut pas le temps de faire part de son avis. Un personnage sombre et solitaire, au visage disgracieux – une tache de vin s'étalait sur sa joue gauche – s'invita à la table des prix. Se glissant entre les Vernet, il examina longuement les peintures et le dessin , avant de tourner autour de la bacchante comme un vautour affamé au-dessus d'une charogne. Puis, sans mot dire, il s'éloigna, toujours perdu dans ses songes.

Modeste-Radegonde, qui connaissait toutes les personnalités de la station, souffla au cousin Holmes:

— Jules Frémyet... On dit que c'est un poète parisien. Un triste. Il traîne sa misère sur le front de mer, en fin de journée. Mais vous avez dû le rencontrer, il loge au *Grand-Hôtel*...

Non, monsieur Houlme n'avait jamais croisé le poète. Pourtant, il connaissait son nom et il lui semblait avoir déjà vu ce visage. Cette mâchoire carrée, et surtout cette fraise. Oui, mais où donc?

Les murmures et les rires cessèrent brutalement. Un silence impressionnant descendit des géométries ciselées du plafond et un mouvement de repli libéra l'entrée de la salle: moulée dans un fourreau de satin liberty rose pâle, un immense chapeau de tagal noir couvrant ses cheveux blonds, étincelant des innombrables feux de sa parure de diamants qui répondaient aux éclairs de ses yeux verts, miss Bradpick apparut, angélique alliance de distinction, de fortune et d'humilité. Figée d'admiration, la foule retenait son souffle devant tant d'audace: l'héritière américaine osait s'afficher avec les bijoux de la Du Barry au cou! Ici, à Royan! Quelle gloire pour la ville! Demain, tous les journaux de Paris en parleraient.

Apparemment insoucieuse de l'effet qu'elle produisait, Jenny Bradpick s'avança vers la première table et entama son tour de salle. Un épais cordon la protégeait du public. Immédiatement à ses côtés, son père, Wedelganz et Frascoli assuraient sa garde rapprochée. Nerveux, leurs yeux passaient sans cesse des diamants à l'assistance. On sentait qu'au moindre mouvement, ils étaient prêts à faire le coup de poing pour éloigner les importuns. Mais ils ne représentaient que la partie visible de la protection de l'héritière. Un second cercle de défense, indiscernable au commun, était constitué d'hommes vigoureux en costumes passe-partout : les vigiles en armes de l'agence privée parisienne, déguisés en curieux et acheteurs potentiels. Infranchissable, le rempart : des professionnels habitués aux missions les plus dangereuses. Un peu plus distant, un troisième escadron veillait sur le bon déroulement de la soirée : les hommes de Chavençon. Plutôt concentrés vers l'entrée, la seule issue de la salle d'honneur, ils s'apprêtaient à filtrer tous les départs. On ne savait jamais. Isolé mais vigilant, Périer suivait aussi les évolutions des pensionnaires prestigieux de son palace.

Petit à petit, la soirée reprit son cours normal, même si les « cœurs entrelacés » de la du Barry en restaient l'épicentre qui commandait tous les regards, les mouvements et les envies. Depuis l'arrivée de Jenny Bradpick, Holmes ne quittait pas Lupin des yeux, qui lui-même ne quittait pas les diamants de son regard de connaisseur. Où qu'il fût, le gentleman-cambrioleur couvait les pierres de son attention silencieuse mais déterminée. Comment compte-t-il s'y prendre, se demandait Holmes ? Va-t-il sortir un pistolet de sa manche et délester l'Américaine comme on dévaliserait un joaillier ? Douteux, compte tenu de la foule et des anges gardiens qui encadraient la demoiselle ! Faire encercler le casino par des complices et s'emparer de la parure ? Plus réaliste, mais nécessitant une troupe que le détective n'avait pas identifiée. Attendre le chemin du retour au *Grand-Hôtel* pour agir ? Pourquoi pas, mais risqué, à cause de la foule des promeneurs. Mais Lupin était si imprévisible !

À 21h30 il ne s'était toujours rien passé. Miss Bradpick avait presque achevé son tour de salle. À chaque comptoir, les bras de sa dame de compagnie, Eleonor Smith, se chargeaient de bibelots et de broderies. Toujours aussi pressants, ses anges gardiens maintenaient une surveillance de tous les instants.

Lorsque 22h approchèrent, Holmes pensa qu'aucun événement ne troublerait la vente. Il y avait trop de police, privée ou publique, pour qu'un malfrat tente sa chance. Il fallait se rendre à l'évidence. Toutes les précautions qui avaient été déployées ne serviraient à rien. Lupin avait choisi un autre terrain de jeu pour exercer son art.

Comme s'il avait partagé l'analyse de Holmes, le maire de la cité décida alors qu'il était temps de clôturer la vente de charité. Ses agents installèrent une petite estrade à côté de la table aux lots de tombola et réclamèrent le silence. L'élu grimpa sur les planches, éclaircit sa voix, et annonça qu'on allait tirer la tombola avant qu'il ne dise un mot – bref – pour remercier les organisateurs et les participants à la manifestation. Ce préambule achevé, il se lança :

— Mesdames et messieurs, le nom des souscripteurs – et souscriptrices – des billets émis pour la tombola figure sur les récépissés desdits billets. Ces récépissés ont été enfermés dans l'urne que vous voyez devant vous, sous le double contrôle impitoyable de Maître Poulet-Durant, huissier de justice à Paris, et de monsieur l'abbé Turnel, chapelain et directeur spirituel de l'œuvre de Mureil-sous-Nancras. C'est dire le caractère incontestable du tirage qui va avoir lieu devant vous, par l'intermédiaire d'une main honorable. Y a-t-il une volontaire dans la salle pour y procéder ?

Les têtes des spectateurs se baissèrent et les pointes des chaussures devinrent d'un intérêt considérable.

— … Non ? Eh bien je vais en désigner une… Madame Frédéric Garnier, nous feriez-vous l'honneur de procéder aux opérations ? Oui… Eh bien, veuillez avoir l'amabilité de me rejoindre.

Veuve d'un précédent maire et député de Royan, madame Garnier représentait évidemment une garantie idéale. Et de fait, sous les applaudissements successifs, elle désigna :

— Premier lot, en l'espèce la remarquable sculpture de bacchante que voilà, madame Modeste-Radegonde Vernet, de Poitiers, en villégiature à la villa *Carpe Diem*, à Pontaillac…

La quincaillière manqua de défaillir. La chance lui souriait décidément de tous les côtés, dans ce Royan béni des dieux ! Lupin, lui, profita de l'émotion pour progresser d'un rang vers l'estrade.

— … Deuxième lot (madame Garnier le brandit), ce superbe tableau militaire de Théophile Poilpot : madame Gogue, rentière, de Paris, demeurant Villa Marie-Jeanne, Tapin-Nègre, Pontaillac…

Lupin gagna encore quelques places.

— … Troisième lot : mademoiselle Barbet, modiste à Bordeaux, 3 rue de la République à Royan, emportera quant à elle l'œuvre impérissable de Victor Gilbert, cette émouvante scène de rue…

Le comte d'Aspinac approchait encore de Jenny Bradpick.

— … Quatrième et dernier lot, ce merveilleux dessin du grand Galien-Laloue : famille Péquin, de Niort, villa Farcit à Pontaillac.

La porteuse de diamants pouvait presque sentir le souffle du bel Arsène sur sa nuque.

Une salve d'applaudissements accompagna le retour des lauréats à leur place, tous visiblement heureux de leur bonne fortune. En secret, Modeste-Radegonde pestait contre sa bacchante : « Je la camouflerai ou la revendrai, elle est trop mince. Je n'aime pas cet art d'asthénique ! ». Puis le maire sortit quelques feuillets d'une poche de veste, rajusta son lorgnon et s'adressa à l'assemblée : « Mes chers amis, pour la troisième fois, notre ville exemplaire offre aux cœurs sensibles à la misère cette vente de charité au profit des œuvres de l'orphelinat de Mureil-sous-Nancras. Pour la troisième fois, vous êtes venus, encore plus nombreux, plus généreux. Permettez-moi, de ce casino habituellement voué aux fêtes les plus folles, dans cette nuit que le vent de l'océan parfume des senteurs des roses du jardin… ». Sur la deuxième syllabe de « jardin », un claquement bref se fit entendre et toutes les lumières s'éteignirent. Celles de la salle d'honneur, celles du hall d'entrée, celles des couloirs, des commodités. L'ensemble du casino fut plongé dans une obscurité totale. Après un mouvement de stupeur, des cris jaillirent : « Rallumez, nom d'un chien, rallumez ! ». « Quel est le plaisantin qui a… ». Une voix de femme, terrorisée hurla : « On va tous mourir, comme des rats étouffés dans une cave ! ». Le maire, qui se devait de représenter le sang-froid, l'autorité mais aussi l'action, s'époumona : « Où sont les électriciens ? Si ils m'entendent, qu'ils me disent ce qui se passe ? Est-ce une panne générale ? Les réverbères du boulevard fonctionnent-ils ? ». Aucun employé du casino ne répondit. Les briquets étant interdits (toujours depuis l'incendie du Bazar de la Charité), la nuit restait impénétrable.

Dès que l'obscurité s'était abattue sur la vente de charité, Holmes s'était frayé un chemin vers le fond de la salle. Se glissant comme une anguille entre les corps affolés, il avait gagné le local attenant qui regroupait toutes les commandes techniques du casino. Ses repérages de la semaine lui avaient permis de le situer précisément, et maintenant il pouvait s'y rendre les yeux fermés. Il en ouvrit la porte avec précaution. Le danger l'attendait peut-être. Pas un bruit. Pas un souffle. Où se trouvait le préposé à la machinerie ? Le détective avança prudemment dans le rayon de lune qui filtrait par une petite lucarne. Personne. Puis, soudain, alors qu'il contournait un bureau, ses chaussures butèrent sur un corps inanimé. Il s'agenouilla. Dans la semi-pénombre il distingua un visage puis perçut une respiration. Quand il tenta de le déplacer, le type se mit à geindre, et, instinctivement porta sa main à son crâne « Oh... Ouille... Ouillouillouille... ». Il avait été assommé... Un maillet avait été abandonné à ses côtés. Holmes comprit tout de suite. Il était peut-être encore temps de coincer l'auteur de l'agression. Il laissa presque tomber l'ouvrier municipal et fonça vers les commodités qui séparaient la salle d'honneur du local aux machines. Rien chez les hommes. La porte d'une toilette des femmes était entrebâillée. Il l'ouvrit en grand. Un escabeau avait été accoté contre le mur, juste au-dessous d'un petit vasistas qui aérait les lieux. S'aidant des lueurs qui tombaient du ciel, il se jucha au sommet de l'engin. Le vasistas était ouvert en grand. Le détective y engagea la tête, mais pas plus. Ses épaules ne passaient pas. Il eut juste le temps de voir, là-bas sur le boulevard, de petites jambes qui fuyaient sans demander leur reste.

Lorsqu'il revint dans la salle, la lumière avait été rétablie. Dès le début de l'incident, Chavençon avait fait boucler l'entrée, seule issue desservant l'extérieur. Personne n'avait donc pu quitter les lieux. Un cercle vociférant occupait tout le milieu de l'allée centrale. Holmes s'en approcha, certain de ce qu'il allait découvrir. Arsène Lupin se trouvait au premier rang, et comme tous les participants à la soirée, il gardait les yeux sur le tableau désolant : évanouie, Jenny Bradpick gisait sur le parquet, le cou aussi nu que celui de la bacchante de Carrier-Belleuse. Les « cœurs entrelacés » avaient disparu. Le maire répétait : « Je ne comprends pas, je ne comprends pas ». Phileas Bradpick tenait la main de sa fille et lui tapotait délicatement les joues pour qu'elle revienne à elle. Furieux, Waldeganz et Frascoli interpellèrent Chavençon :

— Mais enfin, les bijoux ! Il faut faire quelque chose, monsieur le commissaire ! Fouiller la salle, les invités...

Un bref hochement de tête leur répondit. C'était bien l'intention du policier.

Tout en cramponnant leur gain de la soirée, Horace et Modeste-Radegonde avaient joint leur voix à celles des pleureuses. Ils se lamentaient sur le sort de miss Bradpick : « Une si jolie fille ! Et généreuse avec ça ! Bientôt, on se fera égorger au théâtre ou au concert ! ».

Watson, lui, s'était détaché de la multitude. Habitué au drame par ses trente années de collaboration avec Holmes, il rôdait à la recherche d'explications. Lorsqu'il croisa son mentor, il lui lança seulement :

— Je suppose que vous avez déjà votre idée, Holmes ?

L'Anglais opina discrètement du chef :

— Tout à fait, Watson. Les bijoux ont déjà quitté le casino. Par une ouverture des commodités des dames. Sur de toutes petites jambes...

Sans mesurer toute la portée des paroles de son ami, Watson sourit : Sherlock Holmes n'avait rien perdu de ses talents. Le temps n'avait pas de prise sur la qualité de ses analyses et la finesse de ses déductions. Dans ce monde troublé du début de siècle, voilà qui rassurait.

Bien entendu, la fouille policière ne donna rien. Ni celle des personnes, ni celle des lieux. Lupin se soumit d'ailleurs à la première avec une joie non dissimulée. Il se fit un plaisir de retourner toutes ses poches, même les plus petites, sous les yeux ébahis des agents. Quant aux lieux, ils ne révélèrent rien de plus que ce que Holmes avait été le premier à constater : le ou les voleurs avaient frappé le machiniste derrière la tête pour l'assommer, puis avaient fait filer leur butin par le vasistas des commodités.

Interrogé par le maire sur ses premières conclusions, Chavençon fut étrangement bref. Vraisemblablement deux voleurs dans la salle. Un pour frapper le machiniste, l'autre pour dépouiller miss Bradpick. Et les commodités comme lieu cardinal de la manœuvre.

Sur ce, miss Bradpick ressuscita. Lorsqu'elle se releva, on trouva un mouchoir imbibé de chloroforme sous son corps. Le criminel qui l'avait anesthésiée avait jugé opportun de l'abandonner sur place. La mécanique complète du vol de la parure de la Du Barry était donc simple et claire : on avait d'abord coupé les lumières, puis mis celle qui portait les bijoux hors d'état de résister, et enfin dégrafé les diamants avant de les faire disparaître par une brèche inattendue. Il ne manquait que le coupable à identifier. Facile, il était au nombre des participants à la soirée. Moins de quatre cents personnes. Un jeu d'enfant. Il suffisait de procéder par élimination.

Avant de quitter le casino, Holmes échangea quelques mots avec un Périer visiblement soulagé : le vol n'avait pas eu lieu à l'intérieur du *Grand-Hôtel*, pendant que les bijoux étaient sous sa garde.

Quant à Watson, avec qui le détective fit le chemin du retour à *Carpe Diem* à pied, il ne comprenait rien à l'attitude de son compagnon : pourquoi ne se précipitait-il pas sur le maillet et le tampon de chloroforme pour tenter d'en extraire des empreintes ? Qu'est-ce qui l'avait poussé à regarder la scène du réveil de miss Bradpick avec une telle désinvolture ? Et Arsène Lupin ? Pour quelles raisons Holmes ne le mettait-il pas en difficulté ?

Au moment d'ouvrir la grille de *Carpe Diem*, et comme s'il avait lu dans les pensées de son ami, Sherlock Holmes transperça Watson de la dague de son regard et lui dit :

— Je vous fiche que les diamants seront sur mon bureau avant trois jours, et sans que j'aie à lever le petit doigt !

31

Dimanche 20 août. 9h20.

En bras de chemise et coupe-chou à la main, Holmes taillait soigneusement ses favoris lorsque des cris montèrent du rez-de-chaussée de la villa des Vernet. La grosse voix de Modeste-Radegonde prit tout de suite le pas sur les autres. De son appartement, Sherlock ne distingua d'abord que quelques bribes : « Mon Dieu ! » ; « Comment-est-ce possible ! » ; « Asseyez-vous…Et le pauvre petit… ». Puis, très vite, des pas retentirent dans les escaliers. Une course effrénée vers le premier étage. Une volée de coups fit trembler la porte derrière laquelle Holmes officiait. « Cousin Holmes, cousin

Holmes, il est arrivé un malheur… Venez… Tout de suite… ». C'était Narcisse. Holmes ouvrit, s'essuya les joues d'un coup de serviette et emboîta le pas de son protégé. À l'entrée du premier salon, il tomba sur Modeste-Radegonde et Horace, en habits de messe et désemparés. Derrière eux, effondrée sur une chaise, le nez dans un mouchoir et Léon dans les bras, Jeanne Mainsenet semblait plus morte que vivante. Pâle tel un cadavre, les traits tirés, les yeux encore rouges d'avoir pleuré, elle eut comme un mouvement pour se jeter aux pieds de Holmes lorsqu'elle le vit :

— Oh, je vous en prie, monsieur Holmes, aidez-moi… Il n'y a plus que vous pour me redonner quelque espoir…

Une brusque montée de sanglots l'empêcha de s'expliquer. Mais Modeste vint immédiatement à son secours. D'une voix grave et compatissante, elle renseigna le détective :

— Son mari a disparu…

— Non !

— Si. Hier après-midi. Dans les grottes de Meschers…

Holmes se campa alors devant Jeanne Mainsenet :

— Si vous voulez que je vous aide, il va falloir me raconter. En détail. Vous allez d'abord vous remettre, puis nous allons parler…

Il se tourna vers Horace :

— Pourriez-vous faire apporter un sucre trempé dans un alcool fort ? Cette dame a besoin d'un cordial.

— Naturellement, Sherlock…

Une fois le canard au kirsch avalé, Jeanne Mainsenet, reprit un peu de couleur et suffisamment de forces pour raconter son après-midi de la veille :

— Nous sommes partis de Ronce-les-Bains vers 11h. Eugène avait réservé un taxi automobile. Le voyage à travers la presqu'île d'Arvert s'est déroulé de façon très agréable. Tous les petits villages semblaient en fête. Nous avons effleuré Royan par l'arrière et avons piqué vers le sud. Saint-Georges de Didonne, puis la pointe de Meschers. Le paysage s'avérait idyllique : devant nous, l'imposante falaise blanche peuplée de moulins surplombant l'estuaire de la Gironde ! Eugène avait quitté sa morosité coutumière et Léon ouvrait grand ses yeux émerveillés. Le taxi nous a laissés à l'entrée du sentier qui mène aux grottes. Là, à l'abri d'un bosquet de chênes-verts, nous avons déballé notre pique-nique et avons mangé tranquillement, en regardant les mouettes et les traînées de fumées des steamers. Ce seul moment nous aurait payé de notre voyage. Je sentais mon mari détendu comme il ne l'avait pas été depuis longtemps. Le soleil chauffait durement la falaise, mais, protégés par les feuillages et rafraîchis par la brise de mer, nous bénéficiions d'un air léger, parfumé de sel et d'algues. Un délice !

Des sanglots secouèrent l'institutrice, mais elle les surmonta :

— Lorsque nous avons eu englouti nos provisions et pris un repos bienfaisant – Léon s'est même endormi sur mes genoux ! –, Eugène a décidé qu'il était temps d'aller visiter les « petits trous pas chers », comme on dit ici. Nous avons laissé nos paniers au taxi et avons emprunté la rampe qui descend le long de la falaise. Eugène ouvrait la route, et moi je donnais la main à Léon. Je la serrais fort, car j'ai toujours peur qu'il ne fasse quelque faux pas et ne finisse sa course en contrebas. Heureusement, rien de tel n'est arrivé. En longeant la partie de la falaise qui est habitée, nous avons croisé un vieille femme qui remontait avec une sorte d'épuisette au bras. Apercevant Léon, elle n'a pu s'empêcher de s'arrêter et de lui montrer sa pêche : des crevettes grosses comme des petits homards ! Nous avons bavardé un bon moment. Avant de se séparer de nous, elle nous a montré les cavités les plus remarquables de la roche, afin que nous ne manquions rien de notre visite. Enfin, nous sommes arrivés devant cette paroi de calcaire blanc, creusée d'alvéoles, d'orifices, d'ouvertures, de grottes de taille et de profondeur variable. Suivant les conseils de notre bonne femme, nous avons pénétré le cœur de la roche et nous sommes retrouvés dans un univers étonnant : des salles minérales qui communiquaient ou non entre elles, par des portes ou des boyaux qu'il fallait emprunter courbés, parfois presque à genoux. Sur les parois, d'innombrables graffitis que les touristes avaient gravés à l'occasion de leur passage. Et toujours, pour unique lumière, le ciel et les eaux bleues de l'estuaire. Comme nous étions seuls sur le site, nous avons pris un peu de liberté. Léon s'est même affranchi de notre surveillance. Sa morphologie lui permettant de se glisser dans la plus petite anfractuosité, il a pris un malin plaisir à nous échapper et à se cacher dans les cavités voisines de celles que nous examinions. À un certain moment, l'ayant perdu de vue et ne l'entendant plus, je me suis fâchée et lui ai intimé l'ordre de nous rejoindre. Il n'a pas obéi. J'ai donc laissé mon époux poursuivre seul la visite de la grotte et ai tenté de retrouver notre fugueur. Cela n'a pas été bien long. Il attendait, blotti contre la muraille, à une vingtaine de mètres sur notre gauche, croyant que je ne le voyais pas. Je l'ai rejoint et lui ai fait la morale, gentiment mais fermement. Puis je lui ai cramponné la main et l'ai tiré jusqu'à son père. Ou du moins jusqu'à l'endroit où j'avais laissé son père. La grotte était vide. Curieux ! Je ne m'étais pas absentée plus de trois minutes. Mais je ne me suis pas inquiétée : Eugène avait dû entreprendre une autre visite. J'ai parcouru les trous attenants. Pas d'Eugène ! J'ai appelé. Aucune réponse. J'ai alors songé qu'il était peut-être tombé de la falaise. Léon à la main, j'ai dévalé comme une folle l'escalier taillé dans la roche : aucune trace ! Que se passait-il ? Je ne comprenais plus. J'ai commencé à paniquer. Je suis remontée jusqu'au taxi, espérant qu'Eugène nous y attendait. Non. Le chauffeur sommeillait sur sa banquette, seul. Je l'ai réveillé et lui ai expliqué mon désarroi. Il m'a accompagnée et nous avons repassé les grottes au peigne fin. Pas d'Eugène. Nous avons interrogé la vieille aux crevettes. Elle n'avait vu personne et rien remarqué d'anormal depuis notre causerie. L'évidence m'est alors apparue : Eugène avait disparu pour une raison que je ne pouvais pas m'expliquer, et je ne le retrouverais pas sans aide. Sur la route du retour, je me suis arrêtée à la gendarmerie de La Tremblade, et j'ai expliqué ce qui venait de se passer…

— Mais quel malheur ! Mais quel grand malheur ! Et ce pauvre enfant qui n'a plus de père désormais !

À peine la dernière phrase de Jeanne Mainsenet avait-elle quitté ses lèvres que Modeste-Radegonde crut bon de se lancer dans son numéro de tragédienne préférée : celui de l'impuissance devant les volontés du destin. Sherlock Holmes brisa net ses envolées larmoyantes en ramenant la femme de l'ingénieur aux faits :

— Êtes-vous bien sûre de n'avoir rien remarqué de suspect dans les minutes qui ont précédé la disparition de votre mari ? Le comportement d'autres touristes ? Des présences étranges ?

— Non, mis à part cette vieille femme et ses crevettes, nous n'avons croisé personne, ni sur le chemin, ni dans les grottes. Le taxi lui-même, que j'ai interrogé, n'a vu aucun individu, aucun groupe s'engager sur le sentier après nous…

Une moue dubitative descendit sur les lèvres du détective :

— Mais vous avez bien dit que vous l'aviez trouvé endormi en remontant à la voiture. Son témoignage n'est donc pas décisif.

— C'est exact.

— Et sur l'eau, en bas de la falaise, y avait-il des embarcations ?

Jeanne Mainsenet se tut et essaya de faire parler sa mémoire. À l'issue d'un long silence elle secoua la tête de gauche à droite :

— Honnêtement, je ne sais plus… Tout se brouille… Je voudrais tant vous aider. Mais non, je ne peux rien affirmer…

Le petit Léon émergea alors des bras maternels :
— Moi je sais, le bateau avait une voile orange...
Interdite, Jeanne lui prit les mains :
— Mais que dis-tu ?
— La vérité, maman, je l'ai bien regardé pendant que tu me cherchais... Dessus, le monsieur jouait à cache-cache...
Holmes s'agenouilla face à Léon :
— Quel monsieur ?
— Le marin. Quand je tournais ma tête vers lui, il se cachait derrière la voile. C'est pour ça que je m'en souviens...
Holmes se releva et fit venir Narcisse :
— Narcisse, veux-tu me trouver une voiture de location tout de suite ? Nous partons vers Meschers dès que possible. J'ai besoin d'un gars costaud, au cas où. Je t'emmène. Avec madame Mainsenet et Léon, il nous faut quatre places dans le véhicule. Allez, file !
L'héritier des Vernet ne se fit pas prier. Il déguerpit et, dix secondes plus tard, on entendit la grille grincer. Il était déjà en route pour la ville.

Sherlock Holmes allait monter dans sa chambre lorsque Jeanne Mainsenet le retint d'un petit signe de la main :
— Je dois vous dire quelque chose qu'Eugène m'avait fait jurer de ne révéler à personne et sous aucun prétexte...
Horace, qu'un reste d'éducation habitait encore, esquissa un mouvement de retrait vers la porte, en

tentant d'entraîner son encombrante épouse. Mais Modeste résistait. Pensez-donc, un secret allait être dévoilé. Une aubaine, pour une cancanière avertie ! Madame Mainsenet coupa leur élan :

— Non, restez je vous prie, mais promettez-moi de garder pour vous ce que je vais vous confier. C'est tellement important…

Horace jura :

— Des tombes seraient plus volubiles que nous…

Et pour manifester la force de son soutien, il alla lui-même fermer la porte d'entrée et la fenêtre de la grande baie qui donnait sur le jardin.

— … Voilà, aucune oreille indiscrète ne peut nous surprendre…

La voix de Jeanne Mainsenet se fit alors presque murmure :

— Vous l'aurez certainement remarqué à l'occasion de nos contacts, mon mari est un original. Un bon mari, un père admirable, un ingénieur chimiste très apprécié aux Usines de Melle, mais un original qui ne se refera pas. Toujours l'esprit ailleurs, à imaginer, calculer, projeter, émettre des hypothèses, tenter de les vérifier, les transformer en formules et les mettre sur le papier. Dans tous les domaines et à toute heure du jour et de la nuit. Au début de l'hiver dernier, après la traversée de la Manche par le Clément-Bayard, il s'est passionné pour les dirigeables, et notamment pour les gaz susceptibles de les gonfler. Une certitude avait germé dans son cerveau : il fallait remplacer l'hydrogène, trop dangereux. Sur son temps libre, il a donc construit un modèle réduit de Zeppelin, dans son atelier au fond de notre jardin.

Et il a commencé à tester différents gaz, des connus et des inventions à lui. Un jour, après avoir fait voler le Zeppelin avec une de ses créations, il a été alerté par le voisin : ses lapins, qui occupaient des cages à proximité de l'atelier, venaient d'être asphyxiés, tous d'un coup, par une substance inconnue et extérieure. Eugène a tout de suite fait le lien avec sa dernière composition : c'était son mélange qui avait tué les lapins. Et il en a tiré la conclusion que son gaz pouvait trouver deux emplois possibles : un civil, pour faire décoller les ballons, et un militaire, qui clouerait au sol les bataillons ennemis. Bien que n'étant qu'au début de ses travaux, il a immédiatement averti les autorités. Industrielles d'abord. Au directeur des Usines de Melle, il a présenté les premiers résultats de ses travaux. Celui-ci l'a chaudement remercié et l'a libéré en lui affirmant qu'il allait réfléchir. Il doit réfléchir encore. Eugène n'a jamais entendu parler de quoi que ce soit. La raison, me semble-t-il est simple : dans son univers professionnel, mon mari a toujours été considéré comme un farfelu. (Madame Mainsenet sourit). On dit même qu'il est plus obsédé par les rondeurs de ses cornues que par celles de son épouse ! Toujours est-il, que ne voyant pas de suite donnée à sa découverte, il a réussi à faire publier un article dans un des journaux locaux, *Le Mellois*. Bien lui en a pris : le député de l'arrondissement s'est intéressé à la publication et a demandé à le rencontrer. Je ne suis pas sûre qu'il ait eu initialement en tête autre chose qu'une rencontre avec un électeur étonnant, susceptible par ailleurs de répandre son éloge autour de lui. Mais il s'est vite rendu compte que mon mari n'était pas un original et que son invention était riche de possibilités. Peu après, le député a réussi à obtenir un rendez-vous au ministère de la Guerre à Paris, afin qu'Eugène explique l'intérêt de ses travaux pour le pays. Plein d'espoir, mon époux est donc monté à la capitale. On lui a ri au nez. Un gaz asphyxiant ? Une rêverie à la Jules Verne, tout au plus ! Et les dirigeables, avec ou sans hydrogène ? Une lubie sans avenir, comme l'aviation ! L'état-major demeurait ancré dans des certitudes héritées de Napoléon : les futurs combats ressembleraient à ceux de l'Empire : des masses d'hommes et des canons face à face. Les gradés en plaisantaient encore dans les couloirs lorsqu'Eugène est reparti, son dossier sous le bras. Quels hurluberlus ces inventeurs du fin fond des Deux-Sèvres ! Quel État européen aurait l'idée d'utiliser de telles méthodes ! Et puis gazer l'ennemi, n'était-ce pas se gazer soi-même en cas de coup de vent contraire ! Ah, elle était bien bonne, celle-là ! Pouvait-on se montrer aussi naïf ! Les choses auraient pu en rester là, mais un jour, à Melle, un drôle de couple s'est présenté à notre domicile, alors que j'étais absente. Des étrangers, m'a affirmé mon mari. Belges ou Hollandais, peut-être, avec un accent prononcé. Ils avaient entendu parler du gaz d'Eugène et souhaitaient développer son invention chez eux. Oh, ils lui ont offert une belle somme d'argent. Mais mon époux, fier de sa trouvaille et patriote méfiant, a refusé. Il préférait perdre de l'argent et de la considération plutôt que son âme de Français. Depuis, rien… Si ce n'est que ces derniers jours, j'ai senti Eugène préoccupé, inquiet même. Regardant souvent derrière lui, comme s'il se sentait observé, suivi…

Holmes n'avait pas dit un mot pendant la confession de Jeanne Mainsenet, mais il avait écouté chaque parole avec une grande attention. Ce fut lui qui intervint lorsqu'elle cessa son propos :

— Votre conjoint vous avait-il dépeint ces deux étrangers ? Étaient-ils jeunes ? Vieux ? Petits ? Grands ? Gros ? Blonds ? Bruns ? Grisonnants ? Chauves ?

Jeanne Mainsenet se mit à rire nerveusement :

— La physionomie et mon mari font deux ! Pour vous décrire une réaction chimique il n'a pas son pareil, mais si vous lui demandez comment sont les personnes qu'il vient de rencontrer, il vous répondra : « Normales, deux pieds, deux bras et un nez au milieu de la figure ! ». Avec ces renseignements, vous êtes avancés !

À ce moment-là, un bruit de moteur ronfla dans l'allée. Holmes courut à la fenêtre :

— Brave Narcisse ! Il a déjà trouvé un véhicule…

Il aida madame Mainsenet à se lever :

— Allons ! Le temps presse ! À Meschers !

Et caressant la joue de Léon :

— Tu me montreras le bateau à voile orange, n'est-ce pas ?

Les Vernet remarquèrent un signe affirmatif qui éclairait le visage de l'enfant. Mais la compagnie avait déjà franchi le seuil de *Carpe Diem*, sur les talons d'un Sherlock Holmes plus pressé que jamais.

32

Ils descendirent tout de suite vers les grottes.

En tête du groupe, Jeanne et Léon trottinaient comme des cabris, se jouant des irrégularités du terrain. Très à l'aise, Narcisse marchait à grandes enjambées, la tête haute, la respiration assurée. Il jouissait du paysage grandiose qu'offrait ce balcon de pierre. Holmes, lui, cramponnait sa casquette, car un vent soutenu soufflait de l'estuaire.

— Ah bé o vous a plu ! Vous r'voilà déjà !

La vieille aux crevettes crut bon de commenter l'arrivée des visiteurs en rinçant ses torchons sur le seuil de son logement troglodyte. Madame Mainsenet répondit d'un signe sympathique du visage et passa son chemin. Parvenue au niveau de la falaise non habitée, elle hésita, pénétra dans plusieurs cavités, les inspecta, revint sur ses pas, puis finalement s'immobilisa devant l'ombre d'une bouche dans le rocher :

— La dernière fois que j'ai vu Eugène, nous nous trouvions dans cette grotte… J'en suis certaine…

Sherlock Holmes avança, accompagné de son cousin. Ils pénétrèrent dans le trou. Une vaste salle au plafond très bas les attendait. Les lieux avaient dû être habités jadis : à plusieurs endroits, les parois avaient été creusées pour façonner des étagères de pierre. Au fond, deux goulets s'enfonçaient dans la falaise. Holmes se courba et se lança dans le premier. Il en revint quelques minutes plus tard :

— Derrière, il y a au moins deux autres pièces et des couloirs qui mènent Dieu sait où. Je n'ai pu aller au bout. C'est dire la profondeur de l'érosion !

Pendant ce temps, Narcisse avait visité le second goulet :

— De mon côté, je n'ai vu qu'une salle, très spacieuse, et ouverte à la fois sur la mer et sur une succession de réduits caverneux. Des graffitis partout. Les touristes y viennent en nombre.

— Montre-nous ça, fiston, tu nous intéresses !

Se tenant aux murs, cassés en angle droit – même le petit Léon devait baisser les épaules –, les explorateurs gagnèrent la grande salle. Immédiatement, Holmes saisit le côté stratégique d'un tel endroit :

— Idéal pour une séquestration temporaire !

Il compta :

— Quatre sorties : une sur l'océan et trois vers les profondeurs. À la moindre alerte, on peut dégager aisément !

Il se tourna vers l'institutrice :

— C'est forcément ici que votre mari a été retenu pendant que vous le cherchiez aux alentours.

— Pourtant je suis à peu près sûre d'être revenue dans cette salle avant de quitter la falaise.

— Alors on l'aura tiré dans un trou voisin et contraint au silence.

Sans attendre d'observation de son interlocutrice, le détective se mit alors au travail. Patiemment, il parcourut les parois de la grotte, comme s'il lisait un livre. Il s'arrêta à chaque graffiti, l'examinant avec la loupe qu'il avait sortie de sa veste. « Anatole Paris 1906 ». « Totor et Élisa ». Tendre comme du bois blanc, le calcaire était scarifié d'inscriptions. Soudain, Holmes s'arrêta. Il se mit à genoux et scruta longuement la paroi. Il souffla même dessus et une fine poussière s'envola. Ensuite il se plaqua contre la muraille, dos sur la pierre, sembla laisser une marque, s'agenouilla à nouveau, prit des mesures, puis, satisfait de ses observations se tourna vers ses compagnons :

— Venez voir ! leur intima-t-il.

Le trio approcha et s'accroupit aux côtés de Holmes. Ce dernier, de l'index droit montra une lettre creusée dans le mur, à quatre-vingt centimètres de hauteur :

H

Le **H** était suivi d'un chiffre : 0 069

Un silence appliqué s'installa. Perplexes, Jeanne Mainsenet et Narcisse détaillaient la lettre majuscule sans comprendre pourquoi elle intriguait tant Holmes. Celui-ci finit par s'expliquer :

— Selon toute vraisemblance, c'est votre mari qui a tracé ce **H** dans le calcaire. J'en veux pour preuve plusieurs éléments : d'abord, sa présence est toute récente. Quelques heures au plus. Vous l'avez vu lorsque j'ai soufflé sur le mur : de la poussière fraîche s'est échappée des rainures. Le phénomène ne se renouvelle pas si je fais la même opération sur les anciens graffitis, pour la bonne raison qu'au bout de quelques heures l'humidité colle les particules de calcaire. Ensuite, cette lettre accompagnée de quatre chiffres est parfaite pour attirer l'attention – la nôtre. Elle se trouve seule à son niveau quand les autres sont inscrites à la hauteur d'un bras tendu d'adulte. Vous me direz qu'un enfant aurait pu écrire à cette place, mais je vous répondrais que je ne vois pas pourquoi un enfant, aussi intelligent soit-il, aurait choisi un H pour laisser une trace de son passage. Il aurait gravé son prénom, celui de sa mère ou de son animal favori. Puis le caractère énigmatique de l'inscription est également fait pour que nos yeux s'arrêtent sur la lettre. Un mot ordinaire ou un prénom n'auraient pas eu le même la même force. Plus intéressant encore : cette lettre a été gravée exactement à la hauteur des doigts d'un homme dont on aurait ligoté les mains dans le dos. Vous m'avez vu prendre la pose tout à l'heure. Eugène Mainsenet étant à quelques centimètres près de la même taille que moi, une fois attaché, ses doigts arrivaient là où les miens ont marqué la falaise. Enfin, il pourrait nous manquer l'outil qui a permis de sculpter la lettre dans la roche : mais, lors de notre première rencontre, au moment du repas forestier, mon attention avait été attirée par un détail de comportement de notre savant : de son index droit, il ne cessait de gratter le bois de la table du déjeuner. En portant mon regard sur l'extrémité de son doigt, j'avais alors constaté qu'il se laissait pousser l'ongle...

Jeanne Mainsenet intervint :

— Vraiment, vous êtes redoutable, monsieur Holmes ! On ne peut rien vous cacher. Oui, il est vrai qu'Eugène garde cet ongle plus long que les autres. Une manie héritée de l'adolescence. Je le soupçonne aussi de racler ses poudres ou ses sels avec, ce qui est contraire à toutes les règles de prudence...

— En tout cas, dans l'affaire qui nous occupe, sa bizarrerie lui aura servi, et à nous par la même occasion.

Attentif jusque là, Narcisse intervint :

— Donc, si je vous ai bien compris, cousin Holmes, vous pensez que c'est en toute conscience, que monsieur Mainsenet, se voyant réduit à l'impuissance, a décidé de nous alerter avec ce **H** et ce 0 069 ?

— Exactement, Narcisse ! Il savait que nous reviendrions dans la grotte et que nous la passerions au peigne fin. Il a pensé que c'était le meilleur moyen de nous informer.

— Mais pourquoi un H ?

— Réfléchis un instant !

Une idée géniale perça sous le front du futur quincaillier :

— Holmes ?

— Je suis flatté de ta proposition, mais je n'y crois pas. Pense plutôt à ce qui faisait la particularité de monsieur Mainsenet.

— Son métier… La chimie…

— Bravo ! À mon avis, c'est le H de hydrogène que le savant a gravé de ses ongles. Ses travaux ne portaient-ils pas précisément sur ce gaz ?

Jeanne Mainsenet confirma. Narcisse admit mollement que Holmes avait trouvé. Peut-être existait-il d'autres interprétations. Mais le parent anglais avait gardé un atout dans sa botte :

— Au cas où tu aurais des doutes, mon ami, sache que mes années de chimie à Baker Street m'ont aussi enseigné la densité de l'hydrogène : 0,069 (il montra les chiffres qui suivaient le **H** sur la pierre). Je ne te fais pas de dessin…

Un pli narquois s'était perché aux commissures de ses lèvres.

— … Voilà pour la signature, passons maintenant à l'enlèvement proprement dit ! Si tu veux continuer à nous aider, va donc faire un tour au bas de la falaise et essaie de trouver des traces d'amarrage d'une barque ! Léon va te montrer le chemin et l'endroit où il a vu la voile orange.

— J'y cours…

Le jeune marié prit la main de Léon :

— Allez, bonhomme, on fait la course ?

Une cavalcade de pas et de bonne humeur dévala la roche. Le détective reprit ses investigations, examinant le sol de la caverne, l'encadrement de pierre qui donnait accès à la mer, le seuil du logement. Rien de plus ne se dévoila. Jeanne Mainsenet demeurait très sombre. Alors qu'elle et Holmes s'apprêtaient à rejoindre Narcisse et Léon, elle soupira et demanda :

— Vous croyez qu'ils vont le tuer ?

— Non, je suis même certain du contraire, ce n'est pas lui qui a du prix, mais son savoir, et pour lui soutirer ce savoir, il faut le conserver en bon état. Alors, ne vous inquiétez pas trop, nous le retrouverons. Mais il ne faut pas tarder…

Au même moment, des appels pressants montèrent du bord de l'eau :

— Cousin, venez vite !

— Maman ! Maman ! On a trouvé…

Le vent emporta la fin de la phrase de Léon. Holmes attrapa le bras de l'institutrice et la poussa dans les marches minérales qui éclataient de lumière. Au ras de l'eau, Narcisse tendait la paume de sa main, ouverte. Un cercle de métal doré y étincelait, mouillé de mille feux.

— Mon Dieu ! L'alliance d'Eugène !

Holmes la prit délicatement avec deux doigts et la fit tourner au soleil :

— Vous en êtes certaine ?

Jeanne Mainsenet montra son annulaire gauche. Même anneau classique d'or jaune. Même rondeur. Pas de doute, c'était bien la bague de mariage d'Eugène. Mais l'institutrice voulut en donner la preuve absolue au roi du doute. Elle montra l'intérieur du bijou et Holmes vit un cœur gravé et deux lettres : J E. Jeanne. Eugène. Liés pour l'éternité, les prénoms. Enfin, elle retira sa propre alliance et l'approcha de l'œil inquisiteur de l'Anglais : un cœur identique et les mêmes lettres.

— C'est moi qui l'ai vue le premier, se vanta Léon.

Sa mère le couvrit de baisers et le souleva dans ses bras :

— Mon amour ! Dès que papa reviendra, je lui dirai. Il sera fier de toi !

Penché sur une excroissance naturelle de pierre, Narcisse interpella bientôt Holmes :

— On a arrimé une embarcation ici. Il y a encore des traces de frottements de corde. Et la roche sous-marine est rayée de griffures. Le fond du bateau a râpé quand on l'a tiré. Léon avait raison : c'est par la mer qu'on est venu et qu'on a emmené Eugène Mainsenet.

Sherlock Holmes caressa la tête de Léon :

— De la graine de détective, ce garçon ! Décidément, je vais pouvoir prendre définitivement ma retraite. On me pousse.

Puis, il se ravisa :

— … Mais pas avant que cette affaire ne soit éclaircie et que le chimiste inventif n'ait regagné son foyer ! Allez, retour immédiat à *Carpe Diem* ! Désormais il faut passer la vitesse supérieure.

33
Extrait numéro 5 du journal de Watson

Carpe Diem. Dimanche 20 août. 22h.

Tout s'accélère ! Hier on a volé une parure de diamants d'une valeur inestimable. Aujourd'hui, nous avons appris que le chimiste que nous avions rencontré dans la forêt de La Coubre s'était évaporé. Que nous réserve demain ? Je n'ose l'imaginer.

Au milieu de ce maelström, Holmes est tel que je l'ai toujours connu : imprévisible. Tantôt les événements semblent lui glisser sur les plumes comme l'eau sur celles d'un canard, tantôt ils déclenchent une folie d'activité. Notre ami galope alors dans tous les sens, parcourt la cam-

pagne en automobile, escalade les falaises, scrute, analyse, prélève, puis tout à coup cesse ses travaux et donne l'impression de vouloir laisser tomber ce qui monopolisait son attention deux minutes plus tôt.

Ce soir, lorsqu'il est rentré de Meschers, au mépris des règles élémentaires de politesse, il a planté la compagnie et s'est enfermé dans sa chambre, au second. Qui a dû faire la conversation à Jeanne Mainsenet ? La rassurer ? Amuser Léon ? Le pauvre Watson qui gardait la maison comme un vieux chien fidèle (Harriett, Madeleine et les Vernet avaient décidé de profiter de la fraîcheur naissante pour descendre jusqu'à la plage du Chay). Ah, heureusement que j'apprécie l'art du badinage, même dans les circonstances difficiles où se trouvait mon interlocutrice ! Enfin, je crois m'en être bien tiré. Et puis, cela n'a pas duré trop longtemps. Nous avons vite entendu les éclats de voix de Modeste-Radegonde qui manœuvrait la poignée du portail. Lorsque les Vernet ont eu repris la direction des opérations, je me suis mis à l'écart progressivement, fatigué de mes efforts.

Soudain, alors que Modeste-Radegonde se répandait en gémissements dramatiques – « Ma pauvre Jeanne, mais qu'allez-vous devenir maintenant ! », « Et Léon, quelle épreuve pour lui ! » –, des pas saccadés et pressés ont retenti dans l'escalier. Tous les yeux se sont tournés vers les dernières marches. Holmes est alors apparu, sac de voyage à la main. Il s'est immobilisé au centre de la salle de séjour, nous a à peine regardés, et a déclaré :

— Jeanne et Léon ne peuvent rester seuls en l'état. Nous devons assurer leur protection. Watson, je vous les confie. Ils dormiront dans ma chambre. Moi, je file

au Grand-Hôtel. J'y passerai la nuit et je viendra vous retrouver demain. Vérifiez les issues avant de vous endormir et alertez-moi au moindre incident!

Il a tourné les talons et a claqué la porte. Autant préciser que nous avons été mis devant le fait accompli et que personne n'a eu le temps ni la présence d'esprit de discuter ses instructions.

Au moment où je termine ces lignes, la villa s'est apaisée. Le sommeil a eu raison de ses occupants. Je suis le seul à veiller, vigie inutile et vieillissante. Le premier constat de mon séjour à Royan pourrait me remplir d'amertume: Sherlock Holmes ne me confie plus que des missions secondaires Thet Harriett me traite parfois durement. Je pourrais me plaindre, en tirer des conclusions négatives. Je ne le ferai pas. Depuis que je me suis relevé de mes blessures aux Indes, j'ai toujours réagi avec la même énergie, même si souvent elle est restée silencieuse. Non, James Watson ne se laissera pas aller au désespoir de l'âge qui le menace. Jusqu'au bout il restera fidèle à ses engagements de jeunesse: aimer les hommes et les plaisirs de cette terre.

ARSÈNE LUPIN
SE DÉMASQUE

34

Lundi 21 août. 8h.

Sherlock Holmes tentait de s'éveiller.

Couché tout habillé sur son lit du *Grand-Hôtel*, il se débattait avec les ombres et les formes vagues qui peuplaient l'état intermédiaire entre son sommeil et sa conscience. L'une d'elles se déployait au-dessus de lui, immense et menaçante. Il bougea la jambe droite. La forme ne prit même pas peur. Elle le fixait toujours de son regard obstiné. Il remua l'autre pied. La silhouette noire n'esquissa aucun mouvement de retrait. Manifestement, les choses de la réalité ne l'effrayaient pas et elle n'entendait pas céder la place facilement.

Le détective s'en agaça. Habituellement, les rêves se désagrégeaient dès qu'on les tirait vers la vraie vie. Il fit un effort considérable pour chasser l'endormissement qui l'engourdissait encore. Peu à peu, le carnaval de fantômes s'éloigna de son imaginaire. Sauf un. Toujours le même, immobile, provocant, un rien amusé de la surprise qu'il causait. Holmes ouvrit alors les yeux, et, dans le rai de lumière qui filtrait sous sa porte, découvrit un tableau inattendu : paisiblement assis sur le fauteuil du bureau, Arsène Lupin le fixait, un sourire énigmatique sur les lèvres.

Holmes bondit du lit et inonda la pièce de lumière électrique :

— Mais… Comment se fait-il ?… Par où êtes-vous entré ?

Lupin salua courtoisement son ennemi le plus cher en se découvrant, posa son chapeau sur la table de travail – après s'être assuré qu'elle n'était pas trop poussiéreuse – et condescendit à répondre :

— Par la porte, mon cher ami, par la porte… Je ne me serais pas permis une intrusion irrégulière. Je connais vos principes. Et puis je suis un homme du monde, pas un monte-en-l'air sorti des faubourgs !

L'étonnement passé, Holmes reprit le contrôle de l'échange :

— Puis-je vous demander ce qui me vaut l'honneur de cette visite pour le moins matinale ?

Les yeux noirs de Lupin étincelaient. Si vous saviez, semblaient-ils dire ! D'une poche intérieure de sa veste, avec la lenteur du prestidigitateur qui entame un tour fabuleux, il sortit un petit sac noir fermé par un cordon, et le jeta sur le bureau :

— Ceci…

Holmes baissa à peine le regard vers le sachet. Se demandant pourquoi il ne réagissait pas, Lupin l'encouragea :

— … Ouvrez ! N'ayez pas peur !

— Je n'ai pas peur. Simplement je sais ce que contient votre sachet…

Toujours plus malin que les autres, Holmes ! songea le cambrioleur mondain. Mais il ne laissa deviner qu'un vague haussement d'épaule et une impatience retenue :

— Eh bien dites !

— Les bijoux de la Du Barry…

Lupin se leva sèchement de son siège, et éclata d'un rire triomphant :

— Perdu, Holmes ! Ce tissu ne renferme qu'une infâme verroterie. Du diamant reconstitué. De la poudre et de la colle. Des fausses pierres serties dans une ferraille bon marché. Une femme de ménage n'en voudrait pas…

Il toisa Holmes, les sourcils accusateurs :

— … C'est à vous que je dois cette plaisanterie ? Voilà donc ce que vous prépariez depuis plusieurs jours, caché derrière l'apparence tranquille d'un détective d'hôtel ! Une humiliation publique de ce pauvre Lupin. Je vous plains d'en être arrivé là, mon ami ! Où est passée la splendeur du Holmes londonien, celui qui éblouissait la terre entière par la finesse et la justesse de ses réflexions ? Un bricoleur de cailloux ! Quelle reconversion ! La rancœur vous perdra.

Holmes n'avait pas cillé pendant la charge de Lupin. Légèrement blêmi, peut-être, mais de façon imperceptible. Une froideur pugnace le submergeait, centre nerveux après centre nerveux. Lorsqu'il en eut assez des railleries de Lupin, il ramassa toute son énergie et le darda de ses yeux aussi gris et glacés qu'une salle de cour d'assises :

— Vous me croirez si vous voulez, Lupin, mais je n'ai rien à voir avec votre déconvenue. Je le regrette d'ailleurs. Vous faire courir comme un débutant m'aurait amusé ! Voir votre tête toujours aussi sûre d'elle au moment où vous avez compris que l'on venait de vous berner m'eût mis en joie. Hélas, je le répète, je n'ai pas levé le petit doigt dans cette escroquerie. Et pour vous retourner votre compliment, je ne retrouve pas non plus le Lupin des grands jours. Vous faire emmener en bateau ainsi ! Par une Américaine sans scrupule ! Mon pauvre Lupin ! Comment avez-vous pu imaginer un instant que les « cœurs entrelacés » réapparaîtraient si miraculeusement ! Et à votre seul profit ! Votre naïveté me déçoit. Oui, vraiment, je suis déçu. J'avais gardé une autre image de vous.

Holmes tira les manches de son habit, retapa son col de chemise et défripa ses jambes de pantalon. Puis il reprit ses réflexions à haute voix :

— Comme je suis de bonne humeur ce matin, je vais vous faire une confidence, Lupin : cette histoire de bijoux me laisse à moi aussi un goût amer. La direction de l'hôtel m'a écarté de leur protection dans les heures qui ont précédé la vente de charité. Je n'ai pas du tout apprécié. Mais j'avais à peu près deviné ce qui se tramait. Ce n'est donc pas avec une grande surprise que j'ai suivi les événements dans la salle du casino. Je vous ai bien vu vous rapprocher de miss Bradpick par cercles concentriques au moment du discours du maire. Sans savoir exactement par quel moyen vous vous empareriez de la parure de diamants, j'ai senti que le coup de théâtre que vous aviez préparé approchait. J'ai alors délaissé ma place – je me doutais bien que ni vous ni les diamants ne sortiraient par la porte d'entrée – et me suis dirigé vers le fond de la pièce. Dès que les lumières ont été éteintes, j'ai couru jusqu'à la salle des machines et j'ai tout de suite compris ce qui s'était passé. L'un de vos acolytes venait d'assommer le pauvre bougre qui y officiait. Pendant ce temps, avec la virtuosité qui vous est reconnue…

Lupin se cabra théâtralement :

— Holmes ! Vous me gênez ! Un tel compliment dans votre bouche !

— Je ne fais que répéter ce que la rumeur publique affirme… Revenons à votre vol. Pendant ce temps, à l'aide du tampon de chloroforme que vous aviez fait entrer dans le casino, vous avez étourdi miss Bradpick, prestement libéré le fermoir de sa parure, et accompagné son corps au sol. Puis vous avez remis le trésor à Nob. De mon côté, il ne me restait plus qu'à trouver la porte par laquelle les bijoux allaient filer. Je n'ai pas eu de mal à la localiser. Dans les jours précédents la vente, j'avais eu tout le loisir de repérer les lieux et j'en étais arrivé à la conclusion que l'unique endroit qui ne serait pas gardé était les toilettes. Un policier français ne pouvait imaginer qu'on se servirait de ses vasistas pour s'échapper. Et ce policier avait partiellement raison : un homme parvenu à l'âge adulte était incapable de se glisser à travers la petite lucarne. Mais un modèle réduit comme Nob, oui… Ses petites épaules, mues agilement, l'une après l'autre, étaient capables de franchir l'obstacle. Lorsque j'ai atteint lesdites toilettes, j'ai eu le temps de voir notre ami déguerpir comme un voleur… qu'il était. J'aurais pu me lancer à sa poursuite. À quoi bon ! Je savais vers qui il filait. Vers vous. Je savais aussi qu'il me suffisait d'attendre paisiblement : les diamants allaient me revenir bientôt. Remis par votre propre main… Voilà, Lupin, comment les événements se sont déroulés.

Tout le visage du gentleman-cambrioleur affichait qu'il appréciait la démonstration :

— Bravo, Holmes, je me suis fourvoyé, vous conservez de beaux restes. J'étais effectivement certain que le commissaire Chavençon et ses hommes négligeraient les vasistas. Mais ils avaient quand même organisé des rondes autour du casino et il a fallu que Norbert Lenoble de Courciroux, que j'ai le plaisir de compter parmi mes amis…

— Et qui vous ouvre toutes les portes des chambres du *Grand-Hôtel* lorsque vous avez un carton à votre nom à déposer ou un malheureux détective à réveiller…

Lupin fit mine de n'avoir pas entendu :

— … Que Norbert de Courciroux s'assure que la voie était libre avant de se laisser glisser le long du mur extérieur du casino, puis qu'il prenne mille précautions pour s'éloigner discrètement du front de mer…

Un long soupir dégonfla brutalement Lupin, qui regarda le sac de bijou avec mépris :

— Tant d'efforts pour rien ! Je suis dégoûté ! Vraiment ce monde ne respecte plus rien.

Holmes, pensif, et se caressant le menton :

— Je serais curieux de savoir ce que dit la presse de ce vol grandiose.

— Je l'ignore. Elle n'était pas encore en place dans le hall, lorsque je suis arrivé.

— Des bêtises, je suppose, comme d'habitude. Mais il est difficile de s'en passer. Elle règle tellement les opinions et comportements collectifs.

— Voulez-vous que je descende chercher une collection de nos journaux ? Après vous avoir réveillé d'une façon si surprenante, je vous dois bien un petit service !

— Diantre ! Quelle mouche vous a piqué, ce matin ? Je ne vous reconnais pas. Lupin se mettre à la disposition de Sherlock Holmes. La planète file un mauvais coton.

Lupin reprit son chapeau et posa la main sur la poignée de porte :

— J'en ai pour deux minutes…

Holmes leva un doigt pour stopper Lupin dans son élan :

— Puis-je abuser ?

— Pas sûr…

— Auriez-vous l'extrême obligeance de me faire monter un café et deux croissants ? Je meurs de faim. Tous ces événements me creusent.

Une grimace de mauvaise volonté amollit les joues de Lupin :

— Si j'y pense… Je veux bien collaborer un minimum, mais de là à jouer les domestiques !

— Et n'en profitez pas pour filer ! Nous avons encore beaucoup à nous dire.

35

La Croix de Saintonge et d'Aunis

Samedi soir, une jeune Américaine, catholique selon nos informations, a été victime d'un audacieux coup de main au casino municipal de Royan où elle était venue – uniquement – faire preuve, en compagnie de son vieux père, d'une compassion véritablement chrétienne à l'occasion d'une vente de charité qui y était organisée au bénéfice des malheureux que l'Œuvre de Nancras prend sous son aile. Nous n'entrerons pas dans le débat ni les détails mis en avant par certains sur la valeur des bijoux que portait à cette occasion cette estimable jeune chrétienne. Nous retien-

drons seulement, une fois de plus, que la vie est dure aux âmes d'exception dans notre malheureuse France qu'une secte infâme voudrait pervertir en la déchristianisant et en la détournant de la mission qui lui a été confiée.

L'Action française

Invité à passer quelques jours dans la résidence royannaise de son ami (et avocat) Maître Henri-Robert, le bel Aristide (Briand, le souteneur des attentats à la pudeur de Saint-Nazaire et alentours) avait à peine déposé ses valises, pardon, sa valoche, samedi dernier, que le soir même, le casino municipal était attaqué par une bande d'escarpes, et une jeune Américaine, d'origine française par sa grand-mère, dépouillée de ses bijoux après avoir été chloroformée. Contre tout bon sens, nos confrères évoquent la silhouette de notre cambrioleur mondain bien connu, Arsène Lupin. Nous n'y croyons pas un seul instant. Nous y voyons plutôt les mains habiles d'un de ces sémites ou d'une de ces fripouilles de banlieue qui prospèrent dans les étangs fréquentés assidûment par le batracien de notre République enjuivée et franc-maçonne.

L'Aurore

Avec la vague de chaleur qui pèse sur la France, les sorciers et devins de l'Église proclament la vertu des prières publiques, afin que la Providence nous gratifie de quelque bienfaisante averse. Parmi eux, l'évêque de Sées vient d'ordonner à son diocèse des prières spéciales afin que « le maître suprême des éléments daigne nous prendre en pitié et donner à la terre la pluie dont elle a un extrême besoin. ». Rien ne s'est produit à ce jour, mais sait-on jamais… Nous recommandons en tout cas à Sa Grandeur et à ses prêtres la ville de Royan, où la température est exceptionnelle et ses habitants surexcités depuis le vol dont y a été victime une jeune capitaliste inconsciente et vraisemblablement ignorante des vertus du travail comme de notre devise républicaine.

Le Matin

Lupin ? Pas Lupin ? Un ou plusieurs Apaches de banlieue en vadrouille balnéaire ? Le mystère est total à Royan à la suite de l'attaque dont a été victime Mlle Bradpick, fille de l'industriel bien connu. M. Chavençon, le commissaire de police de la délicieuse station de la côte atlantique et tous les magistrats du ressort avouent pour l'heure leur ignorance.

— Exactement ce à quoi je m'attendais. Ils ont tous marché dans la combine !

Sherlock Holmes replia les larges feuillets.

— … Pour diffuser des bobards, des mondanités, vous pouvez toujours compter sur eux. Si c'est un véritable travail d'investigation que vous désirez, il faut chercher ailleurs ! À Londres ou en France, pareil ! On noircit du papier, on plastronne dans les cérémonies officielles, on trinque avec les huiles, mais réfléchir, ça jamais !

Lupin, qui venait d'allumer un cigare, claqua des lèvres :

— Je vous trouve bien dur, mon cher ami. Les journaux donnent au bon peuple ce qu'il attend : du drame, de la peur, de l'envie, de la jalousie, des larmes. À cinq centimes le numéro, difficile de demander plus…

Monsieur Houlme avala une gorgée du café qu'on lui avait apporté :

— Chers ou pas chers, ils n'ont pas vu plus loin que le bout de leur nez. Ce vol de bijoux n'était qu'une mascarade, un paravent destiné à cacher une manœuvre d'une toute autre envergure.

Deux ronds de fumée se dissolurent au plafond et Lupin tira avec volupté sur son barreau de chaise :

— Vous délirez, Holmes !

— Mais enfin, Lupin, réveillez-vous ! Quand on possède une parure de diamants telle que « les cœurs entrelacés », est-ce que l'on s'en vante comme l'on fait les Bradpick ?

Un nuage de fumée dansa dans la pièce.

— La vanité conduit à bien des erreurs…

— Est-ce que l'on annonce haut et fort le jour et l'heure où l'on va les exhiber en public ?

— Sentiment de toute puissance très en vogue chez les nantis, croyez-en mon expérience…

— Est-ce que l'on ne se doute pas qu'un Lupin, ou un autre malfrat du même type…

— Je vous en prie ! Nous avons commencé à faire la paix, non ?

— … Attiré par l'odeur et l'éclat des diamants, se mettra dans l'idée de se les approprier ? Non, je vous le répète, tout ceci n'est, comme le disent les militaires, qu'un plastron, vulgairement une vaste entourloupe visant à détourner l'attention de la véritable machination en cours.

— Et l'attention de qui, s'il vous plaît ?

— Du public. Des gens de presse. Des hommes de pouvoir et d'autorité de ce pays. Et parmi eux, de ceux dont c'est la mission ou le métier de protéger leurs concitoyens des forces du Mal. Entendons-nous bien, Lupin : je ne parle pas des forces du Mal comme en parlaient nos ancêtres au temps des bûchers. Non, je parle de vraies forces, de forces souterraines qu'alimentent des ambitions purement humaines et qui ne craignent pas de les assouvir au mépris des règles élémentaires qui régissent nos sociétés. Honneur, droiture, mesure : ils s'en moquent éperdument. Ils ne veulent que parvenir à leurs fins. Par tous moyens ! Oui, je l'affirme, Lupin, des forces qui nous dépassent se sont mises en branle, et elles agissent, ici, à Royan, en marge des fêtes et des plaisirs qui étourdissent les cervelles.

— Que vous voilà grave, Sherlock Holmes !

— C'est le moment qui m'y contraint. Mais vous-même, Lupin, si mes renseignements sont exacts, il semblerait que vous n'ayez plus que les richesses et les amours pour seuls objectifs. Il se murmure même que vous avez rejoint, non pas la cohorte des honnêtes gens – je ne veux pas vous insulter ! – mais l'escouade de ceux qui ont vocation à les protéger. Je réfléchis moins vite qu'autrefois, mais je trouve curieux tout de même que lorsque monsieur Lenormand, l'honorable et compétent chef de la Sûreté, prend ses congés, le comte Raoul d'Aspinac apparaît. Cela ressemble fort à un choix de travailler pour le bien du pays ? Je ne connais pas tous les pseudonymes et les identités que vous endossez depuis quelques années, mais quoi qu'il en soit, je leur trouve une étonnante communauté : l'amour de la patrie française, blessée depuis 1870. Et naturellement la méfiance à l'égard de cet aigle orgueilleux, pétri d'arrogance, aux serres puissantes, qui cherche par tous moyens à la lacérer puis à l'achever. Et si je n'étais pas un gentleman anglais, je vous poserais crûment la question, Lupin : êtes-vous en villégiature parmi nous uniquement à cause les bijoux de la Du Barry ? J'ai idée que Royan relève pour vous du mélange des genres. Me trompé-je ?

La cendre du cigare de Lupin rougit plusieurs fois avant qu'il ne se décide à répondre aux propos de Houlme :

— Je croyais avoir fait le tour du personnage Holmes, mais je dois avouer mon erreur. Curieux, l'Anglais. Ne voilà-t-il pas qu'un sentiment patriotique monte en lui, qui se disait indifférent aux affaires du monde ! Pour ce qui me concerne, je ne m'épancherai pas. Vous connaissez ma pudeur naturelle. Elle retient ma langue. Mais j'irai droit au but. En vous fournissant une réponse en actes : Holmes, le temps de nos conflits doit être mis entre parenthèses. Absolument. L'heure est venue de combattre ensemble.

Sifflement admiratif de Sherlock Holmes :

— Quel retournement de situation ! Les vieux ennemis fraternisant pour une cause commune ! On va en pleurer dans les chaumières ! Vos confidents Laffitte et Leblanc[18] vont voir leurs ventes décupler !

— Nous n'en sommes pas là. La guerre secrète que nous allons mener a du reste toutes chances de rester secrète. Et sur le fond, c'est uniquement parce que nos pays luttent sur le même front international que…

— Parfait ! Nous commençons dès à présent. Si vraiment vous voulez m'aider, je vous demanderai…

L'index droit du gentleman traça un « non » devant le visage de monsieur Houlme :

— On ne demande pas à Arsène Lupin, on lui suggère.

— Toujours aussi susceptible ! Je vous suggérerai donc trois choses…

18. Respectivement éditeur et narrateur des aventures d'Arsène Lupin, bien entendu…

— Vous ne chargez pas un peu trop la barque, Holmes ?

— Du tout, Lupin. J'ai de beaux restes, comme on dit ici. Mais vous, vous êtes plus jeune que moi. En conséquence de quoi : primo, vous gardez cette attitude triomphante que l'on vous connaît. Personne ne doit imaginer que vous vous êtes fait berner par miss Bradpick, et surtout pas elle.

— Facile, l'autosatisfaction appartient à ma nature.

— Secundo, j'ai besoin de savoir qui a assassiné Basile Sourisseau.

Lupin fit tomber un morceau conique de cendres sur le sol :

— Qui est ce malheureux ?

— Un valet de chambre que l'on a retrouvé garrotté dans le réduit à linge du quatrième étage. Une connaissance de monsieur Nob. Je suis certain que votre complice pourra vous renseigner.

— Il ne m'en a pas dit un mot.

— Il devait penser que ce détail ancillaire ne pouvait pas vous intéresser. Et puis tertio, je suis sur la piste d'un étalon masqué qui poserait sur des photographies licencieuses pour arrondir ses fins de mois…

– Je ne fréquente pas ce genre de personnage et je méprise ce genre de licence.

— J'en suis certain.

— Parfait, mais pour vous être agréable, je vais essayer de l'identifier.

— Cet étalon est affligé d'une fraise sur la pommette gauche.

— Indice des plus minces…

— Un homme perspicace comme vous n'a pas besoin de détail supplémentaire pour mener son enquête à terme. Vous l'avez démontré en tant d'occasions.

— Et pendant que je vais travailler dur, Holmes va se prélasser sur la plage de la Grande Conche et lorgner les belles étrangères ?

— Dieu, que vous me connaissez mal, à moins que vous ne plaisantiez. Non, Lupin, tous les hommes ne songent pas, comme vous, qu'à la séduction. En fait, pour reprendre votre expression, je compte travailler dur également. Holmes va assister l'épouse – fidèle et courageuse – d'un chimiste qui a mystérieusement disparu. Il y a urgence. Les forces du Mal sont certainement en train d'essayer de l'éloigner de notre petit paradis. Et accessoirement, le même Holmes pense convoquer un ancien colonel de la Coloniale pour l'agiter comme un appât à l'intérieur d'une cage à lions…

Lupin fit la moue. Se demandait-il si le détective n'était pas en train de perdre la tête ? Chacun le sait : les abus de solution de cocaïne à 7 % se paient un jour !

— Je ne comprends décidément rien à votre programme et à votre discours. Mais je vais examiner vos propositions.

Sans préavis, Holmes gagna le seuil de la pièce et prit congé :

— Bien, je vous laisse réfléchir, j'ai à faire en d'autres lieux. Ne tardez pas trop tout de même avant de vous décider…

Déjà dans le couloir, il se retourna une dernière fois :

— Ne perdez pas non plus votre temps à fermer ma porte, votre ami Courciroux s'en chargera… J'imagine qu'il furète dans les parages…

36

Holmes arrivait à l'embranchement de l'avenue de Pontaillac et de celle de l'Océan quand il vit surgir un homme de sa gauche. Hors d'haleine, les joues en feu, tentant de maîtriser un estomac débordant du pantalon, le pauvre hère courait les yeux exorbités, comme si un démon le pourchassait. Tout à ses cogitations, le détective se préparait à croiser l'apparition et à poursuivre son chemin, mais celle-ci se planta devant lui et cria :

— J'allais vous retrouver au *Grand-Hôtel*, vous tombez à pic !

Watson ! En nage. Au bord de l'apoplexie dès 11h du matin. Qu'est-ce qui le poussait hors de *Carpe Diem* et loin de la compagnie des femmes ? L'explication fusa tout de suite :

— La poste a amené deux télégrammes pour vous. J'ai signé à votre place. J'ai pensé bien faire…

Holmes aurait pu rappeler à son ami l'épisode du café de Poitiers et la malheureuse permutation d'identité qui s'était ensuivie, mais l'heure n'était ni aux souvenirs ni aux reproches. Il se contenta d'un regard expressif et pressa son compagnon :

— Que disent-ils ?

— Je ne les ai pas ouverts. Jamais je ne me permettrais, Holmes. Et vous le savez bien. Les voici.

Watson tira deux petits bleus froissés de sa poche de pantalon et en tendit un à Holmes, qui déchira nerveusement les rabats :

CHICAGO 19 08 1911 FAMILLE BRADPICK BIEN CONNUE GROS INDUSTRIELS AUTOMOBILES ENGINS AGRICOLES UNE DES PREMIÈRES FORTUNES DU NORD AMÉRIQUE AUX DERNIÈRES NOUVELLES EN VOYAGE EN EUROPE ITALIE FRANCE ANGLETERRE AU PROGRAMME VOUS ATTEND TOUJOURS EN ILLINOIS SALUTATIONS ARCHIBALD PRESTON

— Raté !

Le mot tomba de la bouche de Holmes comme une pierre que l'on jette par dépit.

— De mauvaises nouvelles, s'enquit le docteur ?

— Très mauvaises ! Je vous rassure tout de suite : il n'y a rien de personnel dans ce message. En revanche, je me suis visiblement trompé du tout au tout sur

Jenny Bradpick et son père. Pas impossible que j'aie vu le mal là où il n'était pas. Si j'en crois le télégramme, ils ne seraient bien que d'honnêtes voyageurs. Des amoureux de la vieille Europe et de ses monuments millénaires. Cas auquel mon enquête serait à reprendre à zéro ! Et ma réputation à jeter aux égouts !

Watson chercha une parade à la contrariété manifeste de son mentor :

— La source est fiable ?

— Archibald Preston ? Le meilleur policier de Chicago. Jamais il ne m'a déçu depuis que nous nous sommes rencontrés, à Londres, en 1883.

Il restait un second télégramme. Watson obligea presque Holmes à s'en saisir :

— Peut-être que celui-là…

D'un geste automatique, Holmes le décacheta et le parcourut. Résignés au début, ses yeux s'animèrent brusquement vers la fin du texte. Soudain, la physionomie plate et pâle du détective s'épanouit, puis s'enflamma, et une main revancharde colla le papier sous le nez de Watson :

— Tout de même ! Vieux détective pas mort ! Lisez, mon ami, lisez !

DÉTROIT 20 08 1911 QUI NE CONNAÎT PAS LES BRADPICK À DÉTROIT FRÉQUENTATION PERSONNELLE DEPUIS UNE DIZAINE D'ANNÉES AURIEZ PU LES CROISER VISITAIENT EUROPE EN JUIN JUILLET DE RETOUR DEPUIS 8 JOURS AI DÎNÉ AVEC EUX

VENDREDI 18 08 ÉMERVEILLÉS PAR ROME SI BESOIN PRÉCISIONS DITES MOI VOTRE DÉVOUÉ RICHARD CADBURRY

— Great ! Fantastic ! On ne peut pas à la fois dîner à Detroit et se pavaner à Royan !

— J'aime votre logique, Watson. Surtout quand elle confirme mes hypothèses. Nous voilà enfin un point de départ solide : Jenny et Phileas Bradpick ne sont pas Jenny et Phileas Bradpick !

— Mais qui sont-ils alors ? Des reproductions ? Des jumeaux des originaux ? Des cousins ?

— Des imposteurs, à coup sûr ! Mais venus d'où ? Indépendants ou en mission ? Escrocs ou agents ?Envoyés par qui ? Et avec quelles intentions ? Voilà les questions auxquelles nous devons répondre dans les heures qui viennent si nous voulons retrouver Eugène Mainsenet…

— Vous pensez qu'il y a un lien entre le savant et les fausses identités ?

— Vraisemblablement, mais il reste à le démontrer.

Carpe Diem était maintenant en vue. Des cris d'enfant débordaient jusque dans la rue. Sherlock Holmes s'immobilisa et râpa ses doigts pliés sur sa joue :

— Dans quel ordre procéder maintenant ?

Watson avança une bouche en cul de poule :

— Ne croyez-vous pas qu'il serait temps de mettre la police dans le coup ? En matière d'identification, elle possède des moyens que vous n'avez pas.

Holmes rit de bon cœur :

— J'ai aussi une carte qu'elle n'imagine même pas…

— Which card ? tell me.

— Le colonel de Lettigné…

— Le coup du garduche pour lequel vous m'avez fait courir tout Royan un après-midi ?

— Lui-même ! Si on voulait l'éloigner de Royan à tout prix, c'est certainement parce qu'il risquait d'y reconnaître quelqu'un qui ne voulait pas être reconnu.

— Le raisonnement se tient.

— Et qui ne souhaite pas être reconnu sinon celui ou ceux qui circulent sous de fausses identités ?

— Votre génie m'étonnera toujours, Holmes !

— Simple bon sens, mon ami ? N'exagérez pas avec vos compliments ! Donc, première tâche, mettre en présence Lettigné et les Bradpick, sans que ces derniers ne soient avertis.

— Sur un plan pratique, comment comptez-vous faire ?

— Je ne sais pas encore… Mais je ne suis pas inquiet, le déjeuner va m'apporter la réponse…

L'élan de Holmes fut interrompu par l'arrivée d'une boule de bois qui vint s'écraser contre la grille de la villa de Vernet. Puis une course désordonnée s'annonça derrière un buisson de genets, tandis qu'une voix suraiguë criait :

— You're too nervous, Léon ! Keep calm or we'll stop playing !

En fin psychologue, le docteur commenta :

— Depuis que son père a disparu et que sa mère est prostrée dans son fauteuil, le petit fait n'importe quoi. Et comme Harriett a du caractère, les conflits succèdent aux conflits. Il est temps que nous rentrions et que nous apportions un peu d'autorité mâle dans cette maison.

Il poussa le portail et avança vers le perron, Holmes dans son sillage. Dix mètres plus loin, Léon, maillet de croquet à la main, surgit et se campa devant le détective :

— Tu as retrouvé mon papa ?

Un sourire encourageant étira les lèvres de Holmes :

— Presque… Nous approchons de la solution, mon bonhomme. Tu peux jouer tranquille, il sera de retour demain ou après demain, je te le promets.

— You're running a risk, my dear Holmes !

— Je ne crois pas… Je me donne une feuille de route…

Effondrée dans un fauteuil de la salle de séjour, éteinte, couvée par Madeleine et Harriett, Jeanne Mainsenet se redressa dès que les deux Anglais firent leur apparition. Elle plongea immédiatement son regard dans celui de Holmes, avec toujours la même question implorante « Alors ? ». Le cousin des Vernet ne se déroba pas. Il vint doucement jusqu'à l'épouse aux yeux rouges et humides et, d'un ton qui se voulait jovial et optimiste, rendit compte de sa matinée :

— Deux nouvelles très positives…

— Vous savez où il se trouve ?

— Non, pas encore… Mais, en premier lieu, je viens de recevoir un renfort de poids qui va bigrement nous aider.

— Paris vous a envoyé un de ses meilleurs policiers ?

— Mieux que ça !

Le front pensif de Jeanne Mainsenet avoua son ignorance. Qui d'autre qu'un commissaire expérimenté pourrait aider efficacement Holmes ?

— Celui-là même qui tourne la police en ridicule : Arsène Lupin en personne !

De la stupeur et même de l'indignation redonnèrent un peu de vie à Jeanne :

— Ce bandit ! Je ne suis pas certaine qu'Eugène apprécierait qu'un homme si peu recommandable soit associé à sa recherche. Il a des principes moraux si stricts !

Watson, qui redoutait toujours les éclats de voix et de conduite, tenta une médiation diplomatique :

— What's better ? Trouver le husband grâce à personne without morals, or lose him par le fault of a virtuous one ?

La mère de Léon cligna trois fois des paupières sans répondre. Évidemment, si vous le prenez comme ça ! semblaient dire ses prunelles tristes.

Holmes précisa alors ses intentions :

— Lupin a déjà tissé un solide réseau de relations à Royan et particulièrement au *Grand-Hôtel*, il nous sera très utile. Et puis il a cet art d'apparaître sous de multiples identités et personnages que je compte bien utiliser. Nous allons devoir jouer très fin.

Muée depuis la veille en Marie mère de Dieu et consolatrice des affligés, Modeste-Radegonde n'avait pas encore mis son grain de sel dans la conversation. Quant à Horace, transparent, il faisait tapisserie dans un coin de la pièce, laissant aux femmes le soin d'accompagner Jeanne Mainsenet dans sa grande douleur. Son épouse ne s'éveilla vraiment que lorsque Holmes se tourna vers elle :

— Vous l'avez rencontré, vous, Lupin, depuis votre arrivée…

La quincaillière se renfrogna subitement. Que racontait le cousin ? Elle, femme d'avocat et mère de famille intègre, fréquenter un aigrefin comme Lupin ! Mais où avait-il pris cela !

— … Il se pavane à Royan sous les trais d'un certain comte d'Aspinac…

Un hurlement déchira la pièce. Modeste se trouvait mal :

— Horace ! Tu as entendu ? C'est Arsène Lupin qui a ramassé mon mouchoir l'autre soir au casino !

Elle vérifia que sa montre se trouvait toujours à son poignet. Horace daigna à peine se manifester :

— Et alors ! Au moins il est bien élevé, lui…

Modeste-Radegonde étouffa encore un moment, puis se calma. Quelles belles manières il avait tout de même, ce Lupin ! Quelle prévenance avec les dames ! Sachant en reconnaître les plus nobles fleurs ! Et ce parfum qui flottait autour de lui ! Et cet œil ! Mon Dieu, cet œil ! Après tout, était-il plus à blâmer que ces fonctionnaires qui taxaient et privaient de leurs économies les pauvres commerçants ou que ces politiques qui s'en moquaient ouvertement ? Et puis si Sherlock s'en rapprochait, cela voulait bien dire qu'il n'était pas si mauvais qu'on le laissait entendre. Tout compte fait, après un débat intérieur bref mais intense, elle rallia le camp de Holmes et tenta de convaincre Jeanne :

— Vous savez, c'est comme en quincaillerie, il existe des maisons détestables qui fabriquent d'excellents produits. Il est difficile de s'en passer.

Pas sûr que l'argument décida l'institutrice. Mais elle retrouva suffisamment d'énergie pour demander à Holmes :

— Vous aviez annoncé deux bonnes nouvelles…

— Exact, la seconde concerne la fameuse Jenny Bradpick, dont tout Royan parle depuis deux jours.

Il tira l'un des deux télégrammes de sa poche et l'agita devant la compagnie :

— … J'ai désormais la preuve que celle qui en joue le rôle n'est qu'une usurpatrice, une mystificatrice. Et le pressentiment qu'elle n'est pas étrangère à la disparition d'Eugène.

— Que comptez vous faire ?

— La démasquer dès cet après-midi, avec le concours de Lupin. Ah, enfin cette affaire s'emballe ! Que j'aime cela ! Un peu de rythme dans nos existences !

Il renifla une odeur de coquillages s'échappant de la cuisine, des palourdes à l'ail, certainement :

— Modeste, j'ai honte d'être aussi pressant, mais si le déjeuner pouvait être servi rapidement, ce serait une excellente chose : il faudrait que je sois à mon bureau vers 14 heures…

37

— Le temps n'est plus aux salamalecs, Courciroux, je vous attends au deuxième étage dans quinze minutes !

Nob, qui s'apprêtait à ouvrir la porte tournante du *Grand-Hôtel* avec toute la servilité déférente de mise se figea et leva un visage agressif vers monsieur Houlme :

— Que je sache, je n'ai aucun compte à vous rendre ! Vous n'êtes qu'un employé comme moi ! Ici, je ne réponds qu'à Périer.

Et encore ! aurait-il pu ajouter. Mais il se tut et serra les dents de colère. Holmes, arrivé à grands pas, ralentit à peine sa course et jeta simplement au nain :

— Ordre de Lupin ! À lui vous répondez, je le sais, surtout lorsqu'il s'agit de traverser les vasistas du casino !

Et le détective s'engouffra dans l'entrée du palace sans attendre la réaction du groom.

Parvenu à sa table de travail, Holmes tira une feuille de papier à en-tête de l'hôtel, tailla un crayon et se mit à rédiger :

Mon cher Lupin,

ne sachant où vous joindre, je charge monsieur de Courciroux de vous porter ce mot.

Pendant le déjeuner, j'ai réfléchi et j'espère que vous en avez fait de même. Plus que jamais, je suis convaincu qu'il importe d'unir nos efforts pour mettre fin aux agissements coupables de la bande qui sévit à Royan. Je ne doute pas que vous soyez désormais arrivé à la même conclusion que moi. Le temps pressant, je vous propose…

Toc, toc, toc. Trois coups timides se firent entendre sur la porte du bureau. Holmes faillit s'emporter. « Déjà Nob ! Je lui avais dit quinze minutes, pas trois ! Décidément, ce garçon n'en fait qu'à sa tête ! » Agacé, il cria un oui qui aurait découragé toute velléité d'intrusion de la part d'un visiteur normal. Un petite tête se glissa dans l'entrebâillement : Élodie Pinsonneau !

— J'dérange…

— J'étais en train d'écrire une lettre…

Avec prudence, elle mit un pied dans la pièce :

— C'tait à propos d' Basile, j'voulais juste savoir si vous aviez trouvé l' monstre qui…

Holmes relâcha la tension qui l'avait envahi et se fit presque aimable :

— J'ai bien avancé et je me préparais à vous en parler. Mais là, j'ai une urgence… Je passerai vous expliquer dans l'après-midi. Où pourrai-je vous trouver ?

— Au quatrième…J'y reste jusqu'à 18h. Au réduit à linge. Tout est à ranger et à nettoyer…

— Parfait ! Je ne vous oublierai pas. À tout à l'heure !

Sans perdre de temps, il relut le début de sa lettre, y ajouta une bonne page d'explications, la plia et la glissa dans une enveloppe qu'il cacheta soigneusement. Sur le recto, il écrivit simplement :

M. Arsène Lupin
E.V.
(aux bons soins de monsieur de Courciroux)

Deux minutes après qu'il eût terminé ses écritures, Nob s'annonça. Furieux. Bavant de haine. Menaçant :

— Je ne vous permettrai pas de me parler comme vous l'avez fait devant l'hôtel ! Je ne suis pas n'importe qui, moi !

Il avait appuyé suffisamment fort sur le moi, pour que Houlme mesure bien toute la différence qui séparait le fils de la grande famille bordelaise du médiocre de Saint-Pierre-et-Miquelon que l'on condescendait à faire travailler au *Grand-Hôtel*. Holmes soutint son regard :

— On se calme, Courciroux ! Je crois que vous n'avez pas bien compris le rapport de force qui s'est installé entre nous.

— J'ai des relations très haut placées, et je n'hésiterai pas à...

Holmes se leva brutalement :

— Assez, je vous prie ! Je n'ai qu'un mot à dire au commissaire Chavençon et vous vous retrouvez au poste, en cellule même. Je vous ai vu, samedi soir, quitter le casino par le vasistas des toilettes des femmes et vous enfuir à toutes jambes, les bijoux de la Du Barry dans la poche.

— C'est faux, vous n'avez rien vu ! J'étais avec le comte d'Aspinac pendant la coupure de courant et je n'ai pas bougé. Il pourra vous le confirmer.

— Pas de chance, Courciroux, c'est le comte d'Aspinac comme vous l'appelez, qui est venu confirmer ma version, ce matin.

D'ébahissement, Nob ouvrit des yeux qui lui mangeaient tout le visage :

— Vous mentez !

— Eh bien vous le demanderez à Lupin en personne, lorsque vous lui remettrez mon pli ! Préparez-vous à être surpris mon garçon ! Lupin et moi avons décidé de faire cause commune.

Les sourcils du groom s'épaissirent de perplexité :

— Si vous dites vrai et si vous êtes si proche du comte, pourquoi ne lui faites-vous pas vos commissions vous-même ?

— À cause d'un détail : il a oublié de me laisser son adresse, et comme je ne suis pas quelqu'un d'indiscret, je préfère m'en remettre à vous qui savez où le trouver.

Nob ne bougeait pas. Trop de surprises se bousculaient dans sa cervelle. Holmes le ramena sur terre :

— Allez, filez maintenant ! J'ai un besoin urgent de Lupin. Les masques doivent tomber au plus vite.

La survie de la Nation l'exige.

38

Si Périer s'imaginait entamer un après-midi paisible et studieux, il allait déchanter ! S'il pensait mériter un moment de routine, pépère pour tout dire, le retour sur terre s'annonçait difficile ! Holmes en avait décidé autrement. Il déboula dans son bureau, visiblement très remonté, et, prenant à peine le temps de frapper à la porte, ne s'embarrassa pas de circonvolutions langagières :

— J'ai deux ou trois choses à vous dire, Périer !

Et il insista sur « Périer » ! Ça, c'est la meilleure, sembla se dire le patron du *Grand-Hôtel* ! Comme quoi on peut se tromper du tout au tout sur les gens, et notamment les employés. Un Houlme métamorphosé s'avançait vers lui. Ce n'était plus le personnage étriqué que Holmes s'était appliqué à jouer, pas plus le subalterne reconnaissant que Périer avait recruté, mais un homme au ton cassant, sûr de lui, presque dominateur :

— La première, Périer : je n'ai pas apprécié du tout la façon dont vous m'avez mis sur la touche lors de l'expertise de Van Hooydonckx ! Il me semblait qu'au fil des premiers jours de notre collaboration, une certaine estime, voire une proximité appelée à grandir, avaient vu le jour entre nous. Derrière le chef, je commençais presque à discerner en vous un ami disposé à m'apporter son concours dans cette enquête bien difficile. Au lieu de cela, lorsque votre faussaire a eu donné son diagnostic, vous m'avez balancé comme un moins que rien et m'avez éloigné des informations indispensables à mon travail. Je m'en souviendrai… Et d'un !

Culotté le Houlme de s'adresser sur ce ton à son supérieur ! C'est ce qu'afficha Périer en écoutant les doléances du touriste de Saint-Pierre-et-Miquelon. Le chef du personnel le remit à sa place sans ménagement :

— Depuis quand les ouvriers jugent-ils leur patron, Houlme ? Est-ce ainsi que pratiquent vos concitoyens ? Si c'est le cas, sachez qu'ici, sur la terre de France, ce sont encore les chefs qui commandent. Et si j'ai pris la décision de ne pas vous communiquer les résultats des observations de mon ami Van Hooydonckx, c'est parce que j'ai estimé que la prudence voulait que moins il y avait de personnes au courant de la réalité des choses, mieux cela valait. Sachez que si la même situation se reproduisait, j'agirais exactement de la même façon. À chacun ses responsabilités. Vous celle des petits délits que l'on vous demande de prévenir ou de traiter, moi celle de la réputation d'un établissement de prestige et de la satisfaction d'une clientèle haut de gamme.

Belle remontrance, puisée aux meilleurs principes, mais sans effet. Loin de s'aplatir, monsieur Houlme monta d'un degré dans le culot. Maintenant il se payait carrément la tête de son supérieur :

— Autant vous avouer que derrière vos cachotteries ridicules, j'avais tout de suite deviné ce qui se passait. Seule l'existence de faux bijoux pouvait expliquer votre comportement.

Se composant une bouche pleine de mépris, Périer s'impatienta :

— Alors de quoi vous plaignez-vous ?

— De votre désinvolture à mon égard !

Faible avec les forts, le chef savait se montrer fort avec les présumés faibles : il haussa les épaules en considérant sèchement l'interlocuteur pitoyable qui lui faisait face :

— C'est comme ça et pas autrement. Et si cela ne vous convient pas, monsieur le donneur de leçons, je fais préparer votre compte et vous quittez les lieux immédiatement.

— Tiens, pourquoi pas ! Je n'y avais pas songé… Alors faites établir mon solde au nom de Holmes… Sherlock Holmes…

Périer devint aussi blanc qu'un foc de la marine marchande :

— Holmes ? Le roi des détectives ?

— Lui-même, en chair et en os. C'était la deuxième chose dont je voulais vous informer… Et toc !

— Mais que faites-vous à Royan et pourquoi avoir repris du service ici ?

— Je vous l'ai déjà dit, Périer, et moi je ne mens pas comme un arracheur de dents : du tourisme, tout bonnement. Mais comme je m'ennuyais un peu dans votre merveilleuse cité, malgré les fêtes permanentes et la qualité de la société, j'ai repris du service. Je ne suis pas dans mon univers, ici…

Le chef de réception se leva, piteux :

— Je vous présente toutes mes excuses, Monsieur Holmes. Je vous promets : cela ne se reproduira pas. Votre collaboration a été exemplaire.

— Trop tard, Périer, la confiance ne passe qu'une fois…

Après un temps de répit :

— … La troisième et dernière raison pour laquelle je tenais à vous trouver est que j'ai un besoin urgent de votre ami Lettigné. Alors, plutôt que de vous répandre en excuses inutiles, vous allez le réquisitionner. Il est impératif qu'il me rejoigne au bar de l'hôtel à 15h45. Lui et moi avons une partie décisive à jouer.

— Et s'il ne consent pas à me suivre ?

— Lettigné est un soldat. Dites-lui qu'il y va de l'intérêt du pays. Un patriote comme lui ne se dérobera pas, j'en suis certain.

L'air indécis et abasourdi devant cette inversion des rôles, Périer restait planté devant son bureau, tel un arbuste décoratif. Holmes le secoua :

— Allez, exécution ! Je n'aimerais pas avoir à expliquer au commissaire Chavençon ou à votre préfet que l'opération de libération a échoué par votre faute.

Holmes crut entrevoir une expression amusée et de défi se faufiler derrière le regard de Périer. Il ne s'en formalisa pas. L'heure était à l'action. Celle des règlements de compte viendrait en son temps.

39

Le même jour. 16h.

À en juger par la blancheur polaire de ses cheveux, sa peau sèche et ses yeux secs, c'est un inspecteur des brigades mobiles proche de la retraite que Paris avait choisi d'envoyer à Royan pour démêler cette affaire de bijoux de la Du Barry. Vigoureux malgré son âge, port viril, ce vétéran força aisément le premier barrage que constituait Nob devant sa porte tournante, puis, après avoir inspecté le hall d'un regard professionnel, se dirigea vers le comptoir de la réception où il héla un employé disponible :

— Jeune homme, s'il vous plaît, voulez-vous m'appeler le directeur !

Le préposé faillit tomber à la renverse :

— Mais on ne dérange pas la direction aussi facilement…

Le visiteur s'accouda au bois verni et monta sa voix en contractant ses maxillaires :

— Je ne vous ai pas demandé de me faire part de vos états d'âme, mon ami, je vous ai demandé de m'appeler le directeur, et rapidement.

La tunique aux boutons dorés tenta une diversion :

— À qui ai-je l'honneur ?

— Commissaire Duchausset, de la brigade de police mobile de Paris. Allons, faites vite, ou les oreilles vont vous chauffer !

— Je vais voir ce qui est possible…

Le réceptionniste quitta son poste et s'enfonça dans l'ombre du couloir qui menait au cœur du pouvoir du *Grand-Hôtel*. Le bureau de monsieur Gustave. Presque immédiatement, un Périer autoritaire et supérieur traversa le hall en direction du comptoir. Après avoir jeté un coup d'œil en direction de Sherlock Holmes, qui consommait discrètement dans un fauteuil du bar, il apostropha sèchement le trublion :

— C'est à vous que l'on doit ce raffut de tous les diables ?

Le policier s'inclina et se présenta à nouveau :

— Commissaire Duchausset, de la brigade de police mobile de Paris… Le directeur de la Sûreté générale, monsieur Hennion lui-même, m'envoie dans votre ville.

Le patron du *Grand-Hôtel* le prit de haut :

— Ta ta ta !!!! Aucune visite ne m'a été annoncée, ni par votre monsieur Hennion que je n'ai pas l'honneur de connaître, ni par personne ! La police ici a le visage de Michel Chavençon, et je ne l'aperçois pas à vos côtés. Alors vous allez dégager gentiment, reprendre attache avec votre mandant, s'il existe, et lorsque celui-ci m'aura contacté et expliqué ses intentions, nous aviserons. Je ne vous retiens pas…

Sur ce, Périer tourna les talons et se prépara à retourner dans ses appartements.

— Et Clemenceau, vous en avez entendu parler ?

Périer stoppa net. Il aperçut Holmes qui tendait l'oreille et dans le même temps reconnut la carte de police que l'intrus venait de sortir de son portefeuille et qu'il agitait de manière provocante à hauteur d'une de ses joues. Un policier, donc. Pas de doute là-dessus ! Peut-être bien qu'on s'inquiétait réellement des diamants des Bradpick, dans les sphères parisiennes. Au point de court-circuiter Chavençon. Le chef de réception prit une mine inquiète, comme s'il se mettait en garde lui-même. Gaffe ! Pas d'impair ! Une situation est si vite remise en question quand les politiques s'en mêlent. Puis, endossant une attitude plus coopérative, il rebroussa chemin avec l'évidente intention de déceler le vrai et le faux dans les paroles de cet étrange visiteur.

— Et pour quelle raison ne ferait-on pas confiance au commissaire Chavençon, notre policier local, dont les résultats sont remarquables ?

— Mais monsieur, ce vol a mis toute la capitale en émoi. Les fortunes s'inquiètent. La finance tremble. Si l'État n'est même plus capable d'assurer la sécurité des personnes et des biens, à quoi sert-il ? Et l'image de notre pays dans le monde ! Comment accueillir les riches de tous les continents, si ici, à Royan, on peut détrousser impunément les jolies femmes qui sortent leurs parures ?

Duchausset s'approcha de l'oreille de Périer, et cachant ses lèvres de sa main droite, souffla précautionneusement, mais tout de même assez fort que l'on puisse entendre sa confidence du bar :

— … Il paraît que nous sommes au bord de l'incident diplomatique avec les États-Unis. Mais si vous voulez y être mêlé, cher monsieur, c'est votre problème…

Périer blêmit et se tortilla comme si une ondée de mauvaise transpiration descendait le long de ses reins. Il devait se figurer convoqué à Paris, dans un de ces ministères où on croque tout cru le petit peuple qui ose se mettre en travers des décisions de l'administration. La prudence l'amena dès lors à composer :

— Et quel est le motif précis de votre visite ?

Psychologue, le commissaire Duchausset ne marqua pas son avantage. Il se contenta de fournir l'information demandée :

— Rencontrer miss Bradpick. Je dois entendre sa version des faits. De sa propre bouche. Tout part de là. Vous seriez aimable de la faire descendre…

Holmes devina une seconde inondation de sueur mouillant la chemise du chef de réception :

— Mais ces gens-là n'obéissent pas à nos injonctions. Ce sont eux qui fixent les rendez-vous, pas nous. Ils vivent dans un autre monde. La société est à leurs pieds. Et puis, je ne surveille pas les mouvements de miss Bradpick, je ne suis pas certain qu'elle se trouve à l'hôtel en ce moment…

— Eh bien vous allez vous en assurer et la convaincre de me rejoindre au plus vite, ici-même. Ensuite, vous mettrez un petit salon à notre disposition. Ainsi je pourrai l'interroger en toute discrétion.

La main droite de Périer gratta longuement une nuque pensive. Comment aborder l'occupante de la suite impériale sans la choquer ? expliquait-elle. Le policier consulta sa montre :

— Je vous donne dix minutes ! Au besoin, rappelez à mademoiselle Bradpick que les lois de la République s'appliquent à chacun, fortuné ou non. Une convocation de la police ne se discute pas. Et puis que c'est elle la victime et que j'ai fait le déplacement de Paris uniquement pour l'aider.

D'un geste qui ne souffrait aucune contestation, il poussa le chef de réception vers les escaliers.

40

C'est une Jenny Bradpick furieuse d'être dérangée qui descendit les dernières marches du grand escalier. Comme si un secrétaire ne pouvait pas se charger de ces problèmes ! En toilette de broderie blanche transparentée de rose, nœud de tulle noir sur la taille, souliers vernis piquant rageusement le tapis rouge, elle apparut dans le hall, bien décidée à expédier le fonctionnaire sans éducation qui venait troubler son après-midi. Tel un aigle royal, elle fondit sur sa proie qui faisait les cent pas le long du comptoir de la réception.

Dans le bar voisin, dissimulés derrière le paravent naturel que constituaient les tiges et les feuilles luisantes de deux pots d'*Howea forsteriana*, monsieur

Houlme et le colonel de Lettigné assistaient à la scène, aussi confortablement que s'ils avaient été installés dans une des loges officielles du casino municipal.

Dès que la blondeur de l'héritière du Michigan illumina le rez-de-chaussée du *Grand-Hôtel*, Lettigné se décomposa. Machinalement, il porta la main à son col de chemise et défit le premier bouton. Il semblait à deux pas de l'apoplexie, répétant sans cesse :

— Non, ce n'est pas vrai… Je rêve… Pas elle, nom de Dieu, pas elle !

Sherlock Holmes comprit tout de suite qu'il avait gagné son pari. Si le colonel avait été sommé de quitter Royan, c'était bien parce qu'il connaissait Jenny Bradpick, et que celle-ci, qui savait sa présence sur la côte, redoutait d'être identifiée par lui. Comme Lettigné se montrait toujours incapable de formuler une phrase cohérente, Holmes fit un signe au barman qui accourut.

— Un verre d'alcool fort, n'importe lequel, dit-il d'une voix douce et posée. Et vite, s'il vous plaît.

— Un vermouth ?

— Ce sera parfait.

Dans les deux minutes qui suivirent, le vin aromatisé rougeoyait sur la table. Après avoir contraint Lettigné à vider son verre d'une seule gorgée, Holmes le brusqua :

— Maintenant vous allez vous reprendre et m'expliquer qui est cette jeune personne qui vous met dans ces états !

L'ancien de la Coloniale cessa de s'agiter, baissa les yeux vers le marbre de la table, et, d'une voix faible de confessé, commença :

— Je connais cette dame. Elle ne s'appelle pas Jenny Bradpick, mais Ilse von Greimitz. Elle doit avoir trente-cinq trente-six ans désormais. C'est un agent prussien, et des pires. Sa haine de la France et de son armée remonte à son adolescence. Et pourtant elle est parfaitement francophone. Je l'ai rencontrée, il y a bien longtemps, pour mon plus grand malheur, dans le département voisin des Deux-Sèvres. Il faut savoir que sa mère, Éva von Gilbert und Villaine, descendait de petits nobles protestants français du sud du Poitou qui avaient émigré en Prusse après la Révolution. Sa famille ayant gardé des attaches dans les Deux-Sèvres, la jeune Ilse passait ses vacances d'été chez des cousins du côté de Saint-Maixent. À l'époque, je fréquentais l'école militaire d'infanterie de la ville et je venais d'être reçu officier. Quelques jours après ma nomination, des voisins de la famille d'Ilse organisèrent un grand raout pour fêter les fiançailles de leur fille unique. Liés aux cadres de l'école militaire, ils avaient invité nombre d'officiers dont je faisais partie. C'est à cette occasion que je l'ai croisée pour la première fois. À quatorze ans, la demoiselle en paraissait bien plus. Mais elle était fort naïve. Quant à moi, mes manières n'étaient pas celles d'un gentilhomme, à supposer au passage que les gentilshommes respectent toujours les jeunes demoiselles naïves. Elles étaient plutôt directes et même brutales, surtout avec celles qui ne faisaient pas partie de la bonne société. Alors qu'avec bon cœur elle essayait de se rendre utile, habillée modestement, à l'allemande, j'ai pris Ilse pour une domestique ou une gouvernante de château et je l'ai, comme à mon habitude avec ces filles du peuple, serrée de près, dans un couloir. Il est vrai qu'elle était dotée d'une poitrine précoce qui remplissait bien son corsage et d'une taille très ronde. J'ai même cherché ses lèvres. À ma grande surprise – j'étais officier et elle une bonniche qui devait avoir l'habitude des rapprochements entre civils et militaires ! – elle a réussi à se dégager, paniquée, et à se réfugier auprès de ses cousins. Qu'est ce que je n'avais pas fait ! Le lendemain le colonel m'a convoqué. J'ai reçu une engueulade maison et j'ai été prié de me faire oublier au plus tôt. Ça tombait bien. J'avais envie de postuler dans la Coloniale, pas spécialement recherchée des collègues. Je l'ai fait dare-dare et je me suis retrouvé au Tonkin. Quand j'en suis revenu, des années plus tard, je pensais que tout ça était de l'histoire ancienne. Pour moi, oui, mais pas pour elle. C'est un ami du bureau de renseignements de l'état-major qui m' a mis un jour au parfum. Sans savoir que j'étais le héros de la petite histoire qu'il me racontait. Comme moi, la demoiselle Ilse avait fait du chemin. Dans les mois qui avaient suivi ma malheureuse initiative, se jurant de ne jamais se laisser abuser par quiconque, elle s'était mise en tête de faire carrière comme un homme, et de diriger tous ses efforts contre ces ignobles Français qui ne respectaient rien. Son premier combat fut de passer son Abitur (le baccalauréat allemand), alors que les études féminines ne recueillaient que l'opprobre de la société et l'opposition des familles. Son second fut de s'inscrire dans une université, celle de Munich. Seule femme sur les bancs, elle choisit des études en sciences politiques. Elle les mena brillamment jusqu'à leur terme. Une fois reçue, elle décida de servir son pays contre l'ennemie de toujours, la France. Une femme ne pouvant devenir soldat dans l'Empire allemand, elle réussit en revanche à intégrer les services d'espionnage et de contre-espionnage de la Germania. Comment ? C'est la fable, dans les services. Mais je crois qu'elle est authentique. Elle fit le siège du quartier général de la région militaire de Berlin afin d'obtenir un rendez-vous du haut commandement. Son culot, son nom et sa noblesse payèrent. Pas avec les badernes du haut commandement. Mais avec un officier intermédiaire. Excédé par cette jeune femme dont il entendait parler chaque jour, il lui accorda un entretien. Changement de cap ! Fasciné par la beauté et l'intelligence de la blonde aux yeux vert rivière, mais également par son pedigree (en sus du français, elle parlait couramment l'anglais – avec une pointe d'accent irlandais –, le flamand et l'italien) il comprit immédiatement le bénéfice que son pays pouvait en tirer. Il lui remit une lettre de recommandation pour le Feld Marechal Stolniz, qui dirigeait le centre de renseignement de Bruxelles. Quinze jours plus tard, Ilse devint l'espionne la plus dévouée des réseaux allemands.

Sa longue tirade avait asséché la gorge de Letigné. Il commanda un second vermouth avant de poursuivre.

— Après cette brillante entrée en matière, elle commença par effectuer des taches purement administratives avant de se voir confier des actions de recrutement d'agents. Ce n'est qu'au bout de quelques années qu'elle finit par obtenir des missions sur le terrain. On parlait alors non seulement de missions de pur renseignement, mais également de démarches plus violentes, si vous voyez ce que je veux dire. C'est Diane chasseresse. Mais à son arc elle destine les hommes, et les Français de préférence !

Le colonel vida son verre :

— Mais cela fait maintenant bien des années que son nom n'était pas venu à mes oreilles. Je me demandais même si elle n'était pas morte.

— La preuve que non ! Je la sens même particulièrement vivace !

— En tout cas, elle n'a rien perdu de sa superbe ! Vous avez vu ce regard ! Cette silhouette ! Je ne suis même pas sûr qu'elle ait besoin de porter un corset ! L'âge l'a durcie mais n'a pas oublié de l'embellir. Un danger, cette femme !

— Ce qui semble certain, c'est qu'elle ait reconnu le colonel de Lettigné sur le front de mer de Royan…

— Moi je n'ai rien vu jusqu'à ce jour !

— Je devine son effroi. Car votre comportement indélicat de 1890 a laissé une blessure d'orgueil intime jamais refermée. Mais elle sait aussi qu'elle a une mission autre à remplir, que cette mission prime, et que pour la réaliser, elle doit auparavant éloigner Léttigné :

dans cette foule, il est le seul à savoir qu'elle n'est pas Jenny Bradpick mais une Prussienne venue opérer sous déguisement.

— Et alors ?

— Elle monte le coup du garduche avec l'aide d'acteurs locaux et se libère la voie…

— À ceci près que la Coloniale résiste, cher monsieur.

Subitement, Holmes posa une main sur l'avant-bras de Lettigné :

— Chut ! Ils arrivent…

Menés par un Périer obséquieux et prudent, Jenny Bradpick et le commissaire Duchausset se dirigèrent vers le bar, mais bifurquèrent au dernier moment vers l'un des salons du rez-de-chaussée. Les secrets qu'ils avaient à se confier y seraient mieux gardés.

41

Périer tapotait nerveusement le marbre veiné de la table. Éjecté sans ménagement du salon privé où Duchausset recevait Jenny Bradpick, il s'était rabattu sur la compagnie de Sherlock Holmes et du colonel de Lettigné. Mais là aussi, on ne semblait pas le désirer. Dès son arrivée, la conversation s'était éteinte. Chacun promenait son regard sur les murs, les plafonds ou l'assortiment impressionnant des alcools du bar plutôt que de tenter de réamorcer les échanges.

Tout à coup, les trois têtes se tournèrent dans la même direction : des éclats de voix facilement reconnaissables se firent entendre. Le commissaire et l'héritière du Michigan sortaient de leur huis-clos. Un instant on aurait pu penser qu'un différend, ou pire, une violente altercation générait cette montée en puissance des cordes vocales. Il n'en était rien. Bien au contraire. Duchausset et Jenny riaient ensemble, faisant assaut de politesses et de compliments. Arrivée devant l'escalier, miss Bradpick prononça quelques mots de remerciement et de congé et offrit une main souple et parfumée. Policier d'élite mais également homme du monde raffiné, le commissaire s'en empara pour y déposer un baise-main tout en élégance. Lettigné n'en revenait pas : ainsi, l'entrevue qui s'annonçait orageuse se terminait en mondanités souriantes. Ce commissaire avait bien du talent.

Lorsque Duchausset eut accompagné des yeux la remontée de Jenny Bradpick vers la suite impériale et l'eut gratifiée d'une dernière inclinaison respectueuse, il fit demi-tour. Parvenu à hauteur du bar, il aperçut la tablée qui le regardait et sembla transporté de surprise :

— Mais c'est ce cher Sherlock Holmes ! Quelle plaisir de vous retrouver !

Et il s'élança pour serrer les mains de celui qu'il venait de reconnaître. Lettigné ne comprenait plus rien. Sherlock Holmes ? Mais non, c'était monsieur Houlme, le détective de l'hôtel, qui était assis à sa gauche ! Duchausset devait confondre ! Il chercha les yeux de Périer pour se faire conforter dans son sentiment, mais le regard du chef de réception ne trahissait pas la moindre émotion. Holmes, lui, ne perdait pas son flegme :

— Plaisir partagé, commissaire ! Cela fait combien de temps maintenant que nous ne nous sommes pas rencontrés ?

— Deux ans au moins. C'était en Normandie. Vous vous souvenez ?

— Difficile d'oublier. Mais tout ceci est du passé…

— Vous villégiaturez à Royan, je suppose ?

— Oui, j'y passe le mois d'août avec des cousins français.

Il se tourna vers Périer :

— … Et grâce à la bienveillance de monsieur, j'éclaircis quelques petits mystères pour ne pas perdre la main. Mais vous-même ?

— Oh je suis descendu de Paris pour en terminer avec cette histoire des bijoux de la Du Barry. La Chambre est très inquiète. Les ministres désespérés. Heureusement, une fois de plus les brigades mobiles veillent. J'ai pu rassurer miss Bradpick. Nous avons identifié les voleurs et localisé sa parure. Elle est intacte. Nous avons bon espoir de lui restituer son trésor rapidement.

Il dévisagea tour à tour Lettigné, Périer et Holmes :

— … Mais motus, messieurs ! Il nous reste encore à nous en emparer et à mettre toute la bande de voleurs sous les verrous…

Le chef de réception afficha soudain un certain mal-être, comme si les mots « parure intacte » et « restituer trésor » l'avaient affecté. Il semblait se demander comment tout cela était possible. Les bijoux étaient faux. Archi-faux. La police devait se fourvoyer complètement. Il aurait pu intervenir mais se tut.

Certainement se disait-il qu'avec ces brigades mieux valait se méfier. Dans la coulisse ou au gouvernement, Clemenceau les soutenait. Le colonel de Lettigné, lui, se tortillait douloureusement sur sa chaise. Non seulement monsieur Houlme n'était pas monsieur Houlme, mais de surcroît, il était maintenant question de donner ou de redonner les bijoux à Ilse von Greimitz, agent secret prussien. Mais quelle folie prenait le monde ? On piétinait les amis de la Patrie et on récompensait ses ennemis ! Non, vraiment, il y avait de quoi y perdre son latin.

L'œil de Duchausset accrocha soudain la pendule qui trônait au milieu du bar :

— Messieurs, votre compagnie m'est des plus agréables, mais il faut que je file. Des devoirs urgents m'attendent en d'autres lieux…

D'un coup de chapeau il salua, puis tourna les talons et d'un pas martial gagna le boulevard.

Périer était éteint. Le colonel médusé. Ce dernier se pétrifia carrément lorsque Sherlock Holmes, l'air de rien, lâcha :

— Décidément, Arsène Lupin ne changera jamais… Quel numéro !

42

— Oh, I am a regular scatterbrain ! Élodie Pinsonneau !

Sherlock Holmes avait déjà franchi la porte tournante du *Grand-Hôtel* et salué l'inamovible Nob lorsqu'il se souvint qu'il avait promis à la femme de chambre de passer la voir avant de terminer sa journée. Il fit donc mine d'avoir oublié un papier, retraversa le hall en coup de vent et monta les quatre étages du palace avec l'agilité et la célérité d'un amoureux qui va rejoindre sa belle au septième ciel.

Au moment où il déboucha à l'entrée du couloir qui desservait appartements et pièces de rangement, la porte la plus proche du palier s'ouvrit. Un homme au crâne dégarni, à la face plate comme une crêpe molle, au regard dédaigneux, s'y encadra. Apercevant le détective, une hésitation le figea sur le seuil de son logement. Holmes eut le temps de photographier le personnage. Grand, large d'épaules, portant un costume dont l'usure faisait briller les manches, il tentait de cultiver une mise élégante, mais manquait singulièrement de moyens pour y parvenir. Sa lavallière était fripée ; son col de chemise usé et tordu d'avoir trop servi. Lorsque Holmes le salua d'un signe de tête, il quitta l'ombre de l'embrasure de la porte. Son visage apparut avec plus de clarté. Deux yeux d'un marron terne surplombaient un nez aplati et une mâchoire carrée. Et, détail qui marqua tout de suite l'Anglais, une fraise violacée tachait le haut de sa pommette droite. Après avoir rendu son salut à Holmes, le pensionnaire de la petite chambre se dirigea vers l'escalier d'un pas lent et majestueux comme celui d'un pachyderme. Un nom et un titre jaillirent spontanément dans la mémoire du limier : Jules Frémyet, ingénieur et poète post-symboliste à ses heures. C'est en tout cas ainsi que l'avaient présenté les notes remises par monsieur Gustave.

Élodie Pinsonneau était juchée sur un escabeau lorsque Holmes la rejoignit dans le local à linge. Elle remettait de l'ordre dans les piles de draps et de couvertures qui prenaient tous les rayonnages supérieurs. Dès que le visiteur lui adressa la parole, elle quitta son perchoir pour descendre à son niveau. Holmes commença par faire amende honorable :

— Je ne suis pas en avance, mais les événements se sont précipités cet après-midi. Nous approchons du but…

Une lueur furtive perça à travers les nuages qui endeuillaient en permanence les traits de la chambrière :

— Vous l'avez trouvé, l'assassin d'Basile ?

— Oui, je le crois, mais il me faut encore vérifier quelques faits. À l'heure qu'il est, ce que je peux affirmer, c'est qu'il a été tué par la bande Bradpick. Reste à savoir qui du père ou de la fille…

La bouche d'Élodie demeura ouverte d'étonnement :

— La fille ? Un'dame si gracieuse et pomponnée ? Pas l'genre à étrangler un costaud com'mon Basile !

— Ne vous y fiez pas ! C'est une lionne déguisée en oiseau des îles. De la couleur, un babil charmant, mais des griffes acérées dessous.

— Mais pourquoi s'en s'rait-elle pris'à mon fiancé ?

— J'imagine qu'il a dû tomber par hasard sur un spectacle auquel il n'était pas invité…

— C'est vrai qu'il avait un peu l'chic pour s' trouver là où y fallait pas. J'lui disais sans arrêt : « Mais pousse toi un peu d'mes pattes ! » ; « Arrête d'tourner com'ça ! ». C'était pas d'la méchanceté, mais y savait pas quoi faire d'sa peau. Y manquait d'jugeote. Alors qu'nous les femmes, on sent ces situations. Lui, y s'plantait et attendait. Pauvr'petit !

Une larme coula au coin d'un œil. Puis une autre. Avant que le déluge ne vienne raviner ces joues tristes, Holmes qui détestait les pleurs féminins, changea de sujet :

— Je viens de croiser un drôle de type, dans le couloir. Le locataire de la première chambre, à gauche. C'est bien le poète dont j'avais entendu parler ?

— J'sais pas si c'est un poète, mais c'est l'client l'plus sale qu'j'ai jamais vu !

— Vous m'étonnez, un poète symboliste vit au milieu des idées, des sentiments aériens, des allégories, des muses, des souvenirs de femmes mystérieuses, des jardins déserts, des vasques, des fontaines…

— Eh beh la fontaine, il ferait mieux d'la faire marcher plus souvent, si vous voyez c'qu'j'veux dire…

Élodie Pinsonneau essuya ses mains abîmées sur son tablier. Son désarroi s'était envolé. Elle avait trouvé un homme à invectiver :

— Ah pour les grands airs, il est fortiche ! Les yeux toujours levés au ciel quand vous l'croisez ! Ni bonjour, ni bonsoir. Y vous marcherait d'ssus s'y pouvait. Mais quand vous passez derrière lui pour faire l'ménage, vous comprenez vite à quel type de personnage vous avez affaire. L'lit en désordre, l'peu de vêtements qu'il a j'tés n'importe où, l' cabinet d'bain sens dessus dessous, d'l'eau partout, et les toilettes, j'vous en ai déjà parlé, pas la peine d'faire un dessin. Un cochon ! Y a rien à ajouter !

Elle reprit sa respiration avant de lancer une seconde charge :

— J' sais pas comment les Bradpick ont pu s'acoquiner avec un individu pareil ! Eux si propres et méticuleux ! Et vraiment pleins aux as, contrairement à lui qui tire l' diable par la queue !

Très intéressant ! Frémyet fréquentait les Bradpick ! Holmes releva immédiatement :

— Vous êtes certaine de ce que vous avancez ? Les Américains entretenaient des relations avec ce triste personnage ?

— J'vous l'aurais pas dit si j'en étais pas sûre ! J'les voyais bien se r'trouver – toujours chez les Bradpick –, s'faire des confidences, des p'tits secrets, chuchoter, s'taire quand j'approchais. Oh ils devaient rire du p'tit personnel, mais j' m'en moque, moi, j'ai tellement l'habitude d'compter pour du beurre. Un jour, j'l'ai même vu entrer chez eux avec une grande enveloppe à la main. Il avait quelqu'chose à leur donner. Maintenant qu'vous le dites, j'pense que c'tait peut-être des poésies…

— Ou des photos ?

— Il fait aussi d' la photo, l'poète ?

— Ce n'est pas impossible. Il n'y avait pas de grosses lettres d'imprimerie sur l'enveloppe ? Genre adresse d'un studio de photographe…

La femme de chambre fouilla les étagères de sa mémoire :

— P't'être bien qu'si. Mais j'en mettrais pas ma main au feu, l' souvenir est trop vague. C'est normal, nous les domestiques on n'est pas censés laisser traîner les yeux là où y faut pas…

— Évidemment…

Pendant ce dernier échange, Sherlock Holmes avait gagné le couloir. De la tête, il montra la porte de la suite impériale :

— Ils sont là en ce moment ?

— Non, y sont sortis dès qu'le policier a été parti. Si j'ai bien entendu, y voulaient voir l'arrivée d'la caravane du Grand Rallye-Paper automobile, devant l'*Café des Bains*. Madame a juste eu l'temps d'changer d'toilette…

Élodie passa les portes en revue :

— Ni Bradpick, ni personne d'autre. La veuve Boutonnet et son fils mangent des glaces sur l'front d'mer comme toutes les fins d'après-midi, l'comte et la comtesse Carondolo font leur bridge, la baronne d'la Tour-Huchet dort à la plage, dans sa chaise-longue, Frémyet, vous l'avez croisé. L'étage est vide…

Le détective ne sembla pas satisfait par le tour d'horizon d'Élodie Pinsonneau. Il pointa la porte du secrétaire des Bradpick et de sa femme :

— Et les Smith ? Aux bains de mer ? Au casino ?

La domestique haussa les épaules :

— Eux, on les voit jamais ! y vont et y viennent. Paraît qu'y font des allers et r'tours d'Royan à Paris, à cause des affaires d'monsieur. En tout cas, ça fait trois jours qu'y z'ont pas couché dans leur chambre, ça j'en suis certaine. Y a pas une poussière et les bagages ont pas été ouverts. Madame Smith a juste fait une apparition hier, en coup de vent…

Quelle bonne idée j'ai eue de monter jusqu'au quatrième ! songea Holmes. Toujours profiter des occasions. Ce sont elles qui ouvrent les meilleures portes. Il emprisonna la femme de chambre dans un regard sans issue :

— Vous avez le passe de la chambre des Smith, je présume ?

Élodie Pinsonneau tenta de résister :

— Oui, mais j'ai vraiment pas le droit d'vous l'prêter. Si j'me fais pincer, on m'donne mon congé sur l'champ...

— Qui vous parle de me le prêter! Je vous suggère juste d'entrer et de sortir de chez les Smith et, par une inadvertance très peu coupable, d'oublier de pousser complètement la porte...

— Ça r'vient au même...

— Pas du tout! À aucun moment vous n'enfreignez les consignes. Il se trouve simplement que je passe par-là et que je profite de la situation...

Pas décidée, la domestique se demandait comment se tirer de ce mauvais pas. Cela l'ennuyait de refuser un service au seul homme qui lui venait en aide, mais d'un autre côté, elle savait aussi parfaitement que le jour où on la mettrait à la porte, ce n'est pas monsieur Houlme qui l'emploierait. C'est Holmes qui trouva la solution:

— Nous allons parer à toute éventualité: vous descendez prévenir Nob à l'entrée de l'hôtel afin qu'il nous alerte si les Bradpick ou les Smith réapparaissent, et pendant que je visite les appartements vous vous postez en bout d'étage. Si on vient, vous me sifflez. Zéro risque pour vous! D'accord?

Trois minutes plus tard, les circuits de surveillance étaient en place. Holmes put fouiller à loisir la pièce et les bagages du secrétaire des Bradpick. Le résultat fut étonnant. Pour un secrétaire d'industriel – et d'un industriel important – dont le contact avec ses usines et ses affaires paraissait vital, même en voyage, il détenait peu de documents évoquant le monde de l'entreprise.

Pas de factures. Pas de bilans comptables. Rien qui se rattache au personnel. Pas plus à la valorisation de la société. Holmes chercha en vain des télégrammes du Michigan ou de New-York. Des coupures de journaux américains. Soit Phileas Bradpick conservait lui-même toutes ces archives, soit Smith était aussi secrétaire que Holmes s'appelait Houlme. Le détective explorait la dernière valise, qui semblait aussi dénuée d'intérêt que les autres, lorsqu'il décela un renflement inexplicable sous le fond du bagage. Il la vida, la palpa, la tourna et la retourna. Rien ne venait expliquer la présence de ce volume rectangulaire qui créait une sorte de boursouflure. Curieux. Il chercha une ouverture permettant d'accéder au mystérieux objet qui se cachait sous la toile. Il n'en trouva pas. Le temps lui étant compté, il se rua sur le nécessaire de rasage de Smith et y sélectionna la lame la plus coupante. Suivant les lignes des carreaux écossais qui tapissaient le fond du bagage, il pratiqua une incision rectiligne. Le rasoir buta tout de suite sur une matière à la fois souple et solide. Holmes termina soigneusement son travail en veillant à ne pas endommager le corps étranger. Lorsque son découpage fut achevé, il plongea la main à travers la fente du tissu, s'empara de la chose, se releva, l'ouvrit et la présenta à la lumière de la fenêtre :

— My God, I can't believe it ! It can't be true !

43

Dans la vaste salle à manger de *Carpe Diem*, Holmes n'avait retenu à ses côtés que Jeanne Mainsenet. Poliment mais fermement, il avait prié les Vernet, Watson et Harriett Cooper, Narcisse, Madeleine et le petit Léon, de gagner le parc ou les allées avoisinantes. Il voulait épargner à l'institutrice d'afficher ses émotions devant toute la maisonnée.

Lorsque le calme fut revenu, il sortit de sa veste le cahier de voyage en cuir brun fermé par un cordon noir qu'il avait extrait du bagage des Smith et le tint un moment au bout des doigts de sa main droite pour mieux le montrer à Jeanne Mainsenet :

— Tout est là, dit-il… Absolument tout…

Et, devant le front surpris de la jeune femme, il commença à lire : « *Opération Triplice Alleanza*[19]*… 1er août. 18h40. Ronce-les-Bains. Arrivée des Mainsenet en auto taxi au chalet Colibri. Cible semble très méfiante. Pendant que le chauffeur descend les malles et les sacs de voyage, elle fait plusieurs fois le tour de la propriété, inspectant avec soin les buissons et les bosquets de végétaux. Une fois le taxi parti, elle reste longtemps sur la terrasse surélevée à observer les alentours. La famille ne ressort pas après dîner…* ».

Madame Mainsenet ne put retenir sa surprise :

— Nous étions loin de nous imaginer que nous étions observés ! Je me souviens encore de cette soirée. Quel ravissement de nous retrouver soudain sous ces pins bordant l'océan, sur ce tapis d'aiguilles qui craquait sous nos pas, au milieu de ces effluves marines ! J'étais si heureuse du choix que nous avions fait : nous retirer tous les trois, loin des soucis et des obligations de notre vie habituelle. Son visage fatigué s'était ranimé, ses prunelles remises à briller.

Holmes poursuivit : « *2 août. Matinée des Mainsenet consacrée à l'approvisionnement. La famille au complet fait le tour des marchands ambulants, des baraques en bois et des charrettes qui proposent leurs produits tout le long de l'allée Gabrielle* ».

— Les monstres ! Nous filer ainsi. Et dire que je n'avais rien vu ! Mais alors rien. Je tenais notre petit Léon par la main, et je lui expliquais tout ce que je voyais sur les étals…

Elle sembla s'excuser :

---

19. La Triplice : pacte militaire entre l'empire allemand, l'empire austro-hongrois et l'Italie, conclu en 1882 et renouvelé à plusieurs reprises.

— … Nous les instituteurs, on est comme ça. On ne peut pas s'empêcher de continuer à faire la classe, même en vacances…

Sherlock Holmes passa quelques pages et reprit sa lecture : « *Ne se quittent pas d'un pouce. Après-midi à la plage. Même comportement. Sont tous dans l'eau ou sur le sable en même temps. Impression que nous aurons du mal à isoler la cible… 8 août. Surprise ce matin. Les Mainsenet en tenue de promenade quittent Colibri vers 11h30. Nous leur emboîtons le pas à distance respectable. Prennent la direction de la forêt. Marchent sur le sentier qui va au Galon d'Or. Comprenons bientôt que leur objectif est le tram forestier. Une fois parvenus à la gare, nous nous mettons prudemment à l'écart. La cible nous regarde et nous surveille d'un œil. Cet homme ne sera pas facile à abuser. Il faudra jouer fin. Déjeuner au restaurant forestier. La famille s'installe sur une grande table, nous sur une petite, en retrait. Un groupe bruyant s'annonce rapidement. Par chance, les aubergistes l'installent entre nous et les Mainsenet. Ainsi, nous disparaissons de leur vue et pouvons suivre la conversation. Propos insipides…* ».

Jeanne leva les yeux ciel, indignée. Pas plus insipides que d'autres, les échanges de ce jour-là ! Le détective eut un geste qui voulait dire : je n'invente rien, c'est ce qui est écrit. Jeanne n'insista pas.

— Où en étais-je ? Ah oui… « *…Ce qui nous inquiète, c'est que les Mainsenet se sont trouvés des amis. Certes, d'après ce que nous avons compris, ils ne demeurent pas à Ronce, mais à Royan. Mais cela va compliquer notre tache, parce que dès qu'on a des relations,* *on parle, on se confie, et on se donne des rendez-vous. Surtout que dans le lot, nous avons repéré deux hommes bizarres.* (Jeanne sourit au « bizarre », mais ne commenta pas. Holmes passa vite). *Des étrangers à l'évidence. Seraient-ils eux aussi intéressés ? Si c'est le cas, il va falloir accélérer les opérations…* ».

L'Anglais tourna un nouveau feuillet : « *9 août. De la plage, toujours de la plage. Ces gens sont des enragés des bains de mer. Et quand ils ne se trempent pas dans les vagues, ils marchent. En forêt, sur le bord de mer, dans les allées de Ronce-Les-Bains. Nous sommes rompus. Heureusement, les nouvelles en provenance du commandant sont excellentes. L'histoire des bijoux de la Du Barry a pris comme un feu dans des aiguilles de pin. Les bourgeois de Royan et ces benêts de touristes ont mordu à l'hameçon sans se poser de question. Dans leur chauvinisme sans limite, ils se sont imaginé que le trésor perdu allait réapparaître, ici, sur la Côte d'Argent, comme par miracle. Même Arsène Lupin, que l'on dit si fin, serait sur le coup. D'après les renseignements de l'état-major, il serait en train de prendre des informations auprès les meilleurs joailliers de Paris et de préparer un coup pour s'approprier les diamants. Nous allons rire ! Toujours selon le chef, il y a ce militaire de la Coloniale à éloigner sous peine d'ennui, mais les choses semblent être en bonne voie. Il ne devrait pas résister longtemps aux pressions. Des photographies compromettantes vont lui faire retrouver la raison.*

Jeanne soupira :

— C'est bien compliqué tout ça ! Et dire que mon pauvre Eugène est au milieu de tout ce micmac !

— Si je peux me permettre, il n'est pas seulement au milieu, il en est la cause. Toutes les manœuvres qui ont été montées, notamment celle des bijoux, n'avaient qu'un but : détourner les attentions de l'enlèvement de votre mari et de son secret. D'un côté on occupait la foule et les journaux avec du sensationnel – les cœurs entrelacés de la Du Barry –, et de l'autre on se livrait à une sale besogne pour le compte d'une ou plusieurs puissances étrangères.

— Nous on ne demandait rien, si ce n'est de permettre à Léon de soigner sa fragilité pulmonaire…

— C'était encore trop pour les ennemis de votre pays. Je continue… « *13 août. Les étrangers qui tournent autour des Mainsenet ont été identifiés. Il s'agit du célèbre détective anglais Sherlock Holmes* (Holmes se rengorgea imperceptiblement) *et de son inévitable comparse le docteur Watson. Est-ce le hasard qui les a amenés à Royan, ou sont-ils en service commandé par sa majesté le Roi d'Angleterre ? Le chef l'ignore. Mais il ne paraît pas trop inquiet : les deux anglais commencent à faire pièces de musée et les compétences qu'on leur prête datent terriblement…* ».

Pour la première fois depuis le début de la lecture, Jeanne Mainsenet esquissa un imperceptible sourire qu'elle eut le plus grand mal à réprimer. Sherlock Holmes accéléra son débit :

— « … *Leur heure de gloire remonte maintenant à quelques années, et l'un comme l'autre ont vieilli, se sont empâtés, et apparaissent en décalage par rapport aux évolutions de notre époque. Ils risquent de ne jouer que des rôles de figurants dans le bras de fer qui se prépare. Si la couronne britannique est dans le coup et n'a que ces armes à disposition, l'affaire devrait être enlevée par le Kaiser sans peine. Des difficultés en revanche de la part du colonel de Lettigné. Il s'accroche. C'est toujours le problème avec ces militaires français. Même acculés, même vaincus, ils ont du mal à rendre les armes. Pas d'affolement. Il suffit simplement qu'il ne reconnaisse pas Ilse avant l'enlèvement du chimiste* ».

La maîtresse d'école hocha la tête :

— L'opération était parfaitement organisée ! Et pendant ce temps-là, nous vivions innocemment, seulement préoccupés de la santé de notre garçon.

— Oui, madame Mainsenet, tout avait été planifié. Une équipe à Royan qui dirigeait la manœuvre, et un faux couple qui vous suivait pas à pas sur les lieux de votre villégiature. Aucun de vos mouvements ne pouvait échapper à ceux qui vous en voulaient. « *14 août. Le rapprochement des Mainsenet avec les Vernet se concrétise. Déjeuner en commun à la villa des seconds nommés et après-midi au gymkhana du Chay. Autant il apparaît évident que Holmes a identifié nos amis étrangers, autant nous, les Smith, déambulons dans le plus parfait anonymat. Une fois de plus, nous notons qu'Eugène Mainsenet reste collé à sa femme et à son fils. Allons-nous être obligés de les capturer tous les trois et de nous débarrasser de la mère et du rejeton ?* ».

Cri d'horreur de la mère de famille :

— Moi encore, passe ! Mais Léon ! S'en prendre à ce petit bout de chou inoffensif ! Les hommes sont fous, monsieur Holmes. Fous au-delà de ce que l'on peut imaginer.

— Je crains que vous n'ayez raison. Les mauvaises passions emportent tout. Les innocents en premier lieu. « *16 août. Le commandant hésite encore sur la date de l'enlèvement du chimiste. Le 19 août, date de la vente de charité ? Ou le 20, lorsque tous les esprits seront tournés vers le vol ? Réponse après-demain au plus tard. 17 août. Une information recueillie ce matin, à Ronce-les-Bains, devant la charrette d'un marchand de poissons, a décidé de la date de l'opération. Madame Mainsenet, qui commence à connaître les commerçants de l'allée Gabrielle, discute facilement. Elle a lâché dans la conversation que sa famille projetait une visite des grottes de Meschers, samedi 19, et que son mari s'occupait déjà de réserver un taxi pour s'y rendre…* ».

Un abattement soudain ramassa l'institutrice :

— C'est moi qui l'ai tué…

Ses traits se fermèrent, imperméables à toute aide.

— Mais non, madame Mainsenet, vous ne l'avez pas tué : comme je vous l'ai déjà dit, j'ai la certitude qu'Eugène est vivant. La réussite de l'opération ennemie l'exige. Et puis, deuxièmement, quand bien même vous n'auriez pas parlé, les espions, qui ne vous quittaient pas des yeux une seconde, auraient compris ce qui se préparait en observant les contacts et les discussions avec le taxi.

— Si vous le dites…

— « *19 août. Accompagnés de Frascoli, nous avons navigué sans encombre jusqu'aux grottes de Meschers. Frascoli a gardé la barque et mon mari et moi nous nous sommes cachés dans un trou en attendant la cible. La suite a été un jeu d'enfant. Les Mainsenet ne se dou-*

taient de rien. Comme on pouvait s'y attendre, le petit Léon s'est mis à courir dans tous les coins, et sa mère a été obligée de le serrer de près pour ne pas perdre sa trace dans le labyrinthe de pièces et de boyaux. Un peu dans la lune, le chimiste avait du mal à garder le contact. Nous avons agi dès qu'un écart de Léon a entraîné sa mère suffisamment loin de son mari. Surgissant de nulle part, j'ai barré la route au savant, et, par derrière, mon époux l'a immobilisé, à la fois en le ceinturant et en le bâillonnant. Une phrase a suffi à le faire renoncer à toute tentative de résistance : « Si tu bouges, je balance ton fils au bas de la falaise ! ».

Jeanne Mainsenet éclata en sanglots :

— Des scélérats ! Des dénaturés ! Mais où peut-on fabriquer de tels êtres ! Quelle femme peut porter des monstres semblables ?

— « … *À partir de ce moment, Mainsenet s'est laissé manœuvrer comme nous l'avons voulu. Une fois que sa femme a eu abandonné les lieux, nous l'avons descendu vers le bateau. Avant d'embarquer, il s'est un peu agité, mais finalement n'a pas essayé de fuir. Avec Frascoli, nous l'avons couché au fond du voilier et avons gagné le large. Désormais, le colis est en instance d'envoi. Charron l' a pris en charge. Direction les Enfers. Ou plutôt le Diable !ȚhOui, direction le Diable !* ».

Holmes ouvrit grand le carnet et le montra à Jeanne Mainsenet :

— C'est ici que les notes se terminent…

— Direction le Diable, voilà qui est encourageant ! Je suis morte de peur ! Et quand je pense à notre petit Léon, qui risque de grandir sans son papa ! Direction le Diable, vous avez une idée de ce que cela signifie, monsieur le détective ?

— Non, pas encore, j'y réfléchis…

— Je ne reverrai jamais mon cher Eugène. Un homme si bon, si doux. Si j'avais encore un doute, ce Diable vient de me l'enlever…

Des hoquets secouèrent l'institutrice.

— Madame Mainsenet ! La situation est douloureuse, j'en conviens. Mais elle n'est pas désespérée. Je ferais même un pari : vous retrouverez Eugène dès demain. Et séchez ces larmes au plus tôt. Pour le petit Léon, qui ne va pas tarder à nous rejoindre.

Effectivement. Des pas s'annoncèrent sous les fenêtres. Dès que Watson entra dans la salle à manger, Holmes l'entraîna à part dans le couloir :

— Mon cher ami, méticuleux comme vous l'êtes, je suis sûr que vous avez mis en lieu sûr ces photographies que je vous avais confiées…

— Le coup du garduche ?

— Oui, trois clichés, deux en extérieur et un en studio…

— Il y a du nouveau ?

— Maybe. Une histoire de fraise.

Watson ne comprit pas. Des fraises ? Que venaient faire des fruits dans cette enquête. Il n'insista pas :

— Je cours les chercher…

Avec la souplesse de l'ours et le poids de l'éléphant, le docteur se hissa jusqu'au premier étage. On entendit un bruit de tiroir, puis une course lourde en sens inverse. Enfin, haletant mais victorieux, Watson tendit ses trophées à son mentor :

— Here you are…

Holmes choisit tout de suite la photographie qui représentait une balancelle et un homme masqué. Tirant sa loupe de la poche intérieure de veste, il la parcourut avec une extrême attention. Lorsqu'il en eut assez vu, il déclara, péremptoire :

— Aucun doute, l'homme à la fraise, c'est lui !

Watson se sentit idiot. Pas la moindre lueur ne parvenait à son cerveau. Décidément, quel que soit le lieu ou le moment, Holmes garderait toujours une longueur d'avance sur lui. Son ami s'aperçut de son trouble. Magnanime, il le délivra :

— L'étalon qui a prêté son anatomie aux images du coup du garduche se nomme Jules Frémyet. Il loge au *Grand-Hôtel*, au quatrième étage. Seulement il n'en n'a pas les moyens. Alors, tout à coup, au milieu du séjour, panique ! Il lui faut de l'argent frais, et vite. Alors tout poète qu'il soit, il est prêt à tout pour rester dans la bonne ville de Royan. Même à déserter la compagnie des muses hiératiques du post-symbolisme pour celles, plus en chair et plus rémunératrices, de la photographie érotique… Et quand de bonnes âmes lui proposent de poser contre une substantielle rémunération, il accepte sans hésiter un seul instant.

— Vous en êtes certain, Holmes ? Un poète et cette ignominie ?

— Aucun doute ! Je ferai ici appel à votre science médicale, mon ami. La partie inférieure de l'angiome que nous qualifions de *Strawberry hemangioma*, que les Français de leur côté appellent une fraise, et que porte l'acteur de la photographie, correspond exactement à celle que j'ai vue de mes yeux chez le sieur Frémyet : une tache suivie d'une queue de comète.

Watson n'en revenait pas.

— Et qui aura payé le surprenant étalon ?

— Les Bradpick, qui cherchaient un figurant pour leurs photomontages, et un figurant qui ne pourrait parler sans se déconsidérer.

— Ce sont donc eux qui l'ont mis en relation avec l'un des photographes que j'ai filés sur le front de mer ?

— J'en mettrais ma main à couper !

— Et lequel à votre avis ?

— Je l'ignore et maintenant cela n'a plus aucune importance. Laissons à Chavençon le soin de régler les détails ! Mon enquête à moi est bouclée. Les coupables sont identifiés, la victime connue, le mobile mis au jour. Il ne reste plus qu'à libérer Eugène Mainsenet et nos vacances pourront reprendre leur cours.

— Libérer Mainsenet ? Mais vous savez où il se trouve ?

— Oui, dans les griffes du Diable…

44
Extrait numéro 6 du journal de Watson

Carpe Diem. Lundi 21 août. 23h30.

Quelque chose m'échappe…

Au moment de me mettre au lit (seul, Harriett m'ayant fait savoir qu'elle ne souhaitait pas partager mes rêves !!!), une évidence me tombe dessus : la relation d'Harriett et de Holmes a grandement évolué depuis le début de notre séjour.

Les premiers temps, en gros depuis notre départ jusqu'à la mi-août, je les voyais vivre l'un à côté de l'autre avec autant de plaisir qu'un chat et un chien contraints de cohabiter. Mine sombre pour Holmes et griffes prêtes à lacérer chez ma chère compagne. Mon vieil ami tournait le dos à la moindre provocation mais n'en pensait pas moins, et ma suffragette, elle, se faisait un malin plaisir à glisser sarcasmes et provocations derrière ses mots. Bref, un climat de guérilla permanent que je surveillais afin de le calmer, désireux de conserver à Carpe Diem un semblant de bonne humeur que nous devions bien à nos hôtes.

Et puis tout à coup, je m'aperçois que nous sommes désormais à mille lieux de ces chausse-trappes, de ces crocs en jambes. Voilà nos ennemis qui se parlent, se cherchent même, et semblent se confier de petites choses auxquelles le reste de la maisonnée n'a pas droit. Étrange, non, ces messes basses ! Pourquoi deux caractères aussi différents se seraient-ils rapprochés ? Je ne vois pas. Que s'est-il passé depuis quelques jours pour que la panthère et le monstre froid qu'est Holmes se mettent à s'apprécier ? Rien en tout cas dont j'ai été témoin. Holmes est pris entièrement par son enquête et Harriett passe le plus clair de son temps avec Madeleine et Modeste-Radegonde. Beaucoup aussi avec Jeanne Mainsenet depuis dimanche. Non, j'ai beau tourner et retourner la question dans ma cervelle, je n'explique pas la nouvelle situation. Je pourrais m'en ouvrir à Holmes, mais je ne le ferai pas. Il a en horreur tout ce qui concerne les relations humaines. Il s'en sortirait par une boutade ou une pirouette qui me laisseraient sur ma faim. Quant à Harriett, si j'essayais de lui en toucher deux mots, elle en profiterait pour me tourmenter, voire m'humilier. Je la connais assez maintenant pour savoir comment elle fonctionne. Je me tairai donc.

Minuit s'annonce. Il faut te coucher, James Watson. Les dernières paroles de Holmes nous laissent à penser que demain sera fort occupé. Reprends des forces, mon ami ! À ton âge, elles ne sont pas infinies.

LE PONT DU DIABLE

45

Mardi 22 août. 8h30.

L'onde rouge coulait en un large flot et se répandait en multiples branches. L'une devenait orange, puis jaune, avant de s'éclaircir au point de ressembler à la lumière du soleil. Une autre, étrange, se transformait en une chute de petits cubes qui tintaient en tombant sur un sol transparent, imitant le bruit de joyeuses clochettes. La troisième, ourlée de boucles chatoyantes, dansait au son de la musique langoureuse d'un violon, déployant sans fin ses déliés sur l'inconscient de Holmes.

Tout à coup, la chute des petits cubes s'accéléra et les joyeuses clochettes se firent plus pressantes. Le détective changea de position et ramena le drap sur ses oreilles. Mais que ne le laissait-on dormir ! Pour une fois qu'il avait réussi à trouver le sommeil ! Un éclair de lucidité lui rappela que sa seringue et la solution à 7 % dont il ne se départait jamais avaient tout de même grandement aidé à lancer sa nuit. Concentrant son attention sur les formes exubérantes qui se dépliaient dans son paysage mental, il commença à replonger dans ses rêveries. Mais les clochettes en avaient décidé autrement. Elles se rassemblèrent en un seul gros bourdon, du style de celui qui équipe Big Ben, bourdon qui se mit à cogner douloureusement. Holmes se boucha les oreilles, jusqu'au moment où une voix puissante et affolée déchira les brouillards de son assoupissement :

— Sherlock, Sherlock, levez-vous ! On vous réclame de toute urgence !

L'Anglais reconnut le timbre viril de Modeste-Radegonde qui s'époumonait en bas des escaliers. D'un bond il sauta hors du lit, enfila une chemise et un pantalon et s'aventura sur le palier :

— Que se passe-t-il, cousine ?

— Un monsieur de Courciroux, qui prétend vous connaître, vous réclame avec insistance…

Nob ! À cette heure ! Ici ! Des événements gravissimes devaient agiter le *Grand-Hôtel*.

— J'arrive, faites-le patienter…

Holmes réintégra sa chambre, se rendit présentable, s'équipa à tout hasard du revolver Lefaucheux à broche, calibre 7 mm, acheté à Royan la veille de son entrée en fonction au palace de Périer – les rats d'hôtel ne sont pas tous peureux et seule une artillerie convenable les désarçonne – et dégringola les marches. Noyé sous le flot des paroles de Modeste-Radegonde qui expliquait, gestes à l'appui, la chance que son mari – l'un des avocats les plus réputés du barreau de Poitiers – avait eu de se voir louer cette merveilleuse demeure, Nob patientait vaillamment. La situation devait être sérieuse ! Holmes le sauva sans tarder :

— Tiens, Courciroux, quel bon vent vous amène ?

Dans le même temps, il se tourna vers Modeste-Radegonde, enveloppée dans les plis de sa robe de chambre comme Salomé dans ses sept voiles, et entreprit de s'en débarrasser élégamment :

— Merci Modeste, et toutes mes excuses de vous avoir imposé un lever aussi brutal. Ne vous donnez pas la peine de nous faire la conversation, rejoignez Horace qui vous attend. And thanks once again…

Et il la poussa vers le vestibule. Dès qu'il fut en tête à tête avec Nob, il lui demanda :

— Alors, que signifie cette irruption aux aurores ?

— Les Bradpick ont disparu ! Wedelganz et les Frascoli aussi !

Sherlock Holmes ne parut pas surpris :

— Il fallait bien que cela arrive…

— Ils ne sont pas rentrés du casino municipal hier soir. On donnait *Don Quichotte* de Massenet. Ils ont été aperçus quittant la grande salle après le spectacle, puis, pschtt… Envolés les oiseaux…

— D'où tenez-vous ces informations ?

— De monsieur Périer, c'est lui qui m'a chargé de vous prévenir et de vous ramener au *Grand-Hôtel.*

— Périer ? Mais de quoi se mêle-t-il ! Je croyais que son rôle était terminé, maintenant que l'histoire des bijoux s'était dégonflée !

Nob ouvrit les bras pour signifier qu'il n'avait pas d'explication à fournir. Puis, après un temps d'hésitation :

— Nous ramassons Lupin en chemin.

Sherlock Holmes ne commenta pas. Il réfléchit un instant, certainement pour vérifier qu'il n'oubliait rien d'essentiel à sa mission, puis montra l'entrée de *Carpe Diem* :

— Je vous suis.

Lorsque les deux hommes atteignirent le portillon de la villa, le détective déclara :

— Le plus simple est d'emprunter le tram.

Et il se dirigea vers l'arrêt, à une cinquantaine de mètres.

— Minute !

Nob venait de se mettre en travers de la route du détective :

— … Je vous ai dit que nous prenions Lupin…

Et le nain s'immobilisa devant la clôture de la villa la plus proche de *Carpe Diem*, dont il tira la sonnette, au grand étonnement de Holmes :

— Ne me dites pas que ce gredin occupe cette maison !

— J'en ai bien peur !

— Je n'y crois pas. Si Modeste-Radegonde savait ! Ah c'est lui qui empêche tout le quartier de dormir avec les musiques frivoles de son Pathéphone !

Rageur, Holmes se mit à murmurer, lèvres serrées :

Toc, toc, toc, c'est l'amour
Qui leur a dit bonjour...

Au même moment, les volets de *L'Ermitage* (ainsi se nommait la location du gentleman-cambrioleur) s'ouvrirent et un Lupin rasé de frais, parfumé et habillé de toile claire surgit, goguenard :

— Mais je ne rêve pas ! C'est Sherlock Holmes en personne qui vient me tirer du lit ! Quel honneur !

Holmes bougonna :

— Nous nous congratulerons plus tard, Lupin, les événements s'emballent. On nous réclame de toute urgence au *Grand-Hôtel.* Les Bradpick et leurs complices ont pris la poudre d'escampette.

— Dans ce cas...

Arsène Lupin ferma la fenêtre et réapparut immédiatement à la porte d'entrée. En trois pas il fut auprès de Holmes et de Nob. Le brinquebalement du tram se fit entendre au coin de la rue et sa carrosserie pointa son nez. Le détective stoppa Lupin dans son élan :

— Choisissez un wagon tranquille, j'ai à vous parler.

— Votre conversation est toujours un plaisir... Je suppose que nos échanges tourneront encore autour des Bradpick...

— Not at all ! C'est de musique que je veux vous entretenir.

— J'ai oui dire que vous en pinciez pour le violon.

— Et vous pour le Pathéphone et ses disques 90 tours. À des heures où les braves gens – les avocats et les quincaillières spécialement – tentent de prendre un peu de repos…

Les trois hommes s'installèrent dans un wagon vide et, sans attendre, Holmes expliqua à Lupin sa conception du bon voisinage, les soirs d'été, après 22 heures. Lupin écoutait à peine, les yeux flottant sur les échappées du paysage que le soleil, encore bas, inondait de vagues de lumière, ou sur les somptueuses constructions, cottages ou chalets, que la ligne de tram longeait.

— Et puis d'abord, comment se fait-il que vous soyez venu loger juste à côté de mes cousins ? Vous comptiez m'espionner ? Cela ressemblerait bien à vos manières !

Lupin répondit négligemment :

— Du tout ! *L'Ermitage* était la dernière location disponible sur toute la côte.

— Ne vous moquez pas de moi !

— Vous avez ma parole !

— Nous savons tous ce que vaut la parole d'Arsène Lupin !

D'un geste de la main droite, l'aristocrate parisien fit signe qu'il abandonnait la discussion. Il n'avait pas envie de s'écharper avec son vieil ennemi. Pas en ce jour décisif. Il s'enfonça sur son siège et fit semblant de somnoler. L'échange s'arrêta donc, faute de contradicteur. Holmes se cala quant à lui sur sa banquette et entreprit de récapituler les dernières informations en sa possession. À vif à cause des restes de cocaïne qui la stimulaient encore, sa pensée se mit à fonctionner à grande vitesse. De phrases il n'était plus question. Les idées allaient trop vite. Même les mots peinaient à s'enchaîner de façon cohérente. « Casino. Don Quichotte. Applaudissements. Lumières… Cinq. Deux Bradpick, Wedelganz. Deux Frascoli… Robes de soirée. Smokings… Sortie. Et puis ? Destination ? Le diable. Quel diable ? Si à leur place… Route ? Mer ? Marées ?… Les vêtements ?… Complices ? Peu probable. Occupés Mainsenet. Alors ? Commencer mer… ».

Un cahot secoua le tram. On plongeait sur le port. Subitement, Holmes se leva :

— Je descends ici. Une petite vérification à effectuer. Je vous rejoins au *Grand-Hôtel* dans trois quarts d'heure au plus tard.

Devant les airs éberlués de Lupin et de Nob – une escapade alors que Périer requérait le détective et le gentleman de toute urgence ! –, il crut drôle d'ajouter :

— Dites à Périer de me faire préparer un café, bien fort, avec deux sucres…

Et il sauta à bas du convoi et fonça vers les quais et les voiliers qui se balançaient mollement dans le clapot du matin.

Quarante-quatre minutes plus tard, il entrait triomphalement dans le bureau du chef de réception :

— Comment vont ces messieurs par cette belle journée ?

Un café fumait sur le coin du bureau :

— … Ah, Périer, merci, je reconnais bien là votre sens de l'accueil !

Il s'empara de la tasse et porta une gorgée à ses lèvres. La petite assemblée qui l'attendait n'avait pas prononcé un mot. Ce fut le chef de réception qui prit l'initiative d'engager la discussion :

— Mes amis, l'heure est grave. Si nous ne réagissons pas immédiatement, la situation risque de nous échapper…

Holmes fut surpris. Pourquoi était-ce le chef de réception qui rassemblait les troupes ? Qui leur exposait les tenants et aboutissants de l'affaire ? Quel était son intérêt ? Craignait-il seulement pour le paiement de la note des Bradpick et consorts, donc une grivèlerie d'hôtel, ou d'autres préoccupations se cachaient-elles derrière son intervention ? Mais lesquelles ? Et puis comment se faisait-il que le commissaire de police de Royan, Michel Chavençon, ait rejoint le bureau de Périer ? Qui l'avait mandé ? Et pour quelle raison se tenait-il en retrait, lui qui représentait la loi ?

Mais Périer continuait son propos.

— … Je réfléchis depuis que nous avons constaté la disparition de ces clients, enfin de toute la bande. Ma conclusion est que, vraisemblablement, les fugitifs n'ont pas quitté Royan. Si j'avais eu à organiser leur fuite, que leur aurais-je conseillé de faire à la sortie du casino municipal ?

Le patron des services de l'hôtel laissa planer un silence sur son bureau pour que chacun s'essaie à trouver une solution. Arsène Lupin avait visiblement une idée de la façon dont il aurait occupé sa nuit, mais il n'en fit pas profiter ses comparses. Chavençon ne pipa pas mot. Nob non plus. Quant à Holmes, il se contenta de tourner sa cuillère dans son café. Périer fut donc obligé de lâcher sa réponse :

— … Eh bien tout simplement de ne rien changer à leurs habitudes, c'est-à-dire de se mêler à la belle société, de s'offrir un rafraîchissement au *Café des bains* par exemple, puis de faire mine de rentrer dans leurs appartements…

Holmes ne put s'empêcher de le mettre en difficulté :

— À l'évidence ils ne vous ont pas écouté, puisqu'ils n'ont pas regagné leurs chambres d'hôtel.

— Cher monsieur Holmes, ce n'était qu'une façon de parler. Je voulais simplement dire qu'en de telles circonstances, pour passer inaperçu, la meilleure solution est de se comporter comme en temps normal.

— Je vous rejoins assez sur ce point.

— Je vois donc nos amis quittant les lumières du casino, se fondant un moment dans la cohue sur le front de mer, puis, empruntant le tram ou une automobile, et enfin filant discrètement vers une location où les attendaient leurs complices et ce pauvre Eugène Mainsenet.

Mais que vient faire Périer dans l'histoire de la disparition de Mainsenet ? s'interrogea le détective. Et comment connaît-il son nom ? Il ne l'a jamais vu, ne lui a jamais parlé. Déjà, et avec un certain brio, l'ancien marin avait repris le dé de la conversation :

— … J'imagine qu'à l'heure qu'il est, ils s'y trouvent encore, bien décidés à n'en sortir que lorsque la situation se calmera. Ce n'est qu'à ce moment-là qu'ils quitteront la ville et qu'ils convoieront Mainsenet jusqu'en Allemagne, pour lui extorquer ses inventions.

Ça, c'était fort de café, comme disent les Français. En Allemagne ! Périer était donc arrivé aux mêmes conclusions que lui, mais comment et pourquoi ? Qui avait mis le patron de l'hôtel au courant du gros secret ?

Pragmatique, rationnel et surtout Anglais, Holmes décida de repousser ces intéressantes questions pour plus tard et de se borner pour l'heure à lancer la recherche concrète d'Eugène Mainsenet.

Il avala donc une dernière gorgée de café, comme si de rien n'était, et conclut négligemment :

— Si je vous ai bien compris, il ne nous reste donc qu'à fouiller toutes les propriétés de Royan pour leur mettre la main dessus ?

— Une enquête minutieuse auprès des agences de location de résidences secondaires nous renseignera peut-être.

Sherlock Holmes fit la moue :

— Ils auraient utilisé des pseudonymes, s'ils sont bien ceux que nous pensons. De quoi retarder sérieusement les opérations.

Un agacement certain commençait à crisper Périer. À chacune de ses propositions, le détective opposait un argument, et malheureusement, cet argument tenait la route. Le chef de réception finit par lui faire remarquer :

— Puisque mes hypothèses ne vous conviennent pas, donnez-nous donc les vôtres, monsieur l'Anglais ! (Une pointe de défiance vis à vis d'Albion perçait dans le ton).

Holmes se recula d'un pas pour mieux faire face à ses quatre interlocuteurs :

— Vous voyez, Périer, jusqu'à hier soir j'aurais pu raisonner comme vous. Mais la chance m'a souri – si on peut appeler la chance le fait de saisir une opportunité. Sous la forme du carnet de voyage d'une dame de compagnie. Celui d'Eleonor Smith. Ou plutôt de celle qui se fait appeler Eleonor Smith, mais dont je sais qu'elle n'est pas plus américaine que vous et moi, car elle écrit en un français parfait. Curieux, n'est-ce pas ?

— Les agents secrets tiennent des journaux intimes maintenant ?

— Eux non, mais leurs épouses ont parfois des petites faiblesses qu'elles dissimulent dans la doublure de leur bagage. Ce n'est pas la première fois que je vois ça…

Pendant qu'il parlait, Holmes avait sorti le carnet en cuir et le promenait sous les yeux des hommes.

— … Je vais vous en épargner la lecture. Elle ne vous apprendrait pas grand-chose que vous ne sachiez déjà. Mais une information capitale termine les notes : le lieu où Mainsenet est retenu. La tension monta d'un cran. Quatre paires d'yeux fixèrent le carnet. Holmes l'ouvrit tranquillement, défila les pages jusqu'à la dernière et lut : « *Désormais, le colis est en instance d'envoi. Charron l'a pris en charge. Direction les Enfers. Ou plutôt le Diable!ҀhOui, direction le Diable !* »

À la stupeur succéda l'hilarité. Chez Lupin d'abord :

— Nous voilà bien avancés !

Puis sur les lèvres moqueuses de Périer :

— Le renseignement est en effet capital !

Pour le première fois, Chavençon émit un son :

— J'espère qu'on m'a dérangé pour une raison plus valable que cette histoire de Diable.

Mais Holmes ne s'en laissa pas conter. Voix assurée, campé solidement sur ses jambes nerveuses, il reprit sa démonstration :

— Ce matin, j'ai quitté mon escorte prématurément… (Ses yeux se posèrent successivement sur Nob et sur Lupin)… Parce que je voulais d'abord réduire le champ des possibles. Par où avaient filé Bradpick et les siens était la première question qu'il me fallait éclaircir. J'ai donc rendu visite à la capitainerie du port. Là, j'ai recueilli deux renseignements essentiels : primo, aucun bateau n'avait accosté ni quitté le port après 22 heures ; secundo, hier soir la mer était au plus bas à 23h03, ce qui interdisait à une embarcation de venir chercher des clients par la plage, sauf à ses passagers à marcher plusieurs centaines de mètres dans le sable mouillé, les flaques, les varechs, puis de patauger dans les vagues jusqu'aux genoux. Le tout dans la nuit noire. Difficile à imaginer. J'en ai donc conclu que la disparition de nos amis ne s'était pas faite par la mer mais par la route. Oui mais quelle route ? Pas celle de l'hôtel. Celle d'une location ? À cause du carnet et de son Diable, je n'y ai pas cru. Pourquoi ? Si Eleonor Smith avait écrit « Direction *Phoebus* ou direction *Vent du soir* », on aurait pu penser qu'il s'agissait d'une villa ou d'un cottage. Mais aucun lieu de vacances, de repos, de bonheur maritime ne porte le nom de Diable. Je vous mets au défi de fouiller vos souvenirs et de me prouver le contraire…

Quatre fronts perplexes se livrèrent à l'exercice. Aucun ne trouva. Bon perdant, Périer acta la défaite collective :

— Il semble que vous n'ayez pas tort sur ce point, Holmes. Poursuivez, je vous prie…

Le détective se redressa. Il venait de marquer un point. Sans exagérer son avantage, il enchaîna :

— Convenons également que le mot Diable est souvent associé à des formations terrifiantes de la nature : des cascades bondissant de hauteurs stupéfiantes, des rochers dangereux, des à-pics vertigineux et mortels, des concrétions de pierre aux formes étranges, inquiétantes. Je me suis demandé pourquoi il n'en serait pas de même ici. Sur le port, j'ai donc interrogé plusieurs personnes. Un marin qui reprisait ses filets m'a dit spontanément qu'à sa connaissance un seul lieu dans la région portait le nom du Diable : le Pont du Diable, à côté de Saint-Palais. Une vieille a confirmé en se signant : un sale endroit, surtout par mer forte ! Le chef de la capitainerie, lui aussi, m'a renseigné : « Oui, il existe un endroit que l'on appelle le Pont du Diable. Pas le moindre pont là-bas, mais on y place une légende ancienne. C'est juste après Saint-Palais. À côté des carrelets ! ». Ma conviction a été immédiate : c'était là-bas que Mainsenet était retenu. Là-bas le point de ralliement de toute l'équipe. Et donc là-bas que ceux qui venaient d'assister au *Don*

Quichotte allaient se précipiter. Par quel moyen ? L'automobile forcément. À 11 heures du soir, je ne vois pas d'autre moyen de courir la côte. J'ai donc la certitude que si on faisait le tour des loueurs de voitures, on trouverait la trace – sous des identités d'emprunt – de nos ennemis...

Périer arbora une grimace semi-victorieuse :

— Vous ne trouvez pas que vos indices sont fragiles ? Élaborer une brillante hypothèse sur les seules réponses d'une marchande de poissons, d'un pêcheur alcoolique ou d'un employé du port est un peu court, non ? Et vous voyez ces trois hommes et ces deux femmes, en tenue de gala, queues de pie et soies froufroutantes s'envoler vers une nature austère et humide ?

— J'y ai songé. Et j'ai trouvé ! Les tenues de gala, comme vous les appelez, ont été abandonnées dans une tente de plage toute proche du casino. Je vous invite à aller les récupérer, si vous doutez de ma parole...

Chavençon avança d'un pas, et presque à contrecœur déclara :

— Je confirme les propos de monsieur Holmes concernant le Pont du Diable. Je connais personnellement les lieux. Inhospitaliers au possible. Personne n'aurait idée d'aller y chercher une présence humaine ! Mais je reviens à l'abandon des habits sous la tente. Ce fait détruit la certitude que la fuite n'a pas eu lieu par la mer. Nos fugitifs ont pu passer des tenues plus sportives, cachées là avant la soirée au casino, qui leur ont permis de gagner une barque au fond de la plage...

— Sauf que les traces sur le sable disent le contraire. Le groupe a piétiné autour de la tente, mais n'est pas allé vers l'océan.

— Les traces sur le sable… Les traces sur le sable… Un coup de vent ou une vague les effacent.

— Pas à ce niveau de la plage. La mer n'y vient pas et le vent était quasiment nul cette nuit. Et puis, ce matin, j'étais le premier à fouler le sol. Personne n'avait dérangé le tableau. Il était tel qu'il avait été laissé au milieu de la nuit.

Un silence pesant commençait à paralyser le bureau de Périer lorsque Nob intervint :

— Les Bradpick sont allés trois fois à Saint-Palais depuis leur arrivée…

Lupin :

— Et comment savez-vous cela, cher Courciroux ?

— Vous m'avez demandé d'ouvrir les oreilles, non ? Eh bien je vous ai obéi, monsieur le comte. Pour être complet, je peux ajouter qu'ils semblaient toujours préoccupés par les horaires des marées. À chaque voyage, la première question qu'ils posaient au chauffeur qui les convoyait était : « Vous êtes bien sûr d'arriver au moment où la mer sera au plus bas ? ».

Holmes, réjoui :

— Mes déductions sont confortées !

S'adressant à ses interlocuteurs :

— Il n'y a plus de temps à perdre. Il faut aller libérer Mainsenet au plus vite et mettre toute la bande hors d'état de nuire. Périer, de combien d'automobiles dispose le *Grand-Hôtel* pour assurer les trajets vers la gare ?

Périer sembla désarçonné par la question. Il ne savait pas. Nob le suppléa :

— Deux en permanence et quatre les fins de semaine.

— Heureusement que vos avez l'œil à tout, Courciroux ! le félicita le détective. Sans vous, rien ne fonctionnerait dans ce palace !

À Périer :

— Vous les réquisitionnez de toute urgence ! Dans la première voiture, vous-même, Courciroux et monsieur le commissaire. Armez-vous, il n'est pas impossible que nous nous heurtions à une résistance féroce.

Se rapprochant de Lupin :

— Un homme de son temps comme vous a forcément son certificat de conduite des véhicules automobiles?

— Évidemment, Holmes, si je veux parcourir ma campagne normande bien-aimée, je n'ai pas le choix. Et puis j'aime trop la vitesse et ses sensations fortes pour me priver du plaisir de conduire !

— Parfait ! Vous me rejoindrez à *Carpe Diem*…

Sans changer de volume, la voix du détective londonien se chargea d'une ironie subtile :

— … Je ne vous indique pas le chemin…

— Inutile, en effet !

— Nous y prendrons mon cher Watson et mon petit-cousin Narcisse Vernet.

L'information n'entraînant pas une adhésion enthousiaste de Périer, Sherlock Holmes ajouta :

— James Watson a ma confiance. Une confiance absolue. Il m'a toujours assisté dans les opérations difficiles. Il s'y révèle d'un grand secours ; quant à mon cousin, jeune et bien bâti, il nous apportera une force physique qui pourrait nous manquer.

Protestataire, le regard de Lupin criait « parlez pour vous, Holmes, quinquagénaire amolli par les ans, mais pas pour nous autres ! », mais sa bouche demeura prudemment close.

Holmes se préparait à courir à l'arrêt du tram Decauville le plus proche, lorsqu'il jeta une dernière consigne à Chavençon :

— Je crois qu'il serait opportun que quelques-uns de vos policiers nous rejoignent au Pont du Diable. Nous aurons bien besoin de renfort pour l'assaut final.

Satisfait de lui, il quitta le bureau la tête haute, traversa le hall au pas de course, s'engouffra dans la porte tournante, et une fois sur le trottoir, aspira une large goulée d'air. Enfin une journée qui s'annonçait active ! Finie la vie de rat de bureau ! L'Entente cordiale allait en découdre avec le Kaiser. Les travaux pratiques commençaient.

46

Les deux voitures filaient bon train.

Au volant de la première, une Daimler 38 vert bouteille, Périer ouvrait la route. À sa droite, Michel Chavençon, qui espérait que les quatre policiers qu'il avait requis pour la suite de l'intervention ne traîneraient pas. Seul sur la banquette arrière dont le cuir glissait sous son pantalon, Norbert de Courciroux se balançait d'une portière à l'autre.

Holmes, Lupin, Watson et Narcisse avaient quant à eux hérité d'une Brasier M12 décapotable. Lupin en avait volontiers abandonné la conduite à Narcisse, qui, à cause des accélérations violentes dont le moteur était capable – pensez-donc, on allait flirter avec les cinquante kilomètres heure, au lieu des trente réglementaires! – avait passé des lunettes rondes prises dans un bandeau de cuir attaché derrière la tête. Sherlock Holmes, lui, avait gardé sa célèbre casquette, mais de peur de la perdre dans les turbulences, la plaquait sur sa tête de sa main droite. Derrière, Watson, une canne épée dans la main gauche, mettait toute son application à ne pas se frotter à Lupin. Opération commune ne signifiait pas promiscuité avec ce frog-eater mal élevé qui parlait tout le temps. Et en effet, depuis qu'ils avaient quitté *Carpe Diem*, le voleur chéri de ces dames se répandait en commentaires admiratifs devant les beautés des constructions «Ah mes amis, regardez-moi ce castel, quelle allure avec ses tourelles!», du paysage «Ça ne vaudra jamais Étretat, mais ça a de la gueule quand même!», ou des jeunes femmes qui couraient aux bains de mer «Il faudra que je revienne sur cette plage, elle me semble joliment fréquentée!». Holmes serrait les dents: on ne partait pas pour une partie de campagne, mais pour une opération militaire. Décidément, pensait-il, ces Français sont incorrigibles! Ils prennent tout à la légère. Pas étonnant qu'ils perdent leurs guerres. Lui, se concentrait sur ce qui l'attendait. Comment les lieux se présenteraient-ils? Quelle serait la meilleure façon de s'en approcher? De s'y déployer? À quel indice pourrait-on identifier la cachette où Mainsenet était retenu?

Après Pontaillac toute trace d'habitat disparut. La route hésita un moment entre les rochers de la côte, à gauche, et les dunes de sable qui bombaient leur échine, sur la droite. À travers des rangées d'yeuses tordues et la verticalité des pins maritimes, une mer d'un bleu profond scintillait sous les feux du soleil. Qu'il aurait été bon de stopper les moteurs et de se laisser griser par l'atmosphère embaumée ! Mais le programme prévoyait d'autres plaisirs. Bientôt, le convoi aborda les premières maisons de Saint-Palais-sur-Mer. On ralentit. D'après ce que voyait Holmes devant lui, c'était le commissaire qui était à la manœuvre. De son bras droit tendu, il indiquait les directions à suivre à Périer. On longea la plage du Bureau, puis on se dirigea vers le sentier des Pierrières. Encore quelques dizaines de mètres entre des maisons de pêcheurs et des chalets souriants et les deux automobiles stoppèrent. Périer rangea la sienne le long d'un bosquet et indiqua à Narcisse un autre emplacement à l'abri des regards, en retrait. Les passagers descendirent des véhicules et se regroupèrent. Après s'être repéré, Chavençon, sûr de lui, montra un chemin, sur la droite :

— C'est là !

Les sept hommes s'enfoncèrent sous une voûte de chênes-verts courbés par les vents marins. À plusieurs reprises, tous sauf Nob durent se plier en deux pour passer sous les branches. Ils gagnèrent vite la corniche que les rayons du soleil commençaient à chauffer. Watson s'épongeait déjà le front et brassait l'air avec sa canne. Lupin semblait toujours aussi frais. On eût juré qu'il sortait de son tub. Des bruits métalliques accompagnaient Narcisse dans son déplacement : la lampe-tempête qu'il avait soustraite à ses parents cognait épisodiquement contre les pinces coupantes qu'il tenait dans la même main. Et puis soudain, au détour d'une paroi de la roche, apparut une petite péninsule, détachée de la côte. Le commissaire fit la présentation :

— Les rochers du Pont du Diable…

Découpée par l'érosion des vagues, cette avancée portait deux sortes de moustiques aux longues pattes, perchés au-dessus de l'océan dans lequel ils semblaient se désaltérer. Des carrelets de pêcheurs. Les lieux étaient vides. Nulle trace de vie n'animait le paysage. Holmes avait dû se tromper. Ce n'était pas dans ce désert que Mainsenet était emprisonné. Pendant que les yeux de ses comparses cherchaient vainement une silhouette humaine, Chavençon murmura :

— Le nom de Pont du Diable vient d'une légende selon laquelle un pauvre pêcheur, surpris de nuit par une tempête imprévue, vit sa barque se briser sur des récifs. Près de se noyer, il invoqua tous les saints du ciel. Mais, lorsqu'un éclair encore plus terrible que les autres déchira les ténèbres, c'est le Diable qui apparut. « Je te sauverai, lui dit Satan, si tu consens à m'appartenir ! ». Terrorisé, le pêcheur accepta. « Je vais calmer les vents, lui promit le Diable, et tu pourras regagner la terre ferme grâce à l'arche de pierre que je vais construire sous tes pieds ». Et effectivement, du sol monta un pont salvateur, celui que nous trouvons devant nous, et qui a gardé le nom de la légende…

Aucun commentaire ne vint relancer la conversation. Le policier poursuivit, comme pour lui-même :

… Et devant, le gros rocher en forme de cube s'appelle la Roche aux Moines…

La précision topographique n'eut pas davantage de succès. Les lèvres restaient serrées. C'est alors que

Narcisse pointa le doigt vers la partie inférieure du Pont du Diable, où flaques et petits rochers recouverts d'algues voisinaient :

— Là-bas ! Des formes noires. Qui bougent. Entre le pont et la Roche aux Moines…

Toute la troupe s'écrasa derrière les chênes-verts et écarquilla les yeux. Narcisse avait vu juste. De temps à autre, des ombres semblaient se glisser entre les masses de calcaire, se courbaient puis disparaissaient. Watson tenta une interprétation :

— Gigantic magpies…

Des pies géantes ! Et pourquoi pas des pingouins volants, songèrent ses voisins, qui demeurèrent muets par politesse. Fente oculaire rétrécie au maximum, Holmes, tel un chat en pleine lumière, tentait d'identifier les figures qui apparaissaient et disparaissaient. En vain, ses yeux de quasi-sexagénaire n'avaient plus l'acuité de ceux de Narcisse. Il s'en agaça et déversa son humeur sur Périer :

— Un ancien marin comme vous a sûrement une longue-vue sur lui ?

Le chef de réception secoua la tête négativement :

— Dans la précipitation de notre départ, je n'ai emporté que le minimum : une arme, ainsi que vous me l'avez conseillé.

Et toc ! Retour à l'envoyeur ! Le détective changea de sujet :

— Je ne vois qu'une solution : envoyer un éclaireur pour savoir de quoi il retourne. Et un éclaireur aussi agile que discret.

En disant ceci, il balayait déjà ses camarades du regard et son esprit lui dictait les réponses : Watson, non, trop gros et pas assez habile, il est capable de se flanquer par terre en glissant sur du goémon ; Chavençon, non plus, trop d'embonpoint, un vrai hippopotame, on le devinera à cinquante mètres ; Lupin, certainement pas, je ne veux pas le quitter d'une semelle, et s'il réussissait, il en tirerait toute la gloire ; Nob. Mais bien sûr, voilà le candidat idéal : petit, malin comme un singe. Impossible de le distinguer parmi les rochers. Et souple et agile, sa fuite à travers le vasistas du casino nous l'a démontré. Avant qu'un autre nom ne soit proposé, Holmes suggéra :

— Je pense que notre ami Courciroux est le mieux à même de remplir cette mission. Acrobate comme il sait se montrer – clin d'œil à Lupin pour lui rappeler le vol des bijoux – il nous ramènera les renseignements dans le quart d'heure.

Nul ne protesta. Flatté de la confiance de Holmes, Nob quitta tout de suite le couvert de végétation qui longeait la côte. Il commença par progresser à l'abri d'une arête rocheuse, puis, aussi leste qu'un félin, se coula dans les accidents du terrain. Parfois on l'apercevait, plaqué au sol, rampant vers la Roche aux Moines. Parfois on le retrouvait au sommet d'une concrétion étrange, cherchant à localiser les fameuses formes noires. Enfin, il s'évapora pour de bon. Il avait certainement repéré les « pies géantes ». On attendit en silence. Bientôt, dans le paysage idyllique qui s'offrait à l'admiration des visiteurs, une poulie se mit à grincer. Un vent de mer s'était levé. Tout de suite après, d'autres crissements se firent entendre. Des bruits de manivelles, de cordes et de pilotis. C'étaient les carrelets qui gémissaient de toutes leurs armatures, tels de grands squelettes tourmentés par une agitation douloureuse. Holmes y vit un présage : derrière la beauté du site se cachaient des monstruosités. Celles de la bande des Bradpick. Il fallait les démasquer et les faire cesser au plus vite. Son esprit se perdait dans des plans d'actions complexes lorsqu'une petite boule rebondit entre les rochers et fonça vers les yeuses : Nob ! Essoufflé par sa gymnastique en milieu minéral, il vint se planter devant Holmes, redressa ses quatre-vingt-neuf centimètres et lâcha les premiers éléments de ses constatations :

— Je les ai vues. Et approchées. Elle faisaient mine de pécher les crabes et les étrilles avec des crochets…

Il reprit sa respiration :

— … Deux femmes vêtues de robes et fichus noirs…

Les pies géantes de Watson avaient vécu ! Elles produisirent quelques derniers sourires sur les lèvres des membres de l'équipée. Holmes s'impatientait. On se moquait des détails. Qui étaient ces femmes ? Nob les avait-il identifiées ? Voilà ce qui importait. Il intervint brutalement :

— Nous les connaissons ?

Courciroux se fit prier :

— Moi, oui, en tout cas. Je les rencontrais presque chaque jour au *Grand-Hôtel*…

Holmes se pencha et le prit par la manche :

— Dépêchez-vous, Courciroux, la vie de Mainsenet est en jeu ! Nous jouerons aux devinettes plus tard !

— Eleonor Smith et Julietta Frascoli…

Le détective anglais se redressa comme un ressort :

— Mes pronostics se confirment…

Il se tourna à nouveau vers Nob :

— Vous ont-elles aperçu ?

— Non, je suis resté à l'abri de la Roche aux Moines. J'ai pu les observer tout à loisir pendant qu'elles arpentaient le sable mouillé…

— Avez-vous décelé des traces de présence du reste de la bande ?

— Rien de rien. Aucun ne s'est montré et je n'ai repéré ni abri ni cachette où ils auraient pu se dissimuler. Mais au comportement des deux femmes, j'ai compris qu'elles montaient la garde sur le site.

Périer intervint :

— Et qu'est-ce qui vous amène à cette conclusion ?

— Elles ne cessaient de se retourner, de scruter les rochers autour d'elles, comme si elles craignaient des irruptions dérangeantes, elles sursautaient au moindre bruit des carrelets. Et puis, surtout, elles ne pêchaient pas : leurs paniers étaient vides et elles faisaient semblant de grattouiller sous les pierres.

— Très bien, Courciroux, mission réussie, toutes mes félicitations !

Sherlock Holmes conclut la première phase de l'opération.

— Maintenant il nous faut passer à l'action. Et pour ce faire, nous devons commencer par éliminer les deux vigies.

Lupin :

— Éliminer, vous y allez fort !

— Les rendre inoffensives, mon ami. Il n'est pas question d'attenter à leur vie. Je verrais bien deux hommes solidement bâtis se muer en promeneurs du dimanche, bavarder en marchant jusqu'au pied des carrelets, et se jeter sur les deux femmes lorsqu'ils arriveraient à leur hauteur.

Watson fit un pas en avant :

— Je suis votre homme, Holmes.

Le docteur s'était reconnu dans la description de l'« homme solidement bâti » que son ami venait de faire. Il était certainement le seul. Diplomate, Holmes retoqua sa candidature avec élégance :

— Merci, cher Watson, mais pour le moment j'aurais besoin de vous à mes côtés. (Il ne précisa pas plus sa pensée). Narcisse, veux-tu tenter le coup ? Vigoureux comme tu es, tu n'auras aucune difficulté à maîtriser l'une de ces furies !

Le fils Vernet bomba ostensiblement le torse :

— Vous me demanderiez de ceinturer le Diable lui-même que j'y courrais sur le champ !

— Je savais que je pouvais compter sur ton concours. Merci mon petit-cousin !

Holmes pivota d'un quart de tour et son regard alla chercher Chavençon :

— Nous ne pouvons pas nous passer du concours de la loi dans des interpellations de cet ordre, n'est-ce pas commissaire ?

Il le fixa droit dans les yeux :

— Seriez-vous partant pour diriger la mise en œuvre de notre stratégie ?

Deux lèvres se joignirent en un début de mouvement qui voulait dire oui et la tête hocha positivement.

— Très bien ! Je vous laisse aller. Et surtout soyez naturels ! Watson, seriez-vous assez aimable pour prêter votre canne à Narcisse ? Nos deux amis doivent vraiment avoir l'air de bourgeois qui font quelques pas sur la plage pour se détendre . Des cordes, il vous faut aussi des cordes, si vous voulez attacher vos gardiennes…

Narcisse montra une des poches de son veston :

— La *Grande Quincaillerie Parisienne* songe à tout, cousin ! Et je peux vous assurer de la solidité de la chose ! Tressage serré. Chanvre de manille. Les nœuds ne bougeront pas.

Sur ces paroles rassurantes, l'enfant chéri des Vernet et le commissaire bedonnant s'éloignèrent du pas tranquille des oisifs fortunés, plaisantant et riant sans retenue. Il fallait qu'Eleonor Smith et Julietta Frascoli aient le temps de les jauger et de comprendre qu'ils ne s'intéressaient qu'aux curiosités géologiques de l'endroit.

Un moment qui sembla une éternité s'écoula sans autre bruit que la rumeur lointaine de l'océan et le souffle du vent à travers les chênes-verts. Puis, soudain, une colonie de goélands prit son envol et parut injurier toute la terre.

— Il vient de se passer quelque chose. Les oiseaux ont été dérangés et effrayés. Nos compagnons ont dû agir.

Holmes exprimait le sentiment général.

— Il est temps d'aller voir, renchérit Lupin.

Les cinq hommes se mirent en marche. Nob sautait comme un cabri sur les rochers. Grimaçant, Watson essayait de masquer les difficultés de ses articulations à adapter leurs mouvements aux aspérités du parcours. Décidément, la cinquantaine était bien là ! Lupin, aérien et mondain, paraissait en revanche aussi à l'aise que si on allait l'introduire dans un salon parisien. Quant à Périer et Holmes, ils filaient, efficaces et muets.

— Ils ont réussi, cria Nob le premier, du haut d'une roche qu'il venait d'escalader ! Les femmes sont attachées au pied des carrelets !

D'un geste autoritaire, Holmes lui enjoignit de parler moins fort. Puis il allongea le pas. Lorsqu'il arriva aux côtés de Nob, il put constater que les deux éclaireurs avaient réalisé un bon travail : bâillonnées avec leurs fichus et ligotées avec les cordages de la quincaillerie Vernet – « bonne qualité n'a pas besoin de réclame » était un des axiomes de la maison –, les sentinelles ne pouvaient plus donner l'alerte. Il congratula brièvement Narcisse et demanda au policier en chef de Royan :

— Avez-vous pu en tirer quelque information ?

— Non. Elles ne parleront pas, regretta Chavençon, qui avait une habitude évidente en la matière. Ou alors il faudrait…

— Nous nous débrouillerons tout seuls, décida Holmes. Pas de temps à perdre en palabres. Il nous faut trouver Mainsenet avant la nuit. Et le libérer. Sinon…

— Sinon ?

— Sinon, il y a fort à parier que nous ne le reverrons pas. Si j'étais à la place de ses ravisseurs, je profiterais de la première nuit pour l'éloigner à jamais.

Le commissaire ayant approuvé son analyse, Sherlock Holmes s'écarta. Sous les yeux étonnés du groupe, il se mit à arpenter un grand carré, qui s'étendait des carrelets à l'ouest, de la Roche aux Moines au sud, du Pont au Diable au nord, et de la plage à l'est. Tête baissée, il marcha d'un pas mécanique pendant dix bonnes minutes, s'arrêtant parfois subitement, mettant un genou à terre pour observer quelque détail du sol, repartant, revenant, sortant sa loupe pour grossir une empreinte, reprenant sa pérégrination, se ravisant, ramassant un caillou, une pincée de sable, les scrutant longuement, les rejetant. Puis, après un instant d'intense réflexion, il se dirigea vers les prisonnières et examina leurs chaussures, des bottines de cuir noir à petits talons et à semelles cloutées. Lorsqu'il eut terminé, il rassembla les hommes :

— Messieurs, je suis en mesure de lever le premier mystère qui nous est proposé : celui du point de départ de ces dames. Car nous l'avons tous deviné, le d'où venaient-elles est essentiel pour découvrir le lieu où moisit Mainsenet.

Le détective fit signe de le suivre et, après une dizaine de mètres de marche, s'arrêta devant des traces qui imprimaient nettement le sable. Tel un professeur sur sa chaire, il se haussa sur la pointe des pieds, se balança, plongea vers le rivage, pointa les traces de l'index et interrogea l'assemblée :

— Quelqu'un peut-il me dire ce qui a marqué ainsi le sol ?

Lupin, facile et faussement révérencieux :

— Des semelles cloutées, cher maître !

— Très bien, Lupin, avec un peu d'entraînement, je pourrai faire quelque chose de vous.

L'Anglais se releva, entraîna son auditoire un peu plus loin, et recommença sa gymnastique :

— Et ici ?

Cinq paires d'yeux s'abaissèrent au sol. Périer fut le plus prompt :

— Toujours des semelles cloutées – il se mit à rire –, Monsieur Houlme…

— Bravo Périer, je n'en attendais pas moins de vous. Plus difficile, maintenant : ces deux séries d'empreintes, nées des mêmes semelles, sont-elles exactement identiques ou présentent-elles des différences ?

Un embarras immédiat saisit la troupe et la paralysa. Holmes était lancé. Il fonça :

— … Si vous aviez regardé avec attention, vous auriez pu faire le même constat que moi : celles relevées où les femmes ont été plaquées au sol sont précises et propres, dessinées avec la finesse d'une pointe de graveur ; celles qui garnissent le sol devant la muraille de rochers sont plus floues, plus grossières, et surtout, autour des clous, on note la présence de poussières blanches et jaunes, de cristaux de calcite et de grains de quartz. Les femmes ayant marché dans les flaques d'eau de mer, ce qui a eu pour effet de laver leurs semelles, de les débarrasser des incrustations minérales qui s'étaient agglutinées autour des clous, on peut sans se tromper en conclure que les empreintes les plus nettement dessinées sont les plus récentes, et les plus floues les plus anciennes. Ceux qui douteraient de la justesse de mon raisonnement pourraient aller vérifier les chaussures de mesdames Smith et Frascoli : leurs semelles sont désormais aussi nettes et lisses que si on les avait frottées sous l'eau. Ma conclusion est donc que les traces les plus grossières nous indiquent le point d'entrée de nos espionnes sur la plage.

Ce disant, il prit la tête de la colonne, et, suivant les traces qui petit à petit s'estompaient, conduisit ses acolytes vers le pied du Pont du Diable. Arrivé en contrebas, à quelques mètres sur la gauche de l'édifice naturel, côté terre, il s'immobilisa et montra une paroi rocheuse lisse, d'une belle hauteur :

— C'est de là que tout part !

Des ricanements à peine voilés secouèrent quelques gorges et une onde de scepticisme traversa les regards : ce pauvre Holmes divaguait !

47

Inspectant les pierres comme un furet en chasse, le seul qui ne semblait pas affecté par le spectacle de la muraille impénétrable était Holmes. D'abord il avait fait un examen minutieux de la base des rochers. Puis, il s'était attaqué aux fissures qui balafraient le roc de haut en bas. Désormais, il tentait d'y voir plus clair dans la disposition du sommet de l'édifice. Après s'être reculé de quelques pas, puis avoir scruté les jointures latérales, il s'était immobilisé, plongé dans une intense réflexion. Il avait découvert quelque chose. Lorsque sa religion fut faite, il revint vers le groupe et déclara :

— Il me semble qu'une zone d'ombre couronne la partie supérieure des blocs de pierre. À peine cinquante centimètres de diamètre, d'après mes calculs. Un orifice d'aération, certainement. Ou une anomalie produite par la mollesse du sol, qui se sera affaissé. Mais je ne crois pas trop à cette dernière hypothèse.

Sans émettre un mot, Chavençon se décolla de la troupe, et porta son œil de commissaire vers la zone indiquée par Holmes. Son jugement ne tarda pas :

— Monsieur Holmes a raison : les pierres sont disjointes au niveau du faîte. Et à l'évidence, il s'agit du seul endroit où l'on a une chance de voir ce qui se cache derrière cette petite falaise.

L'esprit pratique de Holmes avait déjà trouvé la solution. Le détective se tourna vers Nob :

— Nous avons la chance d'avoir parmi nous un spécialiste de l'escalade et de la traversée des vasistas, servons-nous en !

Tout le monde ne goûta pas l'ironie de la remarque, mais chacun se déclara prêt à collaborer. Watson emporta la décision quant à la manœuvre précise à mettre en place :

— Il faut un pilier solide pour supporter l'opération. Je le constituerai. Ensuite, Narcisse montera debout sur mes épaules. Ainsi, nous arriverons à portée de main de l'orifice. Ce sera alors un jeu d'enfant pour Nob de se hisser jusqu'à l'ouverture dans le rocher.

Ne se heurtant à aucune objection, le plan fut adopté séance tenante. Watson tomba la veste, rajusta ses bretelles, s'adossa à la muraille, se campa solidement sur ses jambes légèrement écartées, fit la courte-échelle à Narcisse, qui, aussi habile qu'un acrobate de cirque, gagna aisément les épaules du médecin de Sa Majesté. Lorsque les deux hommes furent bien calés, ils servirent d'escabeau à Nob. Deux minutes avaient suffi à réaliser cette pyramide humaine. Une fois au sommet, Nob grimpa jusqu'au trou noir et y engagea la tête. Il resta immobile un long moment avant d'en ressortir. Enfin, se retourna vers ses compagnons :

— Bon, on n'y voit pas grand-chose. Je vais essayer de descendre. Passez-moi une corde au cas où…

On lui balança un des rouleaux que Narcisse avait laissés sur le sol, et il s'introduisit dans l'obscurité de la faille.

Pas de nouvelles. Aucun bruit. Pas d'appel à l'aide, pas de signe de victoire non plus. Dix minutes après la disparition de Nob, la situation n'avait pas évolué. Arsène Lupin commençait à regarder Holmes avec un air de reproche qui signifiait : « Si vous avez mis mon ami Courciroux dans une situation dommageable, vous en répondrez ! ». Les autres tournaient en rond, en comptant les secondes qui s'égrenaient. Holmes tenta d'appeler Courciroux sans éveiller d'éventuelles attentions :

— Courciroux, m'entendez-vous ? Pouvons-nous vous aider ? Faites-nous un signe !

La roche demeura muette.

Alors que la résignation gagnait les rangs, une sorte de crissement se fit entendre. Un bruit de grains de sable qu'un engrenage surpuissant écrase. Holmes sursauta. La pierre avait tremblé. Il était prêt à le jurer. Au crissement succéda alors un grondement régulier : celui d'une lourde porte glissant sur un rail. Et la roche se fendit, là où une fissure courait de haut en bas. Centimètre après centimètre, le filet d'ombre de la crevasse s'élargit, jusqu'à prendre l'apparence des battants d'une porte, de la largeur des épaules d'un homme. Nob apparut alors, à la fois grave et goguenard. Avant que quiconque ait pu lui demander des explications sur le miracle de sa réapparition, il déclara d'une bouche d'aristocrate ravie de jouer avec la trivialité :

— Là, les amis, vous allez en tomber sur le cul !

Watson, qui ne saisissait pas toute la subtilité du propos du groom du *Grand-Hôtel*, réclama une aide linguistique :

— Cu ? What's that ?

L'urgence n'étant pas à la sémantique, Holmes coupa son ami de toujours :

— Je vous expliquerai…

Et il marcha résolument vers l'entrée de la grotte. Parvenu sur le seuil, il s'arrêta brusquement :

— L'un de nous doit garder l'entrée et conserver un œil sur les prisonnières. Un costaud.

Chavençon se proposa :

— Il revient à la police d'effectuer cette tâche. D'autant plus que ma taille me handicape lorsqu'il s'agit de ramper sous terre. Mais auparavant, je voudrais bien comprendre comment et pourquoi cette roche s'est ouverte.

La proposition fut acceptée à l'unanimité. Les cinq libérateurs rejoignirent Nob qui avait disparu derrière les portes de pierre. Le temps de s'habituer à l'obscurité, ils constatèrent qu'ils se trouvaient dans une salle assez haute. Les murailles, faites de roches irrégulières, portaient une sorte de dôme qui avait été travaillé par l'homme. Le sol, lui, était composé de sable. Quand chacun eut pris ses repères, Courciroux revint vers l'entrée et tendit le bras sur le côté droit :

— Tout est là ! Les ingénieurs du Kaiser ont fait un sacré boulot ! Pas sûr que nous ayons les mêmes talents dans notre pauvre pays !

Un enchevêtrement complexe de bras en acier, de roues dentelées, de câbles, de poulies, occupait la paroi. Le dispositif se terminait par un volant sur lequel pointait une tige d'acier. Devant les yeux ébahis de ses compères, Nob dit :

— Je vais vous montrer…

Se haussant sur la pointe des pieds, il parvint à attraper la tige métallique du volant et à l'actionner. Le volant tourna, et, grâce à un savant jeu de démultiplication, entraîna tout le mécanisme. En bout de chaîne, la muraille rugit sur son rail et se déplaça.

— Génial ! décréta Lupin. Voilà encore une merveille de l'industrie allemande ! J'espère qu'elle est moins efficace sur l'armement, sinon, au prochain conflit, nous serons balayés !

Périer appréciait lui aussi le travail :

— Et dire que nous n'avons rien vu ! Ils ont installé toute cette machinerie sous notre nez sans que nous ne nous en apercevions ! Très très forts, les services secrets de l'aigle germanique!

En spécialiste des métaux de quincaillerie, Narcisse faisait courir ses doigts sur l'acier :

— Inoxydable, indéformable. De la matière de premier choix ! Ils n'ont pas lésiné sur la qualité !

Tout à coup, le commissaire Chavençon se frappa le front :

— La mission scientifique ! Mais bien sûr ! Comment elle nous a possédés !

Et il expliqua qu'au printemps, il avait été sollicité pour aller contrôler les agissements d'une mission scientifique de l'université de Berlin, qui, soi-disant, travaillait sur les « phénomènes d'érosion des calcaires côtiers par les marées de l'océan Atlantique ». Il avait trouvé une équipe parfaitement en règle, mais avait été surpris par les caisses de matériel nécessaires aux observations. « Les instruments de mesure… Sehr sehr kolossal… », avait précisé le chef de la délégation. Le policier n'avait pas insisté. Si les autorités nationales avaient donné leur accord, pourquoi aller chercher plus loin !

L'aveu de Chavençon rendait les choses claires : les scientifiques du Kaiser étaient en fait des ingénieurs à la botte de ses services secrets, et leurs caisses ne renfermaient pas des tonnes de pipettes, de cornues ou d'instruments de chimie, mais des mécanismes ultra-modernes capables de transformer un mur en porte amovible.

Une certaine admiration immobilisa le commando. Côté Arsène Lupin, ce fut plutôt du persiflage que fit naître le rappel des événements :

— Tiens, on me copie outre-Rhin ! J'avais utilisé le même stratagème de la mission scientifique lorsque j'ai fait creuser l'Aiguille d'Étretat.

Sherlock Holmes, pour sa part, était déjà passé à l'étape suivante. La première partie de son hypothèse venait de se vérifier : c'était bien dans cette prison de pierre que Mainsenet croupissait. Le moment de le délivrer était arrivé. Mais, vu le génie que ses ravisseurs avaient mis à préparer son enlèvement et le lieu de sa détention, il fallait ruser. Il apparaissait évident que le chemin pour le rejoindre était truffé d'embûches. C'est en ce sens qu'il parla à ses amis :

— Messieurs, nous voilà désormais devant la partie la plus difficile de notre tâche : retrouver et rendre Eugène Mainsenet à la liberté.

Il montra le boyau qui, au fond de la grotte, s'enfonçait dans les ténèbres :

— … Une seule voie s'ouvre à nous. J'imagine que nos adversaires l'ont conçue de façon à nous retarder. Et même à nous éliminer. Dès lors, nous allons nous y engager avec prudence, mais aussi détermination. Je vous invite, comme moi, à préparer vos armes…

Joignant le geste à la parole, il sortit son pistolet Lefaucheux et l'arma. Watson sortit l'épée de sa canne. Périer brandit un Browning. Lupin enfonça les poings dans ses poches (il n'utiliserait pas une arme à feu. Il était toujours parvenu à ses fins sans tirer une seule balle). Vidant un pli intérieur de sa veste, Narcisse exhiba un couteau de boucher dont la lame lança quelques éclairs menaçants. Nob resta en arrière, les mains vides : il savait que le combat n'était pas pour lui.

Au signal de Holmes, la petite armée s'ébranla.

Une première galerie, d'une quinzaine de mètres, faisait suite à la salle de l'entrée. Étroite et basse de plafond, elle obligeait chacun à marcher les bras collés au corps et la tête baissée (sauf Nob naturellement). Arrivé à la moitié de sa longueur, Holmes crut entendre un bruit en aval. Il arrêta ses compagnons et écouta l'ombre devant lui. Rien ne vint troubler cette pause. Ni chuchotements, ni frôlements. Pas le moindre bruit. Seulement le souffle d'un courant d'air. La progression reprise, on arriva tout de suite à un coude qui s'enfonçait sur la gauche de la masse rocheuse. La colonne s'y glissa et l'emprunta sur environ vingt-cinq mètres. Avançant avec une extrême prudence, Holmes s'immobilisa lorsqu'il se trouva à son terme. Tapis derrière lui, ses camarades de combat attendirent son signal pour reprendre la marche. La circulation de l'air s'était faite plus intense et son sifflement s'était amplifié. Une rumeur de mer montait également de l'obscurité. Holmes en tira la conclusion que l'on allait déboucher sur un espace beaucoup plus large. Et effectivement, quelques pas plus loin, il tomba sur une belle cavité, éclairée par plusieurs fissures de la roche supérieure. La salle était vaste et creusée d'un puits naturel qui devait communiquer avec l'océan que l'on entendait clapoter, bien que la marée fut encore basse. Un madrier, jeté en travers du puits, permettait de le traverser sans encombre.

Holmes n'avait pas fait deux mètres dans cette nouvelle pièce qu'un sifflement partit d'un recoin de la paroi latérale gauche, en avant du puits. Immédiatement, il se revit dans le Jardin du Parc avec Périer, presque cloué au chêne derrière lui. Même sifflement, même vitesse de l'objet. Instinctivement, il se baissa. Un ah de surprise sortit de la bouche de Watson, qui le suivait de près. Trois autres couteaux fendirent l'espace et vinrent ricocher sur la voûte minérale. Puis deux coups de feu venant de l'arrière du groupe claquèrent et une silhouette s'effondra là où le sifflement avait pris naissance. C'est la voix grasse de Watson qui rompit le silence ayant succédé à l'escarmouche. Il s'adressait à Arsène Lupin :

— On peut dire que vous me portez la poisse ! Chaque fois que vous vous trouvez dans les parages, je me fais poignarder ! Rappelez-vous l'affaire de la lampe juive chez le Baron d'Imblevalle[20] ! Qui avait pris un couteau en pleine poitrine ? Ce pauvre Watson. La pointe de la lame à quatre millimètres du cœur ! Six semaines de lit et deux mois de convalescence ! Et voilà que ça recommence !

— Vous êtes blessé, Watson ? s'inquiéta son ami londonien, déjà rassuré par la logorrhée de son vieil associé.

— J'aurais pu l'être, si je n'avais serré contre moi votre canne, et si le couteau n'était venu s'écraser sur son pommeau ! On peut dire que je l'ai à nouveau échappé belle…

Dans le même temps, il se baissa, ramassa le couteau et le tendit à Holmes. Manche noir. Lame effilée. Exactement le même type que celui du Jardin du Parc.

20. Personnage de *La Lampe juive*, ayant demandé à Herlock Sholmès de récupérer une lampe volée.

Surgissant de l'arrière du groupe, Browning en avant, Périer se faufila jusqu'aux Anglais :

— Il y a plus urgent que d'écouter les mémoires du guerre du docteur Watson.

Et sans demander son reste, il se précipita vers le corps allongé qui geignait dans l'ombre de la paroi. Il le prit sans ménagement par le col et la ramena à la hauteur de la troupe. Un rayon de lumière éclaira les traits du lanceur de couteaux : Frascoli ! Il ne portait plus les grosses moustaches du Jardin du Parc. Des yeux couleur charbon étincelaient sous des sourcils épais et au-dessus d'un nez fort et volontaire. Sa main droite et sa cheville gauche pissaient le sang. Des jurons italiens fusaient de sa bouche :

— Figlio di puttana ! Vaffanculo ! Coglione ! Minchione[21] !

Point n'était besoin de traducteur pour comprendre qu'il ne souhait pas la bienvenue à Holmes et à ses accompagnateurs et qu'à la première occasion il se vengerait de ses blessures. Faisant fi de ses jérémiades et de ses insultes, Périer lui colla le canon de son Browning sous le menton :

— Maintenant, tu vas nous conduire jusqu'à Mainsenet ! Et gentiment !

Le sujet de Victor-Emmanuel III, et vraisemblablement agent secret de son président du Conseil Giolitti, se laissa glisser au sol en montrant son bas de pantalon sanguinolent et expliqua qu'il ne pouvait marcher. Puis il désigna le madrier qui traversait le

21. Fils de p… ! Va te faire f… ! Couillon ! Imbécile !

puits, d'un geste qui parlait tout seul : – Pas difficile, le chemin est par-là !

Périer ne partageait pas la même vision de la situation. Il cramponna Frascoli par sa veste et le remit sur pied :

— Tu vas nous précéder…

Il lui plaqua le revolver dans les côtes :

— … Et à la moindre tentative de fuite, je t'abats. Compris ?

Un vague oui agita le crâne de l'espion.

Reconstituée, l'escouade reprit sa progression. Seulement pour quelques mètres. Arrivé devant le madrier, Frascoli s'immobilisa et s'écarta légèrement, offrant la voie à ses suivants. Périer lui enfonça son arme dans le gras du dos :

— J'ai dit : toi d'abord ! Et vite. Ma patience a des limites et la gâchette de mon Browning est très sensible aujourd'hui!

Et il tenta de faire avancer le Napolitain. Mais Frascoli ne bougea pas. Watson se dégagea de la masse du groupe et calma le chef de réception :

— J'ai enough pour persuader lui without too much damage…

Et il agita la lame de la canne que Holmes lui avait confiée, puis la brandit sous le regard terrifié de Frascoli. Usant d'un italien surprenant, il lui intima l'ordre de reprendre la marche :

— … Finita la commedia dell'arte ! Avanti ! Avanti !

Frascoli ne broncha pas davantage. Watson piqua alors la pointe de l'épée dans le postérieur de l'Italien :

— … La prochaine fois ce sera dans le jarret !

Frascoli se retourna vers la troupe, jura un nouvelle fois dans ses lèvres serrées et détala à toute vitesse. Il courut jusqu'au madrier et s'engagea dessus, à grandes enjambées, comme s'il avait l'intention d'y laisser un nombre minimum d'appuis. Périer leva son bras droit, visa et se prépara à tirer. Frascoli allait s'échapper s'il ne le descendait pas tout de suite. Au moment où il s'apprêtait à faire feu, un gémissement sinistre déchira le madrier. Puis on vit le bois se plier sous le poids de l'Italien. Sciée au milieu, la planche lâchait. Le fuyard essaya de se projeter vers la rive du puits mais à l'instant-même où son pied allait trouver le rocher, le madrier céda définitivement. Un craquement phénoménal mêlé aux hurlements de Frascoli emplit la grotte. Puis le bruit sourd de l'écrasement d'un corps et les claquements du bois sur la pierre ponctuèrent la chute du bandit della Sua Maestà[22]. Au fond du gouffre, une flaque rouge – sang et eau de mer mêlées – témoigna tout de suite d'une atroce vendange.

Restés figés devant l'horreur du spectacle, Holmes et ses amis regardaient Périer avec admiration et reconnaissance : lui seul avait deviné que les Bradpick avaient fait du madrier, en le sciant, un piège mortel qui précipiterait les audacieux au fond du puits. Holmes reprit ses esprits le premier :

— Merci Périer, votre perspicacité vient de nous sauver. Nous vous devons tous une fière chandelle. Pour ce qui me concerne, je saurai m'en souvenir.

22. De Sa Majesté.

Le patron de l'hôtel ne profita pas de l'avantage. Choisissant la modestie, il passa à un autre sujet. Il montra le puits qui béait devant lui :

— Et maintenant on fait comment ?

La question ne demeura pas longtemps en suspens. Une balle vint claquer sur une arête rocheuse au-dessus de la tête de Watson. Toute la troupe se laissa tomber sur le sol et se mit à ramper à reculons pour regagner l'abri du boyau d'où elle venait. Une pétarade d'enfer démarra. Les armes – il y en avait forcément plusieurs – arrosaient au hasard. Des impacts écaillaient les parois minérales de toute part. Le plancher de la salle lui-même volait en poussière. Renvoyés d'un mur à l'autre et du sol au plafond, les plombs quadrillaient l'espace comme un vol de frelons furieux. Puis, tout à coup, un cri s'éleva. Quelqu'un avait été touché. Holmes se retourna. Derrière lui, Watson et Périer secouèrent la tête de gauche à droite. Ce n'était pas dans leurs bedaines que la balle s'était logée.

— Qui a crié, demanda Holmes au milieu des détonations ?

Une à une, les voix répondirent. Celle de Lupin d'abord, enjouée et d'humeur à plaisanter :

— Tout va bien… J'espère qu'ils n'ont pas troué mon costume. Il sort à peine du tailleur !

Puis celle de Narcisse, décidée :

— Pas de mal non plus. Ils ne perdent rien pour attendre ! Si j'en agrippe un, il va le sentir passer !

Enfin, Nob ferma le ban :

— Ç'aurait bien été ma veine si le seul à écoper avait été celui qui mesure moins d'un mètre ! Mais ce n'est pas le cas. Je suis entier.

Et il en rit.

Les déflagrations avaient baissé d'intensité. Mais elles persistèrent encore quelques minutes. Puis, pour une raison que personne ne s'expliqua, elles cessèrent tout d'un coup, en même temps qu'un bruit sourd – quelque chose comme l'affaissement ou le roulement d'un corps – se faisait entendre.

Holmes leva le nez, mais fit signe à ses compagnons de ne pas bouger. Un silence inquiétant envahit alors les lieux. Une minute s'écoula. Puis une autre. L'extrémité de la cavité restait silencieuse. Un piège, certainement. Au bout de dix minutes de statu quo, Holmes recula sur les coudes jusqu'à Watson et murmura :

— Tenez-vous vraiment à votre chapeau ?

Le docteur roula de gros yeux. Qu'est-ce qui passait par la tête de son mentor ? C'était bien le lieu et le moment de s'inquiéter de son sentiment pour son canotier !

— Vous délirez, mon ami ?

— Du tout, j'en aurais besoin pour tester l'ennemi.

Watson se découvrit et tendit l'objet fièrement :

— Il vient de chez Lock[23].

Holmes remercia d'un clignement d'œil et regagna les avants-postes. Dès qu'il fut en place, il saisit le chapeau par le bord, et le lança vers le plafond en le faisant tourner sur lui même comme une soucoupe. Le

23. Chapellerie londonienne, fondée en 1676.

canotier vola dans la pénombre, décrivant une courbe parfaite. Il ne déclencha aucune réaction de la part d'éventuels tireurs. Holmes parut satisfait. Il avait sa réponse : la batterie ennemie avait décampé. Il se préparait à partager la bonne nouvelle avec ses collègues, quand le visage catastrophé de Watson s'afficha dans un rai de lumière :

— Vous avez vu ?

— Vu quoi ?

— Mon chapeau.

— Oui, et alors, personne ne lui a tiré dessus.

— Non, mais il est tombé au fond du puits.

Holmes faillit éclater de rire :

— Vous n'allez pas vous tracasser pour un assemblage de paille, mon pauvre Watson ?

— C'est Harriett qui me l'avait offert avant notre départ de Londres. Quand je vais lui dire qu'il a fini sa vie au fond d'un trou de roche, elle va me faire une de ces scènes ! Je l'entends déjà : « Voilà comment tu traites mes cadeaux ! » ; « Aucun soin, ces hommes ! Tous les mêmes ! ». Je vais dérouiller !

— Eh bien je lui dirai, moi, ce qui s'est passé réellement, et j'en prendrai la responsabilité.

— Ça ne me le rendra pas. Je l'aimais bien, mon chapeau.

Une bousculade venue de l'arrière mit fin aux échanges entre les Anglais. Périer s'imposa :

— Bon, et le puits, de quelle façon allons-nous le franchir, maintenant que la passerelle est dans l'abîme ?

Question fort pertinente. Le problème semblait insoluble. Le trou s'étendait jusqu'aux parois de la grotte, ne laissant pas de passage pour un homme, fût-il de la taille de Nob. Pas de gué latéral, donc. Et aucun morceau de bois à jeter en travers. Les seuls qui existaient attendaient de l'autre côté de la fosse. Holmes grimaça. La colonne expéditionnaire était coincée. À quelques mètres seulement de Mainsenet. Rageant ! La seule solution raisonnable était d'attendre les hommes de Chavençon, de leur expliquer la situation, de les envoyer se procurer des cordes et des madriers, et de construire un pont sommaire. Autant dire que l'opération prendrait des heures et que les Bradpick auraient tout le loisir de s'enfuir avec Mainsenet. Le moral du détective piquait dangereusement vers le bas, lorsque Lupin, avec la même aisance et la même élégance qu'il affichait lorsqu'il abordait une piste de danse, s'avança. Il observa les parois rocheuses, les aspérités, les ruissellements, puis, pas plus impressionné que ça, déclara :

— Un jeu d'enfant !

Qu'est-ce qui était un jeu d'enfant ? Pour une fois, la merveilleuse machine intellectuelle de Sherlock Holmes était prise au dépourvu. Le gentleman cambrioleur s'en amusa :

— Alors Holmes, on se demande ce que son vieil ami français a dans la tête ?

Le détective bougonna dans ses favoris sans réussir à émettre un son intelligible. Lupin se frotta les mains de plaisir :

— C'est pourtant simple. Dans ma vie passée, j'ai escaladé suffisamment de balcons, de grilles, de portails, de clôtures, couru assez de toits de Paris, failli mourir tant de fois suspendu aux gouttières des immeubles haussmanniens que je visitais, que, sur une surface lisse, d'un coup d'œil je sais trouver des appuis, des voies d'accès que personne ne décèle.

Et il se tourna vers la paroi gauche :

— Regardez bien cette muraille : elle présente des saillies, des reliefs et des creux d'une dimension telle qu'un homme agile (il se rengorgea) et habile (nouveau bombement de torse) peut s'y accrocher, et pour peu qu'il ait un bon sens de l'équilibre, y progresser.

— Vous allez vous rompre le cou, Lupin ! Ne faites pas l'enfant ! Prendre des risques maintenant ! Je crois que nous avons mieux à faire !

Holmes n'était pas emballé par le numéro d'équilibriste qui s'annonçait. Watson non plus. Il se frappa le front en répétant :

— This man is completely crazy ! Crazy !

C'était bien inutile ! Avant que le reste de la troupe ne manifeste son scepticisme, Lupin tomba la veste, retroussa ses manches de chemise, se lissa les cheveux et se planta devant la paroi. Il commença par poser ses mains sur des excroissances de pierre, introduisit la pointe de sa chaussure gauche dans un creux de la paroi, assura son équilibre, puis lentement vint poser son pied droit sur une légère arête, un peu en avant. Une fois collé au calcaire, il s'immobilisa, considéra le gouffre qui le menaçait en-dessous, afficha une grimace de dégoût – pas envie de finir écrasé sur ses éboulis ! – et adressa un sourire moqueur à la compagnie. Lorsqu'il eut bien profité de son avantage, avec la prudence et la souplesse d'un félin, il entreprit de gagner le fond de la grotte. Main après main, pied après pied, il avança, vérifiant la solidité de ses prises, testant la résistance des reliefs qu'il utilisait. Bouche bée d'anxiété, ses quatre compagnons suivaient son exercice de haute voltige, redoutant à chaque instant qu'un morceau de pierre ne se dérobe et n'emporte Lupin loin de leurs yeux. Mais le miracle se réalisa jusqu'au bout. Parvenu à un demi-mètre du bord du puits, Lupin sauta facilement sur le sol, comme s'il descendait la dernière marche du grand escalier de l'opéra Garnier ou comme s'il sautait de la plateforme d'un omnibus. Puis il brossa son habit, boutonna ses manches de chemise et triompha modestement :

— En conscience, Messieurs, j'ai connu plus difficile !

Watson n'en revenait pas :

— By Heavens, he did it ! A true spider !

Un concert d'applaudissements discrets salua la performance de « l'araignée ». On n'était pas au spectacle et le danger restait présent. Holmes, qui ne s'était pas joint aux louanges ni aux applaudissements, montra le tas de planches sur le sol :

— Vite, reconstituons un passage, Mainsenet nous attend !

Sans transition, mais c'était sa force, le Lupin mirliflore céda la place à l'homme d'action. Il empoigna un madrier et une belle planche et réussit à les jeter en travers de la fosse. Il les cala, et expérimenta leur solidité d'un pied décidé.

— Ça tiendra. Vous pouvez vous y engager en toute confiance !

Nob, le plus léger, eut l'honneur d'expérimenter la construction. Les bras tendus tel un funambule sur son fil, le regard haut, il courut presque jusqu'à son idole. Les traverses n'avaient même pas craqué.

— Vous voyez, se glorifia Lupin, un éléphant y passerait!

Un éléphant, oui, mais le doute était permis pour un Anglais gâté par les petits plats de Modeste-Radegonde. Fermant la marche, le docteur hésita, piétina, transpira, fit ployer le bois, le tortura, le condamna à grincer horriblement, mais triompha. La troupe se retrouva au complet de l'autre côté de l'obstacle.

Alors qu'elle allait se remettre en route, Narcisse pâlit:

— Là, une main…

Émergeant de l'obscurité, une main sans vie, crispée sur la crosse d'un pistolet, gisait sur le sol. Lefaucheux et Browning en avant, Holmes et Périer s'enfoncèrent dans la bouche noire qui s'ouvrait devant eux. Deux corps inertes occupaient les lieux, couchés sur la pierre. Wedelganz et Smith. Criblés de balles.

Pendant que Holmes examinait les cadavres, Périer héla ses compagnons:

— Vous pouvez venir, ils ne mordront plus.

Et chacun découvrit le spectacle inattendu. Narcisse tenta une explication:

— Puisque nous n'avons pas tiré un seul coup, ce sont forcément leurs complices qui les ont descendus. Ils les ont sacrifiés pour mieux déguerpir.

L'idée parut séduire quelques esprits, mais Holmes la démolit sans hésiter. Il approcha la lampe des visages de Smith et Wedelganz et montra les impacts des balles:

— Toutes les blessures se trouvent sur les faces antérieures, ce qui veut dire logiquement que les tirs encaissés venaient de face.

Narcisse défendit sa théorie :

— Mais ce n'est pas possible, aucun de nous n'a eu le temps d'user de son arme.

Une vague d'approbations gronda chez ses camarades.

— Tu as raison, Narcisse, mais la cause de la mort doit être recherchée ailleurs. Je suis presque certain que si un laboratoire analysait les balles qui ont perforé ces crânes, les scientifiques nous diraient que les projectiles provenaient de leurs propres revolvers.

— Vous croyez que Wedelganz et Smith se sont suicidés ?

— Non, du tout…

— Qu'ils se sont massacrés l'un l'autre à la suite d'un différend ?

— Pas davantage…

Narcisse, interdit :

— Alors ?

— Oh, c'est assez évident pour un joueur de billard.

Une perplexité agacée gagna les rangs. Holmes continua sa démonstration comme si de rien n'était :

— … La configuration des lieux a joué le rôle d'une table de billard, et par une sorte de jeu funeste à bandes multiples, les coups, mal assurés, partis des canons des armes de Smith et Wedelganz, leur sont revenus en pleine figure, après avoir ricoché à plusieurs reprises sur les parois de la grotte. C'est ce qu'on appelle le retour à l'envoyeur…

Nul n'osa contredire le maître. Il avait encore raison. Beau joueur, Lupin mit un terme à la séquence :

— Quoi qu'il en soit, ce carnage nous ouvre la route. Elle est libre désormais.

Libre, peut-être, mais pas sans danger. Un insupportable cri de terreur venait de se lever du fond des abîmes.

48

— Restez où vous êtes ou je lui brûle la cervelle !

Au fond de la cavité qui s'ouvrait devant Holmes et sa troupe, Phileas Bradpick, protégé par le corps d'Eugène Mainsenet dont il s'était fait un bouclier, lui appuyait le canon de son revolver sur la tempe. Les yeux exorbités, la bouche tordue, il semblait prêt à tout. Le chimiste, lui, geignait sans discontinuer, et pour cause. Attaché par les poignets à un anneau fixé au plafond de la grotte – c'était ce qui avait motivé son cri de terreur – il ne touchait le sol que par les pointes des pieds. Cette extension inhabituelle de son squelette, de ses muscles et de ses tendons, engendrait une douleur permanente. Et au moindre mouvement, la douleur se transformait en un atroce déchirement.

Il était évidemment hors de question de faire courir le moindre risque à Mainsenet. Holmes barra la route à l'équipe et la refoula en arrière, à l'abri de l'arme de Bradpick.

— L'heure est grave, et cette fois, c'est l'ennemi qui a les cartes en main. Réfléchissons avant de reprendre l'initiative.

La tension retomba et chacun se mit en chasse d'une solution pour sortir de l'impasse. Nob fut le plus prompt à proposer ses services :

— Je suis le plus petit, donc le plus difficile à viser. Je vais faire diversion.

Il jeta un œil vers la caverne et montra un rocher qui saillait sur le côté droit :

— Je vais courir jusqu'à l'abri du rocher là-bas, et pendant ce temps, l'un de vous va foncer sur Bradpick. Il y a fort à parier qu'il tirera dans ma direction et qu'il n'aura pas le temps de retourner son arme vers le second intervenant.

La stratégie élaborée par le groom du *Grand-Hôtel* n'emballa pas les meneurs de l'offensive :

— Et si pour toute réaction il grille la cervelle de Mainsenet ? opposa Holmes. Nous aurons échoué sur toute la ligne.

— Et s'il vous transperce de plusieurs balles, Courciroux, nous aurons perdu un ami ! déplora Lupin. Personnellement, je ne m'en consolerai jamais et je m'en ferai le reproche chaque jour de mon existence.

Périer trouva aussi à redire :

— Il n'est pas impossible non plus qu'il fasse un doublé : Nob et celui qui s'élancera ensuite. Bradpick n'est pas un amateur mais un officier, et un officier allemand. Les allemands sont de redoutables tireurs de pistolet. Et j'imagine que dans leurs casernes suréquipées, on les entraîne à longueur de journée. Non, moi je ne prendrais pas ce risque. Il nous faut trouver un autre stratagème…

La lourde masse de Watson s'agita :

— May be, we can have a discussion… Quand je aux Indes… One day… Longtemps déjà… Le Major des fusiliers pris otage par sauvages… Parler two days pour lui libre… Un peu argent… À la fin laisser partir… Très bien tout le monde… Si vous ça va je essayer…

Bien que la suggestion ne déclenchât qu'un enthousiasme limité, Watson fut autorisé à tenter une négociation. Mais celle-ci tourna court à l'instant même où elle démarra. Les premières paroles du plénipotentiaire d'occasion furent accueillies par une balle de pistolet qui fit voler éclats de pierre et poussières à hauteur de son visage. Watson se recula vivement en époussetant sa veste et en jurant :

— Sauvages Indes… Better education ! Impossible parler ! Je lancer éponge…

L'ultime chance de négociation venait d'avorter.

Un long moment passa pendant lequel le temps sembla s'arrêter. Seules les plaintes de Mainsenet brisaient parfois le silence. Grave, Holmes sollicitait sa fantastique mécanique intellectuelle pour trouver une idée, l'idée simple et géniale qui débloquerait la situation. En vain. Lupin, lui, avait l'air de se désintéresser de la pièce et de son dernier rebondissement. Et à peu de choses près son visage exprimait l'ennui de gaspiller, pour un chimiste inconnu, une aussi belle journée d'été au détriment d'un bain de mer ou d'une visite, parmi les belles mondaines, à l'hippodrome de la Grande Conche.

Soudain, des bruits de pas et de voix se firent entendre dans le dos du détachement. Par réflexe, Périer s'aplatit au sol et dégaina son revolver. Il s'agissait de ne pas se laisser prendre à revers. Il le pointa vers l'ombre du boyau qui béait derrière lui. Les raclements de souliers sur le sol persistèrent et s'amplifièrent. La confrontation semblait inévitable. Avant de s'en remettre à son Browning, Périer gueula :

— Qui va là ?

Les pas cessèrent immédiatement et trois mots traversèrent le silence des roches :

— Police, rendez-vous !

C'était Chavençon et ses hommes.

— Ici Périer, vous pouvez avancer en sécurité. Tout va bien.

Le commissaire et deux inspecteurs déboulèrent, pliés en deux et armes au poing. Une lampe-tempête balançait ses lueurs sur leurs visages et leurs vêtements. Les pantalons étaient trempés, les chaussures pleines de sable.

Chavençon raconta :

— La marée a monté. Nous avons eu beaucoup de mal à emprunter les premières galeries sous le Pont du Diable. De l'eau presque jusqu'à la taille. La tête cognant aux voûtes minérales. Lorsque nous sommes arrivés au gouffre et à sa mauvaise planche, nous avons craint le pire pour vous. En contrebas, la mer était rouge de sang. Heureusement, la lampe nous a convaincus que ce n'était pas l'un de vous qui gisait au fond du trou. Et puis, nous avons buté sur les corps de Wedelganz et d'un de ses complices. Beau travail, les amis ! Vous ne les avez pas loupés ! Des vraies passoires désormais !

Lupin crut le moment venu de faire de l'esprit :

— Tout le mérite leur revient !

Chanvençon ne releva pas. Il continua :

— Dieu merci, nous vous avons enfin trouvés. Il semble que désormais toute la situation soit sous contrôle. En surface, des renforts sont postés aux sorties connues des souterrains. Quant aux deux femmes, elles sont sous la bonne garde de mes subordonnés. Et bonne nouvelle, elles ont avoué.

Holmes était impatient de passer à dernière phase de l'opération – la libération de Mainsenet –, il ne commenta pas les informations données par Chavençon. Périer, lui, en profita pour expliquer la situation à laquelle Holmes, Lupin et lui étaient confrontés (à ses yeux Watson, Narcisse et Courciroux ne jouaient manifestement aucun rôle stratégique). Le commissaire hocha longuement le menton, se gratta le cou, se râpa la nuque et s'enferma dans un mutisme révélateur. C'était clair. Lui non plus n'avait pas de solution pour délivrer le chimiste.

La fin de l'après-midi se passa ainsi, entre inaction et silence. Le seul aspect positif de la situation était qu'on ne bougeait pas davantage du côté Bradpick. Quant aux gémissements de Mainsenet, ils s'étaient faits moins constants. On avait dû, chez les Allemands, réduire son extension ou peut-être le droguer. Restait que ce face à face ne pourrait durer longtemps. Sans avoir suivi les cours de l'École de guerre, il était facile de deviner que les Prussiens restaient en place parce que l'heure de la phase suivante n'était pas arrivée. Comme il était douteux qu'ils se lancent dans une contre-offensive, faute de troupes, c'était manifestement de la mer qu'ils attendaient leur salut. Mais comment et quand ? Là était toute la question. Puis la nuit vint, angoissante. Holmes savait qu'il faudrait agir avant l'aube, sous peine de ne jamais revoir Mainsenet. Quelque part derrière les rochers, une fuite devait s'organiser. Il n'existait pas d'autre alternative pour les ravisseurs du chimiste. Mais l'opération serait risquée. Il confia à voix basse ses certitudes à Périer qui, curieusement, était moins inquiet. Lui, trouvait que plus le temps défilait, plus les événements tournaient en défaveur de l'ennemi. Il s'en expliqua :

— Bradpick va finir par commettre une erreur. La tension psychologique est trop forte pour un homme seul. Il va se relâcher et ce sera à nous d'en profiter.

De quoi se mêle ce rat d'hôtel, sembla s'indigner secrètement Holmes ! Quelle légitimité a-t-il de parler ainsi de ce qui se passe dans la tête d'un criminel ?

Que je sache, ce n'est ni dans la marine marchande, ni dans le confort des palaces, que l'on côtoie ces sinistres personnages ! S'il y a ici une personne qui peut se targuer d'une véritable science en la matière, c'est bien Sherlock Holmes !

Les choses s'éclaircirent vers vingt-trois heures. Soudain, un grand cri troua la nuit. Et il ne sortait pas de la bouche de Mainsenet. Sans réfléchir, Sherlock Holmes bondit à l'intérieur de la caverne. Il fut immédiatement suivi par Périer, lampe dans une main et Browning dans l'autre. Si Mainsenet était toujours attaché au plafond de la grotte, Bradpick, lui gisait par terre où il se tordait de douleur, sans son revolver, et les deux mains crispées sur les organes de la génération. Holmes comprit immédiatement. Par fatigue ? Inattention ? Impatience ? On ne saurait jamais. Toujours est-il, que Bradpick avait dû se détacher légèrement de Mainsenet, et que celui-ci, jouant son va-tout, avait rassemblé ses forces pour se suspendre à ses poignets, plié les genoux et décoché une ruade digne d'un baudet du Poitou dans les parties de son geôlier. Surpris, l'Allemand avait alors poussé ce cri de douleur, était tombé sur le sol et avait lâché son revolver. Terminant le travail commencé par le chimiste, Sherlock Holmes, négligeant l'arme sur le sol, se jeta sur Bradpick, et, répugnant à faire usage de son Lefaucheux, le ceintura. Grâce à une savante parade, l'Allemand réussit à bloquer le poignet de Holmes et immobilisa le pistolet entre leurs deux corps. Maintenant, collés comme deux siamois, ils roulaient boulaient sur le sol, chacun semblant prendre à son tour l'avantage sur l'autre.

Périer et Narcisse volèrent tout de suite au secours de Holmes, mais durent renoncer à intervenir : le détective et l'agent d'outre-Rhin étaient si intimement liés que tout coup de feu aurait pu blesser celui que l'on voulait assister. De plus, la semi-obscurité qui régnait dans la salle rendait toute opération précise hasardeuse. Le chef de réception fit donc vite signe à Narcisse de commencer par détacher Mainsenet. Deux coups de pinces de la *Grande Quincaillerie Parisienne* et Eugène Mainsenet se retrouva libre. Barbe de trois jours grisant ses joues, yeux cernés par l'angoisse et le manque de sommeil, il avait piètre allure. Ses premières paroles furent pour remercier ses sauveurs et prendre des nouvelles de sa femme et de son fils. Dès qu'il fut rassuré, Périer et Chavençon le confièrent à Watson et à Courciroux. Il était temps de le rapatrier sur les lignes arrière. Lorsque la marée le permettrait, il serait retiré des enfers du Pont du Diable et une escorte le mènerait jusqu'aux siens.

Pendant ce temps, l'affrontement Holmes/Bradpick se poursuivait. Sévère empoignade qui ne voulait pas désigner de vainqueur. Plus jeune que son adversaire et charpenté comme un sapin de Bavière, Phileas Bradpick aurait dû triompher aisément. Mais Sherlock Holmes montrait encore une belle énergie. À tel point qu'il faillit prendre un avantage définitif. Se souvenant opportunément de la page 37 du manuel

Self-Defense for Gentlemen and Ladies du colonel Thomas Hoyer Monstery – qu'il avait expérimenté avec succès dans les rues de Poitiers –, et plus particulièrement du paragraphe intitulé *Use your thumbs*, il réussit à dégager ses pouces de l'étreinte de Bradpick et à les lui enfoncer de chaque côté de la trachée. Le cou germanique s'allongea. La glotte hoqueta. La respiration se bloqua. L'espion était à la merci de la Couronne britannique. Holmes aurait pu achever l'ennemi, mais outre qu'il n'était pas un assassin, ni davantage un justicier, et encore moins l'homme de main des services secrets français, une pièce du puzzle qu'il tentait de reconstituer depuis qu'il avait pris ses fonctions au *Grand-Hôtel* lui manquait encore. Il fallait que Phileas la crache. Il serra les cartilages de l'Allemand :

— Et maintenant vous allez me dire qui a tué Basile Sourisseau !

La tête de Bradpick se convulsa dans une tentative de négation. Les mains de Holmes appuyèrent encore. Un souffle de voix entrecoupé de début d'étouffement sortit des lèvres livides :

— Halt… Halt… Je vais parler…

Holmes relâcha à peine la pression. Le corps de Bradpick se détendit et la confession commença, presque inaudible :

— C'est moi qui ai étranglé Sourisseau. Je n'en avais jamais eu l'intention, mais je suis tombé sur lui au mauvais moment. Dans le couloir du quatrième étage. Devant la suite impériale. Il avait l'air complètement déboussolé. Affolé. Voulant comprendre, j'ai mis ma clef dans la serrure et je suis entré dans la suite. De la chambre montaient des cris dont la nature ne pouvait tromper. La porte était entrouverte. J'y ai passé mon visage. Le spectacle était charmant : Ilse et Frémyet au lit ! Nus tels Adam et Ève et entrelacés comme deux serpents. Voilà le tableau qui avait choqué Sourisseau entré par erreur ! Mais le pire n'était pas là. Ilse jouissait, grognait en allemand ! Si elle avait crié « Once more ! Again ! Again ! What a dick[24] ! », il n'y aurait eu que demi-mal. Mais là, je ne pouvais pas ne pas entendre : « Einmal mehr ! Noch einmal ! Was für ein Schwanz[25] ! ». J'ai réalisé immédiatement que Sourisseau allait se vanter partout de sa double découverte : miss Bradpick couchait avec le poète et était allemande. Mon sang n'a fait qu'un tour. Il fallait l'empêcher de parler, sous peine de mettre en péril – pour des broutilles, je ne suis pas jaloux – la grande mission qui nous amenait à Royan. Alors je n'ai fait ni une ni deux. Je suis revenu sur mes pas, et à l'aide du lacet que j'ai toujours sur moi, j'ai garrotté le pauvre enfant. Je n'avais pas le choix. Les intérêts de la grande Allemagne passent toujours avant mes sentiments personnels…

— Mais… Vos relations avec Ilse von Greimitz… Vous avez dit n'être pas jaloux…

— Oh, elles sont très simples. Ilse est ma maîtresse depuis que je l'ai accueillie dans mon service. Je l'ai recrutée comme agente contractuelle, choisie et dirigée par moi. Elle s'est avérée un excellent élément dont la seule faiblesse, et peut-être la force principale,

24. Une fois de plus ! Encore ! Encore ! Quelle b… !
25. Idem.…

dans ses rapports avec l'ennemi, tient au sexe. Elle n'a pas cette pudeur et cette retenue qui fait la distinction des bonnes épouses allemandes. Dont la mienne. J'avoue avoir profité de cette disposition qu'elle relie curieusement à une aventure qui lui serait advenue en France, durant sa jeunesse. Mais ma modeste personne ne lui suffit pas. Son appétit est insatiable. Alors je lui permets quelques foucades extérieures, quelques glissades provisoires. En l'espèce ce mauvais poète symboliste que j'avais utilisé pour des photographies libertines. Ilse les avait eues entre les mains et elle n'avait pas manqué d'être impressionnée par un détail anatomique du versificateur. Elle avait voulu goûter du symbole...

Holmes crispa les doigts sur le cou de l'assassin :

— J'en sais assez maintenant. Je vais vous remettre dans les mains de la police française et la justice appréciera votre comportement.

Mais au moment où le détective pensait assurer définitivement son emprise, l'officier ennemi réussit à le faire basculer sur le côté et à se dégager partiellement. Les corps roulèrent l'un sur l'autre et soudain un coup de feu claqua : le Lefaucheux de Holmes. Coincé entre les deux poitrines, les mouvements incontrôlés des combattants avaient déclenché accidentellement son mécanisme. Périer, Lupin et Narcisse, qui suivaient la lutte sans pouvoir intervenir, se figèrent. Qui avait tiré ? Qui avait reçu la balle ? Leurs yeux scrutaient la pénombre à la recherche d'un indice. Mais la masse informe des deux corps ne semblait pas vouloir se dissocier. Puis un râle indistinct monta et une ombre se redressa. C'était celle de Holmes. À moitié hagarde. Épuisée. Elle tenait le pistolet et fixait le sol, cherchant à comprendre. Bradpick, lui, geignait sur le rocher, aplati comme un crabe écrasé. Surgissant de l'arrière, Narcisse se précipita vers son cousin :

— Sherlock, vous êtes blessé ?

— Non, Narcisse, lui répondit Holmes. Je suis tout simplement, comment dire, vidé. Tel un boxeur qui aurait gagné la partie, mais avec un round de trop…

Il tâta ses poches, sortit sa loupe légendaire et la considéra avec reconnaissance :

— … C'est elle qui m'a sauvé. Dans notre corps à corps, le manche a accroché la gâchette et le coup est parti. Brave loupe ! Mon onzième doigt ! Je lui dois une fière chandelle ! La chance a voulu que le canon du Lefaucheux soit orienté vers l'abdomen de Bradpick…

Holmes revint à la réalité en prononçant le nom de son ennemi. Il fouilla l'obscurité :

— … Mais où est-il donc ?

Le corps effondré de Bradpick avait disparu ! Le Nachrichtenoffizier, au prix d'un effort surhumain, avait réussi pendant les échanges entre les deux cousins à se mettre debout et à gagner le fond de la caverne. Périer voulut s'élancer à sa poursuite. Holmes le retint :

— Dans l'état où il est, il n'ira pas loin. Il a pris une balle dans le ventre.

Mais à peine Bradpick avait-il disparu qu'un grondement de pierres ébranla les lieux. Le ciel tombait sur la tête de Holmes et de ses comparses. Ils se reculèrent vivement jusqu'à l'abri de la galerie qui se trouvait derrière eux. Un immense fracas minéral fit trembler la terre et une avalanche de rocs se déversa dans la caverne.

— La dernière trouvaille des ingénieurs allemands, j'imagine, dit Holmes. Ils avaient pensé à tout. Même à une possible défaite et corollairement à la fuite nécessaire ! D'évidence, Bradpick a mis en action une mécanique destinée à nous couper la route. Reste à espérer que Chavençon a correctement disposé ses hommes en surface ! Sinon, la belle Ilse nous échappera. Et peut-être aussi le cadavre de son chef et amant.

49

Le sous-marin U8B, de la marine impériale allemande, attendait à bonne distance de la côte. Remonté en surface tous feux éteints dès la fin du jour, il guettait l'arrivée du groupe qu'il devait récupérer. Sur son pont, derrière la rambarde caoutchoutée de la passerelle provisoire, trois officiers considéraient la France, qui étirait sa ligne sombre quelques milles devant eux. À proximité, un sous-officier et un matelot se tenaient prêts à obéir aux ordres.

Plus que les autres, le lieutenant de vaisseau Hermann von Vallet und Pföhl, commandant du sous-marin, scrutait avec curiosité la terre devant lui. Ses ancêtres y avaient vécu, un siècle et demi auparavant.

Très exactement dans la province appelée Poitou. Mais ils en étaient partis pour s'installer dans la froide Basse-Saxe. Curieux choix : en cette nuit d'été une infinie douceur régnait sur ces territoires voisins de l'océan atlantique et les parait de toutes les vertus. Mais il est vrai que les aïeux étaient luthériens et que le roi Louis XIV n'aimait pas les luthériens.

L'officier de quart Max Lichtenberg sentait, lui, la pression monter. Il avait hâte que l'opération se termine. Et que l'on revienne vite vers le Vaterland. Kiel et sa fiancée lui manquaient. Il avait au moins compris une chose, dans ce périple dont il ne maîtrisait pas tous les éléments : la vie de sous-marinier ne lui convenait pas. Dès son retour, il demanderait une affectation sur un vrai vaisseau de la marine impériale. Il étouffait dans la vie confinée de ces sous-marins qu'il voyait désormais comme des cercueils flottants. Et le travail s'y avérait trop ingrat. Certes, seconder le commandant dans le kiosque s'était révélé enivrant, mais, dans l'espace ridicule de la coque, l'humidité et les bruits ambiants, il lui avait fallu également s'occuper de l'ordinaire de l'équipage, de trente-six autres choses, jusqu'aux écritures ! Bien loin de sa vocation d'officier de marine, tout cela !

Pour ce qui concernait le marine-ingénieur Radisky, impassible, posé et pragmatique, il dressait mentalement un premier bilan de la mission en regardant lui aussi la côte. Le voyage avait été éprouvant, mais le sous-marin avait tenu. Il ne doutait pas qu'il continuerait dans la spécialité. Certes la vie dans le sous-marin était inconfortable, mais sa couchette se trouvait dans le carré des officiers, qui l'admettaient parmi eux, malgré son nom polonais et des quartiers de noblesse inexistants. Ils avaient bien compris que la bonne marche du vaisseau et leur sort final reposaient sur ses épaules. Un atout à conserver.

Seul le commandant connaissait le but réel du voyage. Et seul il savait les noms et qualités des passagers qu'il allait réceptionner. Il n'ignorait pas non plus que l'opération allait compliquer la vie en commun pendant quelques jours. Au moins le temps de rejoindre, en dehors des eaux françaises, le trois-mâts frété pour l'occasion en pseudo-charbonnier, et d'y décharger ses passagers, qui prendraient alors la direction de l'Allemagne. Avec l'arrivée des passagers, on se marcherait dessus dans l'habitacle. Heureusement, en modifiant les quarts, on parviendrait à répartir les arrivants dans les couchettes inconfortables de l'appareil. Il songeait aussi à l'unique coin toilettes, déjà dans un état désastreux. Les nouveaux venus auraient du mal à s'y abandonner. Mais il faut ce qu'il faut. Quand on aime la grande Allemagne, les efforts à consentir sont ridiculement mineurs au regard de la gloire de servir son Empereur. Avec un peu de bonne volonté, les deux jours de navigation en surface ou à faible profondeur s'écouleraient vite. Une fois dans le trois-mâts, les camarades de la Sektion III b du Grand – État-major rejoindraient l'Allemagne en meilleure condition que par le sous-marin. Comme le commandant s'y attendait, le voyage de Kiel à Royan-sur-l'Océan n'avait pas été une partie de plaisir, et le retour n'échapperait pas aux mêmes difficultés. Même en surface et avec les quatre moteurs Körting à pétrole. Mais une mission secrète comporte forcément des contraintes.

L'heure du dénouement approchait désormais. Le commandant en connaissait le scénario. Après des signaux venant de la côte, il ferait allumer à son tour une lumière en haut du kiosque. Et une barque à voile orange surgirait de la nuit pour s'amarrer à la hauteur du sous-marin. Après avoir recueilli le bon mot de passe, tous les occupants de la barque seraient hissés sur le pont, puis descendraient occuper les places qui leur avaient été préparées dans le carré des officiers. Il prendrait également en charge un passager anonyme – étranger mais d'importance – qu'il conviendrait de suivre de près. « Minute par minute » avait précisé l'amiral avant qu'il ne quitte Kiel. Recommandation inutile : vu le nombre de mètres carrés disponible dans le U8B, on ne se perdait jamais de vue.

D'après les ordres reçus, la manœuvre de récupération débuterait à 23 heures, heure française.

Hermann von Vallet und Pföhl regarda sa montre : deux minutes encore à patienter. La nuit était noire. Par acquis de conscience, il empoigna les jumelles qui pendaient sur sa poitrine et fouilla l'horizon. Aucune lumière ne trouait l'obscurité. Il les reposa et attendit. Heure H. Rien. Dix minutes plus tard : pas plus de signal lumineux. Que se passait-il ? Quel problème retenait à terre ses futurs passagers ? Avaient-ils été repérés, voire capturés ? Fallait-il espérer encore ou se préparer à déguerpir ? Il décida de rester sur place et de ne replonger qu'avant les premières lumières du jour.

Il songeait à regagner l'intérieur du U8B lorsque, tout à coup, fendant la nuit comme des éclairs annonciateurs d'orage, des clignotements apparurent au loin, sur la terre ferme. Le commandant tendit l'oreille. Pas de tonnerre. C'étaient forcément les signaux attendus. Le point lumineux se précisa. Il bougeait et avançait vers le sous-marin. Hermann von Vallet und Pföhl donna l'ordre d'allumer les feux pour guider l'embarcation qui fuyait la côte. Et de se préparer à une plongée rapide dès l'arrivée de ses voyageurs. Ondulant lourdement sur les vagues, la barque amie progressait lentement. Elle devait être surchargée. Heureusement que, d'après les renseignements, l'escadre française qui se trouvait dans le port de Royan quelques jours plus tôt, avait rejoint ses bases dans le sud. Sinon, la surveillance aurait été renforcée. Enfin, la voile orange surgit de la pénombre et livra son mystère. La barque n'avait pas tardé en raison de sa surcharge, mais simplement parce que seule une femme la manœuvrait. Au fond, le corps d'un homme gisait, maculé de sang.

— Mot de passe, Frau… Frau ??? demanda sèchement le commandant.

— Frau Ilse von Greimitz. Gott und der Kaiser. Deux fois. Il y a un homme à récupérer dans le bateau.

Avec respect. C'est le Hochnachrichtenoffizier Arminius von den Berg. Aidez-moi à m'amarrer. Merci.

Quand elle arriva sur le pont et que Herman von Vallet s'inclina devant elle, Ilse von Greimitz ne fit pas dans le détail :

— Le grand État-major et le Kaiser ne seront pas satisfaits. Nous avons échoué sur toute la ligne. Nos plans ont été déjoués. Ces cochons de Français étaient au courant. Tous les nôtres sont morts – elle se retourna brièvement vers le bateau et montra le corps sanguinolent de l'ex-Phileas Bradpick – et celui-ci ne vaut guère mieux. Partons au plus tôt. J'ai hâte de retrouver la patrie allemande et de préparer ma revanche.

ENTENTE CORDIALE OU PARTIE DE DUPES ?

50
EXTRAIT NUMÉRO 7 DU JOURNAL DE WATSON

Carpe Diem le 23 août. 22h50.

— Watson, vous m'accompagnez ! Vous vous targuez d'être mon biographe, n'est-ce pas ? Alors c'est le moment de prendre vos carnets et vos crayons Th. Je file au Grand-Hôtel. Je compte bien mettre un terme aux activités de monsieur Houlme. Mainsenet libéré, Basile Sourisseau vengé, le pauvre détective va enfin pouvoir se consacrer aux siens et profiter de ce Royan-sur-l'Océan qu'il a eu tort de négliger jusqu'à maintenant.

C'est par ces mots que mon incorrigible ami a gâché et écourté le petit-déjeuner devant lequel je venais de m'attabler. J'ai réussi à avaler un café et à glisser un morceau de la brioche que Modeste-Radegonde avait préparée et nous avons quitté Carpe Diem.

Pour une belle journée, c'était une belle journée. Le ciel s'était paré d'un bleu à rendre jalouses toutes les autres stations balnéaires du pays. Une infime brise de mer aérait suffisamment le paysage pour ne pas souffrir de la chaleur qui montait. Dodelinant avec la grâce et la lenteur d'animaux fantastiques, les pins animaient le tableau et le verdissaient agréablement. Oui, s'il n'y avait eu qu'une journée à vivre dans notre séjour, c'est celle-là qu'il aurait fallu choisir.

Nous avons sauté dans le Decauville pour économiser nos forces, car la journée promettait d'être longue. À peine installés sur une banquette tranquille, Holmes m'a raconté la fin des événements du Pont du Diable. Chargé de ramener Mainsenet, j'avais déserté les lieux bien avant lui, et, rompu par cette balade souterraine, je n'avais pu attendre son retour. Curieusement, la fuite d'Ilse von Greimitz et d'Arminius von den Berg ne le préoccupait pas. En libérant l'ingénieur-chimiste et en éclaircissant les conditions du meurtre du garçon d'étage, il estimait avoir rempli sa mission. Et puis, concernant von den Berg, il ne donnait pas cher de sa peau. La balle qui l'avait atteint avait forcément touché des organes vitaux. Le Hochnachrichtenoffizier aurait du mal à s'en tirer. Restait le cas de la belle Ilse… Holmes pensait qu'elle gar-

derait cette aventure comme un camouflet brûlant sur sa joue et qu'elle ne remettrait pas les pieds de sitôt sur le sol de France. Bon débarras!

Parvenu au palace, le premier mouvement de Sherlock Holmes a été de grimper au quatrième étage. Il devait la vérité à Élodie Pinsonneau. Il la lui a donnée, avec une délicatesse dont je ne le savais pas capable. Malgré cela, la jeune femme n'a pu retenir ses larmes. Effondrée, elle m'est même tombée dans les bras, mon complice s'étant prudemment tenu à distance. Quelle épreuve que le chagrin des humbles! Que dire à une fiancée qui ne reverra jamais son promis? Je n'ai pas trouvé. Je me suis contenté de la serrer sur mon épaule et de la laisser m'inonder de ses pleurs. Après quelques minutes d'abandon, elle s'est détachée de moi, a remercié Holmes, et a repris ses activités. La vie continuait. Sombre et douloureuse, mais elle continuait. Bouleversés, nous avons descendu lentement les quatre étages.

Une fois au rez-de-chaussée, j'ai proposé à Holmes de le laisser seul pour aller faire ses adieux à Périer.

— Pas question! a rétorqué Holmes. Un biographe ne peut ignorer le moindre détail de la vie de son sujet!

S'il avait su ce qui se préparait, il se serait certainement tu.

Nous avons donc gagné tranquillement le fond du couloir où se trouve le bureau de la direction. Holmes a cogné joyeusement sur le bois, excité par avance de l'entretien que nous allions avoir. Le médiocre monsieur Houlme tenait sa revanche : là où il avait été accueilli comme un miséreux sollicitant du travail, il revenait en héros. Presque à lui seul, il avait mis en déroute une bande d'espions étrangers. Les louanges couleraient. Une voix très grasse et impérative a atteint le couloir : « Entrez ! ». Décidés et fraternels, nous avons poussé la porte. Surprise ! Un petit homme rond et chauve, à la peau aussi gélatineuse que la chair d'une méduse, avait pris la place de Périer. Écrasé dans le fauteuil du chef de réception, il nous considérait d'un air étrange. Holmes s'est étonné de sa présence :

— Nous venions saluer monsieur Périer avant de partir… Nous serions-nous trompés de bureau ?

D'abord le bonhomme ne réagit pas, puis ses bajoues et son cou adipeux tremblèrent imperceptiblement, comme parcourus par un flux électrique indocile. Ses poumons s'emplirent d'un air difficile à retenir. Ensuite il se détourna pour cacher son trouble. Enfin, un rire énorme explosa dans sa gorge et secoua tout son corps :

— Ah elle est bien bonne celle-là ! Périer ! Mais on ne vous a pas dit ?

Manquant de s'étouffer de rire, il piqua une pastille verte Tolus dans la boîte ouverte sur son bureau et se mit à la suçoter.

Comment Périer ? Ni Holmes ni moi ne comprenions où le type voulait en venir. Et dit quoi ? Le monde semblait devenir fou. Holmes commença à s'agacer :

— Écoutez, cher monsieur, la plaisanterie a assez duré… Voulez-vous nous préciser où nous pouvons

rejoindre monsieur Périer ? Nous avons d'autres visites à rendre et l'heure tourne…

Une main boudinée se porta sur le crâne luisant de notre interlocuteur et un air embarrassé assombrit sa physionomie. Il se leva avec difficulté et vint se planter devant nous :

— Bon, si vous y tenez, je vais vous affranchir…

Avalant une grande gorgée d'oxygène sans cesser de mâchouiller sa gomme, le successeur de monsieur Gustave entama son récit :

— Tout a commencé le 10 juillet. Une date que je n'oublierai jamais. Je vaquais à mes occupations habituelles lorsqu'un télégramme de la préfecture est tombé sur mon bureau : j'étais convoqué le lendemain matin à 9 heures à La Rochelle. Monsieur Landrodie lui-même me recevrait. Je me suis donc mis immédiatement en route. Comme prévu, j'ai rencontré monsieur le préfet aux aurores. La discussion a été brève. Pour des raisons qu'il ne pouvait me dévoiler entièrement, je devais disparaître sur le champ et laisser – en apparence – la direction de l'hôtel au commissaire Péchambert.

À ce nom, inconnu, Holmes tiqua :

— Tiens, un nouveau personnage Ţhdans cette comédie surprenante ! Il faudra que vous nous le présentiez Ţh…

— Pardon, j'aurais dû préciser que vous le connaissez sous le nom de Périer. C'est un policier parisien, des fameuses brigades mobiles, la 1re exactement. Un des meilleurs du pays. Intérêt supérieur de la Nation, m'a indiqué le préfet. De grandes manœuvres de la coalition Allemagne/Autriche/Italie se préparaient et elles se dérouleraient à Royan, et, pour ma plus grande

chance, spécialement dans mon hôtel. J'ai tenté de protester : « Mais je ne peux pas tout laisser tomber comme cela, et puis il y a le personnel. Il ne connaît que moi, n'en réfère qu'à moi. ». La réponse a été cinglante : « Personne n'est indispensable, Martin – c'est mon nom – et surtout pas un chef de réception ! Vous continuerez à diriger l'établissement à distance, et pour ce qui est du personnel, nous trouverons une façon de justifier votre éloignement. ». Ah, ils en ont trouvé une explication, et une belle : j'avais piqué dans la caisse et on m'avait « viré » sur le champ. Vingt ans de labeur obscur et d'intégrité absolue et ma probité mise en cause par un mensonge officiel. Il faut avoir le cœur solide quand l'État se mêle de votre destin ! Bref, deux jours plus tard, une De Dion Bouton noire s'est rangée devant le Grand-Hôtel. Péchambert a débarqué. Le lendemain, j'avais pris le large.

Moi qui connais Holmes sur le bout des doigts j'avais remarqué qu'il s'était légèrement raidi et avait pâli. En essayant de masquer son trouble, il s'assura qu'il avait bien compris :

— Si je vous ai bien entendu, vous nous dites donc que tout ce que nous avons vécu ici – l'histoire des bijoux de la Du Barry et l'enlèvement du chimiste Mainsenet – était connu au plus haut niveau des institutions et que nous avons été pris dans un vaste théâtre dont la police française tirait les ficelles.

— Ça, cher monsieur, je me garderai bien de l'affirmer. Je ne connais pas les détails de l'histoire. Autant vous préciser que le lampiste que je suis n'a pas été tenu au courant. Tout ce que je sais, je l'ai appris par la presse comme

tout un chacun. La seule chose dont je suis sûr, c'est qu'au-dessus des acteurs qui jouaient ici à Royan, il existait bien, dans les sphères parisiennes, des têtes pensantes qui tentaient d'écrire les partitions.

En d'autres temps, Holmes aurait éclaté, se serait indigné, se serait jeté à l'assaut de cet employé d'hôtel qui décrivait sans ménagement le ridicule de la situation dans laquelle nous avions été embarqués. On s'était bien moqué de nous. Et nos vies avait été mises en danger pour défendre des intérêts qui n'étaient pas les nôtres. Eh bien non. Mon ami restait calme, souriait même en songeant aux tristes rôles que l'on nous avait dévolus en secret. Des explications lui manquant, il questionna Martin :

— Et Nob, le groom, il appartient aussi aux brigades mobiles ?

— Du tout ! Je ne sais pas exactement ce que Périer, je veux dire Péchambert, vous a dit à son sujet, mais c'est seulement par l'intermédiaire d'Arsène Lupin qu'il a été mêlé à toutes ces aventures.

Holmes joua les étonnés :

— Lupin avait quelque chose à voir avec les brigades mobiles ?

— Je me le suis laissé dire…

Mon ami de toujours s'est alors tourné vers moi :

— Watson, notez bien ceci : après l'avoir ridiculisée pendant des années, Lupin fricote désormais avec la police de ce pays. Je vous avais prévenu, il se passe des choses étonnantes sur le continent. Il nous faut courir trouver Lupin et obtenir de lui tous éclaircissements sur son rôle dans cette affaire. Ma curiosité ne peut attendre.

Martin s'est avancé brusquement :

— Avant de nous quitter… Un dénommé Frémyet, ça vous dit quelque chose ?

— Le poète du quatrième étage, oui. Spécialisé dans les muses très en chair…

— Vous ne sauriez pas où je peux le trouver ? Il vient de nous filer entre les doigts. Sans payer sa note. Il a forcément bénéficié de complicités intérieures. Lui nous a quittés par la grande porte d'entrée, tandis que ses bagages empruntaient la sortie de service.

— Non, désolé, je n'en ai aucune idée. Un conseil : recrutez un détective ! Un vrai ! Il vous retrouvera le rimailleur indélicat.

Et Holmes prit congé de Martin sans plus de formalités. Je lui emboîtai le pas et nous traversâmes le hall du Grand-Hôtel à la vitesse d'une tornade. Lorsqu'il sortit des portes tournantes, mon ami fondit sur Nob, le décolla du sol et lui déclara les yeux dans les yeux :

— Ne croyez pas que l'on se moque de Sherlock Holmes comme cela !

Je n'y comprenais plus rien.

Dehors, les trottoirs et le front de mer s'étaient animés. Une journée ordinaire de vacances commençait. Les premiers baigneurs avaient envahi la plage et les toiles de tente brillaient au soleil. Des cris et des courses d'enfants égayaient le tableau. Moi, j'en étais resté à la stupéfaction des révélations du chef de réception. Ainsi, dans cette paisible station qui semblait se livrer sans retenue aux plaisirs de l'été, tout n'était qu'apparence et mise en scène. Sous le couvert de mondanités, de spectacles, de féroces puissances se combattaient. Vous pensiez parler à un brave bourgeois en villégiature et c'était un agent secret qui vous répondait. Les plus jolies femmes cachaient de redoutables aventurières, et les vénérables vieillards auxquels l'on tenait la porte, en veillant à ce qu'ils ne se cassent pas la figure, dirigeaient en fait des officines dont le métier était d'éliminer les gêneurs. Et sans le savoir, les vrais baigneurs et baigneuses ne figuraient que les personnages d'une pièce qui les dépassait. Ah que le monde tranquille de Carpe Diem me manquait soudain ! Son authenticité ! Sa chaleur humaine ! J'en étais là de mes réflexions lorsque nos pas butèrent sur la voiture aux chèvres qui promenait déjà de premières fillettes sur ses coussins élégants. Un faux berger quinquagénaire conduisait l'attelage au pas. Je ne pus m'empêcher de le houspiller dans ma langue natale :

— Et vous, déguisé en Corydon sur le retour, pour qui travaillez-vous, brave homme ? Le tsar de toutes les Russies ou l'empereur de Chine ?

Interloqué, le type me regarda comme si le diable ou un dément venait de s'adresser à lui. Holmes me gronda amicalement :

— Allons, Watson, reprenez-vous ! Ce pauvre hère n'a rien à voir avec les révélations qui nous tombent dessus. Révélations dont nous n'avons certainement pas encore vu le bout…

Et sur ce, il m'a poussé dans le tram, pressé de rejoindre Pontaillac.

Lorsque nous avons fini par le dénicher, Arsène Lupin était confortablement installé sur la terrasse *de La Restauration, une coupe de champagne devant lui. Il affichait le visage satisfait de celui qui vient de réussir. De chaque côté des façades polychromées de l'établissement qui se dressait sur ses pilotis, la plage de Pontaillac enserrait son sable fin entre des bras de calcaire clairs. De délicats liserés d'écume venaient mourir au pied des baigneurs. Le tableau était charmant. Sur le rivage, un va-et-vient incessant agitait une foule d'enfants et de mères en jupes et corsages légers. Un concours de forts venait de débuter. Pelles et râteaux en main, les garçons et les filles creusaient, édifiaient des châteaux, levaient des donjons, moulaient des tours et des fortifications, les entouraient de fossés censés retenir les assauts prochains des vagues. Lupin paraissait enchanté du spectacle.*

Bien qu'il nous eût aperçu dès que nous eûmes posé le pied sur la passerelle de La Restauration, au milieu des ombrelles et des joueurs de lawn-tennis, il ne se dérangea pas et continua à déguster son champagne en suivant du regard les évolutions de la jeunesse sur la plage. L'abordant sèchement, Holmes ne lui laissa même pas le temps de nous saluer :

— Lupin, je ne vous fais pas mes compliments. Je vous croyais un voleur honnête, un cambrioleur à parole, un escroc sur qui on pouvait compter, et voilà que j'apprends ce matin que vous vous compromettez avec la police. Et pas n'importe laquelle. Son fleuron le plus neuf et le plus efficace : les brigades mobiles. Je ne vous décris pas ma déception…

Lupin s'offrit quelques bulles avec un mouvement de bouche apparenté à celui de la carpe venant gober à la surface de l'eau. Puis il nous regarda d'un œil narquois et ricana :

— La perfide Albion s'est tirée du lit de bon matin pour venir me faire ses reproches !

— Pas des reproches. Vous vivez la vie que vous choisissez, Lupin. Mais des éclaircissements, oui, nous sommes en droit d'en exiger, car il semble bien que vous ayez pris quelques libertés avec nous, et sans que nous soyons au courant. J'attends que vous me disiez ce que savait la police française de cette opération ennemie, et comment elle comptait s'y opposer.

Le roi des cambrioleurs se redressa, vida sa coupe et nous fit face :

— Mon cher Holmes, si vous voulez vraiment comprendre ce qui s'est passé ici à Royan, il est nécessaire que je vous inflige un retour en arrière. Vers cette côte normande que j'affectionne tant et cette ferme de Neuvillette où, il y a deux ans, j'envisageais de terminer mes jours dans l'affectueuse compagnie de Raymonde de Saint-Véran pour laquelle je venais de renoncer à tous les biens matériels de ce monde. Pour mon plus grand malheur, alors que je touchais au but, je vous ai croisé, et vous avez tué la seule femme que j'aimais.

Holmes tenta de rappeler les faits exacts :

— C'est vous que je visais...

— C'est sa vie à elle que vous avez prise...

— Je ne faisais que me venger de l'enlèvement que vous m'aviez fait subir...

— Je n'avais pas le choix. Qu'aviez-vous à toujours venir vous agiter dans mes pattes ? À contrecarrer mes projets !

— Projets ! Projets ! Vos escroqueries vous voulez dire.

De part et d'autre, le ton montait. Je voyais venir le moment où Lupin et Holmes allaient se prendre au col.

— Je ne crois pas que le moment soit aux querelles de vocabulaire.

— Au moins un point sur lequel nous pouvons nous accorder.

La tension retomba. Lupin reprit son histoire :

— En me séparant de Raymonde de Saint-Véran, vous m'avez détaché de ma vie antérieure. Finie l'existence insouciante, légère, gratuite, sans but, sans loi. Les fêtes, l'argent facile, les belles automobiles, ces futilités ne m'intéressaient plus. Tout s'était effondré. J'ai beaucoup souffert. Et vous le savez aussi bien que moi, la souffrance ouvre les yeux. Je me suis mis à regarder réellement autour de moi et j'ai vu les sociétés telles qu'elles étaient. Inconscientes. Oublieuses du passé. Avides de puissance. Folles au point de précipiter des générations entières dans des guerres meurtrières. À de multiples indices, j'ai compris que des forces obscures manœuvraient pour nous jeter à nouveau dans un de ces conflits qui déciment des tranches d'âge entières. Je me suis alors rapproché des autorités de notre pays et j'ai fait savoir que je souhaitais servir la patrie. Si mes quelques talents pouvaient trouver à s'appliquer.

Holmes ricana en douce :

— Vous allez me tirer une larme si vous continuez !

— J'espère bien, Holmes, je serais curieux de voir ce spectacle, insensible comme vous l'êtes !

Lupin héla un garçon de café qui passait à proximité :

— Trois coupes, s'il vous plaît ! J'ai envie que mes amis soient heureux en cette belle matinée. Où en étais-je ? Ah

oui, le service de l'État… Je tournais en rond dans mes réflexions, lorsque nos services de répression du contre-espionnage ont appris que la Triple Alliance se préparait à diligenter ses meilleurs agents sur Royan pour mener une opération extrêmement importante. Quelle opération exactement, ils ne savaient pas. C'est à ce moment que j'ai été contacté et dépêché sur place. Clemenceau lui-même a exigé que les brigades mobiles se chargent de l'action sur le terrain, rompant en cela l'accord qui voulait que les dites brigades n'interviennent pas dans les affaires politiques. Le commissaire Péchambert a sauté dans sa De Dion Bouton et a pris les choses en main, en coordination bien sûr avec les forces de police locales du commissaire Chavençon. La difficulté était que si nous connaissions les identités des agents étrangers, nous n'avions pas la moindre idée du motif précis de leur déplacement. Il fallait donc adopter nos plans aux événements…

— Nos plans, j'ai bien entendu ?

— Oui, ma modeste personne était chargée de coordonner l'ensemble.

Holmes avala une gorgée de champagne. Son animosité était retombée :

— Je ne suis pas loin de partager votre analyse de la situation internationale, Lupin. L'heure est grave et les menaces de la Triple Alliance se précisent chaque jour. L'affaire d'Agadir en est une parfaite illustration. Mais revenons à notre sujet… Voulez-vous me dire quelle a été votre première alerte ?

— D'autant plus volontiers, Holmes, que vous avez été cette première alerte.

— Vous me faites trop d'honneur !

— Elle remonte au début août. Je me promenais le long de la Grande Conche lorsque j'ai aperçu un profil connu qui flottait sur une toile de tente. J'ai stoppé immédiatement ma promenade et ouvert grand mes yeux qui n'en revenaient pas. La casquette… La pipe… Ce profil maussade… Pas de doute ! Assis derrière le tissu, c'était bien Sherlock Holmes qui nous faisait l'honneur de sa visite. Un conseil, Holmes, lorsque vous voudrez passer inaperçu, choisissez un casque colonial ou un chapeau tyrolien ! Et abandonnez la pipe ! On vous repère à cent mètres !

Goguenard, Lupin se tourna alors vers moi :

— … Lorsque monsieur Watson est sorti de l'océan en crachant et soufflant, j'ai eu la confirmation définitive que je ne m'étais pas trompé : le duo londonien se trouvait dans nos murs.

Holmes en était resté au conseil de Lupin :

— Mon image me satisfait complètement. Ne vous en déplaise, je n'ai aucune intention de la changer.

Le voleur international ne fit pas de cas de l'observation de mon ami. Il poursuivit :

— Je n'ai plus entendu parler de vous jusqu'au moment où Périer vous a reçu au Grand-Hôtel suite à l'annonce du recrutement d'un détective. Entre nous, monsieur Houlme, c'était un peu juste comme nom pour se dissimuler ! Un patronyme étranger aurait été plus efficace ! Ceci dit, Périer était sur ses gardes. Je l'avais averti de votre présence. Son premier réflexe a été de ne pas vous donner le poste de détective, puis il a réfléchi et adopté la bonne décision : mieux valait vous avoir sous la main que lâché dans la nature. Avec vous, on ne sait

jamais à quoi s'attendre ! Bien lui en avait pris ! Au fil des jours, nous avons compris que vous pouviez servir nos intérêts. Vos fabuleuses capacités d'observation et de déduction œuvrant pour le contre-espionnage français, un coup de maître, n'est-ce pas !

— C'est une façon de voir…

— Ensuite est arrivé l'épisode du bal masqué. Quel plaisir cette fête ! Tous les protagonistes réunis sous leurs déguisements : la bande à Bradpick, Holmes Watson et leurs proches, les brigades mobiles, le commissaire Chavençon et moi-même. Dommage que vous ayez déserté les lieux si tôt, Holmes, nous aurions pu bavarder. Vous savez, ces soirées mondaines sont irremplaçables : c'est grâce à elles que les relations se tissent. Pour preuve, c'est ce soir-là que Harriett Cooper m'a été présentée par votre parente de Poitiers. Un sacré bout de femme, cette Harriett ! Quel caractère ! Et quelle belle plante !

J'ai été obligé de me mettre un pavé sur la langue. Ainsi, Harriett connaissait Lupin ! Je n'avais rien remarqué et elle ne m'en avait rien dit.

— … Et puis surtout, une femme que je pourrais utiliser pour parvenir jusqu'à vous, Holmes. La suite confirmera mon intuition…

Parler assoiffait Lupin. Il commanda une autre tournée de champagne. Lorsqu'il eut rafraîchi sa gorge, il reprit :

— … Deux événements perturbateurs sont alors venus compliquer notre surveillance : la mort de Basile Sourisseau et l'irruption du colonel de Lettigné. Pour ce qui concerne Sourisseau, nous n'avions pas vu le rapport

qui pouvait exister entre lui et les Bradpick, bien que nous sentions confusément que le lieu du meurtre désignait les résidents du quatrième étage comme auteurs présumés. En accord avec Chavençon, nous avons décidé de geler toute enquête. Notre priorité absolue restait le contrôle des Bradpick et de leurs complices. Du côté de Lettigné, la situation nous paraissait plus simple : le militaire était victime d'une escroquerie classique de station balnéaire. Nous l'avons dirigé sur vous en nous disant que résoudre son problème vous occuperait et vous éviterait de venir fouiner sur nos plates-bandes. Je dois reconnaître que nous nous sommes trompés sur toute la ligne. Heureusement, vous ayant sous la main, nous avons pu profiter de votre flair.

Bizarrement, Holmes gardait un calme olympien. Pourtant, les révélations de Lupin avaient de quoi l'énerver. On avait joué avec nous.

— … Puis est venu l'épisode de ma carte de visite. Ma façon de vous souhaiter la bienvenue. Si vous connaissez ma façon d'agir, vous savez que c'est le carton ou l'article dans L'Écho de Paris. *En l'espèce, j'ai choisi le carton. Je voulais vous montrer que j'étais capable de vous atteindre au cœur de l'hôtel. Nob s'est chargé de le déposer sur votre bureau. À ce moment, je subodorais déjà que nous aurions à travailler ensemble. À cause des bijoux de la Du Barry. Périer et moi suspections bien qu'ils étaient faux. Mais nous savions aussi que leur vol devait avoir lieu. C'était une condition sine qua non du développement du plan des Bradpick. Pour que vous nous fournissiez les éléments qui nous manquaient, il fallait que nous piquions votre curiosité. D'où la lettre du joaillier que j'ai*

laissé tomber volontairement devant madame Cooper et qu'elle a ramassée...

Qu'inventait Lupin? S'il avait mis une quelconque pièce dans les mains d'Harriett, j'en aurais été informé. J'ai regardé Sherlock Holmes et l'ai interrogé des yeux. Devais-je intervenir et faire rétablir la vérité? D'une moue des lèvres et d'un clignement négatif des paupières, mon ami m'a fait signe d'abandonner. Lupin a repris sa logorrhée:

— ... Toujours concernant les bijoux, il fallait nous assurer impérativement de leur absence de valeur avant la vente de charité. Périer a profité de votre suggestion de remplacer les vrais diamants par des faux pour faire venir son ancien camarade Van Hooydonckx.

Holmes doutait:

— Un véritable camarade ou encore un policier déguisé? Un faussaire d'opérette? Un agent des brigades mobiles?

— Du tout! Un faussaire plus vrai que nature. Un as en la matière.

— J'ai du mal à vous croire, Lupin. Le faux chef de réception, ancien de la marine marchande, retrouvant comme par hasard le véritable expert en diamant au moment opportun, ça me semble un peu gros, non?

— Et pourtant! Si il y a eu une seule scène non arrangée pendant vos aventures, c'est bien celle-là! Pour ce qui est de Périer, il faut avouer que son passé l'avantageait pour jouer les directeurs de palace: il a été élevé dans un hôtel parisien. Il connaît ce monde comme sa poche. La seule difficulté que nous avons eue avec lui a été de lui faire retenir là tirade concernant la famille de

Norbert Lenoble de Courciroux. Il a fallu répéter cinq bonnes fois !

Holmes n'en avait pas terminé avec le faussaire :

— Batavia et le billet de cinq florins ont existé ?

— Parfaitement. Je vous en donne ma parole.

La parole du Lupin ! Piètre garantie. Mais Holmes a fait comme si. Et la démonstration du nouvel allié de la police est repartie :

— … Pendant ce temps, votre promenade au Jardin du Parc et la visite de l'escadre vous avaient rapproché de Périer et persuadé que l'heure était grave. C'était heureux, la vente de charité approchait. Nous allions avoir besoin de vos services. De service, vous nous en avez rendu un fier le jour du gymkhana. Pas vous personnellement, mais votre famille. En invitant les Mainsenet, elle nous a permis de commencer à y voir clair. Derrière le vol formidable des bijoux, il y avait cette famille humble du mellois. Pour quelle raison précise ? Il nous a fallu plusieurs jours pour comprendre. Vous allez me dire que les services de renseignements français sont lents, trop lents. Je ne vous contredirai pas. S'ils avaient travaillé plus vite, nous aurions évité l'enlèvement du chimiste génial. Mais on ne refait pas le passé.

— À qui le dites-vous !

— La vente de charité est arrivée très vite. Et ce vol que j'ai été obligé de commettre tout en sachant que les pierres étaient fausses. Un jeu d'enfant, ce vol, surtout lorsque la police vous donne sa bénédiction et protège votre méfait. Ah, je m'en souviendrai : Périer et Chavençon m'encourageant du regard, me suppliant presque de passer à l'action. Et puis vous, Holmes, courant dans

tous les sens pour intercepter le voleur, arrêter la fuite des « cœurs entrelacés », trouver des indices vous permettant de mettre en œuvre votre machine à reconstituer les faits. Comme j'ai aimé vous regarder vous démener !

Holmes grimaça :

— Je ne trouve pas cela très drôle. Je faisais mon travail de détective privé.

— Votre conscience vous honore. Mais les dés étaient irréversiblement pipés et c'étaient Périer et moi qui les lancions !

Lupin cessa ses confidences un instant et embrassa l'horizonȚhpuis les tentes rayées de bleu et de rouge, posées comme des champignons sur l'or du sable :

— Hum, la chaleur monte. Nos estivants vont avoir une splendide journée. La mer sera à température parfaite pour le bain…

Ni Holmes ni moi-même ne relançâmes la conversation. Sûr de sa victoire et heureux de l'étaler sous nos yeux, le bellâtre parisien s'en chargea :

— … Et puis ce fut l'enlèvement de Mainsenet. Sur ce sujet, je dois faire amende honorable : nos services se sont montrés au-dessous de tout. Lorsque grâce à vous (il s'inclina révérencieusement) nous avions identifié Mainsenet, quatre policiers de Chavençon avaient été détachés à Ronce-les-Bains pour assurer la protection de la famille. C'est l'un d'eux qui conduisait le taxi qui l'a emmenée à Meschers. Les trois autres suivaient à bonne distance dans un autre véhicule. Mais la bande à Bradpick s'est jouée de nous. Elle a choisi d'arriver et de repartir par la mer, ce que nous n'avions pas envisagé. Et pour cause : personne ne vient naviguer en bas de cette falaise hostile

et l'accostage y est dangereux, voire impossible. Mainsenet et ses ravisseurs nous ont donc filé entre les doigts. À Paris, les autorités étaient furieuses. Périer a pris un savon dont les oreilles lui chauffent encore. Heureusement, il nous restait une carte. Essentielle. Sherlock Holmes…

— Vous me faites trop d'honneur!

— Je n'ai pas besoin de vous raconter la suite des événements, vous les avez vécus en première ligne. Permettez-moi simplement de vous dire avec quel délice je les ai partagés: Holmes travaillant à son insu pour la République française, risquant sa vie pour défendre les intérêts d'un pays qu'au fond il exècre…

— Vous vous méprenez, Lupin, depuis l'Entente Cordiale, mon regard a changé.

— Ne protestez pas, je vous connais assez! Le spectacle était savoureux. Et je vous avoue qu'à titre personnel, lorsque votre Lefaucheux a lâché sa balle dans la caverne où vous luttiez avec Bradpick, j'ai espéré que j'avais été vengé de la mort de Raymonde. C'eût été une belle fin: le meurtrier tué par sa propre arme. Mais encore une fois, vous avez eu une veine de tous les diables! C'est Bradpick qui a récolté le plomb.

— Je suis désolé de vous avoir déçu…

— Enfin! Mon sentiment personnel ne compte pas dans cette affaire. L'important est que nos services aient finalement réussi à atteindre leur objectif: porter un coup décisif à l'espionnage allemand.

Pendant que Lupin finissait sa phrase, en limite de plage, une vague de la marée montante vint manger les premières fortifications du concours de forts. Il la vit et l'accompagna avec un commentaire politique:

— … Vous voyez Holmes, grâce à notre action, nous aussi nous aurons réussi à endiguer le premier assaut du Kaiser. Nous aurons été le château fort contre lequel la barbarie sera venue se briser. L'avenir s'en souviendra et nous remerciera.

La mine sceptique de mon cher ami indiquait qu'il ne partageait pas l'analyse de son lyrique adversaire. D'ailleurs, avec la soudaineté qui le caractérise, il changea brutalement de sujet :

— Il y a un détail sur lequel j'aimerais que vous m'éclairiez…

— Je vous en prie. Demandez et il vous sera répondu.

— Lorsque je vous ai reconnu, j'ai cherché à savoir où vous logiez. J'ai consulté La Gazette des Bains de Mer de Royan-sur-l'Océan, *mais je ne vous ai pas trouvé dans la liste des Étrangers…*

— Périer s'était arrangé avec le journal afin que mon lieu de villégiature ne soit pas mentionné. Si vous voulez tout savoir, j'ai d'abord été dirigé par la police vers une habitation modeste et discrète du centre ville : une chambre chez une veuve à moitié sourde, à quatre francs la nuit. Quand l'État vous prend en charge, le luxe s'envole ! Je vous avoue avoir regretté mes palaces habituels ! Mais qu'y a-t-il de plus gratifiant que de souffrir pour son pays ? Et puis, à partir de la mi-août, afin de surveiller vos allées et venues, j'ai loué une villa voisine de la vôtre, mais cela vous le savez déjà…

Comme Holmes n'intervenait pas, je me suis autorisé à donner mon point de vue :

— Le musique toute la nuit ! Fantastic ! Jamais dormir ! Thanks a lot, mister Lupin ! Toc, Toc, Toc ! I shall always remember…

Je m'apprêtais à enfoncer le clou lorsqu'une troupe joyeuse s'est annoncée sur la passerelle de La Restauration. Sa structure s'est tordue et des grincements déchirants ont surplombé le sable. En tête de cortège, une Modeste-Radegonde volubile et impérieuse, drapée dans une étonnante robe légère, mi-tunique romaine, mi-habit de scène de cantatrice. Puis Harriett, tête haute, regard enflammé, décidée comme jamais. Narcisse et Madeleine, main dans la main, naïfs et charmants. Et enfin Horace, honteux que sa moitié se donne ainsi en public. Dès que la quincaillière nous a aperçus, Holmes et moi, elle s'est écriée, de gros reproches dans la voix :

— Ah les voilà, les petits cachottiers, qui prennent du bon temps loin de leurs familles !

Et, coupant la route à un garçon qui portait un plateau rempli de boissons et de verres, elle a fait irruption sur la terrasse de l'établissement, bien décidée à tirer parti de la situation. Ce n'est qu'à deux mètres de notre table qu'elle a remarqué que nous étions en compagnie. Elle a alors reconnu Lupin. Son courroux s'est transformé en balbutiements gênés Ţhet elle s'est pliée devant la table :

— Monsieur le comte… (Pour elle Lupin restait et resterait à tout jamais Raoul d'Aspinac, le gentilhomme qui avait ramassé son mouchoir un soir d'été)… Quel plaisir ! Si je m'attendais à …

Lupin s'était levé, distingué et charmeur :

— Ce serait un grand plaisir si vous acceptiez de vous joindre à nous…

Modeste étouffait de bonheur. Son cœur ingénu tambourinait sous le tissu bon marché que sa couturière avait arrangé du mieux qu'elle avait pu. Pensez donc, le comte ne l'avait pas oubliée, et il lui proposait maintenant de prendre une boisson à ses côtés, ici à Pontaillac, au vu de tous. O jour glorieux, fixe-toi à jamais dans nos mémoires ! Avec l'aide de Narcisse, on récupéra quelques sièges et on agrandit la table. Bientôt, toute la compagnie fut installée. Un serveur s'enquérant des commandes, Lupin joua les grands seigneurs :

— Champagne pour tout le monde ! J'ai un succès à fêter, vous êtes mes invités…

Du bout des lèvres, Madeleine se permit d'émettre une objection :

— Je ne suis pas sûre que l'alcool soit recommandé dans mon état.

Mais Modeste, qui lui avait imposé un verre de Réveil aux truffes lors de son arrivée de la gare, jugeant que son organisme n'était pas en mesure de supporter une eau fraîche, la crucifia dans un grand sourire :

— Quelques bulles n'ont jamais fait de mal à personne ! Et le petit n'en sera que plus fort !

Soit. Quelques instants plus tard, les coupes se levèrent, fontaines glacées détachant leur or sucré sur le bleu de l'azur, et les toasts se succédèrent :

— À notre pays Ţhet à ses paysages idylliques !

— À Royan, à jamais perle de l'Atlantique !

— À la paix qui nous donne d'aussi beaux moments !

— À l'Entente Cordiale et aux hommes d'exception qui nous gouvernent !

— À l'éternelle amitié qui rassemble les peuples de France et d'Angleterre !

— Au petit Vernet qui nous arrivera en fin d'hiver!

De nouvelles bouteilles vinrent se poser sur la table. Les bouchons sautèrent. Ah que la vie était agréable, à Pontaillac, en cette fin août. Horace, qui n'avait pratiquement pas desserré les dents depuis le début du mois, jubilait:

— Mon Dieu, quelle réussite ce séjour! Jamais je n'aurais pensé que les jours pouvaient couler aussi heureusement! Cher comte, nous devons vous remercier, c'est vous qui avez lancé nos vacances sur des bases aussi positives…

Ses moustaches trempaient un peu dans le champagne, mais qu'importe! Il fallait profiter de ce moment unique. (Le lendemain, en lisant L'Écho de Jarnac, *Holmes comprendrait que l'euphorie soudaine de l'avocat poitevin était surtout due au fait que la valeur des actions de la Caisse Hypothécaire Argentine, dans laquelle le ténor du barreau avait investi l'essentiel de ses honoraires de l'année, était subitement montée au-dessus de 516, 50 francs…).*

Tout à coup, au milieu des libations, Modeste se dressa:

— Il nous faut une photo! Que nous nous souvenions toujours de cette matinée bénie des dieux!

Elle larmoya en enveloppant Lupin dans une œillade complice:

— … Une photo que je pourrai regarder pendant les jours sombres et humides de l'hiver poitevin…

Holmes, qui était resté invisible pendant le déferlement des émotions, se réveilla:

— Bonne idée, cousine! Et cela tombe bien, à notre table, nous avons un spécialiste des photographes ambu-

lants de Royan, n'est-ce pas Watson ? Il va nous en trouver un en deux temps trois mouvements…

Tout le monde ne comprit pas l'allusion de mon ami, mais toujours est-il que je dus m'exécuter. Ma tâche fut aisée. Deux artistes à la recherche de bonnes fortunes arpentaient la voie qui longe la plage. Je reconnus le plus proche : Le Studio Moderne. Celui qui travaillait dans l'eau de la Grande Conche. Je le priai de me suivre jusqu'à La Restauration. Là, il dégagea les tables, prit le recul suffisant, installa son matériel, rectifia nos positions, lança deux ou trois plaisanteries pour nous rendre souriants (il n'eut pas grand mal, le champagne nous avait déjà bien échauffés!), disparut derrière son rideau noir et appuya sur sa poire à plusieurs reprises. À la réflexion, je crois que c'est l'un de ces clichés qui terminera mon journal du mois d'août 1911. Une image ne vaut-elle pas tous les discours, surtout lorsqu'elle rappelle la plénitude d'une somptueuse journée d'été ?

Quand la séance de prise de vue fut achevée, j'entraînai le photographe à l'écart pour le régler et récupérer le ticket qui me permettrait de retirer les photos. C'est le moment que le gredin choisit pour exhiber devant mes yeux une sorte de jeu de cartes qui faillit me coucher par terre de surprise : ce n'étaient ni des as, ni des rois, ni des valets qui posaient sur ses photos, mais des femmes lascives s'essayant à toutes les débauches. Le style des images ne trompait pas : je reconnus sans difficulté la patte de celui qui avait produit les montages compromettant Madame de Lettigné. Je toisai le bonhomme : ainsi, j'avais devant moi l'artiste maudit qui m'avait fait courir tout un après-midi ! Je faillis alerter Holmes, puis je renonçai. Je garderai ce petit secret pour moi. Après tout, Holmes ne partageait pas la totalité de ses découvertes. Nous serions quittes. Alors que le bonhomme remballait son matériel, j'eus un instant l'idée d'acheter une de ces scènes érotiques en souvenir de nos aventures à Royan, mais au dernier moment je me ravisai. Le visage furieux de Harriett découvrant le cliché dans une de mes poches et me sautant à la gorge me retint : « Vous me décevez profondément, James, je ne vous imaginais pas vous repaissant de cette image dégradante de la femme ! Décidément, vous êtes bien tous pareils, les hommes ! ». Non, mieux valait finir en paix les quelques jours qui nous restaient à passer ensemble. Je rejoignis donc la belle équipe les mains vides et l'âme légère, et me fondis avec plaisir dans l'ambiance de fête qui régnait encore autour de la table.

51

L'histoire de ce mois d'août 1911 à Royan-sur-l'Océan aurait pu se terminer sur cette victoire éclatante du deuxième Bureau des Renseignements français. L'objectif d'éliminer la cellule d'espions allemands était atteint et le chimiste Mainsenet avait été libéré sans casse. Lupin allait pouvoir en faire des gorges chaudes et se pavaner dans les cercles parisiens.

Mais cette façon de refermer l'affaire ne convenait pas à Narcisse Vernet. Pour lui, son cousin Holmes demeurait l'homme qui ne perdait jamais. Qui voyait ce que les autres ne voyaient pas. Et qui, d'une manière ou d'une autre, finissait toujours par diriger les événements.

La veille de son retour à Poitiers, il décida donc d'entraîner Sherlock Holmes dans une promenade en tête à tête et de lui ouvrir son cœur.

Ils quittèrent *Carpe Diem* vers les 17 heures, et, marchant au hasard des avenues et des allées, se retrouvèrent bientôt sur le port. Accoudés sur un parapet, Narcisse et son prestigieux parent s'abandonnèrent un instant au spectacle : au loin, en se retirant, la mer avait couché chaloupes de pêcheurs et cotres de pilotes sur un lit de vase. Des effluves de saumures et des odeurs fortes de goudron montaient des entrepôts. Sur la jetée, des marins en tricots de laine ou en vareuses bleues côtoyaient les élégantes venues s'encanailler loin des lumières du casino. Le regard fixé sur leurs bouchons, des pêcheurs tendaient leurs cannes vers les flots. Un couple attira l'attention de Holmes : les Lettigné. Collé contre son épouse comme un gardien de bagne surveillant son prisonnier, le colonel profitait de la fin de soirée pour reprendre sa place dans la société, maintenant que tout danger était écarté. Ils disparurent sans prêter attention au détective. Lorsque celui-ci fut rassasié de la contemplation du tableau, Narcisse l'entreprit :

— Cousin Sherlock, il y a quelque chose qui me chagrine dans l'épisode que nous venons de vivre…

Le visage anguleux de Holmes avait gardé cette bienveillance tranquille qu'il affichait lorsque Narcisse était de la partie :

— Ah bon ! Tu m'intrigues…

— Je n'arrive pas à comprendre comment vous pouvez vous satisfaire de cette demi-victoire ? Certes vous avez réussi à faire la lumière sur cette ténébreuse affaire, à sauver Mainsenet et son invention, mais il n'en reste pas moins que vous avez été manipulé par Lupin et la police française. Et vous l'acceptez ! Je ne vous reconnais pas.

Au lieu de protester, Holmes eut alors cette répartie étonnante :

— Es-tu si certain que j'ai été dupé ? Et si j'avais choisi depuis le départ de jouer les pigeons ? De faire comme si je ne voyais rien ?

— Votre caractère n'aurait pas supporté…

— Que sais-tu vraiment de mon caractère ?

— Qu'il est rude comme vos falaises de craie et trempé comme le ciel gris de Londres !

— Imagine un instant que lors de mon premier contact avec Périer-Péchambert j'ai immédiatement démasqué le policier sous le faux chef de réception.

— D'après ce que vous m'en avez dit, le déguisement était parfait. Je ne vois pas comment vous auriez pu percer le mystère.

— Un ancien de la marine marchande qui se coupe la gorge et les joues à six reprises en se taillant la barbe alors qu'il fait ce geste chaque matin depuis trente ans, voilà un indice qui aurait pu m'alerter.

— Avec la meilleure volonté, j'ai du mal à vous croire, mon cher parent, vous essayez de sauver la face.

— Que tu me croies ou non n'a aucune importance, Narcisse. la seule chose qui compte est la vérité des faits.

— Non, la seule chose qui compte est ce que l'histoire retiendra. Et en l'espèce, elle retiendra la manœuvre gagnante du deuxième Bureau des Renseignements français.

— Si tu en es persuadé…

Et Holmes tourna le menton vers le large, semblant montrer une certaine lassitude. Puis, tout à coup, ses traits retrouvèrent leur vigueur et leur sécheresse caractéristique. Il se détacha de la rambarde et emprisonna le regard de Narcisse dans le sien :

— Eh bien, parce que d'une certaine façon tu es mon fils spirituel et qu'il n'y a qu'à toi que je peux me confier, je vais te dire toute la vérité, mon garçon. Mais tu vas vite comprendre que cette vérité ne sortira jamais de toi. Jamais.

Le fils Vernet se défendit d'avoir poussé Holmes dans ses retranchements :

— Vous n'êtes pas obligé… Je ne voulais pas…

Le détective lui prit l'avant-bras :

— Non, Narcisse, c'est toi qui as raison, il faut que quelqu'un sache. Certaines réalités ne doivent jamais se perdre. Oh, rassure-toi, les choses sont assez simples. Comme je te l'ai laissé entendre, la première fois que j'ai vu Périer, j'ai tout de suite remarqué que quelque chose clochait dans son personnage. Dès lors, j'étais sur mes gardes. Et puis il y avait cette rumeur de bijoux de grande valeur qui courait dans la ville, ajoutée à la présence de Lupin. Tout cela sentait le coup fourré. J'ai mené mon enquête comme si de rien n'était jusqu'au jour où Harriett Cooper m'a remis la lettre tombée de la poche de Lupin. Une lettre tombant de la poche de Lupin ! Grossier le procédé ! Quand on a fréquenté Lupin comme je le fréquente depuis tant d'années, on sait qu'il ne laisse jamais rien échapper de ses poches. Sauf lorsqu'il en a décidé ainsi. Deux questions m'ont agité à ce moment : pourquoi était-ce Harriett qui avait été choisie pour me porter cette lettre, et pourquoi elle s'était trouvée au bon endroit au bon moment ? La réponse à la première interrogation était évidente : Lupin avait rencontré Harriett au bal masqué et il savait qu'elle gravitait dans mon entourage. Il lui était donc facile de me remettre un pli. À la seconde question, je ne voyais pas d'explication. C'est le Secret Service Bureau – notre contre-espionnage à nous – qui me l'a donnée par agent interposé, tout en me demandant de considérer que, dans l'affaire Mainsenet, la priorité absolue était désormais de libérer l'homme et de récupérer le secret de la composition de son gaz. Parce que, Narcisse, le fond du fond du problème, c'était bien la possession de cette formule de gaz. Les allemands ne s'y étaient pas trompés. J'ai donc suivi les consignes de nos autorités. Entre parenthèses, notre agent à Royan (Narcisse écarquilla les yeux : il y avait donc un espion anglais à Royan ! Il n'avait rien remarqué) m'avait indiqué que Churchill[26] lui-même, le patron du Home Secretary, suivait de près le déroulement des opérations. Sans rien laisser paraître, j'ai donc poursuivi mes investigations et largement contribué à sortir Mainsenet du Pont du Diable – tu as été également l'acteur et le témoin de cette difficile entreprise. Pendant ce temps et dans les jours qui ont suivi, notre agent s'est consacré à une tâche précise : persuader les Mainsenet (madame d'abord, puis monsieur lorsqu'il a été libre) d'exiger de la France que la pro-

26. Winston Churchill, responsable du *Home secretary* du 19 février 1910 au 24 octobre 1911.

priété du nouveau gaz soit partagée entre la Couronne britannique et la République française, qui avaient lutté ensemble pour le délivrer. La persuasion de notre agent a fait merveille : les Mainsenet n'accepteront pas d'autre issue à leur aventure. Ils veulent remercier nos deux pays. À défaut d'accord de ces derniers, Eugène gardera son secret…

— Donc, une fois de plus, vous ne triomphez qu'à moitié !

— Non, Narcisse, l'industrie française se montrera incapable de développer un projet à partir de ce gaz. Tu connais tes compatriotes : beaux parleurs, hâbleurs, mais incapables de passer à l'action. Seule l'Angleterre a le savoir-faire pour en tirer parti. À la fin des fins, c'est donc Sherlock Holmes qui gagne…

Un sifflement admiratif chuinta des lèvres de Narcisse :

— J'étais loin de m'imaginer tout cela…

Puis son front se rembrunit :

— Mais vous m'avez parlé d'un agent anglais à Royan… Qui était-il ? L'ai-je rencontré ?

Holmes rit franchement :

— Tu n'as pas deviné ?

— Non…

— Même sachant que je ne peux me confier qu'à toi ?

Narcisse avoua son ignorance :

— Franchement, je ne vois pas…

— Harriett Cooper ! La tumultueuse féministe. Entre deux meetings, elle remplit quelques missions pour notre contre-espionnage. Son travail auprès de

Mainsenet a été remarquable. Dès la première rencontre, elle avait flairé le personnage, et lorsqu'il a été libéré, elle ne l'a plus lâché une seconde…

Tombé des nues, Narcisse se reprit vite et pigea :

— Et évidemment le docteur Watson n'en sait rien… Ça alors !

Sur ces mots, Holmes se remit à marcher, fit tourner sa canne entre ses doigts, huma un instant le coucher de soleil somptueux qui se préparait à embraser Foncillon, et, l'air dégagé, entonna le refrain à la mode :

Toc ! Toc ! Toc ! Toc ! Toc ! C'est l'amour
Qui leur a dit bonjour…

FIN

Pour en savoir plus

Le roman qui précède n'aurait pu être écrit sans l'aide linguistique de Martine ni des ouvrages et documents suivants :

Affiches diverses, dont :

– Fraipont, Gustave, *Chemins de fer de l'État, Royan : bains de mer les plus fréquentés*, Paris et Royan, 1890, F. et M. Moreau éditeurs, Victor Billaud, imprimeur à Royan.

Plans de Royan :

– Billaud, Victor, *Plan de Royan*, 1888, gravé et imprimé par Ehrard frères, Paris, Victor Billaud éditeur, Royan.
– Dugail, Louis, *Royan les Bains sur l'Océan*, carte, s.d., (vers 1890), gravé par L. Sonnet, imprimerie Dufrénoy, Paris.
– Billaud, Victor, *Royan et ses environs*, carte, 1888, Ehrard frères, Paris, Victor Billaud, Royan.

Ouvrages d'époque sur Royan, ses environs et ses modalités d'accès :

– Anonyme, *Guide officiel illustré, Stations balnéaires de la Loire à la Gironde et principales villes du réseau*, Mayeux éditeur, juillet 1912, les Sables d'Olonne, Tours, Nantes, Paris.
– Brochard, André-Théodore, Dr, *Des bains de mer de La Tremblade (Charente inférieure)*, Paris, Baillère et fils, 1862.
– Brochard, André-Théodore, Dr, *Des bains de mer chez les enfants*, Paris, Normand et Delahaye, 1876.
– Clouzot, Henri, *Les plages d'or, Royan et ses conches*, Niort, Clouzot éditeur, 1907.
– Gigot-Suard, Léon, *Guide médical du baigneur à Royan* (Charente inférieure), Paris, Labé, 1860.
– Guillon, Frédéric-Auguste, Dr, *Bains de mer des côtes de l'Océan: Biarritz, Arcachon et Royan, leurs avantages respectifs*, Paris, Adrien Delahaye, 1875.
– Joanne, Adolphe: *Bains de mer de l'État* (collection des guides Joanne), Paris, Hachette, 1899.
– Joanne, P., *Réseaux Orléans, Midi, État*, Paris, Hachette, 1907.
– Letélié, A., *Ronce les Bains, une plage sur l'océan, Marennes et la côte saintongeaise*, Prosper Auboin, Alphonse Picard, éditeurs, La Tremblade et Paris, 1890.
– Marandel, J., *Guide pratique des villes d'eaux, stations thermales et balnéaires, centres d'excursions, cures d'air, saison 1910*, Amat éditeur, Paris, 1910.
– Rouquette, Frédéric, *Madame la Vierge*, roman, Auguste Ghio éditeur, Paris, 1886.

Journaux de l'époque :

- *L'Écho de Jarnac* : numéros des 30 juillet, 6 août, 13 août, 27 août 1911.
- *Le Petit Journal*, numéros divers de l'année 1911.
- *Le Frou-Frou* : numéros des 2, 13, 20 et 27 août 1911.

et bien entendu, pour le chapitre 35, les numéros du lendemain du vol ou le numéro le plus proche des quotidiens suivants de l'année 1911 :

- *La Croix de Saintonge et d'Aunis.*
- *L'Action française.*
- *L'Aurore.*
- *Le Matin.*

Sur l'espionnage allemand :

- Pölhmann, Markus, *Le renseignement allemand en guerre : structures et opérations, in Guerres mondiales et conflits contemporains*, Paris, PUF, 2008 / 4 n° 232, pp 5 à 24.
- Walle, Marianne, *Fraulein Doktor, Elsbeth Schragmüller in Guerres mondiales et conflits contemporains*, Paris, PUF, 2008 / 4n) 232, pp 47 à 58.

Et les ouvrages d'époque suivants :

– Gaudin de Villaine, Adrien-Sylvain, *L'espionnage allemand en France, 1914-1916*, Paris, Téqui, 1916.
– Loyal, François, *le dossier de la Revanche. L'espionnage allemand en France*, Paris, Savine, 1887.

Sur les sous-marins allemands :

– Johannes Spiess, *Six ans de croisières en sous-marin*, Paris, Payot, 1927.
– Valentiner, Max, *La Terreur des mers, Mes aventures en sous-marin, 1914-1918*, Paris, Payot, 1931.

Revues régionales :

– *La Côte de Beauté*, journal bimestriel, AV Communication et Sarl L'almanach de vos vacances, 86190 Vouillé. (rubrique « Histoire »,notamment).
– *Aguiaine/Le Subiet*, revue de recherches ethnographiques, société d'ethnologie et de folklore du Centre-Ouest, Saint Jean d'Angély, 1962-2016.

À noter enfin que « Frémyet » était un des pseudonymes d'Henri-Désiré Landru, mais que toutes les biographies le concernant le mentionnent comme pensionnaire des prisons françaises à cette époque (1911) pour diverses escroqueries. Le « Jules Frémyet » de Royan, escroc lui aussi, a donc sûrement emprunté cette identité fictive d'un collègue pour mieux se déguiser et brouiller les pistes…

MOISSONS
NOIRES

www.moissons-noires.com

Par ce logo, nous témoignons d'une volonté de réduire les impacts environnementaux liés aux activités de l'imprimerie. Nous choisissons un imprimeur impliqué dans la réduction des gaz à effet de serre. Le choix de nos papiers assure que la production a été faite à partir d'un produit à base de bois et a suivi le cahier des charges d'une gestion durable des forêts européennes. Achevé d'imprimer chez CPI Firmin Didot (169393) en France en avril 2022 pour le titre « Sherlock Holmes contre Lupin et les brigades ».

Suivi éditorial : Céline Garcia
Conception graphique : Guillaume Bertineau
Mise en pages : Victor Lesur

Dépôt légal 1er semestre 2022

éditions La Geste
11, rue Norman-Borlaug
79260 La Crèche
contact@marmaille-compagnie.com